Ava Jordan

Das Lied der Herbstnächte

New Harbor 3

Bibliografische Information der Deutschen Nationalbibliothek:
Die Deutsche Nationalbibliothek verzeichnet diese Publikation in der Deutschen Nationalbibliografie; detaillierte bibliografische Daten sind im Internet über http://dnb.dnb.de abrufbar.

© 2016 Ava Jordan

Illustration: **Alexander Kopainski**
Korrektorat: **Anika Beer, Nicole Radtke**

Herstellung und Verlag: BoD – Books on Demand, Norderstedt

ISBN: 978-3-7412-7084-0

Über das Buch

Neues aus New Harbor!

Amanda Walker hat alles, was man sich nur wünschen kann - Erfolg im Job, eine eigene Praxis und einen wundervollen Mann an ihrer Seite, der ihr jeden Wunsch von den Augen abliest. Doch ihre heile Welt bricht zusammen, als sie schwanger wird. Denn sie weiß: sie darf kein Kind bekommen. Zu tief sind die Narben, die sie noch aus der Vergangenheit trägt. Außerdem wollte ihr Mann Carter nie Kinder. Was soll sie tun? Darf sie denn überhaupt irgendwas tun?

Sam braucht Veränderung. Sie muss fort aus New York, weg aus der zerstörerischen Beziehung zu Oliver. Doch ihr fehlt die Kraft für diesen letzten Schritt. Es tut weh, ihn zu verlassen …

New Harbor wirkt seinen Zauber, und wieder stehen zwei Frauen am Scheideweg … Aber diese kleine Stadt in Maine vermag, ihnen neue Hoffnung zu schenken. Und die Liebe siegt am Ende doch …

Dank der großartigen Resonanz wird die Reihe über die ersten drei Bände hinaus fortgesetzt - freut euch schon auf die kommende Trilogie mit Ruth, Elise und Lana in den Hauptrollen!

Die einzelnen Bände können unabhängig voneinander gelesen werden.
  Der Sommer der Sternschnuppen
  Ein Regenbogen im Winter

Das Lied der Herbstnächte
Weihnachten in New Harbor (November 2016)
Das Jahr der Sternschnuppen (Frühjahr 2017)
N.N. (Sommer 2017)

Über die Autorin

Ava Jordan wuchs in Westfalen auf. Nach einigen Jahren im Rheinland kehrte sie in die Heimat zurück und bewohnt dort nun mit ihrem Mann und unzähligen Büchern ein kleines Häuschen. Sie schreibt und übersetzt schon sehr lange und kann sich ein Leben ohne das Schreiben einfach nicht vorstellen.

Ava freut sich über Kontakt mit ihren Lesern und Rezensionen! Anmerkungen, Lob, Kritik - all das könnt ihr über ihre Webseite http://www.avajordan.de oder Facebook: www.facebook.com/AvaJordanAutorin an sie richten.

Wenn du über Neuigkeiten direkt informiert werden möchtest (oder Facebook nicht so gerne magst), melde dich einfach für meinen Newsletter an. Keine Sorge; ich melde mich dort nur, wenn es wirklich was Neues gibt: http://eepurl.com/cefNx1

1. Kapitel

Jeden Morgen, wenn Amanda Walker ihr Büro betrat, war die kühle, medizinisch reine und helle Atmosphäre für sie eine Wohltat. Sie genoss es, die ersten zehn Minuten ihres Arbeitstags am Mac zu verbringen, die Daten der Patientinnen aufzurufen, die an diesem Vormittag bei ihr Termine gebucht hatten und den heißen, schwarzen Kaffee zu trinken, den sie sich immer von dem Barista in der Kaffeebar unten an der Ecke in den Thermosbecher füllen ließ. Mit Süßstoff, so wie sie ihn mochte.

Ein dezentes Klopfen ließ sie hochblicken. Ihre Helferin Erin stand in der Tür. Der weiße Kittel war makellos, ebenso die dunkelblaue Hose, die zu ihrer OP-Kleidung gehörte.

»Was gibt's?«

»Ich störe nur ungern, aber da ist eine Patientin. Könnte ein Notfall sein.«

Sofort wandte Amanda sich dem Mac zu. »Welche Patientin?«, fragte sie geschäftig.

»Tiana Elroy.«

Amandas Finger verharrten über der Tastatur. Sie kannte den Namen. Leider viel zu gut.

»Sie klagt über Schmerzen im Unterbauch.«

»Schicken Sie sie rein.«

Vorbei war's mit der morgendlichen Ruhe. Aber das war Amanda gewohnt.

Erin verschwand. Sofort tauchte das nächste Gesicht in der Tür auf. »Viel zu tun? Oder hast du einen Moment Zeit?«, fragte ihr Kollege Dr. Maurice Brown. Sie arbeiteten seit vier Jahren in dieser Praxis zusammen, und Amanda mochte ihn sehr gern, obwohl er manchmal total verrückte Ansichten vertrat.

Doch fachlich vertraute sie ihm vollkommen, und sie hatte in den letzten Jahren viel von ihm gelernt.

»Gleich kommt eine Patientin, ja.«

»Wird wohl nichts mit der gemütlichen Morgenbesprechung.«

»Du bist nachher unten im OP?«

»Heute sind es drei Patientinnen, genau.« Er hielt einen Styroporbecher mit Kaffee in der Hand. Ebenfalls aus der Kaffeebar an der Straßenecke. Aus für Amanda völlig unerklärlichen Gründen weigerte Maurice sich seit jeher, einen Thermosbecher zu benutzen. Dabei schenkte sie ihm jedes Jahr zu Weihnachten einen, und jedes Jahr versprach er ihr hoch und heilig, diesen aber wirklich regelmäßig zu verwenden. Meist hatte er den Vorsatz bis Neujahr wieder vergessen.

»Dann sehen wir uns heute Mittag zur Lagebesprechung.«

Maurice tippte sich an eine imaginäre Schirmmütze, schlug zackig die Hacken zusammen und trat beiseite, damit Erin mit Mrs. Elroy hereinkommen konnte.

Tiana Elroy war ziemlich blass um die Nase. Sie hielt sich krampfhaft den Bauch und schien nicht zu wissen, was sie tun sollte.

Amanda stand auf. Sie legte die Kostümjacke ab und schlüpfte in den Arztkittel, der über einem Garderobenständer in der Zimmerecke hing. Erst dann reichte sie der Patientin die Hand. Einer ihrer Grundsätze lautete, dass Patientinnen von ihr in jedem Fall absolute Professionalität erwarten durften.

»Guten Morgen, Mrs. Elroy. Kommen Sie am besten

gleich mit nach nebenan, dort schaue ich erst mal, ob alles in Ordnung ist.«

Sie übernahm die völlig verstörte Patientin von Erin und nickte ihrer Sprechstundenhilfe zu. Alles okay, signalisierte sie damit.

Durch eine Tür führte sie Mrs. Elroy in das Behandlungszimmer, das direkt an ihr Büro grenzte. Dort gab es neben einer kleinen Umkleide gedämpftes Licht und eine gynäkologische Liege, die allerdings durch das Dämmerlicht ihren Schrecken einbüßte.

»Ziehen Sie sich rasch um, dann wissen wir bald, was los ist.«

Mrs. Elroy verschwand in der Umkleide. Während sie sich auszog und in einen der Patientenkittel schlüpfte, die dort bereit lagen, hörte Amanda sie schniefen.

»Haben Sie Blutungen, Mrs. Elroy?«, fragte sie und rief auf einem Computerterminal in der Zimmerecke die Patientenakte auf.

»Nein … Ich habe nur seit heute Nacht diese Unterleibsschmerzen. Als würde ich bald meine Periode bekommen …«

»Das muss nichts bedeuten.« Aber Amanda wusste, dass die Patientin in dieser Situation nichts beruhigen konnte. Kein Wort, keine Beteuerung, dass alles gut gehen würde. Amanda prägte sich die Daten der Patientin ein. Transfer von zwei wunderschönen Embryonen vor gut drei Wochen, der Bluttest war vor zehn Tagen positiv gewesen, was für eine intakte Schwangerschaft sprach. Danach erfolgte die Entlassung aus ihrer Praxis und Überweisung an den Frauenarzt der Patientin.

»Warum sind Sie nicht zu Ihrem Gynäkologen gegangen?«

»Der hält mich für verrückt.« Tiana Elroy trat aus der

Umkleide und schlich auf Wollsocken zu der Liege. Sie setzte sich und wartete, bis Amanda das Ultraschallgerät vorbereitet hatte.

»Ich mache einen vaginalen Schall«, sagte sie. »Über den Bauch werden wir vermutlich noch nichts erkennen können.«

»Okay.« Mrs. Elroy nickte tapfer unter Tränen.

Sie war nicht die erste Patientin, die zu Amanda kam, weil sie in der Frühschwangerschaft Beschwerden hatte. Doch Amanda hasste diese Vorsorge-Untersuchungen. Es gab einen Grund, warum sie Reproduktionsmedizinerin geworden war und nicht als Gynäkologin in einer Praxis oder einer Klinik arbeitete. Leider waren manche ihrer Kollegen bei einigen Patientinnen nicht bereit, sie vor Vollendung der 7. Schwangerschaftswoche zu untersuchen, wenn es zu Problemen kam – und sei es nur, dass die Patientin fürchtete, das Baby zu verlieren.

Amanda dimmte das Licht und drehte den Monitor des Ultraschallgeräts so, dass auch Mrs. Elroy alles sehen konnte. Die Patientin war schon Anfang vierzig und hatte mehrere Fruchtbarkeitsbehandlungen bei verschiedenen Ärzten hinter sich. Erst bei Amanda und Maurice hatte es geklappt, und sie war endlich schwanger geworden.

Amanda sah sofort, wonach sie suchte. Sie veränderte die Einstellungen des Geräts, damit auch Mrs. Elroy alles sehen konnte. »Schauen Sie mal, Tiana«, sagte sie. »Das hier ist die Fruchthöhle. Sieht sehr gut aus. Und dieser kleine helle Fleck darin? Das ist ihr Baby.«

»Oh ...«, machte Tiana Elroy.

»Und hier sehen Sie sogar schon einen Herzschlag. Also ist alles zeitgerecht entwickelt. Schauen Sie mal hier ...« Sie schaltete weiter. Dann lachte sie. »Kein Wunder, dass Sie leichte Beschwerden haben. Da ist ja noch ein zweites!«

»Wie bitte?«

»Ja, hier.« Amanda veränderte den Winkel, sodass sie beide Fruchthöhlen gleichzeitig darstellen konnte. »Sie erwarten Zwillinge!«

»Oh mein Gott! Mein Gott, wie kann das sein ...«
Tiana Elroy brach in Tränen aus.

Amanda gab ihr Zeit, sich zu beruhigen. Sie reichte ihr stumm ein Papiertaschentuch. Dann half sie Mrs. Elroy, sich aufzusetzen und erklärte ihr, dass die mensähnlichen Schmerzen, die sie spürte, zu diesem Zeitpunkt der Schwangerschaft völlig normal seien.

»Solange Sie keine frische Blutung bekommen, brauchen Sie sich keine Sorgen um Ihre beiden Babys zu machen.«

»Ich glaube das einfach nicht. Wie können es zwei sein?«

»Wir haben zwei Embryos eingesetzt.« Amanda grinste. Manchmal machte ihr Job ja doch Spaß.

»Aber wir haben vorher alles versucht, ich habe gedacht ... Wenn sich nur eins einnistet, haben wir großes Glück. Das hier ...«

»Wollen Sie nur ein Kind?«, fragte Amanda schärfer als beabsichtigt.

Mrs. Elroy winkte ab. »Nein, nein! Himmel, das wollte ich doch nicht ... Zwillinge sind wunderbar. Herrje, wenn ich das meinem Mann erzähle ... Er hat sich immer zwei Kinder gewünscht, wissen Sie? Wir waren so froh, dass es überhaupt geklappt hat. Nie hätten wir gedacht, dass wir dieses Glück im Doppelpack bekommen.«

»Denken Sie einfach daran, Ihre Vitamine zu nehmen.« Amanda ließ vom Computersystem ein Rezept ausdrucken und unterschrieb es. »Und dann gehen Sie in zwei Wochen zu Ihrem Frauenarzt. Er wird alles Weitere mit Ihnen klären.«

»Ist so eine Zwillingsschwangerschaft nicht gefährlich in meinem Alter?«

»Keine Sorge. Sie sind schwanger geworden und werden es jetzt auch bleiben.«

Als Mrs. Elroy sich fünf Minuten später von ihr verabschiedete, gab Amanda Erin ein Zeichen. Sie brauchte jetzt erst ein paar Minuten für sich allein, bevor sie sich um die anderen Patientinnen kümmerte.

Sie hatte sich gerade in den Schreibtischstuhl fallen lassen, als Maurice wieder ihr Büro betrat.

»Jetzt nicht«, fauchte sie ihn an.

Er ließ sich nicht beirren und trat an den Schrank, in dem neben einer veritablen Bar auch ein kleiner Kühlschrank verborgen war. Wortlos holte er zwei Dosen eisgekühlte Cola aus dem Kühlschrank und stellte eine vor Amanda auf den Schreibtisch, ehe er seine aufriss.

»Trink«, befahl er.

»Ich brauche jetzt was Härteres.«

»Das gibt's hier nicht. Du weißt, warum.«

Sie seufzte. Natürlich wusste sie das. Sie redete sich fast täglich im Patientengespräch den Mund fusselig, damit die Paare, die zu ihnen kamen, zumindest während der Behandlungszeit den Konsum von Alltagsdrogen wie Alkohol und Zigaretten einschränkten oder besser noch ganz vermieden, um die Chancen auf eine Schwangerschaft zu erhöhen. Die Frauen sollten natürlich nach Eintreten einer Schwangerschaft dauerhaft verzichten. Aber auch da hatte sie schon Dinge erlebt, die ihr völlig unverständlich waren. Eine Patientin hatte sogar mal angefangen zu rauchen, nachdem sie nach einer endlosen Reihe Behandlungszyklen endlich schwanger wurde. Als

Amanda sie fragte, warum sie so einen Quatsch machte, wusste sie darauf nicht mal eine Antwort.

Die Cola musste es also richten. Amanda nahm einen großen Schluck und spürte, wie die kühle, zuckerhaltige Limonade ihr sofort ins Blut ging. Das Koffein machte sie wach. Wacher, als nach so einem Termin gut für sie war.

Ich ertrage diese Schwangeren nicht. Ständig kommen sie zu mir und wollen von mir hören, dass mit ihnen alles in bester Ordnung ist.

»Kannst du nicht demnächst die Hysterischen übernehmen?« So bezeichneten sie die Frauen, die auch nach der Behandlung erneut in der Praxis auftauchten und ein bisschen Zuspruch benötigten.

Maurice zuckte mit den Schultern. »Meinetwegen gern, aber du weißt, dass sie immer nach dir verlangen.«

»Ich bin einfach viel zu nett.«

»Genau. Schrecklich mit dir. Man kann kaum ein vernünftiges Gespräch mit dir führen, weil du so *nett* bist.«

Amanda lächelte schmal. Sie wusste, dass Maurice sie nur deshalb aufzog, weil er alles über sie wusste. Er gehörte zu den wenigen Menschen, denen sie Einblicke in ihre Vergangenheit gewährte. Für alle anderen war sie Amanda Walker, seit vier Jahren Miteigentümerin dieser Praxis für Reproduktionsmedizin. Das Leben, das sie davor geführt hatte, existierte nur in ihren Erinnerungen.

Wobei sie selten über die Vergangenheit sprach. Sie hatte einfach nicht das Bedürfnis, sich über längst Geschehenes den Kopf zu zerbrechen.

»Und wenn wir die Praxis erweitern? Wir könnten noch eine Ärztin einstellen, die dann auch die Betreuung der Schwangeren übernimmt. Dann wäre ich aus dieser

Nummer raus.« Sie zeigte auf den Computerbildschirm, der immer noch die Patientenakte von Mrs. Elroy anzeigte. »Zwillinge übrigens«, fügte sie hinzu. »Ich hatte Recht.«

»Chapeau. Hätte ich nicht gedacht, nachdem sie so viele erfolglose Behandlungszyklen hatte.«

»Sie war bei den Stümpern.«

»Auch die Stümper schaffen es manchmal, einem Paar den Herzenswunsch zu erfüllen.«

Das mochte Amanda an Maurice. Er wurde beinahe poetisch, wenn es um ihren Job ging. Für viele Ärzte war das, was sie taten, nur ein Job. Sie behandelten die Paare wie Nummern, und der sehnliche Wunsch, die große Sehnsucht, die sie zu Amanda und ihm in die Praxis trieb, wurde anderswo nur als Luxusproblem abgetan. Sie konnten nicht schwanger werden? Na und! Es gibt doch genug Adoptivkinder in diesem Land. Oder Leihmütter, die sich und ihren Körper für einen hohen fünfstelligen Betrag zur Verfügung stellen. Ist doch für alle Beteiligten die beste Möglichkeit, mussten sich die Paare anhören.

Aber sie wollten mehr. Amanda konnte sie verstehen … Vor allem für die Frauen brachte sie Verständnis auf. Das eigene Kind unter dem Herzen zu spüren, seine festen Tritte, seine Purzelbäume in dem sich langsam rundenden Bauch … Das sollte jede Mutter erleben dürfen. Und nicht eines Tages einen Anruf bekommen, in eine Klinik eilen und dort das bereits gewickelte und angezogene Baby in den Arm gelegt bekommen, das zukünftig »ihr« Baby sein würde.

Sicher konnten die Paare auch zu diesen Kindern eine gute Bindung aufbauen. Doch es blieb immer noch etwas anderes als ein leibliches Kind, oder?

Und dies war nun Amandas und Maurices Auftrag.

Kinder für diese Paare, die bereits alles versucht hatten und noch mehr versuchen würden. Ihre Methoden waren teilweise experimentell, in einigen Fällen noch nicht von Studien untermauert. Doch der Erfolg gab ihnen Recht. Maurice hatte viele Jahre in der Forschung gearbeitet und brachte daher frische Ideen mit. Amanda hatte nach dem Studium ihre Facharztausbildung an einem Klinikum in Savannah gemacht, bevor sie nach Boston zurückkehrte und mit ihm die Praxis eröffnete. Sie hatten sich auf einem Kongress kennengelernt, und Amanda scherzte gerne, dass es sofort zwischen ihnen gefunkt habe – »in beruflicher Hinsicht natürlich«, pflegte sie zu ergänzen.

»Können wir uns denn eine dritte Vollzeitkraft leisten?«, fragte Maurice zweifelnd.

»Wenn du nicht jedes Jahr einen neuen Porsche kaufst, könnte es klappen.«

»Der letzte war aber wirklich nicht schön. Wer ahnt denn, dass das helle Interieur so wenig mit der violetten Speziallackierung harmoniert?«

Amanda lächelte. »Ist ja dein Geld. Und wir könnten ja zunächst jemanden auf Angestelltenbasis suchen, der sich später bei uns einkauft und erst dann am Gewinn beteiligt wird.«

»Keine schlechte Idee. Wir könnten mehr Patientinnen annehmen.« Maurice schien in Gedanken bereits die Bestellung für den nächsten Flitzer auszufüllen.

»Genau. Endlich mal die Warteliste etwas zusammenschrumpfen lassen.«

Weil sie so erfolgreich waren, gab es nämlich auch eine lange Warteliste. Neue Patientenpaare mussten teilweise ein halbes Jahr auf einen Termin zum Erstgespräch warten.

»Ich setze Erin drauf an. Sie soll eine Anzeige entwerfen.«

»Prima!« Amanda trank ihre Cola aus und warf die Dose geschickt in den Papierkorb, wo sie scheppernd versank. »Dann wollen wir wieder an die Arbeit gehen?«

»Wenn es dir gut geht?« Maurice musterte sie prüfend.

»Es ging mir noch nie besser«, behauptete sie.

Nicht zum ersten Mal war sie froh, dass sie ihm damals auf dem Kongress für Reproduktionsmediziner, als sie sich kennenlernten und bereits nach dem dritten Tequila erste Pläne für eine gemeinsame Praxis schmiedeten, erzählte hatte, was für sie die Arbeit mit Schwangeren so schwierig machte.

Er akzeptierte ihre Lüge mit einem Grinsen, als wollte er sagen: *Mich täuschst du nicht. Ist aber kein Ding, denn ich werde immer für dich da sein, Amanda Walker.*

Der Vormittag verging wie im Flug. Amanda kümmerte sich um zwei Patientenpaare, die aus Toronto und Albuquerque zu Erstgesprächen angereist waren. Drei weitere Patientinnen hatten Termine, um ihren Behandlungsplan zu besprechen, und eine Handvoll Frauen kam in ihr Sprechzimmer, um über Ultraschall- und Blutbefunde zu sprechen. Einer jungen Patientin Anfang dreißig musste Amanda leider mitteilen, dass sie nichts mehr für sie tun könne – es war ein trauriges Gespräch, doch die junge Frau war sehr gefasst.

Manchmal stießen sie eben doch an die Grenzen des Machbaren.

Amanda beriet sie über die Alternativen – Leihmutterschaft und Adoption – und verabschiedete die Patientin mit einer herzlichen Umarmung. Sie war überzeugt, dass diese Frau ihr Familienglück finden würde. Der Mann unterstützte sie in dem Wunsch, und sie war nicht so verzweifelt wie andere Frauen, für die nur ein leibliches Kind in Frage kam.

Der Tag verlief also durchaus positiv. Trotzdem war Amanda froh, als es Zeit für die Mittagspause war. Sie war mit Maurice verabredet, der aus dem OP-Trakt ein Stockwerk tiefer nach oben kam. Er wirkte zufrieden mit dem Verlauf seines Vormittags.

Beim Lunch in seinem Büro sprachen sie über die Fälle, die sie gemeinsam betreuten. Anschließend warteten weitere Patientinnen und Paare auf Amanda. Sie arbeitete bis um vier, fuhr danach ins Fitnessstudio und verausgabte sich beim Kardiotraining. Sie hielt sich gerne fit. Außerdem musste sie regelmäßig Meilen auf dem Laufband runterreißen, weil sie eine ziemlich große Schwäche für jede Form von Kohlenhydraten hatte, die sie sich einfach nicht verkneifen wollte.

Als sie zwei Stunden später ihren dunkelblauen SUV vor dem schmalen, dreistöckigen Backsteinreihenhaus parkte, das sie mit ihrem Ehemann Carter bewohnte, stellte sie erfreut fest, dass sein alter, klappriger New Beetle bereits vor dem Haus parkte. Er hatte es also heute früher nach Hause geschafft!

Sie stieg aus dem Wagen und ging ins Haus.

»Hallo, Liebster!«, rief sie und streifte die hohen Stiefel von den schmerzenden Füßen. Heute Morgen hatte sie den Fehler gemacht, sich von dem hübschen neuen Schuhwerk verleiten zu lassen, das sie erst vor wenigen Tagen gekauft hatte. Statt die Stiefel anständig einzulaufen, hatte sie sich spontan entschieden, sie einfach den ganzen Tag zu tragen, weil sie dachte, dass sie schon nicht so viel würde laufen müssen.

Ein Irrtum, wie sich jetzt herausstellte.

Aber es waren hohe Wildlederstiefel, die perfekt zum Bostoner Herbst und ihrem schlichten Kostüm passten!

Irgendwo im Haus hörte sie Carter antworten.

Sie folgte seiner Stimme und fand ihn im ersten Obergeschoss in seinem Büro. Carter saß am Schreibtisch, umgeben von Bücherbergen und stapelweise Kopien und Ausdrucken. Er schaute vom Bildschirm auf, als sie hereinkam.

»Du bist früh.«

»Jepp. Schnell, schick deine heimliche Geliebte nach Hause, ich will jetzt Zeit mit dir verbringen.«

Sein Lächeln wirkte etwas gequält. Sie gab ihm einen Kuss und ließ sich in den gemütlichen, abgewetzten Ledersessel fallen, den Carter noch aus seiner Zeit am College in Ehren hielt. Der Sessel war heilig. Jedes Möbelstück in ihrem Haus hatte Amanda mit viel Sorgfalt ausgewählt und auf das Einrichtungskonzept abgestimmt, das sie im Kopf hatte. Doch dieser Sessel war ein ewiger Streitpunkt zwischen ihnen. Sie hasste das Ding, weil er so abgrundtief scheußlich war. Schwarzes Kunstleder! Abgewetzt und mit einem Riss in der Sitzfläche, und vom Design wollte sie gar nicht erst anfangen … Er wollte das Möbelstück auf keinen Fall fortgeben oder gar wegschmeißen, wie Amanda es immer wieder von ihm verlangte. Inzwischen war der Streit darum zu einem Running Gag verkommen. Und sie gab es ungern zu, aber der Sessel war urgemütlich, und sie genoss es sehr, sich abends nach der Arbeit ein halbes Stündchen zu Carter zu setzen und ihren Tag Revue passieren zu lassen, während er seinen Schreibtisch aufräumte.

»Bist du gut vorangekommen?«

Carter zuckte mit den Schultern. »Könnte ja immer besser sein.« Er war Historiker mit dem Schwerpunkt

Antike und schrieb gerade für einen New Yorker Verlag ein populäres Sachbuch über den Untergang des Römischen Reichs. »Aber ich bin zufrieden.«

»Heute war eine schwangere Patientin bei mir.«

»Ja, und?« Er packte die Aufsätze zusammen, die er heute für seine Arbeit benötigt hatte und räumte sie in eine Archivbox, die er penibel nummerierte und beschriftete. Amanda beneidete Carter um sein System; er behielt auch im größten Chaos noch den Überblick. Sie wäre ohne Erins Organisationstalent völlig aufgeschmissen.

»Nichts ›und‹. Ich mag das nicht. Wieso gehen sie nicht zu ihren Frauenärzten, wenn sie Probleme haben? Ich mache sie nur schwanger. Danach ist mein Job getan.«

Carter grinste. »Das ist eben für die Frauen schwer zu verstehen, dass du so gar nichts für Babys übrig hast. Die glauben vermutlich alle, dass du einen ganzen Stall daheim hast, weil du ja weißt, wie man Babys macht.«

Das Thema Kinder war eines, das Carter und sie schon sehr früh geklärt hatten. Sie wollten beide keine. Bei ihrem ersten Date vor acht Jahren hatte Carter ihr von seiner gescheiterten Ehe erzählt, und als sie fragte, woran sie gescheitert sei, erklärte er freimütig, Ellen und er hätten wohl einfach zu verschiedene Ansichten darüber, wie ihre Zukunft aussehen sollte.

»Sie wollte Kinder, am liebsten gleich ein halbes Dutzend. Ich konnte mir ein Leben mit Kindern nie vorstellen. Darum haben wir uns nach zwei Jahren Ehe getrennt. Sie dachte wohl, dass sie es auch ohne Kinder aushalten könnte. Aber das hielt nur, bis sie sich in einen Kollegen verliebte, der genauso kinderverrückt ist wie sie. Inzwischen ist bei ihnen das zweite Kind unterwegs. Ich gönne ihnen ihr Glück.« Carter hatte einen Schluck vom hervorragenden Rotwein genommen, den er ausgewählt hatte. »Willst du Kinder?«, hatte er gefragt.

»Nein, niemals«, hatte sie ihm sofort versichert. Und als sie sich daraufhin über den Tisch hinweg anlächelten, hatte sie zum ersten Mal dieses Kribbeln verspürt. Er war der Richtige für sie, das wusste sie seit diesem Moment.

»Aber das ist eine sehr persönliche Entscheidung, die keine meiner Patientinnen etwas angeht«, wandte Amanda ein. Nicht zum ersten Mal übrigens. Carter und sie führten diese Art Gespräch alle paar Wochen.

»Dann solltest du diese Patientinnen einfach an Maurice verweisen.«

»Er hatte heute keine Zeit. Außerdem verlangen sie immer nach mir. Wir überlegen darum, ob unsere Praxis eine angestellte Ärztin trägt. Sie könnte dann auch bei Patientinnen eine intensivere Vorsorge machen, falls gewünscht.«

»Nur wird diese Ärztin auch zwei Wochen Urlaub im Jahr haben wollen, in denen du dich mit ihren Patientinnen herumschlagen musst«, wandte Carter ein.

Auch wieder wahr. Amanda biss sich auf die Unterlippe. Daran hatte sie nicht gedacht, und jetzt ärgerte sie sich schon wieder, weil Maurice und sie die Suche nach einer dritten Vollzeitkraft bereits angestoßen hatten.

»Naja, vielleicht finden wir ja auch niemanden. Du weißt, wie anspruchsvoll ich sein kann.«

Carter grinste. »Doch, davon habe ich schon mal gehört.«

»Wollen wir heute Abend was zu essen bestellen?«

»Brauchen wir nicht. Ich habe uns Lasagne gemacht, die brauchen wir nur aufwärmen und dazu den Salat herrichten.«

Amanda stöhnte genüsslich. »Du bist ein Schatz.«

»Ich weiß.« Er stand auf und räumte ein paar Bücher ins Regal. »Kommst du mit in die Küche?«

»Ich wasche nur mein Sportzeug und springe kurz unter die Dusche.«

»Okay.«

Sie hievte sich aus dem Sessel und ging ins Schlafzimmer. Dort zog sie sich bis auf die Unterwäsche aus, stieg im Bad auf die Waage und dann unter die Dusche.

Die Waage zeigte zweihundert Gramm mehr an als letzte Woche.

Verdammt! Wo kam das denn jetzt her? Sie hatte doch an ihrer Ernährung nichts geändert, und auch ihr Sportprogramm spulte sie wie gewohnt ab. War sie etwa jetzt in dem Alter, in dem man mehr für den Körper tun musste? Reichte es nicht mehr, dass sie sich mindestens dreimal pro Woche auf dem Laufband oder im Spinningkurs verausgabte?

Dann eben noch ein viertes Mal.

Sie stieg unter die Dusche. Das Wasser war irgendwie zu heiß, und sie brauchte eine Weile, bis sie die Temperatur richtig justiert hatte. Während sie die Haare einshampoonierte, grübelte Amanda.

Die Jüngste bin ich mit 38 halt nicht mehr, da kann man schon mal das eine oder andere Pfund zusätzlich auf den Rippen ansammeln. Aber das muss echt nicht sein ...

Sie war so stolz, weil sie sportlich war und immer noch Größe 36 trug. Wenn jetzt innerhalb einer Woche zweihundert Gramm dazu kamen, führte das bis zum Jahresende dazu, dass sie drei Kilo zunahm!

Und dann warteten ja noch Thanksgiving und Weihnachten mit all den Verlockungen. Carters Schwester lud jedes Jahr zum Thanksgivingessen ein, und allein deshalb müsste Amanda ein halbes Dutzend zusätzliche Trai-

ningseinheiten bis Weihnachten in ihr Fitnessprogramm einbauen.
Ich will jedenfalls mit vierzig nicht zu einer fetten Matrone werden.
Als sie aus der Dusche stieg, blieb Amanda einen Moment lang stehen und betrachtete sich im Spiegel über dem Waschtisch. Sie mochte ihre blonden Haare, die dunkelbraunen Augen und das zarte Gesicht mit der geraden Nase und dem kleinen Mund. Die Lippen waren vielleicht etwas zu schmal, und für ihr Empfinden standen die Augen eine Winzigkeit zu dicht beisammen. Aber das waren Dinge, die ihrem Aussehen etwas Besonderes verliehen.
»Dicke Schenkel sind aber nix Besonderes«, murmelte sie und ging zurück ins Schlafzimmer.

»Was ist los mit dir? Keinen Hunger?« Carter schaufelte hungrig die Lasagne in sich rein. Er hatte einen Bärenhunger. Man unterschätzte ja gerne, was die Kopfarbeit mit einem anstellte. Er bekam davon irgendwann schlechte Laune, die sich nur durch eine Extraportion Kohlenhydrate vertreiben ließ.
Amanda hingegen stocherte eher lustlos in ihrer Lasagne herum und hatte schon zweimal vom Salat nachgenommen. Am fehlenden Hunger konnte es also nicht liegen, dass sie eines ihrer Leibgerichte so konsequent verweigerte.
»Ich war vorhin auf der Waage.« Sie legte die Gabel beiseite. »Ich glaube, ich werde eine fette Matrone.«
»Ja, natürlich wirst du das«, bemerkte Carter trocken. Er betrachtete seine Frau zärtlich. Sie war schlank und sportlich, jeder Muskel ihres Körpers durch regelmäßiges Workout und viele Kardioeinheiten im Fitnessstudio de-

finiert. Sie war stolz auf diesen Körper. Zu Recht, wie er fand. Er war auch stolz auf sie, denn sie hatte ein eisernes Durchhaltevermögen. Seine Mitgliedschaft in dem Fitnessclub, den sie besuchte, war eher passiver Natur.

»Ich meine das ernst!«, rief sie empört. Im nächsten Moment musste sie über sich selbst lachen.

»Wie viel hast du zugenommen? Ein Pfund? Anderthalb?«

Amanda riss die Augen auf. »Sehe ich so fett aus? Wo?«

»Du siehst nicht *fett* aus«, widersprach Carter. »Falls du zugenommen hast, sieht man es dir jedenfalls nicht an.«

»Ich verstehe das überhaupt nicht. Ich habe nämlich nichts anders gemacht als sonst.«

»Dann wirst du das, was du zugenommen hast, genauso schnell wieder verlieren. Oder es liegt an deinem Zyklus? Manche Frauen legen vor den Tagen etwas zu. Du hast mir doch mal von dieser Studie erzählt, bei der soundso viel Prozent der Frauen Wasser einlagern.«

»Ja, das könnte sein.« Sie runzelte die Stirn. »Ich werde das beobachten.«

»Und während du es *beobachtest*, könntest du meiner Lasagne vielleicht die ihr gebührende Aufmerksamkeit widmen.«

Amanda seufzte theatralisch. Dann hellte sich ihre Miene auf. »Weißt du was? Genau das werde ich auch tun. Scheiß auf die Kalorien, scheiß auf die Kohlenhydrate. Ich werde einfach morgen wieder in den Fitnessclub gehen und den Spinningkurs mitmachen. Wäre doch gelacht, wenn ich mein Gewicht nicht halten könnte. Und es liegt bestimmt an meinem Zyklus. Nächste Woche ist der Spuk vorbei und ich fühle mich noch besser und ausgeglichener.«

Sie grinste zufrieden. Carter streckte die Hand aus und drückte ihre.

»So gefällst du mir schon viel besser«, sagte er.

Ihre dunkelbraunen Augen strahlten.

Sie ist wunderschön, fuhr es ihm durch den Kopf. Wenn sie abends nach dem Sport frisch geduscht mit ihm beim Essen saß, glänzten ihre Wangen rosig von der Anstrengung und der heißen Dusche, und ihre langen, blonden Locken hingen noch etwas feucht und schlaff auf ihren Rücken. Doch am meisten liebte er das Funkeln ihrer Augen. Als ob sie etwas im Schilde führte …

Nach dem Essen räumten sie den Tisch ab. Während Carter die letzten Reste der Lasagne verpackte und im Kühlschrank verstaute, entkorkte Amanda eine Flasche Rotwein. Sie gingen mit Wein, Gläsern und einem Schälchen Wasabinüsse ins Wohnzimmer, wo sie sich vor den Fernseher setzten und eine Folge ihrer Lieblingsserie schauten. Danach schalteten sie den Fernseher aus und lasen noch für anderthalb Stunden, bevor sie ins Bett gingen.

Wir führen ein gutes Leben, dachte Carter an diesem Abend. Er wusste, wie viel Glück er mit Amanda hatte. Sie war ganz anders als seine erste Ehefrau Ellen. Sie wusste, was sie wollte, und das hatte Carter vom ersten Moment an sehr imponiert. Zumal sie beide dasselbe wollten: Ein Leben ohne Kinder. Inzwischen fühlte er sich mit seinen 43 Jahren auch schon zu alt, um noch eine Familie zu gründen. Und bei Amanda musste er nicht befürchten, dass ihnen irgendwann ein »Unfall« passierte, sei es nun zufällig oder absichtlich. Sie kannte sich mit Verhütung aus.

In den letzten Monaten seiner Ehe mit Ellen hatte ihn

diese Angst nicht mehr verlassen. Sie hatte plötzlich Kinder gewollt, und ab diesem Tag hatte sich in ihrem Verhältnis etwas verändert. Ellen war eine attraktive Frau – auch heute noch, wenn sie sich alle paar Monate mit ihrer Familie trafen, dachte er das. Doch seit dem Tag, an dem sie ihm gestand, dass sie doch noch Kinder wollte, fand er sie nicht länger attraktiv. Er schlief danach kein einziges Mal mehr mit ihr.

Er wusste gar nicht so genau, warum er keine Kinder wollte. Seine Schwester Doris und sein Bruder Randolph hatten beide früh geheiratet und viele Kinder bekommen; nur er hatte sich diesem Weg von Anfang an verweigert. Doris war inzwischen schon das erste Mal Großmutter geworden, während Randolph davon schwärmte, wie toll es war, das Haus wieder für sich zu haben, weil die Kinder inzwischen auf dem College waren, ihren Berufen nachgingen und sich ein eigenes Leben aufbauten.

»Das Schönste ist, wenn man auf der Hochzeit der eigenen Tochter mit ihr tanzt«, hatte Randolph mal gesagt.

Nichts davon reizte Carter. Und er war froh, dass Amanda seine Ansicht teilte. Bei ihr hatte er auch keine Befürchtung, dass sie sich irgendwann anders entschied oder dass ihr ein Verhütungsunfall unterlief. Sie hatte tagtäglich mit Paaren zu tun, die sich nichts sehnlicher wünschten als ein Kind. Hätte sie irgendwann selbst diesen Wunsch verspürt, dann hätte sie ihn nicht vor vollendete Tatsachen gestellt, sondern vermutlich mit ihm geredet.

Er wusste auch nicht, wie er dann reagiert hätte. Wäre er wieder aus einer Ehe davongelaufen, in der er sich wohlfühlte, die für ihn genau richtig war? Oder hätte er sich beim zweiten Mal dem Wunsch der Frau gebeugt?

Zum Glück war das für Amanda kein Thema. Im Gegenteil. Jedes Mal, wenn sie nach Hause kam und wieder berichtete, dass eine Frau sich von ihr auch während der Schwangerschaft Betreuung erhoffte, spürte er, wie sehr ihr diese Patientinnen verhasst waren. Er wusste nicht, warum das so war, aber sie ertrug Schwangere nur in der frühesten Phase ihrer anderen Umstände. Danach sollten sich andere Ärzte darum kümmern.

»Woran denkst du?«

Amanda hatte ihr Buch zugeklappt und betrachtete ihn schon eine ganze Weile. Carter schüttelte den Kopf und versuchte, die Grübeleien so zu vertreiben.

»Wie viel Glück ich mit dir habe«, sagte er nur.

Sie lächelte. »Dann hast du das auch gerade gespürt? Als ginge ein Windhauch durchs Zimmer. Das ist unser Glück, das uns streift.«

»Es streift uns nicht nur, es küsst und umarmt uns sogar«, gab er automatisch zurück. Es war ein Dialog, den sie oft führten. Andere Paare sagten einander, dass sie sich liebten. Amanda und er schätzten sich einfach glücklich, dass sie einander hatten.

»Wir haben beide großes Glück.« Sie gähnte und streckte die Arme über den Kopf. Dabei rutschte der dünne Baumwollpullover nach oben, den sie oft an den ersten kühlen Herbstabenden aus dem Schrank holte. Er war inzwischen an den Ärmeln ziemlich abgewetzt, total ausgeleiert und die einst schwarze Farbe zu einem verwaschenen Anthrazit verblasst. Aber sie ließ über dieses Sweatshirt genauso wenig reden wie er über seinen Lieblingssessel.

»Gehst du schon ins Bett?«, fragte er, als sie aufstand. Sie nickte.

»Morgen wird ein anstrengender Tag. Ich stehe ab acht Uhr für vier Stunden im OP, und nachmittags habe ich wieder einen vollen Terminkalender.«

»Ihr solltet wirklich darüber nachdenken, noch jemanden einzustellen. Nicht mal zwingend für die gynäkologische Betreuung. Ich glaube, ihr seid so weit, dass ihr wachsen könnt.«

Amanda strahlte. »Ja, nicht wahr? Das denke ich nämlich auch. Und es ist ein gutes Gefühl, wenn man so weit gekommen ist.«

»Keine Angst vor Wachstum.«

»Das sagst ausgerechnet du? Geht's in deinem Buch nicht darum, dass das Römische Reich seinen Untergang provoziert hat, weil es zu schnell gewachsen ist?«

»Zu schnell, ja. Aber ihr seid jetzt schon seit Jahren dabei, habt eine Warteliste von über sechs Monaten und könntet vermutlich noch mehr Patienten aufnehmen, wenn ihr die Warteliste nicht konsequent beschneiden würdet.«

»Hast ja recht.« Sie gab ihm einen Kuss auf die Wange, und er nutzte die Gelegenheit, ihren straffen, vom Sport gestählten Bauch zu streicheln. »Kommst du auch bald ins Bett?«, flüsterte sie.

Er lächelte. »Woher hast du gewusst, dass ich mir gerade genau das vorgestellt habe?«

Sie gab die Kokette. »Ach … war nur so eine Idee. Ich habe nämlich auch Lust auf dich.« Sie berührte seine Wange und verließ das Zimmer.

Lange konnte Carter sich nicht mehr auf seine Lektüre konzentrieren. Er folgte ihr nach oben ins Schlafzimmer. Als er sie im Bett liegen sah, nur mit einem dünnen Hemdchen bekleidet, unter dem sich ihre hübschen Brüste abzeichneten, war dies der perfekte Moment, um ihr zu sagen, wie sehr er sie liebte. Wie sehr er sie begehrte. Er wusste, dass es der perfekte Moment war, doch er ließ ihn verstreichen, weil er in der nächsten halben Stunde einfach etwas Besseres zu tun hatte.

2. Kapitel

Samantha liebte den Herbst in Neuengland. Das Laub verfärbte sich in einem bunten Durcheinander von blassem Gelb über rotes Gold bis zum tiefsten Blutrot, und die Sonne strahlte von einem knallblauen Himmel, der fast zu schön war, um wahr zu sein. Außerdem waren die Temperaturen endlich einigermaßen angenehm. Nicht zu vergleichen mit der New Yorker Hitze, die sich zwischen den Wolkenkratzern staute und im August jeden, der halbwegs bei Verstand und mit ein bisschen Geld gesegnet war, in die Hamptons trieb. So hatte auch sie es gehalten, denn zum Glück kannte sie Oliver.

Aber jede Beziehung hat auch ihre Schattenseiten, und bei der mit Oliver war es eindeutig die, dass er sich nicht festlegen wollte. Er liebte es, von einer Beziehung zur nächsten zu flattern und sich zwischendurch bei Samantha auszuruhen, wenn gar nichts mehr ging. Wenn er das Gefühl hatte, dass die Frauen zu viel von ihm verlangten, war sie ihm gerade recht, weil sie nie Forderungen stellte.

Sie wusste selbst nicht, warum sie das mit sich machen ließ. Aber es fühlte sich nicht so falsch an wie ihre letzte Beziehung mit einem Mann, der sie ausgenutzt und mit einem Berg Schulden zurückgelassen hatte, weil er das Geld lieber in Atlantic City verspielte, statt es in die gemeinsame Wohnung zu stecken.

Sam hatte jetzt also einen Berg Schulden, einen Liebhaber, der sich nur dann zeigte, wenn er sie brauchte, und ein Apartment in Manhattan, das leider ziemlich renovie-

rungsbedürftig war.
Und sie hatte beschlossen, das alles hinter sich zu lassen.
Darum war ihr die Anzeige in der medizinischen Fachzeitschrift direkt ins Auge gefallen.

Eingeführte Praxis für Reproduktionsmedizin in Boston sucht zu sofort Verstärkung, gerne Gynäkologin mit Spezialisierung auf Reproduktionsmedizin. Überdurchschnittliche Bezahlung, Krankenversicherung und weitere Vergünstigungen inklusive.

War sie wirklich bereit, New York hinter sich zu lassen?
Sie saß immerhin schon im Wartebereich der Praxis, denn auf ihre Bewerbung hatte man sie innerhalb einer Woche zu einem Vorstellungsgespräch eingeladen.
Was sie sah, gefiel ihr jedenfalls schon sehr gut: Eine ruhige, helle Atmosphäre, auf dem Beistelltischchen nicht die üblichen Broschüren und Zeitschriften, sondern eine kleine Auswahl Informationsmaterial und Tageszeitungen. Die Blumen in der weißen Vase waren frisch und verströmten einen dezenten Duft. Die Frauen und Paare, die hier saßen, hatten genug Raum, um bei ihren leisen Gesprächen nicht von anderen belauscht zu werden. Einige Frauen starrten einfach nur ins Leere, während andere auf ihre Hände blickten, als könnten sie mit ihrer Hilfe das heraufbeschwören, was sie sich am meisten ersehnten.
Eine Arzthelferin kam in das Wartezimmer. »Miss Samantha Dollinger?«
»Hier.« Sam sprang auf. Sie klemmte die Mappe mit ihren Referenzen und Unterlagen unter den Arm und folgte der Helferin mit den blau gefärbten Haaren in ein

Sprechzimmer. Dort wurde sie von einer blonden Frau begrüßt, die Sam spontan auf Mitte dreißig schätzte. Sie sah sportlich und frisch aus. Vielleicht auch eher Anfang dreißig.

»Miss Dollinger? Ich bin Amanda Walker. Danke, dass Sie heute Zeit für uns haben.«

»Kein Problem.«

Dr. Walker wies einladend auf eine Sofaecke. »Setzen wir uns doch hier hin. Das ist etwas gemütlicher als wenn der Schreibtisch zwischen uns ist. Möchten Sie etwas trinken? Einen Kaffee oder ein Wasser?«

»Wenn Sie welchen haben, nehme ich Tee.«

»Erin kümmert sich darum. Für mich bitte Kaffee«, fügte sie hinzu und lächelte Sam entschuldigend an. »Mein größtes Laster. Im Moment bin ich ständig so müde, dass ich im Stehen einschlafen könnte.«

»Haben Sie viel zu tun?«

»Daran könnte es liegen.« Sie lachte gut gelaunt. Sam merkte, dass sie Dr. Walker mochte. Sie war wie eine große Schwester, die Sam nie gehabt hatte.

»Also, Miss Dollinger. Ich habe Ihre Bewerbung gelesen, und mir gefällt Ihr bisheriger Werdegang sehr gut. Sie haben tolle Referenzen.« Dr. Walker blätterte die Bewerbungsmappe durch. Dann blickte sie auf. »Wie sieht es bei Ihnen mit Kindern aus?«

»Ich verstehe die Frage nicht.«

»Möchten Sie Kinder? Planen Sie, irgendwann eine Familie zu gründen?«

Sam schwieg verlegen. Normalerweise war so eine Frage unzulässig, und sie müsste darauf auch gar nicht antworten. Zumal sie auch im Moment keine Antwort auf diese Frage wusste. Oliver war wohl kaum der Richtige, um mit ihm eine Familie zu gründen, wenn er bei der nächsten Gelegenheit wieder verschwand …

»Ich weiß es nicht«, gab sie ehrlich zu. »Im Moment ist jedenfalls nichts geplant.«

»Und später?« Dr. Walker ließ nicht locker.

Sam atmete tief durch. Später war ein dehnbarer Begriff. Immerhin war sie erst Ende zwanzig. »Nein«, log sie. »Ich denke, ich möchte keine Kinder.«

»Das ist gut. Verstehen Sie mich nicht falsch, wir haben nichts dagegen, wenn Frauen Kinder bekommen. Das ist immerhin unsere Aufgabe – wir verhelfen ihnen zu diesem Glück. Aber eine Ärztin, die mit dickem Bauch durch die Praxis läuft, ist alles andere als angenehm für unsere Patientinnen. Sie haben teilweise bereits einen langen Leidensweg hinter sich, und jede Schwangere ist für sie wie ein Trigger. Das möchten wir gerne vermeiden.«

»Was würden Sie denn machen, wenn ich irgendwann schwanger werde?«

Dr. Walker hatte auch darauf eine Antwort. »Wir würden Sie vermutlich für die Dauer der Schwangerschaft, mindestens aber ab dem fünften Monat freistellen.«

»Okay …« Aber Kinder waren ja ohnehin noch kein Thema für Sam. Insofern konnte sie ganz entspannt bleiben.

»Wir suchen vor allem eine Ärztin, die uns in der täglichen Beratung unterstützt. Dabei geht es um die Ausarbeitung von Behandlungsplänen, Untersuchungen der Patientinnen und so weiter.«

»Machen Sie auch Schwangerschaftsvorsorgen?«

»Nein, aus den vorhin genannten Gründen vermeiden wir das. Manchmal kommen Patientinnen nach erfolgreicher Behandlung und bitten uns um Unterstützung, weil ihr eigener Frauenarzt sie in diesem frühen Stadium noch nicht betreut. Dafür wären Sie dann zuständig, während wir uns vermehrt der Laborarbeit und den Operationen widmen.«

Sam nickte. Das war für sie eine gute Aufgabenteilung, denn Operationen hatte sie während der letzten Jahre im Klinikum mehr als genug gemacht. Sie sehnte sich nach der etwas ruhigeren Arbeit als Teil eines Praxisteams.

»Okay … Haben Sie noch Fragen?«

»Ja.« Sam atmete tief durch. »Wie sieht es mit einem vergünstigten Darlehen aus, wenn ich mich in Boston niederlassen möchte? Ich würde dann vielleicht ein Haus kaufen wollen …«

»Darüber können wir sicher reden. Eine gute Krankenversicherung und ein Pensionsplan gehören ebenfalls zu unserem Angebot.«

»Dann wäre da noch die Frage, ob sich bei entsprechender Leistung früher oder später die Möglichkeit ergibt, Partnerin in der Praxis zu werden.«

Dr. Walker hob die Augenbrauen. »Sie legen sehr viel Wert auf diese Details.«

»Immerhin würde ich einen erstklassigen Job in New York aufgeben. Naja, und New York auch.«

»Verstehe. Sie wollen nicht aus New York weg?«

Sam biss sich auf die Unterlippe. Jetzt war sie Dr. Walker doch noch auf den Leim gegangen. Natürlich wollte sie aus New York weg, doch nicht um jeden Preis. Wenn die Konditionen hier stimmten, wäre sie die Letzte, die sich gegen diese neue Chance stemmen würde. Aber zugleich wusste sie, dass die New Yorker Klinik, in der sie in wenigen Jahren zwangsläufig Oberärztin werden würde, einen exzellenten Ruf genoss. Sie konnte sich theoretisch ihren nächsten Job aussuchen.

Aber sie wollte nicht irgendeinen Job, sondern etwas, bei dem sie die Verantwortung an Andere abgeben konnte. Doch durfte sie das einfach so sagen?

»Vielleicht habe ich Ihnen einen falschen Eindruck über die Art von Position vermittelt, die wir anbieten«, sagte Dr. Walker.

»Nein, nein. Ich weiß schon, was Sie anbieten. Und das ist absolut in Ordnung.«

»Sie klingen nicht besonders glücklich.«

Aber das lag nicht an der Jobsituation. »Vielleicht habe ich gehofft, dass meine Arbeit hier entsprechend geschätzt wird. Ich gebe immerhin einen Posten auf, der mir in den kommenden Jahren eine bestimmte Entwicklung garantiert. Inklusive Forschungsgelder.«

»Sie müssen wissen, was Sie wollen. Eine Partnerschaft ist etwas, worüber wir frühestens in drei bis fünf Jahren entscheiden können, ob es diese Möglichkeit überhaupt gibt. Wenn das für Sie nicht in Ordnung ist, suchen Sie sich lieber eine andere Praxis, in der Sie Ihre exzellenten Referenzen völlig ungerechtfertigt unterbezahlen lassen.«

Himmel, diese Dr. Walker hatte wirklich Haare auf den Zähnen.

»Ist schon in Ordnung«, behauptete Sam. Und im Grunde war es das ja auch. Sie suchte nach einem Job, der sie aus New York führte, bei dem sie nicht viel Verantwortung trug und der trotzdem eine Herausforderung war. Allerdings war dieses Profil nicht so leicht zu erfüllen.

Und hier hätte sie den perfekten Job, noch dazu in ihrem Fachgebiet. Sie brauchte nur zugreifen – und machte doch alles mit ihrem mangelnden Verhandlungsgeschick wieder kaputt.

»Wir melden uns«, sagte Dr. Walker zum Abschied.

Sam lächelte tapfer, doch sobald sie das Gebäude verlassen hatte, fiel die souverän aufrecht erhaltene Maske von ihrem Gesicht herunter, und sie hatte das unangenehme Gefühl, als würde ihr jemand den Boden unter den Füßen wegreißen.

»Das war wohl nichts«, murmelte sie enttäuscht und warf ihre Bewerbungsmappe, in der sie noch zusätzliche Zertifikate zusammengestellt hatte, in den nächsten Mülleimer. Wenn man nach dem Bewerbungsgespräch so ein lapidares »Wir melden uns« zu hören bekam, gab es nicht nur andere Bewerber, sondern man konnte sicher sein, dass man nicht in die engere Auswahl kam.

Also würde sie den Herbst nicht in Neuengland verbringen, sondern musste sich mit dem goldenen Laubdach der Bäume im Central Park zufriedengeben.

Und die endgültige Trennung von Oliver rückte ebenfalls in weite Ferne. Sie schaffte es nicht, wenn es ihr nicht gelang, eine räumliche Distanz zu ihm aufzubauen. Dazu war ihre Beziehung zu kompliziert und mit zu vielen Gefühlen und Erinnerungen verknüpft.

Aber sie wollte nicht aufgeben. Aufgeben war für sie nie eine Option gewesen.

»Und? Wie war unsere Favoritin?«, fragte Maurice und kam in die Teeküche. Amanda stand vor dem Kühlschrank und musterte den Inhalt. Sie runzelte die Stirn, nahm einen Fertigsalat heraus, den sie selbst heute Früh reingestellt hatte, stellte ihn frustriert zurück und nahm stattdessen einen von Erins Schokopuddings, die sie sonst immer total eklig fand. Aber jetzt hatte sie Hunger auf Schokopudding und nicht auf Salat. Musste sie eben im

Fitnessclub zehn Minuten länger auf dem Laufband bleiben.

»Schrecklich«, klagte sie. »Stell dir vor, sie hat überhaupt nicht nach unserer Arbeit gefragt. Es ging nur darum, welche Vergünstigungen sie bekommt. Ob wir ihr ein zinsgünstiges Darlehen gewähren, damit sie sich in Boston niederlassen kann, wie unser Pensionsplan aussieht und so weiter. Es ging ihr wirklich nur ums Geld.«

»Ihre Referenzen sind hervorragend, nicht wahr?«

»Sie ist sehr viel besser als alle anderen Bewerber.«

Maurice zog die Bewerbungsmappe über den Tisch, die Amanda vor sich liegen hatte, während sie den Schokopudding in sich reinschaufelte. Himmel, sie könnte direkt noch so ein Ding verdrücken. Vielleicht sollte sie lieber gleich eine ganze Palette nachkaufen, bevor sie Erin alles wegfutterte.

»New York, Jahrgangsbeste. Sie kommt aus einer exzellenten Klinik. Und es macht ihr nichts aus, zukünftig nicht so oft im OP zu stehen?«

»Sie meinte, das wäre kein Problem für sie. Aber zugleich wollte sie wissen, ob wir ihr früher oder später eine Partnerschaft anbieten.«

»Okay, wo ist dein Problem?« Maurice war wirklich begriffsstutzig.

»Ich hab einfach das Gefühl, dass es ihr nur ums Geld geht.«

»Das hat dich bei den anderen Bewerbern bisher auch nicht gestört.«

Amanda wollte noch etwas hinzufügen, doch sie hielt lieber den Mund. »Du findest sie süß«, stellte sie fest.

»Quatsch.«

Er klappte die Mappe zu. Sie glaubte zu sehen, dass er verärgert die Stirn runzelte.

»Willst du, dass wir sie nehmen?«

»Ich finde eben die anderen Bewerber nicht so überzeugend wie sie.«

Amanda seufzte. Irgendwie hatte sie befürchtet, dass es so weit kommen würde; jetzt konnten Maurice und sie sich nicht mal auf eine Kandidatin einigen. Wie sollte das erst werden, wenn sie in einigen Jahren weiter expandierten und bereits einen dritten Partner an Bord hatten? Machte das nicht alles noch komplizierter?

»Weißt du was? Wir lassen das.« Sie entriss ihm fast gewaltsam die Mappe und schob sie unter die Patientenakte, in der sie gerade las. »Wir stellen niemanden ein. Ich kümmere mich weiter um diese Schwangeren, die nicht mal zwei Wochen warten können, bis ihr Arzt sie untersucht.«

»Kein Grund, deshalb aus der Haut zu fahren«, murmelte Maurice. »Ich habe dir nichts getan, oder?«

Amanda wusste selbst, dass sie ihn ungerecht behandelte, aber die Wut in ihrem Bauch war gerade größer als alles andere. »Du hattest doch die bescheuerte Idee. Deinetwegen musste ich mir ein halbes Dutzend Idioten anhören, die mir alle erzählen wollten, wie toll unsere Praxis ist, was für einen exzellenten Ruf sie hat und was für eine wichtige Arbeit wir leisten. Ich habe jedem von ihnen gesagt, dass es uns nicht darum geht, den Paaren zum Kinderglück zu verhelfen, sondern dass wir uns einfach den Arbeitsbereich ausgesucht haben, in dem wir beide brillieren und viel Geld verdienen können.«

»Im Klartext: du hast die Guten vergrault.«

»Ach, mach doch, was du willst. Meinetwegen kannst du die Bewerbungsgespräche führen, wenn es dich glücklich macht.«

»Ich übernehme das gerne. Zunächst würde ich dann

wohl Samantha Dollinger zu einem zweiten Gespräch einladen.« Er wartete einen Moment. Als wollte er ihre Reaktion abwarten.

Amanda zuckte nur mit den Schultern. »Ist mir egal, was du machst. Hauptsache, ich bin aus der Sache raus.«

»Keine Sorge. Du wirst von unserer neuen Kraft nichts sehen und nichts hören. Und übrigens, wenn du heute Abend noch in den Drugstore fährst – denk dran, Damenhygieneprodukte zu kaufen, falls du nichts mehr zu Hause hast. Mit deinem PMS vergraulst du wirklich jeden.«

Sie starrte ihm wütend nach, wie er gut gelaunt und mit Samantha Dollingers Bewerbungsmappe unter dem Arm aus der Teeküche spazierte. Erin kam ihm entgegen, und Maurice war auch noch so gemein, ihr eine Warnung zuzurufen, dass man bei Amanda heute vorsichtig sein sollte, was man sagte.

Blödmann, dachte sie.

Aber vielleicht keine so schlechte Idee von ihm, dass sie PMS hatte. Konnte gut sein …

Trotzdem sollte er sie nicht behandeln, als wäre sie eine unfähige Frau, die sich von ihrem Hormonstatus dermaßen ablenken ließ, dass sie keine vernünftigen Entscheidungen treffen konnte.

»Hast du etwa den ganzen Schokopudding aufgegessen?« Erin stand vor dem offenen Kühlschrank und starrte auf das leere Fach.

Amanda stand auf und warf den leeren Becher in den Müll. »Ich kaufe neue«, sagte sie, und als wäre das die perfekte Begründung, fügte sie hinzu: »PMS. Alle vier Wochen im Ausnahmezustand.«

Erin runzelte die Stirn. »Bist du sicher? Das letzte Mal hast du meine Schokopuddingvorräte kurz vor meinem Geburtstag dezimiert. Das war vor sechs Wochen.«

»Echt? Komisch.« Das musste sie in ihrem Kalender nachsehen. Aber was konnte sie sonst dazu treiben, große Mengen Schokopudding in sich reinzuschaufeln?

»Ganz bestimmt. Ich war an dem Tag total frustriert, weil meine Eltern nicht zu meinem Geburtstag kommen konnten. Und dann waren auch noch die Puddings alle.«

»Egal. Ich kaufe dir auf jeden Fall eine Palette Pudding. Kommt morgen, okay?«

»Schon gut.« Erin nahm stattdessen den Fertigsalat. »Ich bin eh viel zu dick.«

»Bist du nicht«, widersprach Amanda automatisch. Sie musste wieder an ihre Waage daheim denken, die ihr letzte Woche so einen großen Schreck eingejagt hatte. Und heute war wieder Wiegetag. Nach so viel Schokopudding dürfte es sie nicht überraschen, wenn sie erneut zugenommen hatte.

»Irgendwas muss ja der Grund sein, weshalb niemand sich für mich interessiert.«

»Unsinn«, widersprach Amanda automatisch. »Du bist eine tolle, selbstbewusste junge Frau. Das wird schon irgendwann noch ein Kerl erkennen. Und die, die das nicht sehen, können dir doch gepflegt den Buckel runterrutschen, oder nicht?«

Erin zuckte mit den Schultern. »Liegt vermutlich daran, dass ich schon Kinder habe. Ich bin 25, habe keine abgeschlossene Ausbildung und meine beiden Söhne sind unter der Woche bei meiner Mom. Ich meine, ich bin nicht nur Mutter, sondern auch noch Rabenmutter. Und ich esse zu viel Schokopudding.« Bestätigend klopfte sie auf ihren Bauch. Der war tatsächlich nicht mehr so flach und muskulös wie der von Amanda, doch das lag sicher nicht an dem Schokopudding, denn Erin trug dieselbe

Kleidergröße wie Amanda.

»Das ist bei mir genetisch«, behauptete Amanda. »Meine Mom war früher Wettkampfschwimmerin. Es hätte fast für Olympia gereicht.«

»Wow. Das wusste ich nicht.«

»Dafür muss ich aber richtig viel Ausdauersport machen, sonst gehe ich auf wie ein Hefeteig.«

»Ich wäre ja schon froh, wenn ich die Zeit für mehr Sport hätte.« Erin lächelte. Was sie damit eigentlich sagte, war für Amanda klar: *Deine Probleme möchte ich haben.*

Irgendwie hatte Amanda heute ein Talent, bei ihren Mitmenschen anzuecken. Sie beschloss, für den Rest des Tages ihre Meinung lieber für sich zu behalten.

Heute war so ein Tag, an dem Maurice seiner Partnerin Amanda lieber aus dem Weg gegangen wäre.

Ihn störte dabei weniger, dass sie ihn anzickte. Nein, es war eher die Tatsache, dass sie seine Favoritin vergraulte. Ausgerechnet Samantha Dollinger schien nicht ihren Geschmack zu treffen. Dabei hatte Maurice vorher schon ausgiebig mit Sam telefoniert und festgestellt, dass sie super ins Team passte.

Offenbar hatte sie Amanda auf dem falschen Fuß erwischt.

Maurice griff zum Telefon und rief Sam an. Sie meldete sich nach dem zweiten Klingeln.

»Sam, hier ist Maurice. Ich habe gerade gehört, dass das Gespräch mit Amanda nicht so gut lief?«

Sam klang erstaunlich gefasst. »Manchmal passt es eben nicht. Sie scheint mich nicht zu mögen.«

»Das glaube ich nicht. Amanda hatte einen schlechten Tag. Wie wäre es, wenn Sie in den nächsten Tagen noch mal vorbeikommen? Sie sind immer noch unter den Top drei der Bewerber, und ich fände es schön, wenn wir uns noch mal zusammensetzen.«

»Ich weiß nicht … Amanda hat mir schon recht deutlich gezeigt, was sie von einer Ärztin hält, der es nicht nur um das Wohl der Patienten geht.«

»Ach, Sie meinen wegen der Sozialleistungen? Ich bin sicher, dass wir uns einigen können.«

»Ich bin gut, Maurice«, unterbrach sie ihn. »Richtig, richtig gut. Sie wissen das, ich weiß das, und ich vermute, dass Amanda es auch weiß. Aber manchmal haben wir Frauen eben keine Chance. Da werden uns Knüppel zwischen die Beine geworfen, nur weil wir genauso viel fordern wie ein Mann. Das ist ungerecht, ich weiß. Und ich sollte sowas nicht aussprechen, wenn ich mir auch nur ansatzweise die Chance auf den Job bewahren will. Aber es ist doch so. Wenn ich dasselbe fordere wie meine männlichen Kollegen, werde ich sofort als gierig abgestempelt. Die kriegt den Hals nicht voll genug, heißt es dann. Und das Schlimmste ist: in den meisten Fällen kommt dieser Vorwurf von anderen Frauen. Männer haben damit weniger ein Problem. Ich habe nur versucht, meine Perspektiven abzuklopfen. Es geht mir nicht darum, ein Jahr oder zwei bei Ihnen zu arbeiten, weil es in meinem Lebenslauf gut aussieht, Maurice. Wenn ich zu Ihnen komme, will ich mich ganz darauf einlassen. Vielleicht auch bis ans Ende meiner Erwerbstätigkeit. Und dann ist es nur legitim, nach den Chancen zu fragen, oder?«

»Natürlich«, antwortete Maurice automatisch. »Ich bin da voll auf Ihrer Seite, Sam.«

»Dann bekomme ich den Job?«

»Wie wäre es, wenn wir uns noch mal treffen?« Er

hatte die Mappe aufgeschlagen und betrachtete ihr Foto. Hübsch war sie. Verdammt hübsch. Fast zu schön, um wahr zu sein.

Und wenn er sie einstellte, wäre sie absolut tabu für ihn. Das hatten Amanda und er von Anfang an vereinbart – keine Beziehungen mit den Angestellten. Keine Affären, keine Dramen. Bisher waren sie mit diesem Grundsatz gut gefahren.

Aber für Samantha Dollinger würde er diese Vereinbarung durchaus aufs Spiel setzen. Sie hatte ein hübsches, herzförmiges Gesicht, braune Augen und einen süßen, kleinen Kirschmund. Die hellbraunen Locken, die ihr bis zum Kinn reichten, schienen ein Eigenleben zu führen. Außerdem trug sie ein weißes Sommerkleid auf dem Foto, das ihre gebräunten Schultern zeigte. Nicht unbedingt ein professionelles Bewerbungsfoto, aber ein sympathisches.

»Sie meinen, ich soll ein zweites Mal nach Boston kommen?« Sie klang nicht besonders überzeugt.

»Ich kann auch zu Ihnen nach New York kommen«, schlug er vor.

»Ich muss die nächsten drei Tage arbeiten. Wir könnten uns höchstens abends treffen.«

»Perfekt! Passt es Ihnen Freitag?« Noch bevor er den Satz vollendet hatte, schalt er sich in Gedanken einen Idioten. Verdammt, tat er das wirklich gerade?

»Freitagabend? Haben wir damit etwa ein Date, Dr. Brown?«

»Keine Ahnung.« Er lachte die Verlegenheit weg. »Was denken Sie?«

»Fragen Sie mich das, wenn wir die zweite Flasche Wein bestellen.«

»Das werde ich tun«, versprach er ihr.

Sie verabschiedeten sich, und Maurice legte mit dem guten Gefühl auf, dass er mit Dr. Sam Dollinger die Richtige gefunden hatte.

Fürs Praxisteam natürlich.

Nicht die Richtige fürs Leben.

Es war gar nicht so leicht, die Meinung für sich zu behalten.

An diesem Nachmittag hatte Amanda unter anderem einen Gesprächstermin mit Sonia Smith. Sonia war bereits seit über drei Jahren ihre Patientin. Doch bisher hatte keiner der Behandlungszyklen den gewünschten Erfolg erbracht, und für Amanda stand fest, dass sie Sonia keine weiteren Behandlungen empfehlen konnte.

Diese Art von Gesprächen strengten sie immer sehr an. Jetzt wäre es doch ganz angenehm, jemanden wie Samantha Dollinger zu haben.

Als Sonia ihr Sprechzimmer betrat, wirkte sie seltsam gefasst. Amanda bot ihr an, dass sie es sich auf dem Sofa gemütlich machten. Dann legte sie Sonias dicke Patientenakte vor sich auf den Couchtisch.

»Du weißt, worüber ich heute mit dir sprechen möchte?«, fing sie behutsam an.

»Ich glaube schon.« Sonia atmete tief durch. Ihre dunklen Locken und das zarte, blasse Gesicht mit den großen, blauen Augen erinnerten an ein Porzellanpüppchen. Sie war fast zu dünn, und mehr als einmal hatte Amanda sie in den letzten Jahren ermahnt, mehr auf sich zu achten. Neben Übergewicht war auch Untergewicht alles andere als nützlich, wenn man schwanger werden und bleiben wollte.

»Es ist vorbei, nicht wahr?«, fragte Sonia. »Du kannst nichts mehr für mich tun.«

Es klang ein bisschen so, als würde Amanda ihr den Todesstoß versetzen. Als wäre dies der Moment, in dem sie Sonia schonend beibrachte, dass sie todkrank war. Austherapiert war das hässliche Wort, das ihr dazu einfiel und das sie unter allen Umständen vermeiden wollte.

»Wir haben viel versucht«, sagte sie behutsam.

»Ich weiß. Eizellspende, Samenspende, Embryospende … Ich habe alles durch. Und ich mache mir nichts vor, Amanda. Ich bin 42 Jahre alt. Dass ich jetzt noch schwanger werde … Wie sieht es mit einer Leihmutterschaft aus? Wäre das noch eine Möglichkeit für mich?«

»Leider ist deine Eizellreserve inzwischen erschöpft«, sagte Amanda. »Ich fürchte, das ginge nur in Kombination mit einer erneuten Embryospende.«

»Das möchte ich nicht«, sagte Sonia entschieden. »Du weißt, ich konnte mir alles vorstellen, solange ich das Baby austragen kann oder es zumindest meine Gene hat. Wenn du mir sagst, dass ich keine Eizellen mehr habe …«

»Wir könnten es versuchen. Aber es ist nicht sehr erfolgversprechend.«

Sonia starrte auf ihre feingliedrigen Hände. »Mit anderen Worten, ich werde bald in die Wechseljahre kommen. Und dann ist es nicht mehr weit, bis ich alt und einsam sterbe.«

»Sag das nicht.«

Gespräche dieser Art waren nie leicht, doch in Sonias Fall fühlte Amanda sich persönlich betroffen. Sie mochte Sonia, und in den vergangenen Jahren waren sie fast so etwas wie Freundinnen geworden, soweit das Verhältnis zwischen Ärztin und Patientin es zuließ.

»Ist doch so. Mir bleibt also nur noch eine Adoption, wenn ich irgendwann ein Kind haben möchte.«

»Dafür wirst du damit vermutlich schon bald Glück haben«, versprach Amanda ihr. »Du stehst mit beiden Beinen im Leben, bist beruflich sehr erfolgreich und bekommst sicher schneller ein Baby als du denkst.«

Sonia schwieg.

»Wenn du möchtest, suche ich dir ein paar Adressen von Adoptionsagenturen heraus. Wir haben einige, mit denen wir gerne zusammenarbeiten.«

»Nein«, erwiderte Sonia überraschend heftig. »Ich weiß, du meinst es nur gut, Amanda. Aber das ist gerade so ziemlich das Letzte, was ich von dir hören möchte. Ich muss jetzt erstmal ...« Sie seufzte. »Ich werde für ein paar Tage Urlaub nehmen. Rauskommen, durchatmen. Danach kümmere ich mich um die nächsten Schritte.«

»Okay. Wenn du Hilfe brauchst, melde dich bei mir.« Amanda stand auf. Sonia blieb sitzen, als wollte sie noch mehr sagen.

»Wenn du möchtest, ruf mich an. Jederzeit.« Amanda nahm eine ihrer Visitenkarten aus der Schreibtischschublade und notierte ihre private Handynummer darauf. »Ich bin für dich da, Sonia. Du bekommst dein Baby, das verspreche ich dir.«

Sie stand langsam auf. Das Frische, Jugendliche, das Amanda an ihr immer bewundert hatte, war verschwunden und hatte einer Erschöpfung Platz gemacht, die sie um Jahre altern ließ. Ihr Porzellangesicht war aschfahl, und als sie auf Amanda zuging und die Karte nahm, zitterte ihre Hand.

Amanda dachte nicht weiter nach, sondern umarmte sie. Es war in diesem Moment nicht leicht, Trost zu spenden; das fiel ihr bei keiner Patientin leicht. Aber wenn es eine Frau gab, die all ihren Trost verdiente, war es Sonia.

»Ich wünschte, ich könnte mehr für dich tun«, flüsterte Amanda. Sonia barg das Gesicht an ihrer Schulter und schluchzte leise. Amanda ließ sie weinen. Sie wusste, dass man der Trauer Platz lassen musste, wenn sie einen überrollte.

Nach etwa fünf Minuten löste Sonia sich aus ihren Armen.

»Besser?«, fragte Amanda.

»Ja.« Sonias Stimme klang heiser. Sie trat an den Schreibtisch, zupfte eine Handvoll Taschentücher aus der Box, die dort für solche Fälle bereitstand und schnäuzte sich. Vorsichtig betupfte sie die Augen und versuchte sich an einem Lächeln.

»Du schaffst das«, tröstete Amanda sie. »Und wenn du Hilfe brauchst, weißt du, wo du mich findest.«

»Danke«, flüsterte Sonia.

Sie verließ das Sprechzimmer. Sofort tauchte Erin in der Tür auf und brachte die Akte der nächsten Patientin.

»Geben Sie mir noch fünf Minuten«, bat Amanda. Sie setzte sich an den Schreibtisch. Das Gespräch mit Sonia berührte sie sehr. Mehr als viele vergleichbare Gespräche, die sie in den letzten Jahren hatte führen müssen. Sie hatte immer gedacht, im Laufe der Zeit werde sie etwas mehr Routine entwickeln. Doch das Gegenteil war der Fall. In den letzten zwei Wochen hatte jedes dieser Gespräche sie sehr mitgenommen.

Und nun auch Sonia. Sie hätte es Sonia so sehr gewünscht.

Amanda konnte gerade noch eine Handvoll Taschentücher aus der Box rupfen, bevor auch ihr die Tränen kamen. Herrgott, was war bloß mit ihr los? Erst vernichtete sie den Schokopudding und dann war sie so nah am Wasser gebaut? Ehrlich, so langsam sollte dieses PMS sich mal verpissen. Das konnte es doch nicht sein, dass sie zwei Wochen im Monat total neben der Spur war …

Noch während sie den Gedanken hatte, folgte ihm schon der nächste. Amanda hielt inne. Moment, das konnte nicht sein … Sie schlug ihren Kalender auf und blätterte nach vorne. Vier Wochen zurück, fünf, sechs … Tatsächlich! Das letzte Mal hatte sie vor sechs Wochen ihre Periode bekommen, ausgerechnet im Sommerurlaub auf Barbados. Sie hatte davor einen fiesen Migräneanfall bekommen und einen ganzen Tag lang nur im abgedunkelten Schlafzimmer des Apartments gelegen, während Carter auf dem Balkon saß und las.

Sechs Wochen.

Sie hatte sonst einen sehr zuverlässigen, regelmäßigen Zyklus.

Aber sie war auch 38 Jahre alt und wusste als Reproduktionsmedizinerin, dass sich die Menopause nicht von einer Zahl beeindrucken ließ, sondern gern früher kam als die Frau es gern hätte.

Was in Amandas Fall egal wäre, denn sie wollte keine Kinder. Mit dem Thema hatte sie schon vor langer Zeit abgeschlossen, und sie war froh, mit Carter einen Partner gefunden zu haben, der das genauso sah wie sie.

Trotzdem war die Erkenntnis, dass ihre Periode sich verspätete oder vielleicht jetzt für immer ausbleiben würde, ein kleiner Schock für sie.

Ich bin doch erst 38! Ist das nicht viel zu früh?

Sie wusste ja, dass es nicht zu früh war. Aber das Gefühl, dass es nicht richtig war, blieb.

Amanda griff zum Telefon und rief Erin am Empfang an. »Könntest du mal kurz kommen und mir etwas Blut abnehmen?«

Erin klang überrascht. »Ja klar«, sagte sie.

Sie betrat kurz darauf das Sprechzimmer und brachte

die Kiste mit den nötigen Utensilien mit.

»Ich brauche einen Hormonstatus«, sagte Amanda nur.

»Okay.« Erin hantierte mit den Röhrchen und der Braunüle, legte den Zugang in der Ellenbogenbeuge und nahm Amanda Blut ab. Das Ganze dauerte keine zwei Minuten, und danach fühlte sie sich sofort besser.

Ich werde ganz erwachsen damit umgehen. Jede Frau kommt früher oder später in die Menopause. Darum bin ich ja nicht automatisch alt.

»Kann ich sonst noch was tun?«

»Ja, schick mir die nächste Patientin rein.«

Sie ließ sich vom Leben bestimmt nicht unterkriegen!

3. Kapitel

»Du bist was?!« Carter starrte sie perplex an.
»Herrje, reg dich ab«, versuchte Amanda, ihren Mann zu beschwichtigen. »Das kommt nun mal früher oder später auf jede Frau zu. Ich habe so früh nicht damit gerechnet, aber so ist es jetzt nun mal. Es ändert sich deshalb ja nichts.«
»Es ist nur … Ich finde den Gedanken gewöhnungsbedürftig. Das ist ein bisschen so, als hätte man die Mitte des Lebens überschritten, findest du nicht?«
Amanda starrte auf den Tisch zwischen ihnen. Sie hatte nach dem Sport noch in einem Feinkostgeschäft Halt gemacht und für das Abendessen feinste italienische Antipasti, einen teuren Rotwein und Pasta aus einer kleinen Manufaktur nahe Neapel nebst Pesto Verde gekauft. Ein kleiner Luxus im Alltag, um sich ein wenig zu trösten (und weil sie die Schokoladenvorräte in der Praxis ohnehin schon komplett vernichtet hatte). Und nun saß sie hier mit Carter und er … ja, was genau tat er da gerade? Hatte er sie etwa *alt* genannt?
»Du bist ja auch noch in der Blüte deiner Jugend«, gab sie schärfer als beabsichtigt zurück. »Ich meine …«
»Man ist nur so alt, wie man sich fühlt«, gab er zurück. »Willst du mir etwa sagen, dass du seit heute Mittag gealtert bist?«
Sie legte die Gabel behutsam auf die Leinenserviette neben den Teller und nahm einen großen Schluck Wasser, bevor sie antwortete. Den Wein ließ sie stehen; irgendwie schmeckte er ihr einfach nicht. Ursprünglich als Trost

gedacht, hatte er einen schalen Beigeschmack.

»Mein Leben ist nicht zu Ende, nur weil sich mein Körper verändert.«

»Aber trotzdem fühlst du dich älter. Dabei hat sich an deinem Alterungsprozess nichts geändert. Nur in deinem Kopf hast du dir jetzt einen Stempel aufgedrückt. Oder …« er hielt inne. »Ist es diese Endgültigkeit? Dass du keine Kinder bekommen wirst? Dass dieses Thema jetzt für alle Zeit vorbei ist?«

»Quatsch«, widersprach sie. »Du kennst meine Meinung zu dem Thema.«

»Stimmt, aber es könnte ja sein, dass du angesichts der Endlichkeit deines eigenen Lebens plötzlich auf den Gedanken kommst, dass du doch gern Kinder gehabt hättest.«

Warum war er so gemein zu ihr? Sicher, Carter und sie diskutierten oft und gerne, manchmal sogar heftiger als manch andere Paare stritten. Sie waren eben leidenschaftlich, und keiner wollte in einem Gespräch nachgeben. Sie schätzte normalerweise, wie er unerbittlich nachsetzte, sobald er glaubte, in ihrer Argumentation einen Schwachpunkt entdeckt zu haben. Aber in diesem Fall verletzte es sie. Er behandelte sie wie all die verzweifelten Frauen, denen sie täglich bei der Arbeit begegnete. Frauen, die sich viel zu sehr darauf verlassen hatten, dass die Natur auf sie wartete. Die nach dem Studium Karriere machten, die ihr Leben und die Freiheit genossen, die man ohne Kinder eben hatte. Die nicht erwachsen werden wollten, solange es irgendwie möglich war. Und dann, mit Mitte oder Ende dreißig, manche auch erst jenseits ihres vierzigsten Geburtstags, stellten sie fest, dass nichts so einfach war, wie sie es gern hätten. Dass die Natur unerbittlich war, dass etwas, das ihnen mit Anfang zwanzig noch leichtgefallen wäre, jetzt zu einem Kampf wurde, den sie so erbittert führten, als ginge es nicht um das Leben, sondern um den Tod. Um die eigene Vergänglichkeit, die sich offenbar nur durch ein Kind aufheben ließ …

»Das Thema ist für mich keins.«

»Ich meine ja nur. Falls du jetzt erkennst, dass es ein Fehler war, dich auf einen Mann einzulassen, der keine Kinder will …« Sie sah sein Grinsen, das Zwinkern, das Blitzen seiner Augen. Doch was sie hörte, waren nur versteckte Vorwürfe.

»Willst du mich loswerden?«, fragte sie mit kaum unterdrückter Wut. »Ist es das? Bist du nur zu feige, es zuzugeben?«

»Bitte, Amanda, ich würde doch nie …«

Sie stand auf und riss ihm den Teller mit den Antipasti weg, den er noch nicht komplett aufgegessen hat.

»Wenn das so ist – bitteschön. Da vorne ist die Tür. Du kannst gehen, wann immer du willst. Ich brauche dich nicht. Pack deine Bücher und verschwinde, okay? Ich lasse mich von dir nicht in die Ecke der frustrierten Frauen in der Lebensmitte drängen, die zu spät merken, dass sie irgendwas verpasst haben.«

Sie stampfte in die Küche und knallte die Teller auf die Anrichte. Der Appetit auf die Pasta war ihr gründlich vergangen, aber da das Wasser nun mal schon kochte, warf sie die abgemessene Portion hinein, stellte die Platte etwas herunter und rührte das Pesto durch.

Aus dem Wohnzimmer hörte sie zunächst nichts. Dann, als sie schon glaubte, Carter würde ihre Worte auf sich beruhen lassen, hörte sie, wie er seinen Stuhl zurückschob.

Sie spürte, wie ihr Tränen in die Augen schossen.

Verdammt, sie war nicht bereit, mit ihm eine Diskussion über ihren Lebensplan zu führen. Und es war auch so unnötig! Sie hatten sich vor langer Zeit gemeinsam entschieden. Für das Leben miteinander und gegen Kinder. Bis zu diesem Abend war alles in bester Ordnung gewesen.

Sie wartete, bis sie seine Schritte näherkommen hörte. In der Tür zur Küche blieb er stehen. »Amanda ...«

»Ist es, weil du doch Kinder willst?«, fragte sie, ohne sich zu ihm umzudrehen. »Bereust du, dass wir unsere Entscheidung seitdem nie überdacht haben und merkst jetzt, dass Kinder vielleicht doch das Richtige gewesen wären für uns?«

Erst jetzt drehte sie sich zu ihm um. Er stand in der Tür und sah erschöpft aus. Ungefähr so erschöpft, wie sie sich gerade fühlte.

»So ist es nicht«, widersprach er.

»Wie ist es dann?«, wollte sie wissen.

»Ich habe mich für dich entschieden. Für dich und gegen ein Leben mit Kindern. Und das habe ich getan, bevor ich dich kennengelernt habe. Ich habe gespürt, dass ich niemals ein guter Vater sein könnte. Ich übernehme keine Verantwortung für Andere.« Er lachte bitter. »Ich habe sogar meinen Vater ins Heim abgeschoben, als er dement wurde.«

»Das kannst du nicht miteinander vergleichen.« Sie holte aus der Schublade mit dem Besteck einen Holzlöffel und rührte die Pasta um. Ein völlig sinnloses Unterfangen, aber es gab ihr ein gutes Gefühl, irgendwas tun zu können.

»Stimmt. Aber ich bin ein verantwortungsloser Lump.« Nach einer kurzen Pause fügte er hinzu: »Und ich weiß nicht, warum wir dieses Gespräch überhaupt führen müssen.«

»Weil du mich angesehen hast, als wäre ich eine von diesen Verrückten, die nach Ablauf ihrer biologischen Uhr alles für ein Kind tun würde. Dabei ist es nur die Menopause. Wirklich.« Sie atmete tief durch. »Es wäre gelogen, wenn ich kein Problem damit hätte. Ich habe frühestens in zehn Jahren damit gerechnet. Schließlich bin ich gesund und fit. Aber daran hält sich der Hormonhaushalt nicht. Er schreibt seine eigenen Regeln.«

Carter trat näher. »Darf ich dich in den Arm nehmen?«, fragte er leise.

Sie schniefte und nickte. Erst als er sie an sich zog und ihren Kopf an seiner Brust bettete, spürte Amanda, wie ihre Anspannung sich löste. Die Tränen versiegten, und als sie wenige Minuten später die Pasta abgoss, war der Streit schon wieder vergessen und sie diskutierten eifrig über Carters These, wonach der Untergang des Römischen Reichs in direktem Zusammenhang mit der raschen Ausdehnung einige Jahrhunderte zuvor stand und dass der modernen Gesellschaft ein ähnlicher Umbruch in noch viel kürzerer Zeit bevorstand. Amandas Argumente waren die einer interessierten Leserin, und Carter mochte ihren unverstellten, laienhaften Blick auf ein Thema, bei dem er selbst manchmal das Gefühl hatte, es nicht vollständig zu durchdringen.

Sie aßen zu Abend und wollten sich schon im Wohnzimmer für die nächsten zwei Stunden gemütlich einrichten. Doch Amanda war plötzlich müde. So müde, dass sie weder lesen noch einem Film folgen konnte. Sie ging früh ins Bett, und ihr Kopf hatte kaum das Kissen berührt, als sie auch schon einschlief.

»Die Laborergebnisse liegen auf dem Schreibtisch,

Amanda.« Erin lächelte, als Amanda am nächsten Morgen etwas verspätet in die Praxis hetzte. Nein, sie *strahlte*, als wäre ihr etwas Wunderbares passiert.

»Ich sehe sie mir gleich an.« Amanda überflog den Stapel Telefonnotizen, die Erin für sie bereitgelegt hatte. »Steht heute was Besonderes an?«

»Dr. Brown ist im OP und du hast heute zwei Erstgespräche. Heute Nachmittag ist Dr. Brown außer Haus und kommt erst morgen Mittag zurück. Außerdem hat sich Sandy krankgemeldet. Soll ich Astrid anrufen und fragen, ob sie kommen kann?«

»Mach das. Ich glaube, wir sollten uns ohnehin bald um eine oder zwei zusätzliche Helferinnen bemühen, wenn wir einen dritten Arzt ins Team aufnehmen.«

»Das ist ja alles so aufregend!« Erin kriegte das Grinsen nicht aus dem Gesicht. Manchmal war sie schon komisch, fand Amanda. Und das lag nicht an den blaugefärbten Haaren. Aber sie lächelte nur unverbindlich und ging in ihr Sprechzimmer.

Auf dem Schreibtisch lag ein brauner Umschlag. Ach ja, die Laborberichte. Sie hängte ihre Jacke an die Garderobe und ließ sich auf den Bürosessel fallen. Sie erwartete keine Überraschung. Ihre Hormonwerte würden ihren Verdacht nur bestätigen, und danach konnte sie sich darauf konzentrieren, ob sie eine Hormonersatztherapie brauchte oder nicht. Sie hatte sich einige Gedanken darüber gemacht und war fest entschlossen, sich von den neuen Lebensumständen nicht unterkriegen zu lassen.

Ich muss nie wieder verhüten! Das ist doch auch ein Vorteil ...

Sie zog zwei Blätter aus dem Umschlag und überflog die Werte.

Ihre Hände zitterten.

Nein, das kann nicht sein ... Das darf nicht, das ist unmöglich ...

Aber da stand es, schwarz auf weiß. Amanda legte die Blätter beinahe behutsam vor sich auf die Schreibtischunterlage. Sie schloss die Augen. Atmete tief durch. Sie wartete eine Minute, zwei, drei. Ihre Gedanken rasten.

Ein Irrtum. Sie haben die Blutproben verwechselt. Oder Erin hat mir den falschen Laborbefund hingelegt. Der gehört eigentlich zu einer Patientin, und ich habe gedacht, es sei meiner ...

Sie schlug die Augen auf und nahm den Laborbericht wieder zur Hand. Oben stand ihr Name, daneben ihr Geburtsdatum. Okay. Noch mal tief durchatmen. Vielleicht hatte sie sich verguckt, in der Eile, sie hatte heute Nacht wachgelegen, obwohl sie am Abend so müde gewesen war, und am Morgen hatte sie sich ziemlich kaputt gefühlt. Nicht mal der Kaffee hatte ihr geschmeckt.

Ihr Blick huschte über die Laborwerte. Zahlenreihen, die wohl nur Eingeweihten etwas verrieten. Und da, ganz unten, schwarz auf weiß und mit einem Ausrufezeichen hervorgehoben, sah sie den Wert, der auf gar keinen Fall erhöht sein durfte.

Sie hatte mit allem gerechnet, aber nicht damit.

Ihre Periode war ausgeblieben, und für sie war sofort klar, dass sie mit 38 Jahren in die Wechseljahre kam. Und nicht, wie es der Laborbefund behauptete, schwanger war.

Ich kann nicht schwanger sein. Wir verhüten. Wir hatten in den letzten zwei Monaten doch kaum Sex, allenfalls zweimal oder dreimal ...

Sie musste unwillkürlich lachen. Um schwanger zu werden, genügte ja ein einziges Mal Geschlechtsverkehr im richtigen Augenblick. Das Lachen klang etwas irre, etwas gekünstelt, als wäre lachen das Einzige, um mit der

Situation fertigzuwerden, obwohl ihr eher zum Heulen zumute war.

Sie war schwanger.

Ausgerechnet das, was sie nie hatte sein wollen, erwischte sie nun im zarten Alter von 38 Jahren. Nicht die Menopause, sondern eine Schwangerschaft, quasi das Gegenteil von dem, womit sie gerechnet hatte.

Wie absurd! Hier saß sie, das Wartezimmer voll mit Frauen, die sich nichts sehnlicher wünschten als das, was Amanda nun bekommen sollte. Und ihr erster Gedanke war nicht von Freude geprägt oder davon, dass sie es unbedingt sofort Carter erzählen musste.

Nein, ihr erster Gedanke hämmerte in ihrem Schädel, so laut und unüberhörbar, dass sie glaubte, er würde die Schädeldecke sprengen und sich wie ein wahnsinniges Geheul im Raum ausbreiten.

Ich kann dieses Kind unter keinen Umständen bekommen.

»Und? Haben wir jetzt ein Date?«

Maurice Brown hatte gerade den Kellner herangewunken und eine zweite Flasche Wein bestellt. Seine Frage überraschte sie.

»Wieso fragen Sie?«

Er hob die Augenbrauen. »Haben Sie nicht gesagt, ich solle Sie das fragen, wenn wir die zweite Flasche Wein bestellen?«

»Ach so!« Sie lachte erleichtert.

Nein, ein Date war das nicht. Es war ein angenehmes, unkompliziertes Gespräch unter Kollegen. Sie hatte schon recht bald vergessen, dass es um den Job ging. Was eindeutig an Dr. Brown lag. Er gab ihr das Gefühl, wirklich an ihrer fachlichen Kompetenz interessiert zu sein und nicht an ihr als Frau. Das tat ihr gut, denn meist waren männliche Kollegen nur daran interessiert, sie möglichst schnell ins Bett zu bekommen. Wie übrigens viele andere Männer auch, die sie in den letzten Jahren gedatet hatte.

Das Gespräch hatte sich während der Vorspeise und dem Hauptgang daher vor allem um berufliche Themen gedreht. Dr. Brown war an ihrer Forschungsarbeit interessiert, und sie diskutierten ausgiebig die Vor- und Nachteile der verschiedenen Versuchsanordnungen, mit denen sie Schwangerschaftsdiabetes früher diagnostizieren wollte. Als sie ihn fragte, ob er selbst mal daran gedacht habe, in der Forschung tätig zu werden, winkte er ab. »Keine Zeit«, erwiderte er nur knapp. Und vielleicht bildete sie sich das nur ein, aber in seinen Augen war ein Ausdruck des Bedauerns, als würde er sich die Zeit dafür wünschen.

Und nun fragte er, ob das hier ein Date war oder nicht.

»Immerhin ist Freitagabend«, fuhr er fort. »Da hat man doch immer Dates in Manhattan, oder?«

Sie sah ihn über den Rand ihres Weinglases sprachlos an. Doch dann lachte sie.

»Meine Güte, fast wäre ich Ihnen auf den Leim gegangen!«, rief sie.

Er grinste. »Aber nur fast.«

Sie mochte Dr. Brown. Er war so ein richtiger Kumpeltyp, nicht zu aufdringlich. Ein Mann, mit dem man vielleicht Pferde stehlen konnte, ein bester Freund, bei dem man sich ausheulte, wenn die Beziehung zu dem Mann zu kompliziert wurde, mit dem man eigentlich glücklich sein wollte.

Oliver war so ein Mann, mit dem *alles* kompliziert war.

Als wäre das sein Stichwort gewesen, klingelte in

diesem Moment Sams Handy, und schon der Blick aufs Display verriet ihr, dass sich dieses Gespräch weder wegdrücken ließ noch besonders kurz werden würde.

»Hallo Oliver.«

»Sammy. Wo bist du?«

Sie hasste es, wenn er sie Sammy nannte. Weshalb er es vor allem dann tat, wenn er sie wütend machen wollte.

Sie unterdrückte ein Seufzen. »In einem Restaurant.«

»Allein? Oder mit deinen frustrierten Singlefreundinnen?«

»Nein, weder noch.«

»Mit einem Mann?«

Seine Stimme lallte.

»Bist du betrunken, Oliver?«

Sie blickte flüchtig auf die Uhr. Halb zehn. Selbst für Olivers Verhältnisse ziemlich früh, um sich abzuschießen.

»Ich bin unglücklich. Komm zu mir, Sammy.«

»Ich kann gerade nicht.«

»Du willst nicht.«

Das auch. Doch sie schwieg verbissen, während Oliver stöhnte und seufzte.

»Hör mal, ich will doch nur ... nicht alleine sein heute Nacht.«

»Hat dich wieder eins deiner Models sitzengelassen?«

»Du weißt, dass sie mir nichts bedeuten. Keine von denen bedeutet mir so viel wie du.«

Trotzdem gehst du lieber mit den Models aus. Und danach mit ihnen ins Bett. Ich bin nur da, um dich zu trösten. Oder dir die Tage zu versüßen, an denen das Model des Monats – denn länger halten deine Beziehungen nie – um die Welt jettet. Du hältst mich schön warm, an der kurzen Leine mit deiner Eifersucht auf andere Männer.

»Bitte, Sammy.« Er verlegte sich aufs Betteln. »Ohne dich überstehe ich die Nacht nicht.«

»Ich kann nicht, Oliver. Ich habe gerade einen Termin mit einem potentiellen Arbeitgeber.«

»Am Freitagabend?« Er klang verletzt und zugleich ungläubig.

»Ja, am Freitagabend.«

»Also hast du ein Date.«

»Nein, kein Date.« Herrje, was war bloß mit den Männern los? Seit wann glaubten sie, jede Verabredung am Freitagabend sei ein Date? Hatten die zu viel *Sex and the City* geguckt?

»Lüg mich nicht an!«, grollte er. »Du gehst am Freitagabend mit einem anderen Mann aus, obwohl ich dich brauche?«

»Bis vor fünf Minuten wusste ich nicht, dass du mich brauchst.«

Außerdem brauchst du mich nicht. Du brauchst nur das Gefühl, dass jemand für dich alles tun würde, weil deine Models zu unabhängig sind.

»Natürlich brauche ich dich, Sammy.« Jetzt war er wieder ganz zahm. Sie blickte Dr. Brown entschuldigend an und stand auf, um das Gespräch in einiger Entfernung fortzusetzen. In der Nähe der Bar fand sie eine ruhige Ecke.

»Bist du noch dran?«

»Ja«, sagte sie leise. »Ich bin hier.«

»Was ist das für ein potentieller Arbeitgeber?«

»Eine Praxis in Boston.«

»Du willst mich verlassen.« Es war keine Frage, sondern eher eine verbitterte Feststellung.

»Das ist nicht wahr.«

Du verlässt mich, Oliver. Immer wieder. Sobald ich

mich auf dich einlasse, sobald ich etwas mehr Nähe zulasse, bist du wieder fort. Es ist ein ewiges Hin und Her zwischen uns beiden, und ich kann das nicht länger. Ich muss endlich raus aus diesem ewigen Kreislauf. Das tut keinem von uns gut ...

Stattdessen hörte sie sich sagen: »Ich komme später noch bei dir vorbei, dann können wir über alles reden, okay?«

Vermutlich landeten sie ohnehin wieder im Bett. Aber das war okay, dachte Sam. Sie liebte ihn doch. Oder?

Wenn sie nur lange genug bei ihm blieb, wenn sie oft genug für ihn da war, musste er doch irgendwann begreifen, dass sie zusammengehörten ...

»Danke, Sammy. Du bist ein Engel.«

Sie kehrte mit einem Lächeln an den Tisch zurück. Inzwischen hatte der Kellner die zweite Flasche Wein und die Nachspeise gebracht. Doch ihr war der Hunger vergangen, sowohl auf Wein und Dessert als auch auf die anregenden Gespräche mit Dr. Brown.

»Ich hoffe, es war nichts Schlimmes?«, erkundigte er sich höflich.

Sie schob die weiße Schokoladenmousse über den Teller und probierte. Der Geschmack war perfekt, wie auch der Spiegel aus passierten Himbeeren und die zarten Zuckerfäden, die als Kuppel geformt daneben lagen. Dazu der köstliche Wein, der ihr langsam zu Kopf stieg ...

»Nein, alles in Ordnung. Das war mein ... ein Freund.«

»Ach so.« Dr. Browns Laune änderte sich schlagartig. Er starrte seinerseits auf den Teller vor sich und schien zu überlegen, wie er heil aus diesem verkorksten Abend herauskam. Sam löffelte ohne große Begeisterung, aber mit zunehmender Eile ihre Nachspeise, trank das Glas Wein leer und lehnte ein weiteres ab, als Dr. Brown nachschenken wollte.

»Ich muss leider schon gehen«, sagte sie.

»Zu Ihrem Freund?«

»Es geht ihm nicht gut.« Sie zögerte. »Es ist nicht so, wie es aussieht«, hörte sie sich sagen. »Es ist … kompliziert.«

Warum erzählte sie ihm davon? Hoffte sie auf sein Verständnis? Darauf, dass er sich als der Freund erwies, als den sie ihn gerne sehen würde – wenn sie sich besser kannten und beide wussten, dass aus ihnen nichts werden konnte?

»Verstehe«, sagte Dr. Brown.

»Hören Sie, Dr. Brown …«

»Maurice«, sagte er sanft. »Nennen Sie mich bitte Maurice.«

»Wenn Sie mich Sam nennen«, sagte sie.

Er nickte. »Gerne … Sam.«

»Hören Sie, Maurice. Ich habe den Abend mit Ihnen sehr genossen. Mehr als jedes Date, das ich in den letzten fünf Jahren in dieser Stadt hatte. Aber ich bin nicht frei. Ich würde gerne für Sie arbeiten, und ich bin sicher, wir könnten toll zusammenarbeiten. Wir könnten auf dem Gebiet der Forschung gemeinsam viel erreichen, ganz unabhängig von der Arbeit in Ihrer Praxis. Nur …«

»Verstehe. Keine Sorge, Sam. Das mit dem Date war nur ein Scherz.«

Sie atmete erleichtert auf. »Dann ist das kein Problem für Sie? Ich habe mir nicht alle Chancen verbaut, in ihrer Praxis anzufangen?«

»Ganz im Gegenteil. Ich mag Sie.«

»Ihre Partnerin scheint das nicht so zu sehen.«

»Lassen Sie Amanda ruhig meine Sorge sein. Sie hatte einfach einen schlechten Tag. Ich denke, ich kann sie überzeugen, dass Sie für unser Praxisteam die richtige Ergänzung sind. Und was das zinsgünstige Darlehen und eine Erfolgsbeteiligung angeht, werde ich für Sie ein Angebot ausarbeiten.«

»Danke.« Sie zückte ihre Geldbörse und legte die Kreditkarte auf den Tisch. Als Maurice protestieren wollte, hob sie abwehrend die Hand. »Das Essen geht auf mich. Sie können mich das nächste Mal einladen, wenn ich zur Vertragsunterzeichnung nach Boston komme.«

»Das werde ich mir nicht nehmen lassen«, sagte er und zwinkerte ihr zu.

Als sie das Restaurant verließ und ein Taxi heranwinkte, hatte Sam ein wohlig warmes Gefühl im Bauch. Maurice war ein feiner Kerl. Sie freute sich schon darauf, mit ihm zu arbeiten, auch wenn das bedeutete, dass sie New York hinter sich ließ.

Was wurde dann aus Oliver und ihr?

Manchmal war ein Date kein Date.

Manchmal empfand nur einer von beiden eine Verabredung als Date, bis der andere etwas klarstellte.

Danach fühlte man sich ziemlich mies, stellte Maurice fest.

Er blickte Sam nach, die das Restaurant beinahe überhastet verließ. Als könnte sie gar nicht schnell genug von ihm wegkommen. Dabei war es bestimmt ihr Freund, zu dem es sie *hin*zog, sagte er sich.

Er blieb noch ein wenig sitzen, trank mehr vom Wein – er wusste schon jetzt, dass er das morgen früh bitter bereuen würde – und ließ den Abend Revue passieren. Es war ein schöner Abend gewesen, ob nun als Date deklariert oder nicht. Sam würde gut zu ihnen ins Team passen. Er musste jetzt nur noch Amanda davon überzeugen.

Und sich Sam aus dem Kopf schlagen.

Letzteres war vermutlich schwieriger, obwohl Amanda manchmal ganz schön kompliziert sein konnte. Aber Sam hatte eine Art, die ihn magisch anzog. Schon das Foto in ihrer Bewerbungsmappe hatte etwas in ihm zum Klingen gebracht, und als sie an diesem Abend auf ihn zukam, hatte er gewusst, dass er sie wollte. Nicht als Kollegin. Oder anders formuliert: Nicht nur.

Es war für ihn ein merkwürdiges Gefühl. Er wusste nicht, wie er es einordnen sollte, denn eigentlich war er kein Mann, der sich Hals über Kopf verliebte. Noch dazu in eine Fremde, von der er nicht mehr wusste als das, was ihr Lebenslauf verriet. Sie brachte ihn um den Verstand. Dabei war er für gewöhnlich ein sehr vernünftiger, besonnener Mann, der sich in Liebesdingen nur selten aus der Ruhe bringen ließ. Vielleicht war das auch der Grund, weshalb er schon seit einigen Jahren alleine war und nicht mehr damit gerechnet hatte, dass sich daran in naher Zukunft etwas ändern würde.

Doch er war bereit, für Samantha Dollinger einiges auf sich zu nehmen.

Zuerst aber musste er Amanda davon überzeugen, dass Samantha nicht so oberflächlich war, wie sie glaubte.

4. Kapitel

Als sie an diesem Abend nach Hause kam, blieb Amanda noch für ein paar Minuten im Auto sitzen. Das Haus war hell erleuchtet, und durch das Küchenfenster konnte sie Carter beobachten, der am Herd stand und Pfannkuchen buk.

Sie liebte Pfannkuchen, und die Abende, an denen er welche für sie machte, hatten Seltenheitswert, weil er sie nämlich nicht so gerne mochte.

Unwillig wischte Amanda die Tränen von den Wangen, die schon den ganzen Tag immer wieder flossen. Sie hatte nur mit Mühe ihre Termine bewältigt. Passenderweise hatte sie nun, nachdem sie von der Schwangerschaft wusste, auch noch mit Übelkeit zu kämpfen.

Aber Pfannkuchen klang in jedem Fall, als könnte sie davon essen, ohne sich sofort übergeben zu müssen.

Doch etwas Anderes ließ sie erstarren.

Carters Worte vom gestrigen Abend klangen ihr noch im Ohr. Auch wenn sie wusste, dass er es eher als Scherz gemeint hatte, weil eine Schwangerschaft für ihn genauso undenkbar war wie für sie, hatten seine Worte sich heute schmerzhaft in ihr Gedächtnis gegraben.

Sie wollten beide keine Kinder. Aber jetzt saß sie in ihrem Auto und wusste, dass sie Carter davon erzählen musste. Sie hatte natürlich einen Plan, doch dieser Plan sah den Besuch in einer Klinik vor, wo sie etwas tun musste, das bestimmt jeder ihrer Patientinnen das Blut in den Adern gefrieren ließ.

Amanda war selbst eine Abtreibungsgegnerin, auch

wenn sie sich nicht politisch engagierte. Sie war der Auffassung, dass zwar jede Frau frei entscheiden durfte, ob sie ein Kind bekam oder nicht. Aber jene Frauen, die in dieselbe Situation kamen, in der Amanda sich nun befand, mussten auch die Konsequenzen tragen – und das nicht nur, weil sie selbst schuld waren, wenn sie schwanger wurden.

Sie hatte nie verstanden, wie Frauen ungewollt schwanger wurden. Es gab genug Mittel und Wege, eine Schwangerschaft zu verhindern. Aber nun war sie in derselben Situation … Sie wusste nun, dass diese Dinge einfach *passierten*, dass man sich nicht dagegen wehren konnte. Und obwohl sie sich selbst dafür hassen würde, gab es für Amanda keine andere Option. Sie würde diesen Weg gehen. Denn es war ihr unmöglich, das Baby auszutragen.

Ich habe Carter an meiner Seite. Zum Glück will er keine Kinder, hat er nie gewollt. Er wird mich bei meinem Wunsch unterstützen und mich auf diesem schwierigen Weg begleiten.

Mit diesem tröstenden Gedanken stieg sie endlich aus dem Wagen und ging zum Haus. Im Windfang schlug ihr bereits der köstliche Duft der Apfelpfannkuchen entgegen. Sie hörte Carter in der Küche über das Lärmen des Dunstabzugs singen und mit den Pfannen hantieren.

»Du kommst gerade rechtzeitig. Ich habe für uns gekocht.« Carter tänzelte zu Musik von Rihanna durch die Küche. Neben dem Herd stand ein Teller, auf dem sich bereits die Apfelpfannkuchen stapelten. Carter rollte einen auf, tunkte ihn in Zimtzucker und tanzte quer durch die Küche auf Amanda zu, die immer noch wie erstarrt und mit hängenden Armen in der Tür stand.

»Mund auf!«, befahl er, und gehorsam machte sie den

Mund auf und biss vom Pfannkuchen ab. Er war perfekt: die Äpfel vorher in Cidre eingelegt und mit einer angenehmen Säure, die sich mit der Schärfe des Zimts und der Süße des Zuckers verband. Dazu der Pfannkuchen, so fluffig und warm, dass er förmlich auf der Zunge zerging.

»Gut?«, fragte Carter über Rihannas Gesang, und Amanda nickte nur begeistert.

»Sehr gut!« rief sie.

»Du hast fünf Minuten Zeit, bis es Essen gibt.« Er stand wieder vor dem Herd, hantierte mit der Pfanne und ließ den nächsten Pfannkuchen durch die Luft wirbeln und fing ihn geschickt wieder auf.

»Warum so gute Laune?«, wollte sie wissen.

»Was?«

Sie betrat nun doch die Küche, aber nur, um den kleinen Lautsprecher, den er mit seinem Smartphone gekoppelt hatte, leiser zu drehen. »Warum bist du so gut drauf?«

»Ich hatte heute einen sehr erfolgreichen Tag. Mein Lektor ist mit dem dritten Großkapitel sehr zufrieden, und das heißt, dass ich nur noch zwei schreiben und alles überarbeiten muss. Das schaffe ich bis Mitte nächsten Jahres, und dann kann das Buch pünktlich zu Weihnachten in den Läden stehen. Außerdem hat die Universität mir angeboten, die Lehrtätigkeit im kommenden Semester auszudehnen. Ich werde zwei Vorlesungen zusätzlich halten.« Er strahlte.

Das waren wirklich gute Neuigkeiten. Carter haderte schon länger damit, dass er an der Uni nur eine halbe Stelle hatte und deshalb seine Lehrtätigkeit auf zwei Seminare und eine Vorlesung beschränkt war. Er hatte so viel zu geben, so viel Wissen zu vermitteln, dass er schon länger darunter litt, weil er vom Dekan seiner Universität systematisch kaltgestellt wurde.

»Das ist ja super! Woher kommt der Sinneswandel?«

Seine heitere Miene war wie weggewischt. »Zwei Kollegen haben ein Forschungsfreisemester beantragt, und damit der Lehrbetrieb nicht zusammenbricht, müssen wir anderen das ausgleichen. Und weil einige nicht wollen oder können, bleibt es an denen hängen, die dazu bereit sind.«

Also war es keine richtige Beförderung, sondern zeitlich begrenzt.

»Trotzdem ist das toll«, sagte Amanda fest. »Sie werden schon sehen, was sie an dir haben, wenn die Studenten deine Vorlesungen stürmen.«

»Es ist auf jeden Fall eine Chance, ja.« Schon war sein Lächeln zurück. »Und wie war dein Tag?«

»Wie immer.« Sie biss sich auf die Innenseite der Wange. *Wie immer.* Es konnte kaum eine größere Lüge geben. Wie sollte sie das Gespräch nur anfangen? Mit einem knappen »wie immer« jedenfalls nicht.

»Nichts Besonderes vorgefallen? Was hat denn deine Blutuntersuchung ergeben? Bin ich jetzt mit einer alten Frau verheiratet?« Er nahm den Worten mit seinem Lächeln die Schärfe, und bevor sie antworten konnte, tänzelte er wieder mit dem aufgerollten Pfannkuchen quer durch die Küche und nötigte ihr einen Bissen ab. Sie kaute und schluckte, atmete und dachte nach.

Es gab wohl keinen richtigen Weg, das tatsächlich auszusprechen, darum holte sie tief Luft und sagte es einfach. »Nein. Du bist mit einer schwangeren Frau verheiratet.«

Die Welt erstarrte. Sie gefror. Amanda spürte im selben Moment, dass es ein Fehler war, ihn mit der Wahrheit zu überrumpeln. Sie hätte es anders anfangen müssen, ganz anders. Sie hätten sich zusammen an den Tisch setzen müssen, essen und Cidre trinken, und dabei hätte sie ihm zugehört, wie er von seiner neuen Aufgabe schwärmte. Davon, wie er alle überzeugen würde, dass er ein guter Professor war, dass er mehr Vorlesungen und Seminare halten *musste*. Und danach erst, nachdem er sich ausgiebig über den Lehrbetrieb ausgelassen und über seine Chance gefreut hatte, hätte sie mit dem herausgerückt, was ihr so schwer auf der Seele lastete. Denn danach war kein Platz mehr für etwas Anderes als dieses unschöne Thema, das sie am liebsten ignoriert hätte. Sicher, Carter würde nichts sagen, doch wenn er heute Abend wach lag, würde er daran zurückdenken, wie sie ihm die Freude an seiner neuen Tätigkeit genommen hatte, weil ihre Neuigkeit noch größer und unglaublicher war.

»Sag das noch mal.«

Carter trat an den Tisch und schaltete die Musik aus. Jetzt hörte man nur noch das leise Geräusch des Dunstabzugs und das Brutzeln des nächsten Pfannkuchens.

Sie setzte sich an den Küchentisch. »Ich bin schwanger«, sagte sie langsam. »Keine Menopause, sondern …«

»Wie kann das sein?«, unterbrach Carter sie.

Er schrie sie nicht an. Amanda atmete auf. Das war insgeheim ihre größte Befürchtung gewesen, obwohl Carter sonst nicht der Typ war, der laut wurde.

»Ich weiß es nicht.«

»Wir verhüten doch.«

»Ja, ich weiß. Ich kann mir das auch nicht erklären.«

»Du hast die Spirale.«

»Ich weiß, verdammt!«, rief Amanda. Sie war den Tränen nahe. »Aber manchmal passiert sowas, obwohl man verhütet, verstehst du? Manchmal geht's eben schief, und jetzt bin ich schwanger und muss das Baby abtreiben, und ich wollte nie …«

Sie schlug die Hände vors Gesicht. Unmöglich konnte sie Carter erzählen, warum sie der Gedanke an eine Abtreibung so fertig machte. Ihr fehlten nicht nur die Worte, es war auch ein Stück ihrer Vergangenheit, das sie all die Jahre vor ihm geheim gehalten hatte. Das *ihm* jetzt fehlte, denn wie würde er reagieren, wenn sie ihm jetzt davon erzählte? Mit Unverständnis? Vermutlich. Mit Wut, weil sie ihm ausgerechnet dieses Detail verschwiegen hatte, das sie so sehr prägte? Höchstwahrscheinlich.

Trotzdem brachte sie kein Wort über die Lippen. Sie brachte es nicht übers Herz, ihm ihre Geschichte zu erzählen, für sein Verständnis zu werben, damit er sie tröstete. Ihr blieb in diesem Moment nur, sich in Ausflüchte zu retten.

»Verdammt«, hörte sie Carter sagen. »Liebes, Amanda … Beruhige dich. Wir kriegen das schon hin, hörst du? Es muss ja niemand erfahren, ich meine …«

Er holte sie zurück zu sich, erdete sie mit seinen Worten. Natürlich hatte er Recht. Außer Erin wusste niemand, dass sie schwanger war. Und es konnte schnell passieren, dass man in so einem frühen Stadium ein Kind verlor, nicht wahr? Sie würde sich einfach in diese Ausrede flüchten, falls Erin irgendwann nachfragte. Und für den Besuch in der Klinik würde sie sich ein paar Tage freinehmen.

»Es tut mir leid«, hörte sie sich flüstern. »Ich habe immer gedacht, dass die Frauen dumm sind, denen das einfach so passiert, ich meine …«

»Mach dir keine Gedanken.« Carter zog einen Stuhl heran und setzte sich zu ihr. Seine Hände umfingen ihr Gesicht, und er zwang sie, ihm in die Augen zu blicken. »Hörst du? Mach dir keine Gedanken. Wir schaffen das.

Ich bin für dich da.«

Sie musste noch mehr heulen. Sie spürte, wie sich in ihrem Innern ein Knoten löste, der sich in den letzten zwölf Stunden immer fester zusammengezogen hatte. *Wir schaffen das.*

»Du bist nicht allein, hörst du? Ich bin an deiner Seite. Sag mir, wann und wo du es wegmachen lässt, und ich werde da sein. Ich halte deine Hand, wenn du willst. Die ganze Zeit halte ich deine Hand.«

Sie machte sich behutsam von ihm los und wischte die Tränen vom Gesicht. Carter holte aus dem Badezimmer eine Kleenexbox, und sie rupfte wieder und wieder eine Handvoll Taschentücher heraus, betupfte ihre Augen, schnäuzte sich geräuschvoll und versuchte, sich zu sammeln.

»Wir schaffen das?«, fragte sie.

»Wir schaffen das«, versicherte Carter ihr.

»Schaffen wir das auch, wenn ich das Kind behalten will, Carter? Wäre das für dich auch in Ordnung?«

Er starrte sie ungläubig an. »Sag das noch mal«, forderte er sie auf.

»Ich will wissen, ob wir es auch schaffen, wenn ich mich für das Baby entscheide. Wärst du dann auch an meiner Seite?«

Sie spürte förmlich, wie er vor ihr zurückwich. Dabei saß er immer noch leicht vorgebeugt auf seinem Stuhl und sah sie prüfend an. Doch als sie die Hand nach ihm ausstreckte, wich Carter zurück. Es war eine unwillkürliche Reaktion, kaum merklich – aber sie spürte es so deutlich, als hätte er sich in Sekundenbruchteilen ans andere Ende des Lands gebeamt.

»Carter?«

Er sah sie lange an. Sie erwiderte seinen Blick voller

Trotz.

Plötzlich sprang Carter auf. Er fluchte, riss die Pfanne mit dem letzten Pfannkuchen vom Herd, der inzwischen schwarz verbrannt war und die Luft mit Brandgeruch verpestete. Wütend warf er die Pfanne in das Spülbecken und drehte das Wasser auf.

Amanda verstand. Sie knüllte die Papiertaschentücher in der Faust zusammen und versuchte, gegen die neuerliche Übelkeit anzukommen, die in ihr aufwallte.

»Es war nur so eine Idee«, hörte sie sich sagen.

»Warum sagst du sowas, wenn es dir nicht ernst ist?« Carter fuhr zu ihr herum. »Was soll ich mit so einer Aussage anfangen? Willst du das Kind? Hast du es etwa drauf angelegt, schwanger zu werden? Oder hast du ohne mein Wissen nicht mehr verhütet und versuchst jetzt durch diese Hintertür, mir noch eins unterzuschieben? Und wenn das so ist, was soll dann erst das Gerede über die Wechseljahre?«

»So ist das nicht!«, widersprach sie heftig. »Himmel, Carter! Was ist denn mit dir los?«

»Das frage ich dich!«, brüllte er. »Was ist in dich gefahren, dass du aus einer Laune heraus unseren ganzen Lebensentwurf auf den Kopf stellen willst? Woher diese plötzliche Sehnsucht nach einem Kind?«

»Da ist nicht auf einmal die Sehnsucht nach einem Kind!« Sie sprang auf und riss ihm die verkohlte Pfanne aus der Hand und warf sie in den Müll. Der Appetit war ihr jetzt gründlich vergangen. »Aber ich sehe Tag für Tag Paare, die sich nichts sehnlicher wünschen als das, was uns jetzt der Zufall, das Schicksal, meinetwegen auch die versagende Verhütung gibt – und ich frage mich, ob ich dieses Geschenk einfach so abweisen darf. Es ist eine völlig legitime, offene Frage, über die ich gerne mit dir diskutieren würde, ohne dass für dich das Ergebnis von vornherein feststeht.«

Carter schüttelte müde den Kopf. »Nein, Amanda. Du verstehst nicht. Ich habe immer gesagt, dass ich keine Kinder will. Ich bin nicht dafür geschaffen. Niemals. Und wenn du jetzt deine mütterliche Seite entdeckst und dieses Baby bekommen willst, musst du das alleine tun. Ohne mich. Ich bin dann raus, sowohl aus der Babysache als auch aus unserer Ehe.«

Sie konnte nicht glauben, was er da sagte. Stumm starrte sie ihn an.

»Ja, sag nichts. Ich weiß, was du denkst. Du denkst, ich bin ein undankbarer, gewissenloser Mistkerl, der dich vor die Wahl stellt, ob du mit ihm oder mit einem Kind glücklicher wirst. Dabei kennen wir beide die Antwort. Du bist nicht dieser Typ Mom, der sich aufopferungsvoll um den Nachwuchs kümmert. Dir ist die Karriere viel zu wichtig, um sie für ein Kind aufzugeben. Du willst nicht nur Windeln wechseln und dein Baby nächtelang in den Schlaf wiegen. Du willst weiterhin deinem Beruf nachgehen, und wir wissen beide, was dann zwangsläufig passiert. Was dann auf mich zukommt.«

»Carter ...«

»Nein. Ich diskutiere nicht mit dir darüber. Ich bin raus. Melde dich, wenn du eine Entscheidung getroffen hast, damit ich weiß, ob ich noch zu dir gehöre oder ob ich dir zukünftig jeden Monat Unterhalt überweisen soll.«

Er ließ sie in der Küche stehen. Sie hörte, wie er nach oben polterte. Dann knallten Türen, Schubkästen wurden aufgezogen und etwas knallte auf den Fußboden. Er lief hin und her, sie hörte ihn im Badezimmer, wo etwas klirrend zu Boden fiel.

Kein Zweifel: Carter packte seine Sachen.

Sie wollte ihm nachgehen, doch dann klingelte ihr Handy. Amanda blickte aufs Display – eine unbekannte Nummer wurde angezeigt.

Da sie oft auch nach Feierabend von Patientinnen angerufen wurde, die nach ihrem Eingriff Beschwerden hatten, ging sie sofort dran. »Hallo, hier spricht Dr. Walker.«

»Amanda? Ich bin's, Sonia.«

Ausgerechnet jetzt.

»Passt es dir gerade? Ich hätte da ein Thema, über das ich gerne mit dir sprechen würde …«

»Schieß los.«

Amanda ging von der Küche ins Wohnzimmer. Ohne das Licht einzuschalten setzte sie sich aufs Sofa.

»Ich habe mir Gedanken gemacht. Über das, was du gestern gesagt hast. Vor allem über Adoptionen …«

»Ja.«

»Die Agenturen, die du mir empfohlen hast, sagen mir nicht so zu. Aber ich habe von einer Freundin den Tipp bekommen, mich an die Alienor-Parks-Stiftung zu wenden. Kennst du die?«

»Davon habe ich noch nie gehört. Aber das muss nichts heißen.«

»Sie kümmern sich um junge Frauen, die schwanger werden. Meist noch Teenager, die von ihren Familien verstoßen werden, oder Collegestudentinnen. Viele geben ihr Kind zur Adoption frei, aber es gibt auch viele, die ihr Baby behalten und von der Stiftung dabei unterstützt werden. Mir gefällt die Zielsetzung der Stiftung, darum wollte ich mal hören, was du von denen hältst.«

»Wie gesagt, ich kenne die Stiftung nicht.«

»Würdest du mit mir zusammen mal dorthin fahren? Sie haben in New Harbor ein Heim für die jungen Mütter. Ich würde mich gerne dort umschauen und ein Gespräch mit der Leiterin führen.«

Würdest du mich im Gegenzug zu meiner Abtreibung begleiten? Ich fürchte nämlich, mein Mann wird das nicht tun ...

Amanda fühlte sich richtig, richtig schlecht. Sie schluckte schwer. Ihr fiel leider keine passende Ausrede ein, darum sagte sie nur knapp: »Ja, klar.«

»Oh, das ist wunderbar. Wie wäre es gleich am Sonntag? Ich hole dich so gegen halb neun ab, okay?«

Nachdem Amanda aufgelegt hatte, blieb sie noch einen Moment lang sitzen.

Carter kam mit zwei Koffern die Treppe herunter. Er ging wieder nach oben und kehrte mit einem Bücherkarton zurück, den er ins Wohnzimmer trug und auf der Sofalehne abstützte. Amanda blieb im Sessel sitzen und sah ihn erwartungsvoll an.

»Das war es also?«, fragte sie.

»Wenn es das für dich war ...«

»Du musst nicht gehen, weißt du? Ich hätte mir gewünscht, dass wir ein offenes Gespräch über die Möglichkeiten führen, die wir haben. Was dann dabei herausgekommen wäre ...«

»Du hast dich doch schon entschieden«, unterbrach er sie schroff. »Und du hast es ohne mich getan. Ich sollte nur noch deine Entscheidung abnicken und dir bestätigen, dass du das Richtige tust. Dass du nicht zur Mörderin werden musst. Du hast dir ein Kind gewünscht? Warum hast du mir das nie gesagt?«

Sie erwiderte darauf nichts, denn sie spürte, dass Carter ihr ohnehin kein Wort glauben würde.

Und sie konnte ihm unmöglich erzählen, warum diese Schwangerschaft sie jetzt in so ein großes Gefühlschaos stürzte. Das hätte sie ihm vor zehn Jahren erzählen müssen, als sie einander kennenlernten und die Vergangenheit, die beide nun mal hatten – sie waren ja nicht als Achtzehnjährige zusammengekommen, natürlich hatte da jeder seine Vergangenheit – Teil des Kennenlernens war. So wie man sich über Ex-Freunde austauschte, über das, was man sich für die Zukunft wünschte und all die kleinen Dinge, die einen prägten … Aber sie hatte ihm die eine, große Sache verschwiegen, die sie schon früh geprägt hatte. Die sie nie loslassen würde, so sehr sie es sich auch wünschte.

»Ich wusste es selber nicht«, sagte sie ehrlich.

»Weißt du, das glaube ich dir einfach nicht. Wo ist die vernünftige Amanda geblieben? Die Amanda, die einen Plan fürs Leben hat, den sie nicht bei der erstbesten Gelegenheit umwirft?«

Ob er weiß, wie ungerecht er ist? Wie gemein er sich mir gegenüber verhält? Er weiß nicht, wie es ist, ein Kind zu erwarten. Er hat keine Ahnung davon, was es bedeutet.

Sie war das Diskutieren müde. Der Streit erschöpfte sie mehr als die Schwangerschaft.

»Dann geh.«

»Ich werde in ein Hotel ziehen. Wenn du dich beruhigt hast, kannst du dich bei mir melden.«

Sie blieb sitzen, während er die Koffer und die Bücherkiste nach draußen trug und in sein Auto lud. Dann kam er noch mal zurück und legte den Haustürschlüssel auf den Couchtisch. Als sie zu ihm aufblickte und gerade etwas sagen wollte, erklärte er: »Ich will nicht, dass du fürchtest, ich könnte plötzlich im Haus stehen. Komm zu dir, Amanda. Danach können wir über alles reden.«

Die Haustür fiel hinter ihm ins Schloss.

Genau, komm zur Vernunft, lass das Baby wegmachen, danach können wir reden.

Ihr wurde schlecht. Sie rannte nach oben ins Bad, kniete sich vor das Klo und erbrach sich so heftig, bis sie Blut spuckte.

Das war nicht die Schwangerschaftsübelkeit.

Es war der Schmerz, von einem Moment auf den nächsten allein zu sein.

»Geht's dir wirklich gut?«, fragte Sonia nicht zum ersten Mal, seit sie ins Auto gestiegen waren.

Amanda schob die schwarze Sonnenbrille ins Haar und seufzte. »Ja, alles in bester Ordnung. Ich bin nur etwas verkatert, das ist alles.«

»Du siehst aus, als hättest du heute Nacht kein Auge zugetan.«

Das kam der Wahrheit ziemlich nahe. Wie auch schon gestern Nacht. Sie hatte in den letzten beiden Nächten keine drei Stunden geschlafen, und das führte in Kombination mit der schwangerschaftsbedingten Müdigkeit dazu, dass ihre Augen rot waren, ihr Gesicht bleich und die Augenringe fast schwarz. Schneewittchen mal anders, dachte sie und musste darüber lachen.

Immerhin hatte sie sich ein wenig Galgenhumor bewahrt.

»Du klingst echt gruselig. Ist wirklich alles okay?«

»Nein, ist es nicht. Carter ist vorgestern Abend ausgezogen.«

»Oh, das tut mir leid!« Sonia nahm die Hand vom Lenkrad und legte sie auf Amandas Unterarm. »Aber warum?«

»Wir hatten unterschiedliche Auffassungen. Glaube ich.« Denn immer noch war sie nicht sicher, wie sie mit der neuen Lebenssituation umgehen sollte.

Immerhin hatte sie heute Morgen in einer Klinik angerufen und sich einen Termin zur Beratung geben lassen. Wenn sie Carter wieder zurück haben wollte, musste sie etwas dafür tun.

Sie wusste nur nicht, ob das der richtige Weg war oder eine richtig große Dummheit ...

»Das tut mir echt leid. Du hast ja bisher nicht viel über ihn erzählt, aber ich hatte den Eindruck, ihr wärt glücklich miteinander.«

»Das habe ich auch gedacht.«

»Wenn dir diese Sache in New Harbor heute zu viel ist ...«

»Nein, schon okay.«

Vielleicht war es ganz gut, wenn sie auf andere Gedanken kam.

»Okay, dann lenke ich dich mal mit ein paar schönen Details ab.« Sonia lächelte. »Ich habe gestern noch mal mit der Leiterin dort gesprochen. Sie heißt Tara, hat selbst drei Kinder und ist seit gut einem Jahr für das Heim verantwortlich. Sie hat mir erzählt, dass nach dem Vorbild ihres Heims jetzt überall im Land weitere entstehen sollen für die jungen Mädchen. Sie klingt echt engagiert. Die Zahl der Adoptionen sei zwar durch ihre Arbeit rückläufig, aber sie meint, ich hätte trotzdem gute Chancen. Viele der jungen Frauen seien eher bereit, ihr Baby an eine alleinstehende Frau vermitteln zu lassen, weil sie diese für ihren Willen bewundern. Ich bin schon so gespannt!«

Amanda ließ Sonia reden. Irgendwie waren sie in nur wenigen Tagen von einem vertrauten Ärztin-Patientin-Verhältnis in einen Zustand der Freundschaft gerutscht – und das nur, weil Amanda sich in einer schwachen Sekunde bereiterklärt hatte, Sonia bei der Adoption zu helfen.

Daran sind bestimmt auch diese blöden Schwanger-

schaftshormone schuld. Wenn die nicht wären ...

Aber sie waren nun mal da, und sie änderten alles.

»Schau mal, da ist es.«

Sie hatten New Harbor erreicht, und dank des Navigationsgeräts auch rasch das Heim für junge Mütter gefunden, das unweit der Küste schräg gegenüber von einem Hotel lag. Sonia parkte am Straßenrand und blickte neugierig zu dem Haus hinüber.

Es war ein großes Haus mit umlaufender Veranda, frisch gestrichen und mit vom letzten Regenguss nass glänzenden Schindeln auf dem Dach. Die Bäume, die das Gebäude umringten wie gute, alte Freunde ließen das goldene Herbstlaub leuchten. Der Wind wehte die Blätter auf den sauber getrimmten Rasen davor. Auf der Veranda saß eine junge Frau in einer Hollywoodschaukel und hielt ihren gewölbten Bauch umfasst.

Der Anblick dieses Teenagers – sie konnte nicht älter als achtzehn oder neunzehn sein, schätzte Amanda – brachte ihr wieder einmal ins Bewusstsein, was es bedeutete, ein Kind zu erwarten. Und mit dieser Erkenntnis kam auch die Erinnerung ...

Sie schüttelte den Gedanken beinahe gewaltsam ab. Nein. Nicht jetzt. Niemals durfte sie sich auf dieses brüchige Eis ihrer Erinnerung begeben.

»Hübsch, nicht wahr?« Sonia stieg aus dem Wagen und wartete, bis Amanda ihr eher zögerlich folgte. Sie gingen auf das Haus zu, und als sie es fast erreicht hatten, trat eine dunkelhaarige, schlanke Frau aus dem Haus. Sie trug über Jeans und einer hellblauen Bluse eine Schürze, die mit Mehl bestäubt war.

»Hi! Sie müssen Sonia sein. Ich bin Tara.« Sie gab zuerst Sonia die Hand, dann stellte sich Amanda vor.

»Dr. Walker.« Tara hob die Augenbrauen. »Von

Ihnen habe ich schon mal gehört.«

»Oh, ich hoffe nur Gutes.«

»Natürlich. Letztes Jahr war ein Paar hier, dem Sie leider nicht helfen konnten. Beide haben Sie und Ihre Arbeit aber in den höchsten Tönen gelobt. Kommen Sie rein, ich habe gerade Scones gebacken.«

Sie folgten Tara ins Haus. Rechterhand ging es in die Küche, daran schloss sich ein großes Esszimmer an, das in ein ebenso großzügiges Wohnzimmer überging, in dem auf dem Boden sechs Yogamatten und Stillkissen lagen. »Wir setzen uns lieber in die Küche. In einer Viertelstunde beginnt der Vorbereitungskurs für unsere Mädchen, da sind sie lieber ungestört.«

In der Küche bot sie ihnen Kaffee an und schob die Tür zum Esszimmer zu.

»Im Moment haben wir sechs schwangere Mädchen und vier junge Mütter bei uns«, erzählte Tara. »Die Mütter dürfen bis zu einem halben Jahr nach der Geburt bei uns bleiben.«

Sonia bekam rote Wangen. »Dann sind auch Babys hier, ja?«

Als wäre ihre Frage das Stichwort gewesen, fing im oberen Stockwerk ein Baby an zu weinen.

»Das jüngste ist gerade mal vier Wochen alt.« Tara lächelte. »Seine Mom hat vorher in Baltimore auf der Straße gelebt. Jetzt sieht's so aus, als könnte sie Anfang nächsten Jahres in eine Wohngruppe ziehen und die Highschool abschließen. Sie ist schlau, ich traue ihr danach durchaus zu, das College zu bewältigen.«

»Das ist toll. Also, dass die jungen Frauen eine Perspektive bekommen, wenn sie das Kind behalten wollen.«

»Wir möchten eben viel mehr Hilfe zur Selbsthilfe bieten. Keine Frau sollte gezwungen werden, ihr Kind abzutreiben oder wegzugeben, wenn sie es viel lieber behalten möchte. Trotzdem kommen viele Mädchen zu uns, die sich nicht vorstellen können, ein Baby aufzuziehen. Für sie sind wir da.« Tara sah Amanda an. »Geht es Ihnen auch um eine Adoption?«

»Wie bitte? Oh Gott, nein. Nein, ich bin nur zur moralischen Unterstützung mitgekommen«, erklärte Amanda hastig.

»Ich war in den letzten drei Jahren ihre Patientin«, fügte Sonia erklärend hinzu. »Wenn man fast jede Woche miteinander spricht, entwickelt sich fast zwangsläufig eine Freundschaft, die über das professionelle Verhältnis hinausgeht.«

»Was mir aber nicht mit jeder Patientin so geht«, wandte Amanda ein. »Du bist da schon was Besonderes.«

Tara verteilte Kaffeebecher und Teller. Sie stellte ein Schüsselchen Clotted Cream, ein Glas Lemon Curd und einen Korb mit in ein Geschirrtuch eingeschlagenen, noch ofenwarmen Scones auf den Tisch. »Lassen Sie es sich schmecken. Ich muss noch mal nach den Mädchen sehen. Einige glauben nämlich, sie könnten den Vorbereitungskurs schwänzen, nur weil sie ihr Baby danach hergeben. Dabei geht es ja vor allem um die Geburt …«

Sie verschwand. Amanda entspannte sich ein wenig. Sie hatte befürchtet, dass sie sich in dem Heim unwohl fühlen würde. Doch das Gegenteil war der Fall. Sie fühlte sich warm umfangen von der Atmosphäre und war davon überzeugt, dass sie sich hier als schwangeres Mädchen auch wohlfühlen würde.

»Es ist toll hier.« Sonia griff zu. Sie schnitt eines der Scones auf, gab Rahm und Lemon Curd auf die beiden Hälften und biss ab. »Meine Güte, weißt du eigentlich, was es für eine Befreiung ist, wenn man nicht mehr auf seine Figur achtet?«

»Ist das so?«

Auch Amanda nahm ein Scone aus dem Korb und brach ein Stückchen ab.

»Ich habe mich damit abgefunden, dass ich in diesem Leben keinen Mann mehr für mich finde. Wenn ich adoptiere, ist es doch sowieso vorbei, meinst du nicht? Welcher Mann will schon eine Frau, die so weit für ihren Kinderwunsch geht, bis sie selbst adoptiert?«

»Unterschätz die Männer nicht«, murmelte Amanda. »Manche sind in ihrem Streben nach dem Glück fast so verbissen wie die Frauen.«

Sie hatte bei ihrer Arbeit oft genug das Gegenteil erlebt. Männer, die überhaupt kein Interesse daran zeigten, was ihre Frauen bei den Behandlungen auf sich nahmen. Oder die sich wie Halbgötter gebärdeten, weil bei ihnen ja nachweislich »alles in bester Ordnung« war und »die Frau das Problem«, weshalb es nicht schon einen ganzen Stall voll Kinder gab. Aber auch das Gegenteil hatte sie oft genug erlebt, und diese Männer waren in vielen Fällen sogar noch verzweifelter – weil es an ihnen lag und weil die Frau für sie so viel auf sich nehmen musste, während er nur in einen Becher ejakulierte.

»Will dein Mann Kinder?«, fragte Sonia.

Amanda blieb fast das Herz stehen und der Bissen im Hals stecken. »Bitte?«

»Du hast doch keine Kinder, oder? Will dein Mann keine? Oder … könnt ihr auch nicht …«

Sie wurde rot, als wäre ihr der Gedanke erst nachträglich gekommen.

»Doch, doch, wir … ich … Wir wollten nie welche. Klingt vielleicht komisch, immerhin ist es mein Job, anderen Paaren zu einer Schwangerschaft zu verhelfen, aber

…« Sie wusste nicht weiter und verstummte.

Sonia stopfte sich den letzten Bissen vom Scone in den Mund und nahm noch einen. Amanda war jedoch der Appetit vergangen, und sie nippte nur an dem heißen, starken Kaffee. Irgendwie schmeckte auch der nicht. Na toll. Sogar ihre liebste Alltagsdroge wurde ihr inzwischen von der Schwangerschaft verleidet!

»Finde ich gar nicht so komisch«, meinte Sonia fröhlich. Bevor Amanda sich noch mehr verstricken konnte, kam zum Glück Tara zurück. Sie überreichte Sonia eine Hochglanzbroschüre und einen dicken Schriftsatz.

»Das sind unsere Vertragsbedingungen für eine Adoption und weitere Informationen über unsere Arbeit. Wir kooperieren nicht mit den Adoptionsagenturen, sondern bitten adoptionswillige Eltern um eine Spende für die Stiftung, die sich in etwa der Höhe bewegt, die man für eine Agentur aufwenden müsste. Früher war das anders, aber wir haben einiges verändert.«

»Wie viele Adoptionen werden jährlich realisiert?«, fragte Amanda. Da Sonia sie als moralische Stütze und Beobachterin mitgenommen hatte, wollte sie sich auch einbringen.

»Im letzten Jahr waren es vierzehn. Dieses Jahr werden es vermutlich ein paar mehr werden, da in Kürze weitere Heime in North Carolina, Illinois und Florida eröffnet werden.«

»Und die Mädchen, die zu euch kommen? Wie werden sie ausgewählt?«

»Viele Mädchen finden unsere Broschüren in den Abtreibungskliniken und Beratungsstellen. Sie vereinbaren ein Erstgespräch, bei dem wir prüfen, ob sie für eine Unterbringung bei uns in Frage kommen. Anschließend führen wir weitere Gespräche mit ihren Familien, und erst danach entscheiden wir, ob sie einen Platz bei uns bekommen. Sofern gerade einer frei wird, versteht sich. Keines der Mädchen wird vor die Tür gesetzt, sobald sie entbunden hat. Einige verschwinden danach recht schnell, aber manche bleiben auch nach der Geburt noch ein paar Wochen. Wir bieten ihnen medizinische und psychologische Betreuung. Wir lassen sie nach der Adoption nicht allein, wenn sie das möchten.«

»Wie gestaltet sich der Kontakt der leiblichen Mutter mit den Adoptionseltern?«

Während Amanda die Fragen stellte, hatte Sonia sich bereits in das Vertragswerk vertieft.

»Das regeln beide Parteien, wie sie möchten. Viele Mütter möchten danach gar keinen Kontakt mehr, aber sie sind einverstanden, dass ihr Kind mit achtzehn ihre Kontaktdaten bekommt. Das läuft dann auch über uns.«

»Passiert es oft, dass eine zuvor vereinbarte Adoption nicht zustande kommt?«

»Das kommt vor.« Tara zögerte. »Aber wir versuchen, den Prozess so zu begleiten, dass wir allen Beteiligten gerecht werden. Wir möchten niemanden unterwegs verlieren, wenn ihr versteht, was ich meine.«

Das klang vernünftig. Sonia begann, Fragen zu stellen. Kluge, reflektierte Fragen. Sie schien jede Nervosität verloren zu haben. Amanda widmete sich derweil den Scones. Sie hatte plötzlich einen Bärenhunger, und Sonia schien auch ganz gut ohne sie klarzukommen.

Nach einer halben Stunde ließ Tara die beiden unter einem Vorwand allein, damit sie sich besprechen konnten.

»Was denkst du?«, fragte Sonia.

»Die Einrichtung macht auf mich einen ganz vernünftigen Eindruck«, sagte Amanda. Wäre sie zwanzig Jahre jünger, würde sie sich in ihrer gegenwärtigen Situation wünschen, in so einem Heim aufgenommen zu werden, damit ihr Baby eine Zukunft hatte.

Aber ich bin nicht zwanzig Jahre jünger. Und ich kann doch unmöglich ein Kind austragen, nur damit es dann von fremden Leuten aufgezogen wird, oder?

Der Gedanke war wirklich befremdlich.

Aber wäre sie zwanzig Jahre jünger, wäre sie um manche Erfahrung ärmer – dann wäre das vielleicht ihr Weg.

»Ich finde es toll hier! Hoffentlich haben sie ein Baby für mich, ich meine ... Das klingt komisch, oder? Als wäre ein Kind eine Ware, die ich im Supermarkt in einen Einkaufswagen lege.«

»Stimmt. Aber ich weiß ja, wie du's meinst.«

Sonia lächelte dankbar. »Ich glaube, ich mache das. Gar nicht mit irgendwelchen Agenturen weitersuchen, sondern mich erstmal hier bewerben. Wenn es nicht klappt, können wir immer noch über andere Wege nachdenken.«

Wir. Wie selbstverständlich Sonia davon ausging, dass Amanda sie auf dem ganzen Weg begleiten würde ...

Aber Amanda spielte mit. »Hör dir erstmal an, was sich hier für dich ergibt.«

Sie redeten weiter über das Heim, und Sonia zeigte Amanda in dem Hochglanzprospekt die Zimmer der jungen Frauen, sie las vor, welches Beratungsangebot es für sie gab, welche Kurse und andere Förderungen. Während sie hier waren, konnten die Mädchen weiter für ihren Schulabschluss lernen, und einige nutzten diese Chance auch erfolgreich. Insgesamt schien es ein Paradies für junge Mütter, Adoptionswillige und Babys zu sein.

Es klang fast zu gut, um wahr zu sein ...

Als Tara zurückkam, hatte sie ein Klemmbrett mit einem mehrseitigen Formular dabei, das Sonia ausfüllen sollte.

»Wir haben im Moment drei Babys hier, die noch nach neuen Eltern suchen. Die Entscheidung, wer letztlich ein Baby bekommt, liegt vor allem bei der leiblichen Mutter. Es kann also sein, dass wir Sie in Kürze zu einem Gespräch einladen, damit Sie eine Mutter kennenlernen.«

»Das klingt toll.« Sonia machte sich sofort daran, das Formular auszufüllen, während Amanda überlegte, ob es sehr dreist war, wenn sie noch ein Scone aß. Es wäre das vierte, wenn sie richtig gezählt hatte. Vielleicht auch schon das fünfte ...? Der Brotkorb sah so verdächtig leer aus ...

Wenigstens war ihr nicht mehr übel wie heute Morgen, als sie nur mühsam aus dem Bett gekrochen war. In der Nacht hatte sie nicht gut geschlafen. Sie war es nicht mehr gewohnt, allein im Bett zu liegen. Carter war immer nur eine Armlänge von ihr entfernt gewesen, wenn überhaupt.

Ihr Streit war so dumm und unnötig ... Zum bestimmt hundertsten Mal, seit sie am Morgen mit Sonia aufgebrochen war, schaute sie aufs Handy. Aber von Carter war keine Nachricht gekommen.

Sie vermisste ihn. Darum schrieb sie ihm ein paar Zeilen und steckte das Smartphone wieder in die Gesäßtasche ihrer Jeans.

»So, dann haben wir soweit alles von Ihnen. Den Vertrag können Sie gerne von Ihrem Anwalt prüfen lassen. Den müssen Sie ohnehin erst unterschreiben, wenn eine Adoption bevorsteht. Und ich habe noch einen Tipp für Sie.« Tara lächelte und nahm das Formular wieder an sich. »Entspannen Sie sich. Genießen Sie Ihr Leben ohne Kind, denn es kann schneller vorbei sein, als Ihnen lieb ist.«

»Sie glauben gar nicht, wie lieb es mir wäre, wenn dieses Leben ohne Kind schon bald zu Ende ist«, erwiderte Sonia.

Darin unterscheiden wir uns wohl grundlegend, dachte Amanda.

Sie konnte es kaum erwarten, dieses Leben *mit* Kind zu beenden, das sie gerade gegen ihren Willen führte.

5. Kapitel

Montagmorgen ging es in der Praxis oft hektisch zu, denn übers Wochenende hatten viele Patientinnen eindeutig zu viel Zeit, um mit Hilfe von Google und Internet die neuesten Theorien zu entwickeln, warum es bisher bei ihnen noch nicht geklappt hatte und wie sie es jetzt endlich schaffen konnten, schwanger zu werden. Darum ergab sich erst am Mittag zwischen Tür und Angel ein kurzes Gespräch zwischen Amanda und Maurice.

»Du warst in New York?«, fragte sie.

»Ich habe dort jemanden getroffen.«

»Oh.« Sie löffelte schon wieder einen dieser unsäglich ekelhaften Schokopuddings leer, die Erin immer im Kühlschrank bunkerte. »Eine Jemandin?«

Maurice atmete tief durch. »Ich habe Samantha Dollinger getroffen.«

»Samantha Dollinger? Sagt mir nichts.«

»Dr. Sam Dollinger. Die Ärztin, die sich bei uns beworben hat und die du so abgefertigt hast.«

»Ach, die! Warum denn?«

»Weil wir darüber gesprochen haben. Ich habe gesagt, ich treffe mich noch mal mit ihr. Sie passt wirklich gut zu uns, Amanda. Gib ihr noch eine Chance.«

Zu seiner Überraschung zuckte Amanda nur mit den Schultern. »Meinetwegen. Du kannst gern einen Vertrag mit ihr aushandeln.«

Sie war wie ausgewechselt. Maurice trat an die Kaffeemaschine und füllte seinen Becher auf. »Und wie war dein Wochenende?«

»Mein Wochenende ...« Sie leckte den Löffel ab und warf den Puddingbecher in den Mülleimer. Dann öffnete sie den Kühlschrank und nahm sich den nächsten.

Irgendwas war mit ihr nicht in Ordnung.

»Sonntag war ich mit Sonia in New Harbor in einem Heim für junge Mütter. Sie will jetzt doch adoptieren.«

»Halleluja. Keine dieser nervenaufreibenden Behandlungen mehr für sie. Ich habe ihr schon vor über einem Jahr erklärt, dass ihre Chancen ziemlich schlecht stehen.«

»Und Carter ist ausgezogen.«

Maurice nahm gerade einen Schluck Kaffee und erschrak so sehr, dass er ihn im hohen Bogen ausspuckte.

»Wie bitte?«, krächzte er.

»Er ist ausgezogen«, wiederholte sie geduldig. »Weil ich schwanger bin und wohl nicht schnell genug signalisiert habe, dass ich abtreiben werde.«

Das wurde ja immer doller! Maurice starrte Amanda an, die genüsslich den Pudding löffelte. Okay, das erklärte natürlich alles. Hormonelles Ungleichgewicht und eine Trennung, da konnte man schon mal seinen Ernährungsplan über den Haufen werfen.

»Und ... wie geht es dir damit?«

»Mit seinem Verschwinden oder mit der Schwangerschaft?«

»Beides.« Maurice grinste.

Sie zuckte mit den Schultern. »Weiß ich nicht so genau, ehrlich gesagt.«

»Ich muss leider wieder los. Termine, Termine ... Heute Abend essen?«

»Und über Sam Dollinger diskutieren?«

Er grinste. »Ich dachte eher daran, dass du dich bei mir ausheulen kannst. Aber du scheinst nicht das Bedürfnis nach Trost zu haben, ...«

Er wartete ihre Antwort nicht ab, sondern lief beschwingt zurück in sein Büro. Carter war ausgezogen. Das war natürlich traurig, und er würde Amanda sicher heute Abend trösten.

Aber sie hatte nicht Nein zu Sam gesagt – im Gegenteil. Bei der nächsten Gelegenheit würde er sie anrufen und ihr mitteilen, dass sie bei ihnen in der Praxis anfangen konnte.

Nach dem Wochenende empfand Sam es zu ihrem Leidwesen als Wohltat, wieder in den hektischen Klinikalltag mit den Operationen, Visiten und Untersuchungen abzutauchen.

Die Erinnerung an die letzten zweieinhalb Tage schmerzte. Und dieses Mal war es schlimmer als sonst, denn sie hatte für Oliver ein Date sausen lassen. Ein richtiges Date, wie sie es seit Jahren nicht mehr gehabt hatte, mit einem attraktiven, faszinierenden Mann, der echtes Interesse an ihr zeigte! Und wofür? Damit Oliver ihr von Freitagabend bis Sonntagfrüh die Ohren vollheulte, weil er sein Model des Monats vermisste. Dieses hier hieß Jolanda, und anders als ihr Name vermuten ließ, war sie kein molliges Mädchen mit polnischem Akzent, sondern eine dürre Russin, die kaum Englisch sprach und sich eher auf die Sprache verstand, mit der zwei Körper in einem Schlafzimmer kommunizierten.

Bis Sonntagmorgen wusste Sam daher nicht nur über Jolandas komplette Biografie Bescheid – was bei einem Mädchen von neunzehn Jahren nicht besonders ergiebig war – sondern kannte auch Olivers Lieblingsstellung mit ihr und wusste, dass Jolanda sich nur von Green Smoothies und Vollkornkeksen ernährte. Außerdem zeigte Oliver ihr Fotos, die bei Sam für ziemlich üble Komplexe sorgten, denn Jolanda war strahlend schön, hatte wahnsinnig straffe Haut, einen vom Sport gestählten Körper und riesige Brüste.

Sonntagmorgen brachte Oliver ihr nach dem Sex sogar Kaffee ans Bett, und während sie diese Aufmerksamkeit genoss, las er die Sonntagszeitung. Sie wollte gerade wieder wegdösen, als er die Zeitung geräuschvoll zusammenfaltete und verkündete: »Ich muss jetzt los. Jolanda kommt heute zurück. Es wäre gut, wenn du verschwunden bist, wenn wir zurückkommen.«

Peng. Da holte er sie wieder auf den Boden der Tatsachen zurück. Hatte sie wirklich geglaubt, mehr zu sein als nur der übliche Lückenbüßer?

Den Rest des Sonntags verkroch sie sich in der kleinen Wohnung in Brooklyn und haderte mit ihrem Herzen, das sie ausgerechnet diesem Blödmann Oliver geschenkt hatte. Wieso konnte sie sich nicht mal in einen der Netten verlieben? Warum immer diese Arschlochtypen, die sie kreuzunglücklich machten?

Maurice Brown – der war ein feiner Kerl. War es denn so verkehrt, sich ein Leben mit einem Mann wie ihm vorzustellen?

Am Montagnachmittag nahm sie all ihren Mut zusammen und rief ihn an. Er meldete sich nach dem zweiten Klingeln, etwas atemlos, aber gut gelaunt.

»Hallo Sam! Schön, dass Sie sich melden.«

»Ich hoffe, Sie sind gut zurück nach Boston gekommen.«

»Wie? Oh ja, alles bestens. Entschuldigen Sie, ich würde gerne mit Ihnen plaudern, aber hier ist viel zu tun, und ich habe heute Abend noch eine Verabredung. Telefonieren wir in den nächsten Tagen noch mal in aller Ruhe? Dann kann ich Ihnen auch schon mehr zu dem Job sagen.«

»Ja, klar.«

Sie legte auf, ohne sich zu verabschieden. Er hatte eine Verabredung? Wie klang das? Nach einem Date? Oder war das eher was Geschäftliches? Machte er das häufiger, dass er geschäftliche Termine wie mit ihr in die Abendstunden verlegte?

Ach, sie sollte ihn sich einfach aus dem Kopf schlagen. Sie hatte mit Oliver doch schon genug Kummer.

Ihr Smartphone vibrierte, als sie es gerade weglegen wollte. Ihr Herz machte einen winzigkleinen Hüpfer, als sie die Nummer von Oliver auf dem Display sah. Sofort ging sie dran.

»Hallo Oliver«, zwitscherte sie fröhlich.

»Sam, ich brauche deine Hilfe!« Er klang ziemlich verzweifelt.

Was denn, hat sie dich schon wieder verlassen, die fiese, kleine Schlampe?

Doch Sam verkniff sich die Frage. »Was kann ich tun?«, fragte sie stattdessen.

»Jolanda geht's richtig schlecht. Ich glaub, es ist was … Frauliches.«

»Was Frauliches?« Bitteschön, was war das denn für eine Umschreibung?

»Ja, du weißt schon. Sie hat Bauchschmerzen und meint, sie könnte vielleicht schwanger sein.«

Was die Panik erklärte, die in seiner Stimme mitschwang. Das wäre ja noch schlimmer, wenn das Model des Monats sich von ihm schwängern ließe! Dann müsste er sie ja aushalten oder den Umgang mit ihr länger als unbedingt nötig aufrecht erhalten … Oder schlimmer noch: Verantwortung übernehmen!

»Was soll ich tun?«, fragte Sam.

»Kannst du nicht herkommen und sie untersuchen? Es geht ihr wirklich schlecht, und sie hat hier keine Krankenversicherung.«

Und du bist zu geizig, für sie eine Krankenhausrechnung zu bezahlen, schon klar.

»Ich könnte in zwei Stunden vorbeikommen. Kann aber auch später werden, je nachdem, was hier los ist.«

»Das wäre super.« Oliver klang erleichtert.

»Okay, ich melde mich, sobald ich hier loskomme.«

Warum ließ sie sich nur immer wieder von ihm einlullen? Erst gestern Morgen hatte er sie zutiefst verletzt, und sie hatte heute nichts Besseres zu tun, als sofort wieder zu ihm zu eilen, weil er sie brauchte? Noch dazu, weil seine Freundin meinte, sie wäre schwanger?

Sam war genervt. Vor allem von sich selbst. Sie merkte, wie ihre Konzentration darunter litt, und als sie zwei Stunden später den Oberarzt bat, früher gehen zu dürfen, nickte er nur abwesend. »Mit Ihnen ist ja heute nicht viel los.«

Sie zuckte nur mit den Schultern. Warum sollte sie ihrem Chef erklären, dass ihr Privatleben im Moment einfach nur Mist war und sie sich nichts sehnlicher wünschte, als ihr ganzes Leben zu ändern? Er würde es nicht verstehen, denn er hatte den Standpunkt, dass Sam froh sein sollte, in einer so renommierten Klinik arbeiten zu dürfen.

Sie rief bei Oliver an und erwischte nur die Mailbox. »Ich komme jetzt zu euch«, sagte sie. »Falls ihr nicht zu Hause seid, sag bitte bescheid.«

In dem Taxi, das sie nahm, hing unverkennbar der Gestank nach Erbrochenem, und der Inder mit dem roten Turban und einer Shiva-Statue auf dem Armaturenbrett warf ihr nur einen bitterbösen Blick zu, als sie die Nase rümpfte.

»Kann ich nix für, sind die Touristen.«

»Ich hab doch gar nichts gesagt«, gab sie gereizt zurück.

Er fuhr verbissen schweigend. Sie sagte nichts, als sie bemerkte, dass er einen Umweg von mindestens zehn Minuten fuhr, sondern warf das Geld nur durch das kleine Fenster der Scheibe auf den Beifahrersitz, als er vor dem Hochhaus in der Fifth Avenue hielt.

Die Portiersloge war nicht besetzt, und sie musste fünf Minuten warten, bis der junge Mann aus dem Fahrstuhl trat und einen Käfig mit Papagei an ihr vorbei nach draußen trug, wo bereits eine Limousine wartete. Erst nachdem er den Vogel an einen Chauffeur übergeben hatte, kam er zurück, um sie oben in Olivers Wohnung anzumelden.

»Er hat Besuch«, erklärte der Portier ihr. Als wollte er ihr die Peinlichkeit ersparen, Oliver mit einer anderen Frau zu treffen.

»Ich weiß«, sagte sie leise.

»Ich bringe Sie rauf.«

Sonst ließ er sie immer alleine hochfahren. Trieb ihn die Neugier? Wollte er sehen, wie Sam Oliver eine Szene machte?

Darauf konnte er lange warten.

Als sie aus dem Fahrstuhl trat und zur Wohnungstür ging, öffnete sie sich bereits. Oliver stand in der Tür.

Sie begrüßten sich mit einer herzlichen Umarmung. Erst nachdem Oliver die Wohnungstür hinter ihr geschlossen hatte, verfinsterte sich seine Miene.

»Du hättest nicht mehr kommen brauchen«, erklärte er.

»Ich habe dir auf die Mailbox gesprochen.«

»Es geht Jolanda schon viel besser. Sie isst gerade.«

»Ich habe ihr einen Test mitgebracht.« Sie hielt die Tüte mit dem Schwangerschaftstest hoch. »Wie lange ist sie schon überfällig?«

Oliver seufzte. »Komm mit.«

Sie gingen in das Esszimmer. Jolanda saß auf einem der schmalen, modernen Stühle, hatte ein Knie angezogen und knibbelte die Haut von einer Weintraube, ehe sie davon abbiss. Sam hätte unter anderen Umständen vermutlich fasziniert zugesehen, wie diese Frau es schaffte, den Verzehr einer Weintraube zu einem Staatsakt zu machen. Stattdessen wartete sie, dass Oliver sie miteinander bekannt machte.

»Jolanda? Das ist Sam. Sie ist Ärztin und kann deine Fragen beantworten.«

»Oh, hi.« Jolanda schaute nicht mal auf, sondern zog die nächste Weintraube aus. Auf ihrem Teller lagen bereits einige Traubenhäutchen neben ein paar Trauben. »Ich weiß nicht, ob Sie mir helfen können.«

Sam legte den Schwangerschaftstest neben Jolandas Teller. »Vielleicht versuchen Sie es erstmal hiermit.«

»Ah, cool. Danke. Ich dachte nur, ich bin schwanger, weil meine Periode zu spät kommt.«

Dass sie, so dünn wie sie war, überhaupt einen nennenswerten Zyklus hatte, grenzte für Sam an ein Wunder. Aber sie kommentierte das nicht, sondern fragte stattdessen: »Wie lange sind Sie denn drüber?«

»Ach, noch gar nicht«, sagte Jolanda. »Ich hab nur so ein Gefühl. Und mein Bauch ist so aufgebläht, sehen Sie?«

Sie schob die Schöße des Männerhemds auseinander, das sie über einem hauchdünnen, schwarzen Slip und einem Hemdchen trug, das ihr nicht mal bis zum Bauchnabel reichte. Wo man wohl Mode kaufen konnte, die sogar für Models zu knapp geschnitten war?

Ihr Bauch sah jedenfalls bewundernswert straff, flach und kein bisschen aufgebläht aus.

»Außerdem hab ich da so Schmerzen. Hier ungefähr.« Sie fuhr großzügig mit der Hand über den kompletten Bauch. »Das hat man doch, wenn man schwanger ist?«

»Am besten machen Sie erstmal den Test.«

Jolanda verließ mit schlappen Schritten das Esszimmer. Sam stand mit verschränkten Armen neben dem Tisch, während Oliver sich wieder auf seinen Platz setzte und mit großem Hunger das Steak verputzte, das die Köchin ihm gemacht hatte.

»Du scheinst dir ja keine besonders großen Sorgen um sie zu machen.«

»Wir haben das bereits geklärt«, sagte er und schob sich noch einen Bissen blutiges Steak in den Mund. »Wenn sie schwanger ist, heirate ich sie.«

Ein Model des Monats heiraten?

So langsam hatte Sam das Gefühl, in einem Paralleluniversum gelandet zu sein. Oliver war nicht der Typ fürs Heiraten – das hatte selbst sie inzwischen begriffen. Ob Jolanda wusste, dass sie sich auf seine Versprechungen nicht verlassen konnte?

»Dann war's das mit uns ja auch.«

»Schade, nicht wahr?« Es schien ihn gar nicht so sehr zu stören.

Jolanda kam mit dem Schwangerschaftstest in der Hand zurück. »Was heißt das jetzt?«, fragte sie und hielt ihn Sam hin.

Sam nahm den Test. Er zeigte nur einen Strich an, kein Kreuz.

»Sie sind nicht schwanger«, sagte sie nur.

»Aber die Bauchschmerzen?«

Sam seufzte. Musste sie also doch ein bisschen mehr Hokuspokus machen. »Ich könnte Sie untersuchen.«

»Okay.« Besonders glücklich klang Jolanda nicht, doch sie ging voran in Olivers Schlafzimmer. Dort legte sie sich aufs Bett und schob das Hemdchen noch etwas höher. Sam setzte sich auf die Bettkante und tastete den Bauch ein bisschen ab, drückte hier und da, fragte, ob etwas weh tun würde. Jolanda beobachtete sie scharf.

»Also nein, Sie sind definitiv nicht schwanger.« Dass man das in diesem frühen Stadium nicht anhand dieser Untersuchung hätte feststellen können, verschwieg Sam ihr. »Aber vielleicht haben Sie was Falsches gegessen. Oder zu wenig. Sie sind wirklich sehr dünn, Jolanda. Wenn Sie irgendwann schwanger werden wollen, sollten Sie vorher ein paar Kilo zunehmen. Sonst wird's verdammt schwer.«

»Ach, ich *will* ja gar nicht schwanger werden«, erwiderte Jolanda. Sie richtete sich auf und zupfte Hemdchen und Höschen wieder zurecht. »*Er* will das unbedingt.«

»Wer? Oliver?«

»Ja! Ständig liegt er mir damit in den Ohren, wie schön das doch wäre, wenn wir was Kleines hätten. Und darum verhüte ich nicht mehr.«

»Wie lange sind Sie jetzt mit ihm zusammen?«, fragte Sam zerstreut. Sie ging ins angrenzende Badezimmer.

»Drei Wochen.«

»Dann gebe ich Ihnen einen Tipp.« Sam wusch sich die Hände und rief durch die offene Tür. »Warten Sie, bis es mindestens sechs oder acht gemeinsame Wochen sind, bevor Sie glauben, dass das mit ihm von Dauer ist.«

Jolanda tauchte in der Tür auf. »Sie sind eifersüchtig,

stimmt's? Weil er mich will und nicht Sie. Aber den hier hat er mir gestern Abend geschenkt.«

Sie hob die Hand.

Der Brillant glitzerte und funkelte. Ein riesiger Klunker, mindestens zwei Karat, eingefasst von perfektem Weißgold. Tiffany's, fuhr es Sam durch den Kopf. Solche Ringe bekommt man nur bei Tiffany's.

»Wow«, brachte sie mühsam hervor.

»Ja, nicht wahr? Das mit uns ist was richtig Ernstes.«

Sam reagierte nicht darauf. Sie trocknete ihre Hände ab, warf das Handtuch in den Wäschekorb und ging an Jolanda vorbei zurück ins Wohnzimmer. Dort nahm sie ihre Tasche, und ohne darauf zu achten, ob Jolanda ihr gefolgt war, fragte sie: »Weiß sie, dass du dich dieses Wochenende von mir hast trösten lassen? Dass deine Beziehungen nie länger als vier bis sechs Wochen dauern? Hast du sie darüber aufgeklärt, dass sie schon in wenigen Tagen richtig tief fällt?«

Oliver starrte sie an. Die Gabel schwebte auf dem Weg zum Mund, das Blut tropfte aus dem Stück Fleisch auf sein Hemd.

Keine Antwort war auch eine.

»Dachte ich mir. Viel Spaß weiterhin. Ach ja, und: Ruf mich niemals mehr an, hörst du? Nie wieder.«

Sie verließ die Wohnung, ohne sich umzudrehen oder sich von Jolanda zu verabschieden. Die hatte ohnehin ganz andere Probleme. Während Sam auf den Fahrstuhl wartete, hörte sie sogar durch die geschlossene Wohnungstür, wie das russische Model die Stimme erhob.

Hoffentlich machte sie Oliver die Hölle heiß.

Auf dem Weg nach unten löschte sie Olivers Nummern aus ihrem Adressbuch, seinen Nachrichtenverlauf im Whatsapp, sie löschte alles, was sie auf die Schnelle finden konnte.

Danach ging es ihr besser. Nicht richtig gut, denn sie hatte gerade einem Impuls nachgegeben, von dem sie wusste, dass sie ihn schon in wenigen Tagen bereuen würde.

Aber besser als in den letzten Tagen ging es ihr allemal. Und sie war jetzt endgültig bereit, New York hinter sich zu lassen. Hier hielt sie nichts und vor allem niemand mehr.

An diesem Montagabend führte Maurice sie in ein erstaunlich schickes Restaurant im Süden von Boston aus. Als Amanda eine Bemerkung in die Richtung machte, zuckte er nur mit den Schultern.

»Ich finde, wir haben was zu feiern«, sagte er und verlangte nach der Weinkarte.

»Nicht«, sagte sie, als er eine Flasche vom besten Wein bestellen wollte. »Ich ... Nein.«

»Verstehe.«

Hielt er ihre Schwangerschaft etwa für einen üblen Scherz?

»Okay, dann also keinen Wein.« Er klappte die Weinkarte wieder zu und bestellte eine große Flasche Wasser für sie beide.

Amanda spürte seinen lauernden Blick, als sie bestellten.

»Dir geht es wirklich gut?«

»Bis auf die Tatsache, dass Carter ausgezogen ist, weil ich schwanger bin?«

Er schüttelte traurig den Kopf. »Das ist wirklich schade. Ihr wart so ein tolles Paar.«

»Naja, vielleicht renkt es sich auch wieder ein«, sagte sie betont munter. »Er brauchte wohl einfach eine Pause, und seine Arbeit nimmt ihn im Moment sehr ein.«

»Dann hat er keine Andere?«

Amanda wunderte sich. Woher kam Maurices Interesse an ihrem Privatleben?

»Keine Sorge. Es wird keine hässliche Scheidung, die mich monatelang von der Arbeit abhält. Es ist nur diese Schwangerschaft, die ihn in den Wahnsinn treibt. Mich übrigens auch«, fügte sie leise hinzu.

»Es klingt so, als hättest du das Baby nicht gewollt …«

»Geplant war's jedenfalls nicht. Aber keine Sorge, ich kann weiter in der Praxis mitarbeiten.«

»Dann ist's ja gut. Aber wenn wir schon von der Arbeit sprechen – was machen wir mit Sam Dollinger? Wollen wir ihr eine Chance geben?«

»Du hast die anderen Bewerbungen ja gesehen …«

Maurice nickte eifrig. »Keiner von den anderen hat so eine gute Qualifikation. Und sie hat gute Ideen. Ich glaube, sie könnte uns unter dem Forschungsaspekt ein gutes Stück voranbringen.«

»Ich weiß nicht. Wollen wir uns wirklich vergrößern?«

Was sie dachte, aber nicht aussprach, war: Können wir uns vergrößern, selbst wenn ich für ein paar Monate ausfalle?

Dicht gefolgt von einem anderen Gedanken.

Ich werde nicht ausfallen. Weil ich das Baby nicht bekommen werde. Es gibt genug gute Gründe, die dagegen sprechen, und keiner davon hat mit Carter und seiner Weigerung zu tun, eine Familie zu gründen …

Sie hatte sich damals für Carter entschieden. Hatte sich in ihn verliebt, weil er klare Vorstellungen von seiner Zukunft hatte. Weil er keine Kinder wollte, und sie …

Nun, sie war mit dem Thema auch durch.
Dachte sie.
Ich bin ganz bestimmt mit dem Thema durch. Ich lasse mir morgen einen Termin in einer Klinik geben, und dann fahre ich dort hin, lasse den Eingriff vornehmen und fahre am nächsten Tag wieder nach Hause ...

»Der Vorschlag kam von dir. Wollen wir nicht?« Maurice schien ehrlich überrascht. »Wir können das natürlich noch aufschieben, aber ich persönlich denke, dass wir das jetzt schaffen.«

»Es ist nur ... Ach, keine Ahnung. Also gut, lass uns groß denken, groß planen. Wollen wir noch eine zusätzliche Etage mieten, wenn das geht? Oder wollen wir ein eigenes Gebäude suchen, wo wir eine der modernsten Reproduktionskliniken des Landes aufbauen? In fünf Jahren könnten ein halbes Dutzend Ärzte für uns arbeiten ...«

»So gefällst du mir schon besser.« Maurice prostete ihr gutgelaunt mit dem Rotwein zu, den er sich hatte bringen lassen. Amanda hob ihr Wasserglas. »Auf eine große Zukunft! Möge Walker & Brown die beste Praxis im ganzen Land werden.«

Als sie zwei Stunden später nach Hause kam, fühlte Amanda sich beschwipst. Sie hatte den Abend mit Maurice sehr genossen. Sie hatten vereinbart, Sam Dollinger einen Job anzubieten und in den kommenden Monaten noch nach einem weiteren Arzt zu suchen. Außerdem wollten sie neue Praxisräume suchen und über die Anschaffung eines neuen, besseren Ultraschallgeräts nachdenken.

Sie hatten Zukunftspläne.

Und dann betrat sie das leere Haus. Es war dunkel und kühl, weil sie am Morgen vergessen hatte, die Fenster im oberen Stockwerk zu schließen, und der Herbst nasskalt durch das Gemäuer kroch. Draußen setzte wieder mal Regen ein, und die Scheinwerfer eines Autos, das durch ihre Straße fuhr, spiegelten sich auf regennasser Fahrbahn. Sie blieb in der offenen Haustür stehen, denn einen Moment lang dachte sie, es könnte Carters Beetle sein.

Doch genauso schnell wie die Vermutung kam, wich sie der bitteren Erkenntnis, dass es nicht Carter war, sondern ein Nachbar.

Was habe ich auch gedacht? Dass er nach 24 Stunden wieder auf der Matte steht und mich für sein Verhalten um Verzeihung bittet?

Vermutlich erwartete er eher, dass sie sich bei ihm entschuldigte. Weil sie sich hatte schwängern lassen. Dabei sollte er doch verstehen, dass sie das nicht gewollt hatte …

Sie schloss die Haustür. Ohne Licht zu machen, ging sie die Treppe nach oben und betrat das Gästezimmer. Neben dem Fenster stand eine Kommode, die sie nur selten öffnete. Lange stand sie davor. Sie wusste, was in den einzelnen Schubläden war. Oben Handtücher, in der Mitte Bettwäsche. Im untersten Schub …

Sie schluckte. Dann kniete sie hin und zog den untersten Schub auf.

Einen Moment lang hockte sie einfach nur im Dunkeln und starrte auf den Inhalt der Schublade, ohne etwas zu sehen. Die Dinge, die darin lagen, waren in Schatten getaucht, und nur ein schmaler Lichtkeil fiel aus dem Flur in das Zimmer. Dann nahm sie die Kiste heraus, einen dicken Umschlag und eine kleine Decke, die fein säuberlich zusammengefaltet war. Sie hob die Decke ans Gesicht und schnupperte daran.

Der befürchtete Erinnerungssturm blieb aus.

Amanda nahm Kiste, Umschlag und Decke und schloss die Schublade. Sie trug die Sachen nach unten und stellte sie auf den Wohnzimmertisch. Erst dann schaltete sie den Deckenfluter in der Zimmerecke ein und wartete, bis ihre Augen sich an das Licht gewöhnt hatten. Und danach erst begann sie, sich die Sachen anzusehen.

Die Decke war ungefähr achtzig Zentimeter im Quadrat groß und bestand aus gehäkelten Grannysquares in sechzehn verschiedenen Farben. Sie war wunderschön, sehr weich und perfekt, um ein Neugeborenes darin einzuhüllen ...

Den Umschlag legte sie beiseite. Sie brachte es noch nicht übers Herz, hineinzusehen, denn das, was sich darin befand, würde es zerspringen lassen. Sie wusste, dass der Schmerz dann zuschlagen würde, unerbittlich und brutal.

In der Kiste waren ein paar Dinge: Ihr Namensband aus der Klinik, ein winziger Strampelanzug, nie getragen. Babyschühchen, die sie damals viel zu früh gekauft hatte. Eine kleine, mit Samt bezogene Schatulle, in der sich zwei Ringe befanden, zur Verlobung und zur Eheschließung. Ein gerahmtes Foto, das sie mit ihrem ersten Ehemann Finn zeigte. Sein Anstecksträußchen, getrocknet und imprägniert, von der Hochzeitsfeier. Und ganz unten ihr Kleid, ein dünnes, kurzes Sommerkleid. Sie hatte Finn ausgelacht, als er vorschlug, sie könnten eines für sie schneidern lassen.

»Und dann habe ich ein weißes Umstandskleid im Schrank hängen, das ich nie wieder anziehe? Ich will noch ein halbes Dutzend Kinder mit dir bekommen, Finn Walker. Niemand wird mich daran hindern, ein buntes Kleid zur Hochzeit zu tragen, das ich in jeder weiteren Schwangerschaft wieder raushole.«

Sie hatte das Kleid mit all den anderen Sachen an

dem Tag, als sie die Klinik verließ, in diese Kiste gepackt und seitdem nicht mehr angerührt. Und jetzt, nach über fünfzehn Jahren, konnte sie die Augen nicht länger vor ihrer Vergangenheit verschließen.

Sie hatte damals alles hinter sich gelassen. Sie hatte Finn im Stich gelassen, hatte ihm damit die Aufgabe aufgebürdet, für die Bestattung des kleinen Jungen zu sorgen, den sie viel zu früh geboren hatte. Der in ihren Armen starb, nur wenige Minuten später. Sie hatte an diesem Tag ihr Herz verloren, den Verstand, vielleicht auch das letzte Bisschen Halt, das sie bei sich selbst fand. Sie wusste nicht, was in den sechs Monaten danach geschah. Sie wusste nur, dass sie eines Morgens aufwachte und zur Abschlussprüfung als Ärztin antrat. Offenbar hatte sie in der Zeit, an die sie kaum eine Erinnerung hatte, wie eine Verrückte für das Examen gelernt, obwohl sie vorher das Studium für mindestens ein Jahr hatte aussetzen wollen.

Weil sie ein Kind erwartete und nie so glücklich gewesen war wie in diesem halben Jahr der guten Hoffnung.

Sie streichelte jetzt den kleinen Body. Er war hellblau und weiß gestreift, die typische Jungsfarbe bei Babykleidung, und auf die Brust war ein dunkelblaues Segelschiff appliziert. Sie hatte Finn den Body geschenkt, als sie erfuhr, dass sie schwanger war. Vom ersten Moment an hatte sie gewusst, dass sie einen kleinen Jungen erwartete.

Sie drückte den Body an ihre Brust. Der Schmerz war unerträglich, er war so heftig, dass sie einen Moment lang glaubte, keine Luft mehr zu bekommen. Amanda wollte aufstehen, doch plötzlich wurde ihr schwarz vor Augen, und als sie wieder auf das Sofa sank, löste sich der Schmerz, den sie so lange Zeit tief in ihrem Innern mit sich herumgetragen hatte. Wie ein Knoten, den jemand mit einem Schwerthieb löste, wie ein Dammbruch kam der Schmerz. Eine große, dunkle Welle, die über ihr zusammenschlug und alles verschluckte, was sie war und was sie in den letzten fünfzehn Jahren aus sich gemacht hatte.

Sie hatte vergessen, wie es sich anfühlte, das eigene Leben zu leugnen. Es war ihr so sehr ins Blut übergegangen, dass sie wochenlang ihr Leben führte, ohne einen Gedanken an den kleinen Michael zu verschwenden. Ohne das Gefühl zu haben, dass ihr etwas fehlte und ohne zu spüren, wie die Trauer sie umhüllte. Es gelang ihr, diesen Teil ihrer Biografie auszublenden. So konsequent, dass sie irgendwann glaubte, es sei nicht ihr passiert, sondern einer entfernten Bekannten. Als wäre das eine Geschichte, die sie gehört habe. Und nicht ihre eigene Geschichte, ihre Vergangenheit, die sie prägte und zu dem Menschen machte, der sie jetzt war.

Sie lernte so, mit dem Schmerz umzugehen. Sie sperrte ihn aus. Und jetzt, als sie ihm die Tür zu ihrer Seele wieder öffnete, war er wie ein finsterer Orkan, der über sie hinwegfegte. Er war so heftig, dass sie sich völlig entwurzelt fühlte.

Es war ein Fehler, die Sachen aus der Schublade zu holen. Sie wusste es, während die Tränen haltlos über ihre Wangen liefen und sie die Dinge in der Kiste durchging. Amanda schniefte. Sie nahm den Briefumschlag, der die ganzen fünfzehn Jahre versiegelt gewesen war.

Hätte sie Carter irgendwann von ihrem Sohn erzählen sollen? Von ihrer ersten Ehe mit Finn und davon, wie sie alles hinter sich ließ, weil sie es nicht ertrug, sich eine Zukunft vorzustellen, die von diesem Verlust geprägt war? Hätte er sie dann besser verstanden, als sie zögerte, diese Schwangerschaft zu beenden?

Dabei war sie doch schon vorher überzeugt gewesen,

dass nur ein Abbruch für sie der richtige Weg war. Immerhin hatte sie damals alle Brücken zu ihrem alten Leben hinter sich abgebrochen, weil sie nie wieder ein Kind wollte. Es genügte, wenn man eines verlor. Ein zweites Mal hätte sie diesen Verlust nicht ertragen.

Noch immer hielt sie den versiegelten Umschlag in den Händen. Sie zitterte. Sie heulte. Sie sehnte sich nach Carter, seiner starken Umarmung und seinen tröstenden Worten. Aber Carter hatte hiervon nichts gewusst, und wie sollte sie es ihm jetzt erzählen?

Sie fürchtete sich vor den Fotos. So gerne wollte sie diese Aufnahmen betrachten, denn sie waren das Wenige, das ihr als Erinnerung an Michael geblieben war. Obwohl sich sein kleiner, zarter Körper, das reglose Gesicht und die feinen, dünnen Glieder in ihr Gedächtnis eingegraben hatten. Obwohl sie dieses Baby niemals vergessen würde, das tot in ihren Armen gelegen hatte.

Aber die Fotos ansehen? Nein, nicht jetzt. Nicht, wenn sie allein zu Hause war. Sie spürte, dass es zu viel wäre, und wenn ihr etwas zu viel wurde, neigte sie dazu, sich mit Wein volllaufen zu lassen.

Ist doch egal. Saufe ich mich eben in ein seliges Merlotkoma. Morgen weiß ich dann nichts mehr von diesen Dingen hier.

Sie stand auf und lief in die Küche. Aus dem Weinregal nahm sie eine Flasche von dem teuren Merlot, den Carter nur zu besonderen Anlässen hergab. Sie hatte den Korkenzieher schon in der Hand, und rasch hatte sie die Flasche geöffnet und ein Glas aus dem Schrank genommen. Dunkelrot floss der Wein ins Glas; sie setzte es an die Lippen, der erste Schluck kostete sie Überwindung, doch danach ging es schnell, und sie trank das ganze Glas in wenigen Schlucken leer.

»Was hab ich getan, was hab ich getan …«

Die Reue kam genauso schnell wie die Übelkeit. Amanda rannte aus der Küche ins Badezimmer, sie schaffte es mit knapper Not, den Toilettendeckel anzuheben, ehe sie sich schwallartig in die Schüssel übergab. Immer wieder würgte sie, bis nur noch bittere Galle ihren Gaumen kitzelte und sie völlig atemlos neben dem Klo auf den Boden sank.

Sie blieb einfach dort sitzen. Weit weg von den Erinnerungsstücken im Wohnzimmer, weit weg vom Wein in der Küche, der ihr nicht bekam. Vielleicht war es besser so. Vielleicht brauchte sie einen klaren Kopf, um Entscheidungen zu treffen, die sie nicht treffen wollte.

Und zum ersten Mal kam ihr ernsthaft der Gedanke, wie es wäre, das Kind zu behalten. Wie es wäre, sich gegen die Angst vor einem zweiten Verlust zu stemmen.

Hätte sie nicht mehr zu gewinnen als zu verlieren? Wäre es nicht ein Risiko, das sie eingehen durfte? Das sie eingehen *musste*, weil sie sich sonst für den Rest ihres Lebens Vorwürfe machte?

Sie hatte niemanden, mit dem sie reden konnte. Für Freundschaften blieb ihr wenig Zeit, und von der Familie hielt sie sich fern. Maurice? Ja, vielleicht. Aber es fühlte sich merkwürdig an, mit ihm über so intime Dinge zu reden. Sonia? Nein. Sonia hätte sicher Mitleid mit ihr, doch sie könnte niemals verstehen, warum Amanda diesem zweiten Baby keine Chance geben wollte. Und an Carter brauchte sie gar nicht zu denken. Der war so sehr damit beschäftigt, sich im Recht zu fühlen …

Sie musste diese Situation allein durchstehen. Ohne Carter, ohne eine Freundin.

»Ich kann das«, flüsterte sie. Ohne zu wissen, was genau sie damit meinte.

6. Kapitel

In der freien Wirtschaft nannte man das, was Amanda getan hatte, einen Dealbreaker. Sie hatte die Regeln ihres Zusammenlebens verletzt. Mehr noch: Sie hatte die Regeln verletzt, obwohl sie doch auf einer Seite standen. Obwohl sie ein Team waren. Das machte es nur noch schlimmer.

Außerdem wurde Carter das Gefühl nicht los, dass er in die Rolle desjenigen gedrängt wurde, der jetzt wahlweise wie der letzte Depp oder ein riesiges Arschloch dastand. Er wollte keine Kinder. Hatte nie welche gewollt, und allein das war etwas, das viele Menschen nicht verstanden. Deshalb hatte er auf entsprechende Nachfragen von Kollegen oder Freunden immer herumgedruckst, ein bisschen ausweichend geantwortet, sodass sein Gegenüber sich die passende Antwort zurechtlegen konnte. Dass sie keine Kinder bekommen konnten, zum Beispiel. Oder dass sie es versucht hätten, aber es sei eben kompliziert und könne ja noch passieren, irgendwann. Da Amanda als Ärztin in einer Kinderwunschpraxis arbeitete, verließ sich jeder in seinem Umfeld darauf, dass sie schon alles Menschenmögliche tun würden, um diesen Wunsch zu erfüllen.

Denn wer wollte keine Kinder?
»Ich«, murmelte Carter. »Ich will keine.«
Er saß in dem Motelzimmer, das er sich nach längerem Nachdenken genommen hatte. Motelzimmer deshalb, weil er immer noch die vage Hoffnung hegte, dass Amanda zur Vernunft kam und ihn zurückhaben wollte.

Oder dass sie ihn anrief und mit ihm reden wollte. Vielleicht ließ sich alles wieder einrenken. Sie wusste, was er von ihr wollte. Ihm blieb jetzt nur die Hoffnung, dass sie sich an die gemeinsam formulierten Ziele erinnerte. Daran, dass sie immer zusammenhalten wollten. Dass sie gemeinsame Ziele hatten, bei denen Kinder einfach keinen Platz hatten.

Er hatte sich vom Chinesen drei Blocks weiter das Abendessen mitgebracht und saß nun in völliger Stille über dem Aufsatz eines französischen Historikers, der Carters These vom Untergang des Römischen Reichs stützte. Gelegentlich nahm er eine Plastikgabel voll vom knusprigen Hühnchen in Chop Suey, kaute mechanisch, schluckte und schmeckte doch nicht, was er da aß. Das lag aber nicht an dem Aufsatz. In Gedanken war er nicht bei seinem Buch, sondern bei Amanda.

Klar, er vermisste sie. Er wünschte, sie hätten sich nicht gestritten, und ja, er wünschte auch, er wäre nicht völlig überstürzt ausgezogen. So blieb ihm im Moment nur, sich mit der Situation abzufinden und zu hoffen, dass Amanda wieder zur Vernunft kam. Er wusste nicht, wie genau dieses »zur Vernunft kommen« aussehen sollte. Doch in der gegenwärtigen Situation blieb ihm wohl keine andere Wahl.

In den Nächten lag er wach. Er grübelte. Was, wenn sie sich gegen ihn und für das Kind entschied? Dann müsste er Unterhalt zahlen, und sicher nicht zu knapp. Immerhin waren sie verheiratet. Noch – denn auch ihre Ehe stand gerade für ihn auf dem Spiel.

Und wenn ich ihr einfach erzähle, warum ich keine Kinder will?

Denn natürlich wusste er, was ihn daran hinderte, sich darauf einzulassen. Kinder sind die Zukunft. Sie führen eine Linie fort, die seit Tausenden, nein, Zehntausenden Generationen nicht unterbrochen wurde. Seine Eltern, Großeltern, Urgroßeltern – alle hatten sich für Kinder entschieden. Und mit ihm endete diese Linie. Seine Eltern hatten nur ihn. Nach ihm würde niemand kommen.

Oder doch. Jetzt war da ein Kind. Im Moment nicht mehr als eine Ahnung, nicht mehr als ein kleiner Zellhaufen, der es sich bei Amanda bequem gemacht hatte. Dieser Zellhaufen wuchs, bis ein winzigkleiner Mensch daraus wurde, und dieses Menschlein wuchs und wuchs, bis nach neun Monaten ein Baby geboren wurde …

Ungehalten warf Carter die Plastikgabel in den Pappkarton mit Chop Suey. Er putzte den Mund mit einer Papierserviette ab, trank die Cola aus und griff nach seinem Handy. Wie schon in den letzten Tagen scrollte er durch die Liste der eingegangenen Nachrichten und Anrufe. Viele seiner Studenten meldeten sich bei ihm und stellten Fragen. Auf einige antwortete er direkt. Die anderen konnte er in der nächsten Vorlesung beantworten, damit auch die anderen Studenten etwas davon hatten.

Keine Nachricht von Amanda.

Er wählte nach kurzem Nachdenken die Nummer ihres Handys. Nach dem fünften Klingeln meldete sie sich.

»Carter?«

Ihre Stimme war ein müdes Flüstern. Trotzdem tat es gerade gut, ihre Stimme zu hören.

»Amanda.«

»Ja, hi.«

»Hi.« Er räusperte sich. »Ich wollte mal hören, wie es dir geht.«

»Nicht gut«, gab sie zu. »Ich habe morgen einen Beratungstermin in einer Klinik.«

Dazu sagte er erstmal nichts. Als sie nicht weitersprach und das Schweigen zu bedeutungsschwer wurde, fragte er: »Wie geht es dann weiter?«

»Ich bekomme einen Termin für die Abtreibung. Danach ist der Spuk vorbei und du kannst zurück nach Hause kommen. Wenn du das noch willst.«

»Natürlich will ich wieder zurückkommen.« Er war erleichtert. Denn sie wollte doch auch, dass er zurückkam, oder?

»Gut. Dann komm heim, wenn ich's überstanden habe.«

Sie klang irgendwie traurig. Er ahnte, dass sie insgeheim die Hoffnung hegte, dass er sich ihr als Begleiter für diesen schweren Gang anbot. Keine Frau traf so eine Entscheidung leichtfertig – und Amanda schon zweimal nicht, denn sie sah jeden Tag die Frauen, die sich um jeden Preis ein Kind wünschten und teilweise einen aussichtslosen Kampf ausfochten.

»Wie geht es mit uns weiter?«, fragte er.

»Ich verstehe die Frage nicht«, sagte sie vorsichtig.

»Danach, meine ich. Wird es nicht irgendwie ... anders sein? Werden *wir* nicht anders sein? Und wenn das so ist ...«

Sie half ihm nicht, sondern wartete ab.

»Wenn es so ist, dass wir anders sind ... Ich frage mich, ob wir dann noch glücklich sein können.«

»Du brauchst nicht zurückkommen, wenn du nicht willst. Wir können uns auch einen Anwalt suchen und uns scheiden lassen.«

»So habe ich das nicht gemeint.« Er wurde ärgerlich. »Ich dachte nur, dass diese Sache vielleicht zwischen uns steht. Denn das möchte ich nicht.«

»Ich werde dir keinen Vorwurf machen, weil du mich zu diesem Schritt gedrängt hast.« Sie klang seltsam spröde, fast schon ein bisschen aggressiv.

»Herrgott, Amanda. Du hast uns erst in diese Situation gebracht und stellst dich jetzt hin, als wärst du das Opfer?«

»Ich habe mir das doch nicht ausgesucht! Scheiße, Carter. Glaubst du echt, ich wollte das? Glaubst du, ich wollte dir ein Kind unterschieben? Im Ernst? Meinst du, ich bin davon ausgegangen, dass du es schon okay finden wirst, wenn ich dich vor vollendete Tatsachen stelle?«

»Der Gedanke ist mir gekommen, ja.«

»Du hast echt nichts verstanden. Bleib doch, wo du bist. Ich hab mich gefreut, als ich deine Stimme gehört habe, aber statt mich bei dem, was ich tun muss, zu unterstützen, machst du mir Vorwürfe. Das alles ist für mich unendlich schwer. Und du? Bloß nicht zu viel hergeben, bloß nicht der Frau helfen, die du angeblich liebst. Das ist doch keine Beziehung, das ist … krank.«

Sie hielt atemlos inne. Carter konnte sich gut vorstellen, wie sie durch das Haus lief, wie sie es immer tat, wenn sie Telefonate führte, die sie aufregten. Bisher hatte er das nur erlebt, wenn sie ihre Mutter zum Geburtstag und zu Weihnachten anrief.

»Hör mir zu, Amanda …«

»Nein, ich hör dir nicht zu. Du hast nicht mal gefragt. Du bist wie selbstverständlich davon ausgegangen, dass ich mich ›um das Problem kümmern‹ werde. Weißt du was? Das Problem bist du. Du hast mich in die Ecke gedrängt, du hast mir keine andere Wahl gelassen. Das ist so krank, ehrlich. Ich wünschte, wir hätten damals wirklich intensiv darüber nachgedacht, was wir wollen, statt einfach davon auszugehen, dass wir beide schon damit klarkommen, keine Kinder zu kriegen.«

»Aber wir haben darüber gesprochen«, protestierte er.

Einen Moment lang war es still in der Leitung. Als Amanda dann sprach, klang sie so müde, wie er sie noch nie erlebt hatte. »Vielleicht hätten wir es nicht nur beim ersten Date tun sollen. Sondern auch später. Ich will das Baby genauso wenig wie du, aber ...«

Sie verstummte, und Carter hakte nicht nach.

Er wusste auch so, was sie sagen wollte.

Aber jetzt bekommst du ein Baby. Und du bist von den Hormonen, die damit einhergehen, überwältigt. Du weißt nicht, ob es so eine gute Idee ist, deine letzte Chance auf Mutterschaft einfach über Bord zu werfen.

Wäre er wirklich ein Partner für sie – und nicht nur das Arschloch, das sie im Moment in ihm sah – hätte er jetzt gesagt, dass er jede ihrer Entscheidungen tragen würde. Doch das wäre eine Lüge. Er schwieg verbissen, und als von ihm nichts kam, hörte er das Klicken in der Leitung und danach ein leises Tuten.

Sie hatte aufgelegt.

Er fühlte sich mies. Carter stand auf und trat an die Minibar. Ihm war nach Alkohol – viel Alkohol. Er hoffte, dass er damit das Vergessen fand, denn das Wissen um das Drama, das sich bei Amanda abspielen musste, war zu schmerzhaft, um es einfach zu ignorieren.

Es ist ganz einfach. Ich gehe da rein, lasse mich beraten und bekomme einen Termin. Danach werde ich zu dem Termin erscheinen, bekomme ein Beruhigungsmittel und zwei Stunden später ist der Spuk vorbei.

Amanda saß mit ein paar anderen Frauen im Wartebereich der Klinik. Sie hatten alle flache Bäuche, denen man nicht ansah, welches Drama sie hüteten. Und jede von ihnen starrte ins Leere, blätterte blicklos in einer Zeitung oder tippte etwas in ihr Handy. Keine suchte den

Blick einer anderen. Sie waren Fremde und wollten es auch bleiben.

In dieser Klinik war jede Frau mit ihrer Entscheidung völlig allein.

Amanda zog ihr Handy aus der Handtasche. Sie hatte eine Nachricht von Sonia bekommen.

Sie haben angerufen!!! Kommst du mit, wenn ich morgen die Mutter meines Babys kennenlerne?

Hastig schaltete sie das Handy aus und vergrub es weit unten in ihrer Tasche. Das war nun wirklich nicht das, was sie in ihrer aktuellen Situation hören wollte.

»Mrs. Walker?« Eine Schwester kam in den Wartebereich.

»Ja, hier.« Erleichtert sprang sie auf. Sie hätte es keine fünf Minuten länger hier ausgehalten.

Die Krankenschwester führte sie in ein kleines, schlauchförmiges Büro. »Ihr Arzt kommt sofort«, sagte sie. »Sie können derweil schon mal unser Formular ausfüllen.«

Sie gab Amanda das Klemmbrett.

Das Vorgehen war dem ähnlich, das auch in Amandas Klinik bei Erstgesprächen angewandt wurde. Zum ersten Mal spürte sie, wie sich das für eine Patientin anfühlen musste. Nicht angenehm.

Vielleicht sollte sie das mal ansprechen. Es wäre sicher leichter, wenn die Patientin nicht erst mit einem ganzen Fragenkatalog konfrontiert wurde, bevor sie das erste Mal einen Arzt sah. Für sie stellte das Formular keine Herausforderung dar – neben ihren persönlichen Daten wurde ihre Krankengeschichte ebenso abgefragt wie die Umstände ihrer Schwangerschaft –, aber sie konnte sich vorstellen, dass andere Frauen davon überfordert waren.

Eine Viertelstunde später wurde sie von derselben

Schwester abgeholt und in ein größeres, helles und modern eingerichtetes Büro geführt. »Dr. Yun ist gleich bei Ihnen«, sagte sie und ließ Amanda wieder allein.

In diesem Raum gab es an den Wänden Bilder, die sich ebenfalls eklatant von denen in ihrer eigenen Praxis unterschieden. Kein Wunder, denn bei ihnen hingen Fotos von süßen Babys an den Wänden. Babyfüßchen, kleine Gesichter mit großen, knallblauen Augen – all die Sehnsüchte der Frauen und Paare, die zu ihnen kamen, in einer gewaltigen Bildersprache verpackt. Hier war es abstrakte Kunst, in die man nicht mal mit größter Fantasie Babyglück hätte hineininterpretieren können.

Als die Tür aufging und ein hagerer Mittvierziger mit Pferdeschwanz und Koteletten hereinstürmte, schrak Amanda zusammen.

»Guten Morgen. Ich bin Dr. Harry Yun.«

Er setzte sich hinter den Schreibtisch und überflog ihr Formular.

»Das sieht gut aus. Haben Sie noch Fragen zu dem Eingriff?« Er kritzelte etwas auf das Formular und blickte kaum auf.

»Ich ... Nein.«

»Prima. Dann lassen Sie sich einen Termin von meiner Assistentin geben. Ende der Woche habe ich noch ein paar Termine frei. Sie wird Ihnen noch eine Infobroschüre geben. Nach dem Eingriff dürfen Sie nicht Auto fahren und sollten die folgenden 24 Stunden nicht allein sein.«

»Oh, ich komme schon klar. Ich bin Ärztin«, fügte sie hinzu.

Erst jetzt sah Dr. Yun auf. Seine dunklen Augen musterten sie scharf. »Ich empfehle trotzdem, dass Sie nicht alleine sind«, sagte er streng. »Sie werden nach dem Eingriff ziemlich schlapp sein. Außerdem kann es zu Nachblutungen kommen. Wenn Sie das Bewusstsein verlieren, kann es Sie das Leben kosten, falls niemand auf Sie aufpasst.«

Das wusste Amanda natürlich. »Solche Komplikationen sind wirklich sehr selten.«

»Das stimmt. Aber Sie wollen darauf doch nicht Ihr Leben verwetten?« Er nahm einen Zettel vom Klemmbrett, vermerkte etwas darauf und gab ihn Amanda. »Das war's schon. Wir sehen uns Ende der Woche.«

Zum Abschied reichte er ihr die Hand. Amanda stand auf. Sie war wie betäubt. Das war alles? Er stellte ihr keine Fragen, redete ihr nicht ins Gewissen? Überhaupt: was war das für eine Beratung? Interessierte sich überhaupt jemand dafür, warum sie das hier tat?

Dr. Yun blieb hinter dem Schreibtisch stehen, als sie sein Büro verließ. Sie ging zum Empfang, gab der Schwester dort den Zettel und bekam eine Broschüre ausgehändigt. Die Schwester schaute im Computer nach einem Termin und notierte ihn für Amanda auf einem Zettel.

Er hat nicht mal überprüft, ob ich tatsächlich schwanger bin.

Sie verließ die Klinik, die in einem Industriegebiet am Rand der Stadt lag – etwas versteckt am Ende einer schmalen Gasse. Offenbar waren die Abtreibungsgegner in dieser Gegend nicht besonders aktiv, denn vor dem Gebäude lief niemand mit einem Pappschild auf und ab.

Erst als Amanda auf die Interstate fuhr, wachte sie aus der Starre auf. Sie war nicht unterwegs zurück in ihre Praxis, sondern fuhr Richtung Norden, ohne ein Ziel, ohne zu wissen, wohin es sie trieb. Aber sie konnte unmöglich jetzt arbeiten. Sie brauchte Zeit für sich.

Eine halbe Stunde später hielt sie zum Tanken und

schrieb bei der Gelegenheit eine Nachricht an Maurice.

Brauche einen Tag frei. Kannst du meine dringenden Termine übernehmen?

Danach schrieb sie auch Sonia.

Wann genau morgen?

Denn sie wusste jetzt, wohin sie fuhr.

Sie war auf dem Weg nach New Harbor.

Es war zuerst nur ein flüchtiger Gedanke gewesen, aus dem dann recht bald eine konkrete Idee wurde. Und diese Idee wälzte Amanda auf dem Weg nach New Harbor hin und her.

Wenn ich das Baby nun bekomme und zur Adoption freigebe? Wäre das für Carter auch ein Dealbreaker?

Eines hatte sie erkannt, als sie Dr. Yun gegenübersaß, der ihre Abtreibung so beiläufig vorantrieb, als würde sie sich ein Muttermal entfernen lassen – sie konnte das nicht. Ein gesundes Kind abtreiben, nur weil es nicht in ihr Leben passte? Nein, das ging nicht, das schaffte sie nicht. Und weil sie es genauso wenig behalten konnte, war Adoption das Einzige, was ihr blieb.

Sie erhoffte sich in New Harbor Antworten auf ihre drängendsten Fragen. Vor allem eine Frage ging ihr nicht aus dem Kopf.

Werde ich mein Kind später kennenlernen?

Dabei wusste sie noch nicht mal, ob sie das wollte.

Als sie das kleine Städtchen erreichte, parkte sie in der Main Street und lief die Straße auf und ab. Hier gab es alles, was man für den täglichen Bedarf brauchte, und Amanda folgte einem Impuls und betrat die kleine Buchhandlung an der Ecke. Es überraschte sie, dass sich hier ein Buchladen halten konnte. Schließlich kaufte inzwischen jeder seine Bücher online.

Doch sie liebte es, in Buchhandlungen zu stöbern.

»Guten Morgen.« Die fröhlich zwitschernde Stimme der jungen Buchhändlerin riss Amanda aus ihren Gedanken. »Schauen Sie sich in Ruhe um. Wenn Sie Fragen haben, bin ich hier.«

Sie sah süß aus, fand Amanda. Mit ihren Pippi-Langstrumpf-Zöpfen und dem übergroßen, knallroten Strickkleid und der schwarzen Strumpfhose war sie etwas flippig, aber das musste ja kein Nachteil sein.

»Ich suche einen Schwangerschaftsratgeber.«

»Oh, darf ich gratulieren? Die Ratgeber haben wir hier, und zum Thema Schwangerschaft habe ich immer einiges da.« Sie zwinkerte Amanda verschwörerisch zu.

Sie hält mich für eine der verzweifelten Frauen, die gern adoptieren möchten und deshalb nach New Harbor gekommen sind. Die sich vorher über alles informieren möchten. Auch wenn sie nicht selbst schwanger sind, wollen sie zumindest nachempfinden können, was es heißt, schwanger zu sein.

Amanda stand etwas ratlos vor dem Regal, bis die Buchhändlerin ihr ein Buch in die Hand drückte. »Das kaufen die meisten«, sagte sie.

»Danke.« Sie versuchte sich an einem Lächeln.

»Kein Problem. Möchten Sie vielleicht auch einen Kaffee? Ich habe auch Tee, heiße Schokolade …«

»Kaffee klingt super«, unterbrach Amanda ihren Redefluss. »Danke, Miss …«

»Ach, nennen Sie mich Ruth. Hier nennen mich alle Ruth.« Wieder dieses Strahlen. Man sah Ruth an, dass sie sich in ihrer Haut und ihrem Job wohl fühlte.

»Okay, Ruth. Ich nehme einen Kaffee und schaue mich in Ruhe um.«

»Kommt sofort.« Ruth huschte davon. Sie brachte

Amanda einen Porzellanbecher mit heißem Kaffee, zeigte stumm auf ein Tischchen, auf dem Milch, Zucker und Kekse bereit standen und verschwand wieder im vorderen Teil der Buchhandlung. Amanda hörte, wie sie jemanden begrüßte.

»Guten Morgen, Ella!«
»Guten Morgen, Ruth.«
»Und wenn das nicht der kleine Henry ist? Obwohl klein ja die Untertreibung des Jahrzehnts ist. Er ist schon wieder gewachsen!«

Die helle Glockenstimme von Ella lachte. »Ja, so langsam bekomme ich auch Angst. Wo will er nur hinwachsen?«

»Er möchte einfach mal so groß und stark werden wie sein Daddy, nicht wahr? Deine Buchbestellung ist da, Ella.«

»Ich schaue mir die Bücher gleich in Ruhe an.«
»Kaffee? Oder lieber Tee?«
»Tee, bitte.«

Amanda zog zwei weitere Bücher aus dem Regal und setzte sich an den kleinen Tisch. Im nächsten Moment kam eine junge Frau nach hinten. Sie hatte eine Babytrage vor dem Bauch, aus der nur der bemützte Kopf eines Babys hervorlugte, das Amanda auf ein gutes halbes Jahr schätzte. Sie trug außerdem einen großen Stapel Bücher, die sie auf der Kante des Tischs platzierte.

»Hi«, sagte Ella.

Amanda murmelte etwas, das mit viel gutem Willen als ein »hi« durchgehen konnte. Ella widmete sich dem Bücherstapel, während ihr Baby in der Trage schlief. Ruth brachte ihr einen Becher mit Tee und ließ sie dann wieder allein.

»Ich fand das hier am besten.« Ella zeigte auf das

Buch mit türkisfarbenem Einband, das Ruth ihr zuerst gezeigt hatte und das Amanda bereits beiseite gelegt hatte, weil der Einband so kitschig war. »Die Autorin ist bei mir unter Vertrag und schreibt schon am nächsten Buch über Babys erstes Jahr.«

Amanda blickte auf. Ellas Augen strahlten sie warm an, und sie streichelte das Köpfchen ihres Sohns, als wäre es das Natürlichste der Welt, dass sie mit einem Stapel Büchern hier saß, ihr Baby trug und sich mit einer Fremden über Schwangerschaftsratgeber unterhielt.

»Danke, aber so ein Buch werde ich nicht brauchen.«

Im selben Moment hätte Amanda sich am liebsten auf die Zunge gebissen. Warum sagte sie so etwas? Damit weckte sie vermutlich nur die Neugier ihres Gegenübers, und diese Ella machte auf sie nicht den Eindruck, als wäre sie auf den Mund gefallen. Es würde sie daher nicht wundern, wenn sie neugierig nachhakte.

Genau so kam es.

»Warum nicht? Ist der Ratgeber nur ein Geschenk?«

»Das klingt bei Ihnen so, als dürfte man solche Bücher nicht verschenken«, versuchte Amanda sich herauszureden.

»Doch, natürlich! Ich nahm wohl an, dass Sie einen für sich suchen. Entschuldigung.« Ellas Lächeln war entwaffnend, und Amanda konnte nicht anders: Sie mochte Ella.

»Warum?«

»Wie bitte?« Ella hatte sich wieder ihren Büchern gewidmet und blickte nun auf.

»Warum kommen Sie drauf, dass ich das Buch für mich suche?«

Ella zögerte. »Sie haben dieses Strahlen in den Augen«, sagte sie leise. »Das kenne ich nur von Schwangeren und jungen Müttern. Sie alle sehen ziemlich müde aus, aber dieses Leuchten in den Augen – das kriegt keine noch so große Erschöpfung klein. Aber wenn ich mich geirrt habe, tut es mir leid. Ich wollte Sie damit nicht verletzen.«

»Nein, ist schon in Ordnung«, sagte Amanda abwesend. Sie legte die Bücher wieder aufeinander und stand auf. »Es ist nur ...«

Fast hätte sie die Hand auf den Bauch gelegt, doch in letzter Sekunde bemerkte sie, wie unsinnig diese Geste war. Wen wollte sie beschützen? Das ungeborene Leben, zu dem sie keine Bindung aufbauen konnte? Oder sich selbst?

»Alles Gute weiterhin«, hörte sie sich sagen.

Sie verließ die Buchhandlung beinahe fluchtartig und rettete sich in ein Café auf der anderen Straßenseite. Da die Feriensaison in den letzten Zügen lag, waren nur wenige Tische besetzt. Sie suchte sich einen Platz und bestellte bei der Kellnerin einen Tee und ein Stück Möhrenkuchen mit Glasur.

Maurice hatte sich inzwischen gemeldet.

Kein Problem. Wann bist du wieder da?

Sie starrte auf seine Nachricht. Dann schrieb sie: *Weiß ich noch nicht. Ist das ein Problem? Ob Sam Dollinger schon früher bei uns anfangen kann?*

Sie lehnte sich zurück und schloss die Augen. Da, wieder eine Entscheidung getroffen. Dieses Mal für eine neue Kollegin. Es musste ja irgendwie weitergehen, nicht wahr? Und wenn sie für ein paar Wochen ausfiel, war es gut, eine zusätzliche Arbeitskraft zu haben.

Will ich das wirklich durchziehen? Das Baby bekommen und zur Adoption freigeben? Kann ich das überhaupt ...?

Sie wusste es nicht. Aber in diese Klinik am Rande von Boston würden sie keine zehn Pferde mehr bringen. Sie schrieb eine zweite Nachricht an Maurice: *Stell sie ein, egal was ich zuletzt gesagt habe. Sie ist super. Kann ja sein, dass einer von uns mal länger ausfällt. Dann ist es gut, sie zu haben.*

Der Anruf von Dr. Brown war eine Überraschung. Er kam gleich zur Sache.

»Sie können bei uns anfangen.«

»Wie bitte?« Sam klemmte sich das Handy unters Ohr und versuchte, mit beiden Händen den Topf mit Pasta vom Herd zu ziehen. Dabei rutschte das Handy unter dem Ohr weg und platschte ins Nudelwasser.

»Scheiße!«, fluchte sie. Im Moment ging wirklich alles schief, was nur schiefgehen konnte.

Sie goss Nudeln und Handy ab. Erstere waren perfekt al dente, letzteres hatte leider den Geist aufgegeben. Unter dem Display sammelte sich bereits die Feuchtigkeit, die ins Gerät eingedrungen war.

Sie hetzte ins Wohnzimmer, riss das Festnetztelefon von der Basis und suchte die Nummer von Maurice Brown heraus. Zuerst erreichte sie nur den Empfang, doch die freundliche Helferin stellte sie zu ihm durch.

»Entschuldigung!«, rief sie aufgeregt. »Das war mein Nudelwasser. Mein Handy ist reingefallen, darum war ich plötzlich weg.«

»Ach so!« Sie hörte ihn lachen. »Ich dachte schon, Sie wären vor Schreck in Ohnmacht gefallen und wollte einen Notarzt mit Riechsalz zu Ihnen schicken. Also, es ist alles geklärt. Sie können sofort anfangen, wenn Sie wollen.«

»Sofort? Aber ich habe hier noch meinen Job. Und

wir müssen noch über die Vertragsdetails reden ...«

»Machen Sie sich um den Vertrag keine Sorgen. Ich habe Ihnen unser Angebot gerade zugemailt. Schauen Sie es sich an und teilen Sie mir dann einfach mit, wann Sie bei uns anfangen können. Ich bin allerdings im Moment etwas in Nöten«, fügte er hinzu. »Dr. Walker ist gerade nicht auf der Höhe und wir können jede Hand brauchen.«

»Ich habe noch reichlich Resturlaub vom letzten Jahr.«

»Wie gesagt – schauen Sie sich die Bedingungen an und sagen mir dann Bescheid. Ach ja – Reis hilft.«

»Wobei?« Sie stand etwas belämmert mitten im Wohnzimmer, weil sie keine Ahnung hatte, wovon er sprach.

»Wenn das Handy ins Wasser gefallen ist. Legen Sie es in einen geschlossenen Behälter mit Reis. Der zieht die Flüssigkeit an. Klappt nicht immer, wäre aber einen Versuch wert.«

»Wow, danke. Ich melde mich.«

Sam versorgte zunächst das Handy mit Reis, bevor sie ihren Computer startete und online ging und nach der versprochenen E-Mail schaute. Zu ihrer Überraschung hatte Maurice ihr nicht nur ein PDF geschickt, in dem neben einem großzügigen Grundgehalt viele zusätzliche Sozialleistungen und die Unterstützung bei einem Immobilienkredit in Form eines zinsgünstigen Darlehens aufgeführt waren. Sie fand auch einen Arbeitsvertrag, den sie nur noch ausdrucken und unterschreiben brauchte.

Sie lehnte sich nach der Lektüre des Vertragswerks zurück und dachte nach. Das Angebot war wirklich großzügig. Mehr noch – es war so üppig, dass sie es unmöglich ausschlagen konnte. Wenn es ihr gelang, das Apartment zu einem vernünftigen Preis loszuschlagen, könnte sie ziemlich sorgenfrei in eine Bostoner Zukunft starten.

Blieb eigentlich nur die Frage, ob sie das überhaupt *wollte* ...

Die Episode mit Oliver und Jolanda hatte ihr jedenfalls eins deutlich gezeigt: es konnte nicht so weitergehen. Aber blieb ihr in seinem Leben eine andere Rolle als die der Lückenbüßerin? Falls das stimmte, was Jolanda sagte – dass er sie heiraten wollte und sich Kinder wünschte – wäre es das Klügste, wenn Sam das Feld räumte. Auch zu ihrem eigenen Schutz.

Aber der Mensch ist nicht immer dazu geschaffen, das Klügste zu tun.

Sie hatte das Telefon in der Hand, bevor sie wusste, was sie tat. »Oliver? Können wir uns treffen?«

»Ist was passiert?«, fragte er.

»Ja«, sagte sie nur.

Er stöhnte. »Sag mir nicht, dass du schwanger bist. Die Aufregung um Jolanda reicht mir fürs Erste.«

»Gott, nein. Ich bin nicht so doof wie dein Model des Monats.«

»Sie ist vielleicht die Richtige, Sammy.« Seine Stimme hatte einen sanften Klang angenommen.

»Ja, wirklich? Dann ist es umso wichtiger, dass wir reden.«

»Sonntagabend. Dann ist sie wieder weg.«

Sam nickte. »Okay. Bei dir oder bei mir?«

Als würden sie sofort wieder das alte Spiel beginnen, sobald Jolanda aus der Stadt war. Sie sollte sich schäbig fühlen, weil sie sich darauf freute. Stattdessen überlegte sie schon, was sie anziehen sollte – vor allem *drunter*.

7. Kapitel

Nachdem sie im Café den Kuchen genossen hatte – und sie genoss ihn wirklich ganz bewusst, Bissen für Bissen – spazierte Amanda die Main Street entlang. New Harbor war ein kleiner, verwunschener Ort, tatsächlich ein kleiner, *neuer Hafen*, den man ansteuern konnte, wenn man sich verloren fühlte und nach Trost suchte. Die Leute grüßten sie freundlich. New Harbor war ein Touristenort, und das merkte man an jeder Ecke, doch es war nicht so extrem wie einige Meilen weiter in Boothbay Harbor. Man konnte hier auch ganz ungestört die Zeit genießen.

Sie suchte und fand das Heim für junge Mütter. Diesmal lag die Veranda verlassen da, und auch das Haus wirkte erstaunlich still. Amanda blieb auf der Straße stehen und blickte zum Haus. Sie wusste, dass hier kein Platz sein würde, wenn sie sich entschied, das Baby zu bekommen. Sie würde für die Zeit eine andere Lösung für sich finden müssen. Aber vor allem brauchte sie Menschen, die sie bei ihrer Entscheidung unterstützten.

Sie hoffte, dass Tara zu diesen Menschen gehörte.

Zögernd näherte Amanda sich dem Gebäude. Sie betrat die Veranda und betätigte den Türklopfer. Im Haus regte sich jemand, und dann wurde die Tür aufgerissen und sie stand einem jungen Mädchen gegenüber, das sie neugierig musterte.

»Hi«, sagte Amanda. »Ich suche Tara.«

»Die ist nicht da, hat heute ihren freien Tag. Ich bin Lola.«

Und Lola war ziemlich schwanger. Die kleine Latina

schob einen beachtlichen Bauch vor sich her.

»Oh, das habe ich nicht gewusst.«

»Kein Problem. Möchten Sie reinkommen? Ich kann sie anrufen, sie kommt dann rüber.«

»Nein, so dringend ist es nicht, vielen Dank.«

»Kommen Sie aus New York?«

Lola kaute mit offenem Mund Kaugummi und ließ eine riesige, pinke Kaugummiblase platzen. Amanda zuckte zusammen.

»Ich komme aus Boston«, sagte sie.

»Macht ja nix. Tara sagt, wenn jemand vorbei kommt, sollen wir Bescheid sagen. Hier wird keiner weggeschickt.« Sie musterte Amanda neugierig. »Sie sehen aber nicht so jung aus. Also, 'tschuldigung, es kommen halt auch Mädchen her, die hier wohnen wollen. Aber das können Sie sich abschminken. Oder sind Sie eine von den Adoptivmüttern?«

»Weder noch.« Amanda lächelte verkrampft. Das ganze Gespräch in Kombination mit Lolas dickem Bauch war ihr unangenehm. »Vielleicht rufst du doch lieber Tara an.«

»Kein Ding. Kennt sie Sie? Soll ich ihr einen Namen nennen?«

»Sagen Sie ihr, Amanda Walker sei hier und möchte sie in einer privaten Angelegenheit sprechen.«

»Wird gemacht.«

Lola schloss die Haustür und ließ Amanda draußen warten. Es dauerte zehn Minuten, bis die Tür wieder aufging.

»Sorry, hat länger gedauert. Tara sagt, Sie sollen zu ihr kommen. Wissen Sie, wo Tara wohnt?«

Amanda schüttelte den Kopf. Lola erklärte ihr den Weg.

Keine fünf Minuten später stand Amanda vor einem ähnlichen, gelb gestrichenen Haus unter Kastanien. Im Garten gab es eine Schaukel, die vom niedrigen Ast eines Baums hing. Zwei Jungs tobten über die Rasenfläche und jagten einem Ball nach, während Tara unter den Bäumen auf einem Quilt saß und einem kleinen Mädchen gerade eine geschälte Banane in die Hand drückte.

»Hi Amanda!«

Nur zögernd betrat Amanda den Rasen und ging zu Tara. Mit Kindern hatte sie hier nicht gerechnet. Doch die beiden Jungs ignorierten sie. Nur das kleine Mädchen richtete sich auf, ließ die Banane fallen und krabbelte auf sie zu.

»Ach, Tilly!« Tara lachte und hob die Kleine hoch. Sie drückte das Mädchen an sich, kitzelte es und brachte es zum Lachen. Amanda blieb stehen.

Tara bemerkte ihr Zögern. Sie setzte Tilly neben sich und drückte ihr wieder die Banane in die Hand. »Tilly ist etwas Besonderes«, erklärte sie. »Bei ihr sind ein paar Gene durcheinander geraten. Nicht wahr, Tilly? Darum ist sie in ihrer Entwicklung verzögert. Sie spricht kaum, und sie braucht die Pflege eines einjährigen Kinds, obwohl sie schon drei ist. Aber das macht nichts. Stimmt's, kleine Maus? Du bist das glücklichste Mädchen auf der Welt.«

Sie blickte zu Amanda hoch. »Setzen Sie sich doch zu uns. Ich halte sie fest.«

»Man könnte meinen, ich habe Angst vor Kindern.«

Tara schüttelte den Kopf. »So meinte ich das gar nicht. Viele sind unsicher im Umgang mit Tilly. Oder überhaupt im Umgang mit Kindern. Solange man nicht selbst Kinder hat ...«

Ich habe ein Kind.

Den Gedanken hatte sie in der Form noch nie zugelassen. Sie hatte ihn immer verdrängt ... War das nun ein Fortschritt, wenn sie ihn immerhin schon *denken* konnte? Und wie lange es wohl noch dauerte, bis sie ihn laut aussprach?

»Wussten Sie vor der Geburt, dass sie so sein wird?«

»Nein. Und darüber bin ich ganz froh, ehrlich gesagt. Man redet sich ja immer ein, man würde aus dem Wissen keine Konsequenzen ziehen und jedes Kind so annehmen, wie es zu einem kommt. Die Wahrheit ist, dass viele Leute sich nicht vorstellen können, ein Kind aufzuziehen, das eben mehr Ansprüche stellt. Sie wird nie ein unabhängiges Leben führen, und es kann gut sein, dass sie für immer bei meinem Mann und mir bleibt. Aber das ist in Ordnung. Wir lieben sie und könnten uns nicht vorstellen, sie herzugeben.«

Ihre Rede klang einstudiert, als habe sie so oder ähnlich schon sehr oft argumentiert.

»Sie sieht sehr zufrieden aus.«

»Setzen Sie sich doch zu uns, Amanda. Lola meinte, Sie wollen etwas mit mir besprechen?«

Taras offenes Lächeln half Amanda, sich der Decke zu nähern und sich zu setzen.

»Ich weiß nicht, wo ich anfangen soll.«

»Vielleicht einfach mit der Tür ins Haus fallen?«

»Ich bin schwanger«, platzte Amanda heraus. »Und ich kann das Kind nicht bekommen. Es geht nicht ...«

Sie wusste nicht weiter. Denn ja, einmal ausgesprochen, klang es total absurd. Was machte es ihr denn so unmöglich, ein Kind zu bekommen?

»Warum geht es nicht?«, fragte Tara sanft. Ihr Blick war offen und neugierig, und Tara erkannte darin nicht die Spur eines Vorwurfs, was ihr gut tat.

»Ich war heute Morgen in einer Klinik«, fuhr sie fort. »Sie wissen schon, eine dieser Kliniken, in denen sie ... Es war schrecklich. Die Atmosphäre war okay, es ist eben eine Klinik, in die Frauen kommen, weil sie ein ›Problem‹ haben, für das sie sich eine Lösung erhoffen. Aber was ist, wenn man spürt, dass es die falsche Lösung ist?«

»Dann können Sie das Kind doch bekommen.«

Amanda schüttelte heftig den Kopf. »Das geht nicht.«

»Warum nicht?«, wiederholte Tara.

»Weil ich ... Ich kann das nicht. Ich bin nicht geschaffen, Mutter zu sein. Ich werde es bestimmt eines Tages bereuen, wenn ich dieses Baby bekomme. Und das Baby wird es auch bereuen, weil es von mir aufgezogen wird. Außerdem will mein Mann keine Kinder, und ich wollte auch nie welche, seit ...«

Atemlos hielt sie inne. So viel hatte sie gar nicht sagen wollen.

Tara hakte nicht nach. »Und was möchten Sie stattdessen machen? Wenn eine Abtreibung keine Option ist und Sie das Kind nicht aufziehen wollen?«

»Ich denke über eine Adoption nach. Und ich dachte, Sie können mir vielleicht ein paar Tipps geben, an wen ich mich wenden kann.«

Da war es heraus. Und es fühlte sich gar nicht so schlecht an, wenn es erst mal ausgesprochen war.

»Ich kann Ihnen natürlich Anlaufstellen nennen. Auch für Ihren Fall. Aber ...«

»Ich möchte über meine Entscheidung nicht diskutieren«, unterbrach Amanda sie. »Ich will nur Adressen.«

»Sie hätten auch einfach anrufen können.«

Das stimmte.

»Helfen Sie mir oder nicht?«, fragte Amanda ungehalten.

»Ich helfe Ihnen. Aber eine Frage müssten Sie mir noch beantworten.«

Amanda zuckte mit den Schultern. »Wenn's mehr nicht ist …«

»Warum? Was spricht gegen ein Kind?«

Es war klar, dass diese Frage Tara nicht losließ.

»Sie haben einen tollen Job, einen Mann, stehen mitten im Leben. Geld wird für Sie kein Problem sein. Sie können sich eine exzellente Kinderbetreuung leisten, nehme ich an. Und trotzdem ist Ihnen der Gedanke an ein Kind so zuwider? Ausgerechnet Ihnen, Amanda? Immerhin sorgen Sie dafür, dass viele andere Paare überhaupt erst ein Kind bekommen können. Darum verstehe ich das nicht. Hassen Sie Kinder? Machen Sie das alles nur wegen des Geldes?«

Amanda antwortete nicht. Es war zu kompliziert.

»Sie können mir vertrauen. Ich werde es niemandem erzählen, denn es geht niemanden etwas an. Die Entscheidung für oder gegen ein Kind ist etwas sehr Persönliches. Und ja, es gibt Frauen, die sind gänzlich ungeeignet, ein Kind zu bekommen und aufzuziehen. Da könnte ich es verstehen. Aber bei Ihnen?«

»Okay. Sie wollen mir also nicht helfen.« Amanda stand auf. Ihre Knie zitterten, und sie spürte, wie ihr Tränen in die Augen schossen. Scheiß Hormone! Sonst konnte sie so cool sein, aber im Moment brachte sie vieles aus der Fassung.

»Fragen Sie Ihre Freundin Sonia. Fragen Sie sie, ob sie schon abgetrieben hat. Die Antwort wird Sie überraschen.«

Amanda verließ den Garten. Sie ging zu ihrem Auto und suchte über das Smartphone ein Hotel in der Nähe. Es gab eines, das direkt gegenüber vom Heim für junge

Mütter lag. Was soll's, dachte sie.

Das Hotel hatte dank der Nebensaison eine der hübschen Hütten direkt an der Küste frei, und als Amanda ihre Kreditkarte über den Tresen schob, um den horrenden Zimmerpreis vorab zu begleichen, dachte sie wieder: Was soll's. Sie sehnte sich nach Ruhe.

Leider würde schon morgen Sonia diese Ruhe mit ihrer Aufregung stören. Mit Überlegungen und Gedanken, mit Ideen und Vorschlägen, Fragen und Hoffnungen.

Fragen Sie Ihre Freundin. Die Antwort wird Sie überraschen.

Sie hatte nicht gefragt, sondern den Abend genutzt, um wieder zu sich zu finden. Jede Entscheidung verschob sie auf den nächsten Tag, wenn sie zurück in Boston war.

Sonia meldete sich am späten Vormittag des nächsten Tags, dass sie in einer halben Stunde in New Harbor sei. Da ihr Termin im Heim erst am Nachmittag war, schlug Amanda vor, gemeinsam essen zu gehen.

Sie trafen sich in dem kleinen Café in der Main Street, das auch einen Mittagstisch anbot. Während Sonia die Karte studierte, nippte Amanda an ihrem Eistee und überlegte, wie sie das Gespräch beginnen sollte.

Doch Sonia war schneller.

»Ich bin aufgeregt«, sagte sie. »Wie früher als Teenager vor dem ersten Date. Meinst du, ich lerne heute schon die Mutter meines Kinds kennen?«

»Ich weiß nicht«, gab Amanda zu. »Hat Tara das nicht am Telefon gesagt?«

»Ach, Tara tat sehr geheimnisvoll. Sie meinte, es hätte sich etwas ergeben und ob ich nicht schon heute kommen möchte, ihr hätten meine Unterlagen und unser Gespräch so gut gefallen. Da konnte ich natürlich nicht ablehnen. Wenn jemand abgesprungen ist, könnte es jetzt ganz schnell gehen, oder nicht?«

»Hm.«

Die Kellnerin trat an den Tisch, und Amanda bestellte die Tagessuppe und als Hauptgericht den vegetarischen Burger. Sonia entschied sich für einen Gemüseauflauf und einen kleinen Salat.

»So aufgeregt war ich jedenfalls lange nicht mehr. Vor dem ersten Embryotransfer, aber das scheint mir jetzt irre weit weg.« Sie legte die Karte vor sich auf den Tisch und faltete die Hände darauf.

Amanda nahm all ihren Mut zusammen. »Warst du schon mal schwanger, Sonia?«

Verärgert schob Sonia ihr Eisteeglas über den Tisch. »Du kennst die Antwort«, sagte sie.

»Nein, ich kenne sie nicht. Weil ich keine der Frauen, die zu mir kommen, danach frage. Weil es mich normalerweise nichts angeht, was sie früher gemacht haben, es sei denn, es ist für die Anamnese von Bedeutung. Und selbst dann lügen einige.«

Sonia schwieg lange. Zu lange, weshalb Amanda ihr nicht glaubte, als sie erklärte: »Ich war nie schwanger.«

Aber sie ließ es für den Moment auf sich beruhen, weil die Suppe gerade gebracht wurde und weil sie auch sicher war, dass sie keine ehrliche Antwort bekommen würde, wenn sie Sonia bedrängte.

Sie hatte gesehen, wie Sonia zusammenzuckte. Wie ihr Blick zur Seite huschte, bevor sie antwortete.

In ihrem Job begegnete sie mehr Lügnern als man meinen sollte. Männer, die ihren Frauen versicherten, dass sie schon zwei Kinder hätten und es ja an *ihr* liegen müsse, wenn sie nicht schwanger wurde. Oft stellte sich heraus, dass diese Männer sich einer Sterilisation unterzogen hatten oder es keine Kinder gab – sie logen einfach, weil sie nicht in der Praxis sitzen wollten und hofften, das Thema damit schnell zu erledigen. Oder Frauen, die ihr eine Abtreibung bei der Anamnese verschwiegen, weil sie sich dafür schämten, dass sie in jungen Jahren ein Glück weggeworfen hatten, dass sie jetzt um jeden Preis haben wollten. Diese Geschichten kamen immer wieder vor, und nicht immer fand Amanda die Wahrheit heraus. Lieber schienen diese Paare Zehntausende Dollar in einen brennenden Wunsch zu investieren, statt so ehrlich zueinander zu sein, dass der Wunsch vielleicht gar nicht von beiden kam.

In jedem Fall hatten diese Lügen die Paare unglücklich gemacht. Über kurz oder lang belastete ein unerfüllter Kinderwunsch jede Partnerschaft.

Und offenbar wurde eine Ehe auch auf die Probe gestellt, wenn plötzlich ein Kind da war, das keiner bisher gewollt hatte. Wie Amanda es gerade erlebte.

Sie aß schweigend ihre Suppe, während Sonia im Salat herumstocherte. Schließlich hielt ihre Freundin es nicht länger aus und legte die Gabel beiseite.

»Ich war neunzehn«, fing sie an. »Ein Mädchen, gerade im zweiten Collegejahr, voller Pläne. Ich habe das Leben damals genossen. Bin viel auf Partys gewesen, habe oft Männer mit nach Hause genommen.« Sie zuckte mit den Schultern, als wollte sie sagen: *Verurteile mich doch. Ich habe gelebt.*

»Ich konnte nicht mal so genau sagen, wer der Vater war. Darum habe ich nicht gezögert. Ich habe auch gar nicht darüber nachgedacht, ob es irgendwie möglich wäre, das Kind zu bekommen. Oder es zur Adoption freizugeben. Mir erschien die Vorstellung, ein Kind auszutragen und mir damit meinen wunderschönen Körper zu ruinieren, absurd. Ein Opfer, das ich nicht bringen wollte. Dass ich Kinder wollte, habe ich erst zehn Jahre später erkannt, als ich beruflich schon fast alles erreicht hatte. Und dann fehlte mir erst der Mann, und als ich den fand, wollte es nicht klappen. Wir sind daran kaputtgegangen, und danach war der Wunsch immer noch so groß, dass ich bei dir gelandet bin. Ende der Geschichte.«

Amanda seufzte. »Warum hast du mir das nicht beim Erstgespräch erzählt?«

»Keine Ahnung. Vielleicht habe ich mich dafür geschämt? So ein Abbruch ist halt schon … es ist ein Eingriff in die eigene Weiblichkeit. Man hat danach dieses Gefühl von … Verlust. Selbst wenn man sich erfolgreich einredet, dass man es ja so und nicht anders gewollt hat, ist dieser Verlust wohl ähnlich schmerzhaft wie eine Fehlgeburt.«

Sonia atmete tief durch. »So, und nun weißt du's. Verurteilst du mich jetzt deswegen? Ich war mit neunzehn ein anderer Mensch als heute mit Anfang vierzig. Damals wusste ich nicht, was ich wollte. Und ich hätte dem Kind keinen Gefallen getan, wenn ich es bekommen hätte. Vielleicht wär's gegangen, wenn ich die Unterstützung bekommen hätte, die diese jungen Mädchen im Heim bekommen. Aber es ist müßig, darüber jetzt noch nachzugrübeln. Ich hab's verpasst. Kann schon sein, dass mein Körper deshalb jeden Embryo wieder abgestoßen hat, den ich eingesetzt bekam. Aber dann ist das eben meine Strafe und ich werde auch damit leben müssen.«

»Quatsch, Strafe.« Amanda wurde ärgerlich. Sie hielt überhaupt nichts davon, etwas so Lebensveränderndes wie die Entscheidung für Kinder und Familie mit einem Schicksalsmoment zu verknüpfen. »Du hast doch selbst gesagt, dass du damals zu jung für Kinder warst. Das ist okay. Trotzdem hätte ich mir dieses bisschen Ehrlichkeit gewünscht.«

»Damals kannte ich dich nicht. Du bist auf den ersten Blick ziemlich ... streng. Sitzt hinter deinem riesigen Schreibtisch in dem Kittel, siehst einen so an, als wolltest du bis auf den Grund der Seele blicken. Es ist nicht einfach, in dem Augenblick alles zu erzählen. Bei deinem Kollegen wäre es mir vermutlich leichter gefallen.«

Ihre Worte verletzten Amanda. Sie atmete tief durch und versuchte, sich nicht anmerken zu lassen, wie sehr sie getroffen war.

»Du hättest ja zu ihm wechseln können.«

Es klang schnippisch. Und ja, auch verletzt, obwohl sie das nicht wollte.

»Nein, hätte ich nicht. Ich hab dich nämlich besser kennengelernt. Und ich habe dir vertraut. Ich habe gedacht, wenn mich jemand schwanger bekommt, dann du. Darum ist es okay, wie es ist. Ich habe die Chance damals vertan und werde jetzt nicht noch mal damit anfangen, mir diese Vergangenheit zurück zu wünschen, um noch mal zu entscheiden zu dürfen.«

Die Kellnerin räumte Amandas Suppenterrine ab und brachte sofort die Hauptspeisen. Hungrig machte sie sich über den Burger her und stopfte sich mit der anderen Hand die Fritten in den Mund. Sie war völlig ausgehungert.

»Wie schaffst du das, deine Figur zu halten?«, fragte Sonia.

Wenn du wüsstest ... Meine Figur kennt inzwischen kein Halten mehr.

»Ich mache viel Sport.«

Womit es übrigens in Kürze vorbei sein wird, weil ich bald dick und rund werde wie ein Hefekloß. Und Hefeklö-

ße sind nicht gerade für ihre Sportlichkeit bekannt.
»Das kann doch nicht alles sein!«
Amanda zuckte mit den Schultern. »Gute Gene?«
»Ob mein Baby gute Gene haben wird?«
Sonia wirkte auf einmal sehr nachdenklich. Als Amanda nach ihrer Hand griff, die reglos auf der Tischplatte lag, blickte sie auf und lächelte verlegen.
»Ich mache mir zu viele Gedanken, oder?«
»Nein, überhaupt nicht. Das ist vollkommen legitim und ganz normal.«
»Ich frage mich einfach, ob es richtig ist, ein Baby zu adoptieren, von dem man so wenig weiß. Ich meine, es kann ja auch irgendwelche Vorschäden haben, weil die Mutter in der Schwangerschaft raucht oder Alkohol trinkt. Oder ich bekomme das Baby eines Junkies! Oder es hat irgendeinen Schaden, und die Mutter will es deshalb nicht.«
»Falls etwas in der Art der Fall sein sollte, wird dir Tara bestimmt alles vorher sagen. Ich kann mir nicht vorstellen, dass sie ein Baby vermitteln, ohne auf diese Fragen einzugehen. Außerdem treten in den allermeisten Fällen Krankheiten oder Behinderungen erst nach der Schwangerschaft auf, und dann bist du ja zur Stelle und passt auf dein Baby auf.«
„Schon doof, wenn man alles zerdenkt …"
»Quatsch«, sagte Amanda entschieden. »Du machst dir genau so viele Sorgen wie jede andere Mutter auch.«

... wie jede andere Mutter auch.
Das waren Amandas Worte, die noch in Sonia nachhallten, als sie gemeinsam eine knappe Stunde später zum Heim spazierten. Die Worte ihrer Freundin waren irgendwie tröstlich.

Bin ich denn schon eine Mutter? Auch wenn ich noch nicht geboren habe, auch wenn ich das einzige Kind, das ich bisher hatte, abgetrieben habe?

Für Amanda schien das keine Frage zu sein, die sich ihr stellte. Aber Sonia wurde den Gedanken nicht los. Sie war so vertieft, dass sie kaum wahrnahm, wie Tara sie begrüßte und in ein kleines, vollgeräumtes Büro führte. Sie wies auf die zwei Besucherstühle und ließ sich in den Schreibtischstuhl fallen. Auf dem Schreibtisch stapelten sich Unterlagen, Bücher und allerlei Krimskrams. Das Chaos setzte sich im Regal an der Wand fort, und sogar auf der Fensterbank stapelten sich die Akten.

»Ich habe deinen Fragebogen in unser System eingegeben. Außerdem bekommen die Mädchen, die noch keine Adoptiveltern ausgewählt haben, eine Mappe mit unseren Eltern vorgelegt. Aus denen können sie dann drei auswählen, die sie dann im persönlichen Gespräch kennenlernen.«

»Und da hat sich ein Mädchen für mich entschieden?«, fragte Sonia aufgeregt.

Tara lächelte warm. »Es ist sogar noch besser. Eines der Mädchen, nämlich Lola, hatte schon seit drei Monaten die Eltern für ihr Baby ausgewählt. Aber jetzt ist es dort zu einer Trennung gekommen. Theoretisch wäre das kein Hindernis, die Mutter könnte sich beispielsweise immer noch für die Adoption starkmachen. Aber das will sie nicht, und deshalb brauchen wir für Lolas Baby recht schnell eine Mutter. Ihr Termin ist Ende Oktober.«

»Ende Oktober!« Sonia spürte, wie sie am ganzen Körper kribbelte. So bald schon! Sie konnte sich nicht vorstellen, wie es sein würde, so bald ein Baby zu bekommen. Sollte sie nach all den Jahren jetzt endlich mal Glück haben?

»Außerdem haben wir diese Woche eine Fünfzehnjährige bei uns aufgenommen. Sally hat bis vor wenigen Tagen auf der Straße gelebt. Sie möchte nach der Entbindung zurück zu ihrer Familie, aber für das Baby wird dort kein Platz sein. Sally ist ziemlich erwachsen für ihr Alter. Sie hat fünf kleinere Geschwister, um die sie sich gekümmert hat, bevor sie schwanger und von ihrer Mom aus dem Haus gejagt wurde. Es ist eine ziemlich traurige Geschichte.« Tara zog aus dem Stapel neben sich zwei Mappen. »Jedenfalls hat Sally unter anderem auch dich als mögliche Mutter ihres Babys ausgewählt. Der Termin ist im Januar.«

»Wow«, sagte Sonia. Sie war einen Moment lang völlig überfordert.

»Aber das ist doch gut, nicht wahr?«, meldete Amanda sich zu Wort. »Du hast zwei Chancen auf ein Baby!«

»Und selbst wenn es mit den beiden jetzt nicht klappen sollte, wird es sicher nicht lange dauern, bis sich die nächste Chance ergibt.«

Sonia konnte ihr Glück kaum fassen. »Ich ... wie ...«

Wie sollte man denn da entscheiden, welches Baby das »richtige« war? Falls man in der glücklichen Situation war, dass beide leiblichen Mütter Sonia für geeignet hielten ...

Ihr schwirrte der Kopf.

»Ich schlage vor, du redest heute erst mal mit Lola. Bei ihr ist es dringend; sie braucht die Sicherheit, dass jemand in sechs Wochen ihrem Baby ein Zuhause bietet. Und sie hat nicht drei neue Kandidaten ausgewählt, sondern nur dich.«

Sonia war sprachlos. »Aber ...«

»Oh, das klingt toll!« Amanda schien schneller zu begreifen, was das bedeutete, denn sie schloss Sonia in die Arme. »Du bekommst vielleicht schon in wenigen Wochen dein Baby!«

Sonia ließ die Umarmung über sich ergehen. Sie war völlig überrumpelt. Was passierte gerade mit ihr? Wurde sie tatsächlich nach all den Jahren des Hoffens und Bangens, nach so vielen Enttäuschungen, Schmerzen und Tränen für ihr Warten belohnt?

»Aber ich bin doch gar nicht darauf vorbereitet«, wandte sie ein.

Tara grinste. »Das ist niemand. Egal, ob es das erste oder dritte Baby ist – man ist nie darauf vorbereitet. Geschweige denn bereit dafür. Möchtest du Lola jetzt kennenlernen?«

»Jetzt?« Sonias Stimme klang in ihren Ohren schrill. »Aber ich bin gar nicht … Ich hab nur diese schäbigen Sachen an, ich trage kaum Make-up, ich …« Sie zeigte auf sich, als wäre das ein schlagendes Argument, warum sie die leibliche Mutter nicht sofort kennenlernen sollte.

»Ach, mach dir keine Sorgen. Lola wird dich mögen. Ihr gefällt, wie viel du im Leben schon erreicht hast.«

In sechs Wochen bin ich vielleicht Mutter … Himmel, ich muss dann für eine Kinderbetreuung sorgen, ich brauche eine Nanny, eine Putzfrau, ich brauche mindestens acht Wochen Urlaub, bis das Baby und ich uns an das gemeinsame Leben gewöhnt haben. Ich muss einkaufen! Ich habe doch gar nichts zu Hause, nicht mal einen Strampler oder ein Fläschchen …

Ihre Gedanken waren immer noch ein einziges Chaos, als Tara sie ins Wohnzimmer führte. Wie betäubt nahm Sonia auf dem Sofa Platz. Amanda setzte sich neben sie und nahm ihre Hand. »Es wird alles gut«, versicherte sie Sonia. »Ich habe Lola schon kennengelernt, sie ist total nett.«

Wie soll denn alles gut werden? Ich habe doch nicht so schnell damit gerechnet ...

Aber sie hielt den Mund. Es war vermutlich besser, wenn sie alles auf sich zukommen ließ ...

»Was machen wir hier?«, flüsterte sie Amanda zu.

»Wir warten auf Lola.« Amanda sah sie merkwürdig von der Seite an, aber Sonia hatte jetzt keine Zeit für Erklärungen.

Sie sprang auf. »Das geht nicht.«

»Aber wieso denn nicht? Willst du sie nicht treffen?«

»Ich ... kann das nicht. Ich bin doch ... Sieh mich nur an!«

»Du siehst fantastisch aus«, versicherte Amanda ihr.

»Ich sehe schlimm aus!«, widersprach Sonia. Sie spürte bereits, wie sich die hektischen, roten Flecken auf ihrem Gesicht ausbreiteten, die sie jedes Mal bekam, wenn etwas sie total nervös machte. Außerdem geriet sie ins Schwitzen. Nicht so ein kleines bisschen Angstschweiß, sondern der Schweiß floss ihr in Bächen den Rücken runter.

Sie hatte schon immer Probleme mit Lampenfieber gehabt. Aber so schlimm war es schon lange nicht mehr gewesen. Sie würde jetzt lieber vor einem Saal voller Zuhörer stehen und über ihre Firma referieren – was sonst immer ihre schlimmste Horrorvorstellung war – statt Lola zu treffen, die darüber entschied, ob sie ein Baby bekam oder nicht.

Sie wird mich für völlig ungeeignet halten!

»Sonia? Das ist Lola.«

Sonia stand auf. Vor ihr stand eine junge Frau in einem dünnen Sommerkleid und Leggings. Der dicke Bauch, der sich unter dem Blümchenstoff wölbte, sah riesig aus.

»Hi, ich bin Sonia.« Sie blinzelte, damit ihr der Schweiß nicht in die Augen lief. »Bist du sicher, dass es nur ein Baby ist? Dein Bauch ist ganz schön dick!«

8. Kapitel

Auf dem Rückweg von New Harbor schwieg Sonia. Sie ertrug es nicht, wie Amanda ihr immer wieder verstohlene Seitenblicke zuwarf.

Amanda fuhr. Sie hatte ihren eigenen Wagen in New Harbor stehen gelassen und brachte Sonia nach Hause. Sie selbst wollte am kommenden Wochenende wieder in die kleine, schöne Küstenstadt fahren und würde sich für den Hinweg einen Mietwagen nehmen.

Das Städtchen an der felsigen Atlantikküste hatte sie irgendwie verzaubert. Und Taras Worte gingen ihr nicht aus dem Kopf. Sie hatte schon mit ihrer Vermutung in Bezug auf Sonia Recht behalten – warum nicht auch mit den anderen Dingen?

Bin ich wirklich bereit, mein Kind herzugeben? Oder bin ich bereit, meine Ehe mit Carter als gescheitert zu betrachten?

Ein bisschen war es so, als müsste sie sich zwischen diesen beiden Möglichkeiten entscheiden.

Kurz vor Boston fand Sonia endlich ihre Stimme wieder.

»Gott, ich habe mich so jämmerlich blamiert«, hörte Amanda sie sagen.

Sie warf der Freundin einen amüsierten Seitenblick zu. »Finde ich gar nicht.«

Doch Sonia wollte sich jetzt einiges von der Seele reden. »Ich habe ihr ernsthaft gesagt, dass sie dick ist!«, jammerte sie. »Sowas will doch keine Schwangere hören, oder?«

»Sagen wir's mal so: Es war ehrlich, aber nicht unbedingt der beste Einstieg ins Gespräch.«

Zum Glück war Lola erstaunlich ruhig geblieben. Sie gab Sonia die Hand und erwiderte: »Stimmt. Aber in drei Monaten bin ich kein Zombie, weil ich nachts nicht schlafen kann.«

Überhaupt machte Lola auf Amanda einen unglaublich erwachsenen und reflektierten Eindruck. Sie hatte sich auch von Sonias späteren Bemerkungen nicht irritieren lassen. Als Sonia sie auch noch fragte, ob sie denn stillen wolle, hatte Lola sie nur angesehen und geantwortet: »Keine Ahnung. Was zahlen Sie denn für eine Amme?«

»Ich bekomme das Baby nicht.« Für Sonia war der Fall klar. »Und wenn Lola dem anderen Mädchen erzählt, wie doof ich mich verhalten habe, wird die mir doch auch nicht ihr Baby geben. Womit ich wieder am Anfang stehe.«

Amanda verkniff sich ein Grinsen. »Die letzte Frage war ein bisschen komisch.«

Sonia stöhnte auf. »Erinner mich nicht daran! Ob sie noch mehr Kinder haben will? Im Ernst? Ich klang, als würde ich ihr jedes Baby entreißen, das sie in den nächsten fünf Jahren bekommt. Sie muss ja gedacht haben, dass der Adoptionsvertrag mit mir ein Pakt mit dem Teufel wird!«

»So schlimm war es nicht«, versuchte Amanda sie zu trösten. Sie griff nach Sonias Hand und drückte sie. »Weißt du was? Du kommst heute Abend mit zu mir. Wir kochen was Feines, es gibt Wein, und du kannst in meinem Gästezimmer übernachten. Klingt das nach einem guten Plan?«

»Danke, Amanda. Was würde ich ohne dich machen? Du bist eine tolle Freundin.«

Gar nicht wahr. Ich versuche nur, dich aufzumuntern, um mein eigenes Elend zu verdrängen.

Sie hatte inzwischen ein schrecklich schlechtes Gewissen, weil sie Sonia immer noch nicht von ihrer Schwangerschaft erzählt hatte. Aber was sollte sie auch sagen?

Hey, ich bin schwanger! Nimm doch mein Kind!

Nein, das ging nicht. Aber früher oder später würde sich ihr Zustand nicht leugnen lassen, wenn sie das Baby behielt. Und was passierte dann? Wäre sie dann immer noch Sonias Freundin? Oder würde sich ihre Freundschaft dann so schnell erledigt haben wie ihre Ehe mit Carter?

Zuhause angekommen beschlossen sie, nicht selbst zu kochen, sondern lieber etwas beim Chinamann zu bestellen. Zum Glück war noch ein Sechserpack Bier im Kühlschrank, und Sonia akzeptierte Amandas Ausrede, dass sie kein Bier mochte und Wein nicht zum Essen passte, als Entschuldigung. Sie genehmigte sich aber schon vor dem Essen ein Bier und trank dazu noch ein zweites und ein drittes.

Anschließend machten sie es sich im Wohnzimmer gemütlich. Sie kuschelten sich jeweils unter eine Wolldecke in die beiden Sofaecken und schauten eine Liebeskomödie. Dabei brauchten sie nicht viel reden; die einzigen Kommentare bezogen sich auf das idiotische Verhalten der Heldin und des Helden, die nach 120 Minuten wie durch ein Wunder trotzdem zueinander fanden.

»Ich wünschte, es wäre so leicht wie im Film«, sagte Amanda, während der Abspann lief. Sie ging in die Küche und kam mit noch einem Bier für Sonia, einer Schüssel Erdnüsse und einer Tüte Chips zurück. Sie selbst gönnte sich ein Ginger Ale aus der Dose.

»Das ist es leider nicht. Vor allem dann nicht, wenn man Sprechdurchfall bekommt«, sagte Sonia düster.

»Ach, nimm's nicht so schwer. Entweder Lola versteht Spaß und gibt dir das Baby allein wegen deiner Vorstellung heute. Oder sie ist einfach nicht die Richtige für dich.«

»Das sage ich mir auch schon die ganze Zeit. Aber ich will ihr Baby. Sie ist so ein hübsches Mädchen! Was meinst du, wie süß dann erst ihr Baby sein wird?«

»Es gibt noch andere Mütter.«

»Ja, aber nachdem ich sie kennengelernt habe, will ich ihr Baby.« Sonia nahm einen Schluck Bier und schüttelte resigniert den Kopf. »Weißt du, wie abartig das klingt? Als wäre ich Rumpelstilzchen, das der hübschen Müllerstochter das Kind wegnehmen möchte.«

»Du bist nicht Rumpelstilzchen. Naja, vielleicht ein bisschen«, fügte Amanda mit einem Lachen hinzu.

»Vielen Dank.« Doch auch Sonia grinste. Sie schien sich inzwischen von dem Gespräch halbwegs erholt zu haben. »Weißt du was? Ich rufe sie an.«

»Wen?«

»Lola! Sie hat mir doch ihre Nummer gegeben, falls ich noch Fragen habe. Jetzt fühle ich mich einigermaßen dazu in der Lage. Außerdem ist mir erst danach all das eingefallen, was ich gerne wissen möchte. Ich habe überhaupt nichts gefragt. Wie unhöflich! Nicht mal, ob es ihr gut geht oder sie Schwangerschaftsbeschwerden hatte.«

»Hältst du das für eine gute Idee?«, fragte Amanda behutsam. »Immerhin hast du schon drei Bier getrunken …«

»Was denn? Glaubst du, ich kann mich nicht benehmen? Schlimmer als heute Nachmittag kann's doch wohl kaum werden.«

Das stimmte. Aber Amanda war immer noch Sonias Freundin, und damit war es ihr wichtigster Job, sie vor einem bösen Fehler zu bewahren. Ein Anruf bei Lola wäre jedenfalls nicht klug, und das sagte Amanda auch in aller Deutlichkeit.

Doch das schien Sonia nur in ihrem Wunsch zu bestärken. Sie wählte Lolas Nummer.

»Hallo Lola? Hier spricht Sonia. Ja, genau. Die Idiotin, die sich dir heute als mögliche Adoptivmutter vorgestellt hat.« Sie lachte verlegen.

Amanda verdrehte die Augen. Herrje, das würde in einer Katastrophe enden …

»Ich habe dir gar keine Fragen gestellt heute Nachmittag. Also dachte ich … Ach so. Ja, natürlich können wir das auch morgen machen. Klar, ich rufe dich an. Bye!«

Sie legte auf und fing sofort an zu heulen. »Sie hat bestimmt schon eine andere Mom für ihr Baby«, schluchzte sie.

»Was genau hat sie denn gesagt?«, wollte Amanda wissen. Sie begann, das Geschirr und die leeren Takeaway-Pappschachteln zusammenzuräumen.

»Sie sagte, sie hätte schon geschlafen und ob wir nicht morgen reden könnten.«

»Klingt für mich ganz vernünftig. Es ist immerhin schon halb elf.«

»Scheiße, so spät schon? Warum hast du nichts gesagt? Dann hätte ich sie nicht angerufen.«

Amanda nahm schweigend das dreckige Geschirr mit in die Küche. Es hatte keinen Zweck, Sonia darauf hinzuweisen, dass sie ja versucht hatte, ihr den Anruf auszureden.

Sonia folgte ihr mit den leeren Bierflaschen. »Ich werde nie eine gute Mutter«, klagte sie. »Ich weiß ja nicht mal, was sich für Schwangere gehört und wie viel Schlaf sie brauchen.«

»Hör mir jetzt zu, Sonia.« Amanda knallte die Teller auf die Anrichte, dass es schepperte und beide Frauen zusammenzuckten. Amanda legte die Hände auf Sonias Schultern und blickte ihr ernst in die Augen. »Keine Schwangere ist wie eine andere. Es gibt Frauen, die schlafen während der Schwangerschaft kaum, weil sie voller Energie sind. Andere kannst du nicht mal tagsüber anrufen, weil sie nur im Bett liegen und schlafen. Sie sind so verschieden wie alle Menschen grundverschieden sind. Und Lola ist eine vernünftige junge Frau. Sie wird dich nicht verjagen, nur weil du sie mal geweckt hast.«

Ihrer Freundin stiegen Tränen in die Augen. »Ich will doch nur alles richtig machen«, flüsterte sie.

»Und das«, erwiderte Amanda trocken, »ist die beste Voraussetzung, die du als Mutter mitbringen kannst.«

Sie musste sich schnell abwenden, denn auch sie kämpfte jetzt mit den Tränen. Ach, es war schon ein Elend mit den Hormonen! Ständig wurde sie davon gebeutelt, in den unpassendsten Situationen!

»Du bist so lieb.« Sonia schniefte. »Möchtest du nicht Patin meines ungeborenen Adoptivkinds werden?«

Amanda schluckte hart. »Das wäre ich sehr gerne«, flüsterte sie unter Tränen.

»Es ist so – ich könnte Montag bei Ihnen anfangen.«

»Das ist super, Sam!« Maurice spürte, wie ihm ein ganzes Felsgebirge vom Herzen fiel. Endlich ging was voran!

»Da gibt es nur noch ein Problem ...«

»Nur heraus mit der Sprache. Es gibt nichts, was sich nicht irgendwie lösen lässt.«

»Ich suche noch nach einer neuen Bleibe. Und solange mein Apartment in New York nicht verkauft ist, kann ich die Finanzierung in Boston nicht stemmen. Ich möchte aber jetzt nicht extra eine Wohnung anmieten. Also, ich würde das machen, aber ich finde nichts.«

»Kommen Sie zu mir.«

»Wie bitte?«

Maurice hatte selbst nicht darüber nachgedacht, als er das sagte. Doch jetzt schien es ihm ganz logisch. »Sie können bei mir im Gästezimmer wohnen«, sagte er. »Ich habe mehr als genug Platz.«

»Das … Nein. Das kann ich nicht annehmen.«

»Sie könnten schon. Sie wollen aber nicht.«

»Ja, meinetwegen will ich das nicht annehmen, weil … Sie sind dann auch mein Chef und mein Kollege. Ich fände es komisch, wenn wir uns auch noch abends auf die Nerven gehen.«

»Sie gehen mir nicht auf die Nerven. Ich habe unseren Abend in New York in sehr guter Erinnerung behalten.«

»Obwohl ich so überstürzt verschwunden bin?«

»Sie hatten sicher gute Gründe.«

Er spürte, wie ihr Widerstand bröckelte.

»Ich bin ein ganz passabler Koch, und Sie brauchen nicht putzen. Darum kümmert sich meine Haushälterin. Sie wäscht auch Ihre Wäsche, wenn Sie das möchten.«

»Habe ich einen eigenen Fernseher im Gästezimmer?«

»Sie haben sogar ein eigenes Bad.«

»Verflixt, Maurice … Das klingt perfekt.« Sie seufzte.

»Dann sagen Sie zu. Ich verspreche Ihnen, ich werde nicht zudringlich. Es sei denn, Sie möchten das gerne.«

Jetzt lachte sie. »Keine Ahnung, ob ich das möchte.«

Plötzlich war es still in der Leitung. Beide schwiegen betreten, als hätte Sam gerade etwas ausgesprochen, das sie sich bisher nicht hatte eingestehen wollen. Und Maurice schwieg, weil er nicht noch mehr Öl ins Feuer gießen wollte. Sein Angebot war wirklich nur freundschaftlich gemeint, als Überbrückung, bis Sam sich in Boston eingelebt hatte und die Sache mit ihrem Apartment erledigt war.

»Das klang jetzt irgendwie komisch«, sagte Sam schließlich.

»Habe ich nicht so verstanden.«

»Okay ... Also, wenn Ihr Angebot gilt, komme ich Sonntagabend nach Boston? Ich habe nicht viele Sachen, das meiste passt in meinen Wagen.«

»Rufen Sie kurz vorher an. Manchmal gehe ich abends noch mal rüber in die Praxis.«

Als er aufgelegt hatte, ging Maurice rüber zu Amandas Büro. Die Tür war nur angelehnt – das Zeichen, dass sie gerade keine Patientin hatte. Er klopfte gegen die Tür, ehe er sie aufschob.

Amanda saß am Schreibtisch, den Stuhl Richtung Fenster gedreht, die Füße auf der Tischplatte. Die Lehne weit nach hinten gekippt. Maurice betrat den Raum und stellte sich vor den Schreibtisch. Sie hatte die Augen geschlossen, ihre Stirn war leicht gerunzelt, die vollen Lippen zusammengepresst. Sie hatte einen hübschen Mund – herzförmig und dunkelrot, ohne dass sie Lippenstift auflegen musste.

»Ich weiß, dass du mich beobachtest«, sagte sie jetzt und schlug die Augen auf.

Das Braun ihrer Augen war seltsam verwaschen und hell; solche Augen hatte er noch nie bei einer Frau gesehen. Sie gaben Amanda eine Tiefe, die ihn an einen Moorsee im sonnendurchfluteten Wald denken ließ.

»Ich habe gerade mit Sam telefoniert.« Er setzte sich auf einen Besucherstuhl, während sie seufzend die Beine vom Tisch nahm und den Stuhl drehte, sodass sie ihn direkt ansah. »Sie fängt nächsten Montag bei uns an.«

»Das klingt super.«

»Willst du dann wieder ein paar Tage freinehmen?«, erkundigte er sich vorsichtig.

»Sehe ich wirklich so fertig aus?«

»Wenn ich ehrlich sein soll – ja.«

Sie hatte Schatten unter den Augen. Ihre Haut war immer schon blass gewesen, aber im Moment sah sie aus, als habe jemand sie durch einen Eimer Bleichmittel gezogen. Und ihre blonden Locken wirkten irgendwie müde.

»Ist dein Eisenwert in Ordnung?«

»Wieso interessiert dich mein Eisenwert?«

Er zuckte mit den Schultern. »Du bist schwanger, oder?«

Ihr Blick schärfte sich und sie setzte sich gerade hin. »Ja, schon …«

»Wie weit bist du?«

»Ungefähr achte Woche.«

»Und was sagt Carter? Freut er sich?« Maurice lächelte aufmunternd. »Ich wusste übrigens gar nicht, dass du Kinder willst. Du hättest mit mir reden können, wenn ihr Probleme hattet. Ich hätte euch geholfen.«

Ihre Miene verdüsterte sich schlagartig. »Meine Schwangerschaft ist der Grund, weshalb er ausgezogen ist.«

»Oh.«

»Wir wollten nie Kinder. Aber jetzt bin ich mir da nicht mehr so sicher ... Es ist ...« Sie schüttelte den Kopf. »Als wäre es genau das Richtige. Der richtige Moment, das richtige Baby. Als hätte irgendwer nur darauf gewartet, dass ich ... es empfange. Gott, klingt das pathetisch!«

»Überhaupt nicht«, widersprach Maurice. »Es klingt sogar richtig schön.«

»Aber Carter will nicht. Für ihn ist es eine Entscheidung zwischen diesem Kind und unserer Ehe ...«

Das tat Maurice ehrlich leid.

»Lass dir Zeit. Das ist keine Entscheidung, die man zwischen Tür und Angel trifft.« Eigentlich war es keine Entscheidung, die man überhaupt traf, fand er. Schon gar nicht, wenn man den Job machte, den Amanda und er ausübten.

Er stand auf. »Also bist du nächste Woche gar nicht hier, wenn Sam anfängt?«

»Ich bin ab Freitagabend wieder in New Harbor. Ist das okay, wenn ich bis Dienstag bleibe? Ich habe das Gefühl, ich muss erst zu mir finden. Die Entscheidung ist nicht so leicht.«

Er hätte ihr gerne alle Zeit der Welt gegeben, aber in der Praxis war im Moment zu viel los, um sich Ausfälle leisten zu können.

»Wir brauchen dich hier. Erin hat noch ein paar Bewerbungen bekommen, sowohl von Ärzten als auch Helferinnen. Wäre gut, wenn du mir vor dem Wochenende deine Eindrücke schildern könntest.«

»Mach ich«, versprach sie ihm.

Als er ihr Büro verließ, kam ihm Roxy entgegen. Sie gehörte zum Team der Arzthelferinnen, die alle Erins Regiment unterstanden. Sie brachte die Akte der nächsten

Patientin für Amanda.

»Dr. Brown.« Sie strahlte ihn an. Maurice nickte nur beiläufig. Er mochte Roxy. Sie war herrlich unkompliziert, machte ihre Sache sehr gut und war sich nicht zu schade, bei Engpässen im OP oder hier oben in der Praxis einzuspringen.

Zurück in seinem Büro wartete er, dass seine nächste Patientin gebracht wurde. Er stand am Fenster und blickte hinaus.

Sonntag zieht Sam bei mir ein. Auch sie wird in mir wieder nur einen Freund sehen, wie alle anderen Frauen. Wie Amanda, wie Roxy ...

Er wusste, es war schon irgendwie erbärmlich, dass er nur in seinem Praxisteam nach der richtigen Frau suchte. Aber die Arbeit war sein ganzer Lebenssinn, und daneben blieb ihm kaum Zeit. Allmählich sehnte er sich danach, irgendwo anzukommen.

Er wusste nur nicht, wo das sein sollte.

Und was sagt Carter? Freut er sich?

Selten hatte eine Frage so einen bitteren Nachgeschmack verursacht. Doch bevor Amanda länger darüber grübeln konnte, brachte Roxy die Akte ihrer nächsten Patientin.

Amanda hatte zunehmend das Gefühl, den Halt zu verlieren. Ein bisschen war das so, als würde sie auf Autopilot laufen. Sie führte Patientengespräche, machte Untersuchungen, erklärte Behandlungspläne – und war in Gedanken doch nur bei Carter und dem Baby.

Sie hatte in den letzten Tagen wieder mehrere Nachrichten auf seiner Mailbox hinterlassen und ihm auch ein paarmal geschrieben. Eine Antwort war er ihr schuldig geblieben, und allmählich glaubte sie, dass sie ihn für immer verloren hatte.

Natürlich konnte sie immer noch versuchen, ihn an der Uni zu treffen. Aber sie fragte sich auch, was das bringen würde.

Wenn ich ihm alles erzähle? Würde ihn das überzeugen? Wenn er wüsste, was ich durchgemacht habe ... Warum ich danach keine Kinder wollte ...

An diesem Punkt setzten ihre Gedanken dann immer aus, als wäre es für sie zu viel, weiter darüber nachzudenken. Sie war noch nicht bereit, sich der Vergangenheit zu stellen. Wie konnte sie dann von Carter verlangen, dass er sich einer ungewissen Zukunft mit Kind stellte?

Sie beendete die Arbeit und verließ die Praxis schon um kurz nach fünf. Auf dem Weg nach draußen nahm sie aus ihrem Fach die Bewerbungsmappen für die neuen Ärzte und Helferinnen mit.

Zu Hause kochte sie sich etwas Gesundes – Gemüsereis und gedünsteten Lachs – und ging mit dem Teller ins Wohnzimmer. Sie setzte sich nicht wie sonst an den Esszimmertisch zum Essen, sondern vor den Fernseher aufs Sofa.

Ich verlottere total, seit ich schwanger bin.

Sie aß, während im Fernsehen ihre Lieblingsserie lief, die sie vor ein paar Tagen aufgezeichnet hatte. Danach schaltete sie durch die Kanäle, und weil wie üblich nichts Interessantes kam, zog sie den Stapel mit den Bewerbungen heran und schlug die oberste Mappe auf.

Beim Anblick des Fotos stockte ihr der Atem.

Sie kannte das Gesicht, das ihr vom Deckblatt der Bewerbung entgegen lächelte. Ein Mann, in ihrem Alter (sie hätte sogar auf Anhieb sein Geburtsdatum gewusst), der sich in den letzten fünfzehn Jahren allerdings kaum verändert hatte und immer noch aussah wie der Dreiund-

zwanzigjährige, von dem sie sich damals hatte scheiden lassen.
Es war ihr Ex-Mann Finn.

Im ersten Moment wollte sie die Mappe wegwerfen. Verbrennen, jedes Blatt einzeln zerreißen, jede Zeile tilgen. Auf jeden Fall dafür sorgen, dass niemand – schon gar nicht Maurice! – diese Bewerbung in die Finger bekam. Denn sie ahnte, dass sie perfekt sein würde, so wie Finn immer perfekt gewesen war. Sie ahnte, dass er in den letzten fünfzehn Jahren mindestens so erfolgreich gewesen war wie sie.
Doch dann siegte die Neugier, und sie blätterte weiter.
Es war so, wie sie vermutet hatte. Nach der Scheidung war Finn unbeirrt seinen Weg gegangen. Nur nicht hier an der Ostküste wie Amanda, sondern an der Westküste. Er hatte an der Stanford University seinen Abschluss gemacht und danach in Portland in einem angesehenen Krankenhaus seine Facharztausbildung gemacht. Es folgten Stationen in einer Privatklinik in L.A. und ein Auslandsaufenthalt für *Ärzte ohne Grenzen*. Sie wusste, wie wichtig ihm soziales Engagement war, und es freute sie, dass er sich auch diesen Wunsch erfüllt hatte.
Über sein Privatleben verriet der Lebenslauf nichts. Aber sie war überzeugt, dass er in der Zwischenzeit eine Frau gefunden hatte, die ihn glücklich machte. Vielleicht hatten sie auch zwei oder drei kleine Kinder, die seine dunkelblauen Augen und die rötlich braunen Haare geerbt hatten. Oder das Blond ihrer Mutter …
Sie schlug die Mappe zu und legte sie beiseite.
Auf keinen Fall durfte Maurice ihn zum Vorstellungsgespräch einladen. Aber die Bewerbung war zu per-

fekt, zu verlockend. Maurice würde Finn kennenlernen wollen, daran bestand für sie kein Zweifel.

Sie stand auf und holte aus der Küche das Telefon. Als das Freizeichen ertönte, bereute sie ihren Entschluss bereits und hätte am liebsten aufgelegt. Aber das ging nicht. Er würde bestimmt zurückrufen, wenn eine Bostoner Nummer angezeigt wurde.

Nach dem dritten Freizeichen hörte sie eine Frauenstimme. »Ja, hallo?«

»Oh, hi. Hier ist Amanda. Ich möchte gerne Finn sprechen.«

»Hi Amanda. Einen Moment bitte.«

Sie klang sogar am Telefon schon blond. Jung, perfekt und blond.

Amanda schloss die Augen.

Wer bin ich denn, ihm sein Glück zu neiden? Ich war mit Carter schließlich auch zehn Jahre lang glücklich ...

»Ja?«

»Finn? Ich bin's, Amanda.«

»Amanda ...« Sie hörte die Überraschung, das Erstaunen, ein bisschen auch den Schock. »Das kommt ... unverhofft.«

»Ich habe deine Bewerbung heute auf den Tisch bekommen.«

Er begriff schnell. »Walker & Brown? Das bist du?«

»Ja, das bin ich.«

»Entschuldige, ich hätte drauf kommen können. Das tut mir leid. Möchtest du, dass ich die Bewerbung zurückziehe?«

»Nein.« Amanda atmete tief durch. »Ich möchte, dass du herkommst. Für ein Gespräch.«

»Ein Vorstellungsgespräch? Oder ein anderes?«

Er war immer noch Finn. Immer noch der Mann, der

stets wusste, was sie dachte. Dem sie nichts vormachen konnte.

»Ein anderes«, hörte sie sich antworten, obwohl sie das gar nicht sagen wollte. Sie schloss die Augen und haute sich mit dem Telefon vor die Stirn. Wie dumm von ihr! Glaubte sie denn allen Ernstes, dass ein »anderes« Gespräch nach so langer Zeit irgendeine Erkenntnis brachte?

»Ich könnte nächste Woche nach Boston kommen. Am Montag?«

»Nein ... Da bin ich noch in New Harbor.«

»Ich kann auch mit deinem Kollegen sprechen. Dr. Maurice Brown, richtig? Ich habe einige seiner Aufsätze gelesen. Eure Arbeit klingt sehr vielversprechend.«

»Danke. Warum, Finn? Warum kommst du nach so langer Zeit zurück an die Ostküste?«

Er klang reserviert. »Es ist Zeit, dass ich zurückkomme. Wie geht es deinen Eltern?«

»Ich weiß es nicht. Wir sehen uns nur zu Weihnachten oder Thanksgiving.«

»Ich würde sie gerne wiedersehen. Ist das für dich okay?«

»Klar.«

Mach was du willst ... das hast du ohnehin immer getan, nicht wahr?

»Also? Wenn ich Montag mit deinem Kollegen spreche, wann sehen wir uns?«

»Ich bin Dienstag wieder da.«

»Mittagessen oder Abendessen?«

»Mittagessen«, sagte sie eilig. Er sollte bloß nicht auf die Idee kommen, dass sie gemeinsam zu Abend aßen. Das wäre ja ein Date, und darüber waren sie schon lange hinaus.

»Ich freue mich«, sagte er.

Ich nicht. Ich habe Angst, Finn. Ich fürchte mich vor dem, was dieses Wiedersehen mit mir macht.

Sie legte auf.

Am nächsten Morgen trug sie die Bewerbungen zurück in die Praxis und legte den Stapel auf Maurice' Schreibtisch. Finns lag obenauf.

»Ich habe mir erlaubt, Dr. Walker schon mal anzurufen. Er kommt Montag zu einem Gespräch mit dir.«

Maurice blickte auf. »Dr. Walker? Irgendwie verwandt oder verschwägert mit dir?«, fragte er.

Sie schüttelte müde den Kopf. »Geschieden.«

Die Überraschung stand ihm ins Gesicht geschrieben, doch Maurice hatte sich erstaunlich schnell wieder im Griff.

»Das tut mir leid.«

»Ja, mir auch. Aber das ist lange her, und darum ist es okay. Er ist nämlich einer der Besten.«

»Okay. Sonst was dabei?«

»Ich denke, zu viert sind wir für die kommenden zwei, drei Jahre gut gerüstet«, sagte sie.

Als sie sein Büro verließ und aufs Klo eilte, weil ihr plötzlich schlecht wurde, schoss ihr ein Gedanke durch den Kopf: Mit Finn in der Praxis hätte sie keine Sorge, für ein halbes Jahr auszusetzen.

Nicht hilfreich, dieser Gedanke. Es war, als würde sie sich zunehmend daran gewöhnen, mit diesem Kind zu leben und es nie mehr herzugeben.

9. Kapitel

»Mr. Walker, warten Sie!«

Carter drehte sich erstaunt um. Hinter ihm rannte eine Studentin her. Der bunt geringelte Schal wehte hinter ihr her, und sie knöpfte im Laufen ihre Cordjacke zu, unter der sie einen grünen Sweater mit appliziertem Pferdekopf trug.

Gott bewahre, fuhr es ihm durch den Kopf. Wieder eins dieser Mädchen, die nicht wissen, dass sie sich von ihren Dozenten lieber fernhalten.

Es war, als hätte es sich in den letzten zehn Tagen auf dem Campus herumgesprochen, dass er nicht mehr bei seiner Frau wohnte. Nicht nur die Kolleginnen besuchten ihn neuerdings deutlich häufiger in seinem Büro – meist unter fadenscheinigen Vorwänden, teilweise geradezu haarsträubend absurd! – sondern auch die Studentinnen jagten ihn über den Campus. Und beides empfand er als anstrengend. Er hatte nicht darum gebeten, dieses gesteigerte Interesse auf sich zu ziehen.

»Ich wollte noch ein paar Literaturtipps zu Ihrer Vorlesung.« Sie war inzwischen herangekommen. Atemlos blieb sie vor ihm stehen. Der Sweater war etwas zu knapp, und die Jeans beulte sich unvorteilhaft über den Hüften. Ihr Lächeln zeigte strahlend weiße Hasenzähne.

»Kommen Sie in meine Sprechstunde.«

Er drehte sich um und ging weiter. Sein Handy klingelte, und er zog es dankbar aus der Jackentasche.

Amanda stand auf dem Display. Er zögerte.

Entweder er redete mit der Studentin, die sich vermutlich nicht mit der Standardantwort abspeisen ließ, dass die Literaturliste online stand – oder er stellte sich Amanda.

»Entschuldigung, das ist meine Frau, da muss ich dran gehen.«

Das Lächeln vom Hasenzähnchen fiel in sich zusammen. Aha. Hatte sie sich also mehr versprochen als sie offen zugegeben hätte. Literaturtipps, klar.

»Amanda? Was gibt's?«

Er drehte der Studentin den Rücken zu. Sie blieb stehen, als er sich einige Schritte entfernte.

»Ich möchte mit dir reden.«

»Ich glaube, das ist nicht nötig. Oder hast du …?«

Er sprach es nicht aus, weil er nicht wollte, dass die Studentin sein Gespräch belauschte. Es wäre fatal, wenn die wahren Gründe für die Trennung auf dem Campus die Runde machten.

»Was? Ob ich abgetrieben habe?« Amanda klang verletzt. »Nein, habe ich nicht. Es ist noch Zeit.«

»Aber du machst es doch, oder?«

»Kommst du dann wieder nach Hause?«

»Ja.«

Er hatte Sehnsucht nach ihr. Nachts lag er wach, und wenn er schlief, träumte er wirr. Erst letzte Nacht war er aus einem Traum hochgeschreckt, in dem er und Amanda nicht bloß ein Kind hatten, sondern Drillinge, die sie ganz schön auf Trab hielten. Danach hatte er nicht wieder einschlafen können.

»Ich will dich sehen, Carter.«

»Warum?«

»Ich finde, wir müssen reden. Du kannst mich nicht so mit allem allein lassen. Das ist nicht fair.«

»Nicht fair ist, wie du mich vor vollendete Tatsachen

stellst«, erwiderte Carter leise. »Oder denkst du, ich habe das all die Jahre nur im Scherz gesagt?«

»Es ist das eine, wenn man eine vorgefasste Meinung hat. Aber sobald man in der Situation ist, muss man doch die bisherige Haltung überdenken, findest du nicht?«

»Ich weiß nicht, was du von mir willst, Amanda. Du hast unsere Ehe in Frage gestellt. Du hast plötzlich neue Regeln aufgestellt.«

Er hörte ihr Seufzen. »Ich kann aber dieses Kind nicht dafür bestrafen, dass es ausgerechnet uns passiert.«

»Und darum willst du es aufziehen?«

»Nein. Ich will über alle Optionen nachdenken. Aber nicht allein, sondern zusammen mit dir.«

»Das ist mir zu viel, Amanda.«

»Bitte«, flehte sie.

Er legte auf.

Sonst legte er nie einfach mitten im Gespräch auf.

Mit einem gekünstelten Lächeln wandte er sich der Studentin zu. »Was kann ich für Sie tun?«

Amanda starrte ihr Handy an. Hatte er wirklich gerade aufgelegt? Sie abgewürgt und dann weggedrückt?

Sie war wütend. Am liebsten hätte sie jetzt irgendwas kaputtgehauen. Das Problem: es gab nichts. Sie war wie gefangen in den Trümmern ihrer Ehe. Es war vorbei, und irgendwie doch nicht so ganz, denn immer noch schwebte über allem der Wunsch, dass es nicht zu Ende ging. Nicht jetzt!

Aber das tut es, nicht wahr? Er könnte kaum deutlicher werden ...

Sie wollte nicht aufgeben. Zugleich hatte sie keine Ahnung, wie sie Carter noch erreichen konnte.

Vielleicht über seine Schwester. Oder über seine Eltern?

Nein, das konnte sie nicht tun. Carter würde es als Verrat empfinden, wenn sie sich an seine Eltern wandte.

Vermutlich würde er als Retourkutsche ihre Eltern anrufen. Und später behaupten, dass sie ja angefangen habe, andere Leute in diesen Entscheidungsprozess einzubeziehen, die gar nichts damit zu tun hatten.

Nur mit dem Unterschied, dass sie Finn angelogen hatte. Nicht mal zu Weihnachten hörte sie etwas von ihren Eltern. Sie schrieb auch keine Karte, versuchte nicht mal, dort anzurufen. Für ihre Familie musste es so sein, als wäre sie inzwischen tot.

Am Wochenende fuhr sie mit einem Mietwagen wieder nach New Harbor. Sie hatte vorher angerufen und im Hotel eines der Blockhäuschen direkt an der Steilküste reserviert. Diesmal wollte sie bis Montag bleiben. Sich den Wind um die Nase wehen lassen, mit Tara reden und vielleicht endlich Klarheit gewinnen. Sich entscheiden – für Carter oder für das Kind.

Nachdem sie den Mietwagen abgegeben hatte, spazierte sie die Main Street entlang zu der Stelle, wo sie ihr Auto abgestellt hatte. Es stand noch genau da, wo sie es zurückgelassen hatte. Nur leider hatte ein übereifriger Ordnungshüter in der Zwischenzeit eine Parkkralle am Hinterrad angebracht, und sie fand einen Strafzettel unter den Scheibenwischer geklemmt.

»Fünfzig Dollar?«, entfuhr es ihr. Sie drehte sich auf der Suche nach der Polizeistation im Kreis. Verflixt, hier in New Harbor war doch alles so dicht beisammen, warum nicht auch die Polizeistation?

Doch dann entdeckte sie ein Backsteingebäude, vor dem drei Streifenwagen parkten. Erleichtert steuerte sie darauf zu.

Das Revier war klein, aber fein. Vier Polizisten in Uniform saßen hinter einer Theke, die den öffentlichen Bereich von ihrem eigenen abgrenzte. Eine Beamtin bemerkte Amanda als Erste und kam zu ihr. Sie war mollig und klein, bewegte sich aber erstaunlich flink. Die rötlichen Haare trug sie kurz geschnitten, und die ersten grauen Strähnen blitzten bereits auf. Amanda schätzte sie auf Anfang fünfzig.

»Ja, bitte?«

»Hi. Sie können mir bestimmt helfen. Ich habe meinen Wagen drüben an der Main Street geparkt und habe bei meiner Rückkehr das hier gefunden.«

Sie gab der Polizistin den Strafzettel.

»Außerdem war am Hinterrad eine Parkkralle. Wie bekomme ich die wieder weg?«

»Indem Sie den Strafzettel bezahlen.«

»Geht das nicht anders? Ich war die ganze Woche in Boston, ich konnte also gar nicht auf den Strafzettel reagieren.«

»Ma'am – bezahlen Sie den Strafzettel. Dann komme ich mit und löse die Parkkralle.«

Sie ließ partout nicht mit sich handeln, und Amanda zahlte widerstrebend die fünfzig Dollar.

Als sie gerade die Polizeistation verlassen wollten, stießen sie in der Tür mit Tara zusammen.

»Hi! Das ist aber eine Überraschung. Schon wieder hier?« Tara umarmte sie.

»Mein Auto stand noch hier oben, und ich dachte, so ein verlängertes Wochenende am Meer könnte mir ganz gut tun.«

»Bestimmt! Der Wind direkt am Atlantik pustet einen um diese Jahreszeit immer ordentlich durch.«

»Und was machst du hier?«

Taras fröhliche Miene verdüsterte sich so schnell wie der Himmel über Maine im April. »Ich muss eine Vermisstenanzeige aufgeben«, sagte sie.

»Eins deiner Mädchen ist verschwunden?«

»Ja.« Sie zögerte, so als wüsste sie nicht, ob sie Amanda mehr erzählen dürfe. Doch dann sagte sie: »Es ist Lola.«

»Nein! Aber wieso? Sie machte auf mich einen so vernünftigen Eindruck …«

»Keine Ahnung.« Tara zuckte mit den Schultern. »Manchmal machen die Mädchen so etwas. Oft steckt ihr Freund dahinter, der ihnen einredet, dass sie es gemeinsam doch schaffen werden, ein Kind aufzuziehen. Oder die Eltern, die sie in eine Abtreibungsklinik schleifen wollen, obwohl bei uns doch für alles gesorgt ist …«

»Das klingt aber hart«, sagte Amanda.

»Ist mein täglich Brot. Alle paar Wochen büxt eine aus. Manche sind mehr unterwegs als bei uns im Heim. Lola wäre eine der wenigen gewesen, die gar nicht verschwunden ist. Möchtest du gleich einen Kaffee trinken? Ich habe wohl etwas Zeit …«

»Ich habe nichts vor. Kann man irgendwie helfen? Ich meine, bei der Suche …?«

»Nein, leider nicht. Meist finden wir die Mädchen recht schnell wieder. Trotzdem ärgert mich ihr Verhalten. Wir geben ihnen so viel, und trotzdem …«

»Wollen wir jetzt zu Ihrem Auto oder was?«, meldete sich die Polizistin zu Wort. Sie klapperte ungeduldig mit dem Schlüsselbund.

»Ich komme später vorbei, wenn das okay ist.« Amanda lief hinter der Polizistin her. Sie konnte mit den weit ausgreifenden Schritten kaum mithalten.

Sobald sie ihr Auto zurückbekommen hatte, fuhr sie

zurück zur Polizeistation und kaufte bei der kleinen Kaffeebar gegenüber zwei Latte Macchiato und eine Tüte voll mit ofenwarmen Zimtschnecken. Mit den beiden Bechern wartete sie vor dem Gebäude auf Tara.

Als diese fünfzehn Minuten später herauskam und Amanda entdeckte, erhellte ein Lächeln ihre erschöpfte Miene. Amanda gab ihr einen Pappbecher und eine Zimtschnecke.

»Gott, du bist meine Rettung«, seufzte Tara. Sie setzten sich auf die Motorhaube von Amandas SUV, tranken Kaffee und vertilgten die Zimtschnecken.

»Das habe ich gebraucht.« Tara leckte den Zimtzucker von den Fingerspitzen.

»Warum ausgerechnet Lola?«

»Ich habe keine Ahnung. Aber sag Sonia lieber nichts davon, okay? Sie macht sich ohnehin schon zu viele Gedanken, ob sie jemals ein Baby bekommt. Ginge es nach mir, würde sie sofort eins kriegen. Aber wir lassen die Mädchen selbst entscheiden. Das ist auf Dauer einfach gesünder für sie.«

»Von mir erfährt sie nichts«, antwortete Amanda, obwohl es ihr leichtes Bauchgrimmen bereitete.

»Meist kommen die Mädchen nach zwei bis drei Tagen zurück, weil sie verstehen, dass sie bei uns einfach die besten Chancen haben. Einige bleiben fort, rufen aber wenigstens an. Umständlich ist es trotzdem, für jede von ihnen zur Polizei zu rennen. Ich sage den Mädchen immer, wenn sie zu uns kommen, dass das dazu gehört. Dass es unser gängiges Vorgehen ist, wenn sie abhauen. Es scheint sie eher selten zu beeindrucken.«

»Was ist mit den Mädchen, die ihr Kind behalten? Brennen die auch irgendwann durch?«

»Stimmt, die bleiben meist da. Sie sind einfach froh,

ihr Nest gefunden zu haben für die Zeit nach der Geburt.«

Tara sprang von der Motorhaube. »Ich muss leider wieder los. Wenn du reden willst, komm doch heute Abend zu mir. Bernie ist mit den Kindern zu seinen Eltern gefahren, und ich habe sturmfreie Bude. Es kommen ein paar Freundinnen vorbei, wir kochen gemeinsam und trinken heißen Apfelpunsch.«

»Ich komme gern«, sagte Amanda. Sie freute sich über Taras Einladung; das gab ihr das Gefühl, mit ihrem Wunsch nach einem Gespräch nicht auf gänzlich taube Ohren zu stoßen.

Womit sie bei Taras Einladung nicht gerechnet hatte, waren die Freundinnen.

»Wir kennen uns!«, wurde sie von einer hübschen Rothaarigen begrüßt. Sie strich ihre Locken aus der Stirn und gab dem Baby, das in ihrer Bauchtrage saß, einen Kuss aufs Köpfchen. »Wir haben uns letzte Woche kennengelernt.«

»Ella, richtig?«

»Genau. Und du bist Amanda. Tara hat mir schon von dir erzählt. Komm rein, wir machen gerade Pizza.«

Amanda folgte ihr in die Küche. Auf einem der Stühle saß eine burschikose, schmale Frau und stillte ihr Baby. Himmel! Gab es in dieser Stadt denn nur Frauen mit kleinen Kindern?

»Schön, dass du gekommen bist. Das ist Hannah mit ihrer Tochter Kat. Ella und Henry kennst du schon?« Tara umarmte sie zur Begrüßung.

»Ich ... ja.« Am liebsten wäre sie sofort wieder gegangen. Das hier war zu viel.

Tara drückte ihr ein Glas Sekt in die Hand. »Der ist alkoholfrei«, flüsterte sie ihr ins Ohr. »Die beiden müssen ja nicht alles wissen.«

Amanda lächelte flüchtig. Waren sie nur zu viert? Einerseits freute sie das, weil zu viele Fremde sie vermutlich nervös gemacht hatten. Aber mit zwei jungen Müttern in einem Raum und selbst schwanger fühlte sich ein bisschen so an, als sollte sie manipuliert werden. Als ginge es Tara darum, sie in eine bestimmte Richtung zu drängen.

Und es sah ja wirklich herzig aus, wie Hannah ihre Kleine im Arm wiegte, nachdem sie ihr die Brust gegeben hatte. Oder wie der kleine Henry – Amanda schätzte ihn auf sieben oder acht Monate – neugierig aus der Trage schaute mit seinen großen, blauen Augen. Aber sie brauchte keine süßen Babys, um zu wissen, wie schön das Leben mit Kindern wäre und wie gut es ihr gefallen würde ...

Früher hätte ich alles drum gegeben. Bevor wir Michael verloren haben ...

Sie verdrängte den Gedanken schnell und trank das Sektglas auf ex, das Tara ihr in die Hand gedrückt hatte. Sie wünschte, er wäre nicht alkoholfrei. Ihr stand gerade der Sinn danach, sich so richtig abzuschießen. Aber selbst wenn sie wollte – Tara passte auf.

»Alles okay?«, erkundigte sie sich bei Amanda, als die beiden den Tisch im Esszimmer deckten. Aus der Küche kam das Lachen und Plappern der beiden anderen, die gerade die Pizzen mit reichlich Peperonisalami, Paprika, Zwiebeln und Käse belegten.

»Ja, ach ... Ich habe nicht mit den Babys gerechnet, das ist alles.«

»Ist dir das zu viel?«

Amanda zuckte mit den Schultern. »Nur überraschend, mehr nicht. Aber in unserem Alter bekommen die

Frauen eben Kinder. Ich sollte mich so langsam dran gewöhnt haben.«

Tara hielt inne. Sie legte Amanda die Hand auf die Schulter. »Hannah und Ella sind nun mal meine besten Freundinnen. Es tut mir leid, wenn du das Gefühl hast, ich wollte dich irgendwie manipulieren oder dir die beiden aufdrängen. Wenn es gar nicht klappt, haben wir alle Verständnis, wenn du wieder gehst.«

»Nein, ich bleibe.« Amanda nickte, um ihre Worte zu unterstreichen. »Die Entscheidung ist ja noch nicht gefallen, und es ist vielleicht gut, wenn ich sehe, wie viel Glück Kinder bedeuten. Bisher beschränkte sich das ja auf die positiven Schwangerschaftstests meiner Patientinnen, und ehrlich gesagt habe ich dann immer überlegt, dass sie doch gar nicht wissen, worauf sie sich einlassen …«

»Wusstest du es denn?«

Amanda verteilte die Teller und das Besteck, während Tara die Servietten faltete. Sie überlegte einen Moment, ehe sie antwortete: »Nein. Naja, schon irgendwie, ich habe eine Zeitlang während meiner Facharztausbildung in der Geburtshilfe gearbeitet. Aber …«

Sie schloss für einen Moment die Augen. Wieder einer dieser Gedanken, die sie überfielen. Unwillkommene Gäste in ihrem Kopf, die dort kreisten und sie quälten.

Ich kann es nicht aussprechen. Ich kann nicht sagen, dass ich schon geboren habe. Es ist immer noch so unwirklich und fern. Ich habe es zu lange in mir vergraben.

»Entschuldige mich bitte.« Sie legte die letzte Gabel neben einen Teller und ging in den Flur. Dort zog sie ihr Handy aus der Hosentasche und suchte eine Nummer heraus, die sie höchstens einmal im Jahr wählte.

Mom.

Das Freizeichen. Amanda lehnte mit dem Rücken an der Wand und starrte auf das Bild, das ihr gegenüber hing. Es war ein Gemälde in Öl, das den Leuchtturm auf den Klippen außerhalb von New Harbor zeigte.

»Hallo?«

»Hi Mom, hier ist Amanda.«

»Amanda.« Die Stimme ihrer Mutter, die sonst immer so barsch war, wurde plötzlich weich. »Wie schön, dass du anrufst.«

Bei diesen Worten schossen ihr die Tränen in die Augen. »Mom, ich … Kann ich zu euch kommen?«

Einen Moment lang war es in der Leitung still, und sie glaubte schon, ihre Mutter habe aufgelegt. Dann hörte Amanda, wie sie schwer durchatmete.

»Unser Haus steht dir jederzeit offen, Amanda. Das weißt du. Es stand dir all die Jahre offen.«

»Dann komme ich nächstes Wochenende, okay?«

»Wir sind hier. Dein Dad und ich freuen uns, wenn du kommst. Sag Bescheid, wann dein Flieger landet. Wir holen dich dann ab.«

»Okay. Danke, Mom.«

Sie legte auf. Die Bilder stürzten auf sie ein. Erinnerungen, so lange in ihr vergraben, dass sie nicht wusste, wie sie damit fertig werden konnte, dass sie jetzt wie eine Sturzflut auf sie einprasselten.

Ich fliege nach Hause. Ich werde mit meinen Eltern reden. Nicht nur rasch die Glückwünsche zum Geburtstag hervorwürgen, wie ich es die letzten fünfzehn Jahre getan habe, sondern ich werde bei ihnen sein, mit ihnen die Vergangenheit aufleben lassen. Und ich werde ihnen verschweigen, dass ich wieder schwanger bin …

»Alles okay?«

Auf dem Weg zum Klo kam Hannah durch den Flur.

Amanda wischte sich die Tränen von den Wangen und räusperte sich. »Alles bestens«, behauptete sie. »Das war nur meine Mom.«

»Gott, ist das nicht schrecklich, wie unsere Mütter uns auch im erwachsenen Alter nicht loslassen? Meine ist ein total verrücktes Huhn.« Hannah lachte. »Okay, ich bin auch ein verrücktes Huhn, aber herrje. Ich hoffe, Kat redet in 25 Jahren nicht auch so von mir.«

»Bestimmt nicht«, versicherte Amanda ihr. »Du gehst so liebevoll mit ihr um, sie wird bestimmt glücklich sein, weil sie so eine tolle Mom hat.«

»Kriege ich das schriftlich, damit ich es in ihrer Pubertät zur Hand habe?«

»Klar.«

Sie grinsten einander an. Amanda atmete tief durch, ehe sie die Küche betrat. Kat lag jetzt in Taras Armen und schien kurz davor, einzuschlafen.

»Möchtest du sie nehmen?«, fragte Tara sie leise.

»Wenn ich darf …«

Ich darf keine Angst vor Babys haben. Sie tun mir nichts. Sie schlafen, sie weinen, sie sind harmlos. Sie tun mir nichts …

Es half nichts, sich dieses Mantra immer wieder in Gedanken vorzusagen. Sobald Kat in Amandas Armen lag, hatte sie das Gefühl, dass ihr jemand den Boden unter den Füßen wegzog. Die Kleine war wirklich süß; sie schlief tief und fest, die Stirn leicht gerunzelt, als wäre das Leben für sie sehr, sehr anstrengend.

»Süß«, hauchte sie und setzte sich ganz vorsichtig auf einen Küchenstuhl, während Tara die belegte Pizzen in den Ofen schob und alle Gläser auffüllte.

»Hast du Kinder?«, fragte Ella.

Amanda atmete tief durch.

Wenn du es hier nicht sagst, in diesem sicheren Kreis aus Frauen, die dich mögen und die du nie wiedersehen musst, wenn du es nicht willst – wo dann?

»Ich habe einen kleinen Sohn«, hörte sie sich sagen. »Aber er starb kurz nach der Geburt vor fünfzehn Jahren.«

Plötzlich war es unendlich still in der Küche. So still, dass man das Ticken der Uhr über der Küchentür und das leise Brummen des Backofens hörte. Ella, die an der Spüle gestanden und das Geschirr gespült hatte, hielt in der Bewegung inne. Tara stand einfach nur da, die Topflappen in beiden Händen. Sie waren wie erstarrt, als könnten sie nicht glauben, was Amanda gerade gesagt hatte.

Amanda räusperte sich. »Er war nicht lebensfähig. Es war ... Darum kam er viel zu früh, und wir haben nur wenige Minuten mit ihm gehabt.«

»Meine Güte, Amanda ...« Tara legte die Topflappen weg und trat zu ihr. Wieder war ihre Hand auf Amandas Schulter, aber diesmal gab sie sich damit nicht zufrieden, sondern schloss Amanda ungelenk in die Arme. Sie beugte sich herunter und flüsterte: »Das tut mir so unendlich leid.«

Auch Ella trat zu ihr. »Ich hatte ja keine Ahnung«, murmelte sie. »Tut mir leid, wenn ich damit etwas berührt habe, worüber du nicht sprechen möchtest.«

»Ist schon okay«, behauptete Amanda, obwohl gar nichts okay war. Der Schmerz war überraschend heftig. Sie weinte wieder.

»Soll ich dir Kat lieber abnehmen?«, bot Tara an.

Sie blickte auf das schlafende Baby in ihrem Arm. Es hatte sich vertrauensvoll an sie gekuschelt, und das Gesicht hatte sich entspannt. Als fühlte es sich richtig wohl bei ihr.

»Ist in Ordnung. Sie schläft gerade so schön.«

»Und sie schläft selten so friedlich.« Hannah war zurück. Sie lehnte im Türrahmen und beobachtete Amanda. »Ich habe gehört, was du gesagt hast. Über deinen Sohn. Tut mir leid, dass du das durchmachen musstest.«

»Das kann man sich gar nicht vorstellen. Wenn ich mir überlege, Henry wäre irgendwas passiert …« Ella drückte ihren Sohn an sich, die Arme beschützend um die Trage gelegt. Sie küsste sein Köpfchen, und als sie aufsah, blitzten auch in ihrem Augenwinkel Tränen.

Alle vier Frauen waren gerührt und melancholisch. Die zwanzig Minuten, in denen die Pizza im Ofen brutzelte, verbrachten sie damit, einander zu versichern, dass alles in Ordnung sei.

Erst als das Essen auf dem Tisch stand, wurden sie alle wieder munter. Amanda genehmigte sich noch einen alkoholfreien Sekt, und bevor sie anfingen zu essen, hob sie ihr Glas.

»Ich möchte auf uns trinken«, sagte sie. »Auf uns Mütter. Ich kenne euch kaum, aber ihr habt mich in einer schwierigen Lebenssituation aufgenommen und behandelt mich, als wäre ich schon lange Teil eures Kreises.«

»Das ist hier so«, erklärte Hannah. »Frag die beiden mal, wie sie mich aufgenommen haben, als ich letzten Winter zum ersten Mal nach New Harbor kam.«

»Du warst wie ein räudiges Kätzchen, das wir aus dem Wasser gezogen haben.« Ella brach ein Stückchen vom Pizzarand ab und hielt ihn Henry hin. Der Kleine schüttelte wild den Kopf und wand sich. Er interessierte sich mehr für das, was auf Hannahs Teller lag.

»Ich war kein räudiges Kätzchen!«, wehrte Hannah sich. »Ich war mit meinem Leben überfordert und habe mich darum lieber hier engagiert als dort ein bisschen was in Ordnung zu bringen.«

»Oder die Liebe deines Lebens nicht länger für den besten Freund zu halten«, fügte Ella hinzu.

»Ja, ich habe wohl auch Fehler gemacht.« Hannah grinste. »Aber dafür habe ich hier wunderbare Freundinnen gefunden, und ich habe jetzt ein Haus in New Harbor, das angeblich ein kleines Vermögen wert ist.«

»Das du aber niemals verkaufen wirst, weil du dann nicht mehr an den Wochenenden raufkommen kannst. Und Morg würde es schrecklich vermissen, wenn er sich nicht mit der Arbeit am Haus verausgaben könnte.«

»Das stimmt. Wir sind echt glücklich, dass wir es bekommen haben.«

»Uns geht's ähnlich«, sagte Ella. »Das Haus nervt manchmal ganz schön, aber ich bin froh, dass wir es gekauft haben. Es soll wohl ein echtes Schnäppchen gewesen sein. Nicht ohne Grund übrigens.« Sie lachte. »Letztes Wochenende hatten wir ein Problem mit der Klärgrube, und uns ist die ganze Scheiße bis ins Obergeschoss hochgestiegen. Da habe ich mir kurz einen Lottogewinn gewünscht, um sofort ein Dutzend Handwerker mit den nötigen Reparaturen zu beauftragen. Aber Tom hat's mit Humor genommen.«

Die Frauen redeten jetzt über ihre Männer. Und da wurde Amanda bewusst, was sie von den anderen unterschied. Nicht ihre Mutterschaft, die durch den Verlust von Michael und ihr kleines Geheimnis gekennzeichnet wurde, sondern der Umstand, dass Carter und sie gerade faktisch in Scheidung lebten, machte aus ihr eine Art Aussätzige. Sie schluckte. Das war hart, und es tat ziemlich weh.

»Entschuldigt ihr mich?«

Es nervte sie selbst am meisten, dass sie es offenbar keine halbe Stunde mit den anderen an einem Tisch aushielt, ohne darauf gestoßen zu werden, wie *anders* sie war. Wie sehr sie sich einfach nur wünschte, bei ihr wäre es so *normal* und *perfekt* wie bei Tara, Ella und Hannah. Aber sie war die Frau mit Vergangenheit, mit einem Ehemann, der in der schwierigsten Lebensphase nicht zu ihr hielt. Die Frau, die sich fragte, was sie tun sollte. Für die das Leben nicht ein ruhiger Fluss war, sondern die reißende Strömung, die drohte, ihr alles zu entreißen.

»Bleib«, sagte Tara. »Wir können gerne das Thema wechseln. Unsere Partner sind wohl gerade nicht so eine geschickte Wahl?«

»Ich bin sicher, dass ihr sie mit Bedacht ausgewählt habt.« Amanda hatte sich schon halb erhoben und sank jetzt erleichtert auf den Stuhl. Die Freundinnen lachten, und wortlos goss Tara ihr mehr Sekt ein. Ella legte ihr ein zweites Stück Pizza auf den Teller, ohne ihre Proteste zu beachten. Alle lächelten. Sie waren so lieb und zugewandt, dass Amanda all ihren Mut zusammennahm.

»Mein Mann hat mich verlassen«, sagte sie. »Weil ich schwanger bin. Wir wollten keine Kinder, und jetzt … Nun ja. Ich habe wohl nicht eifrig genug nach der nächsten Abtreibungsklinik gegoogelt, und er will erst zu mir zurückkommen, wenn ›die Sache erledigt‹ ist. Außerdem weiß er gar nicht, dass ich schon … ein Kind habe«, fuhr sie fort. »Oder dass ich schon mal verheiratet war. Als wir uns kennenlernten, kam mir das alles nicht so wichtig vor, und irgendwann war der Moment vorbei, es ihm zu erzählen.«

»Und du weißt nicht, ob du ›die Sache erledigen‹ willst?« Die Frage kam von Hannah.

»Ich will es nicht.«

Sie blickte in verwirrte Gesichter und fügte darum hinzu: »Ich will nicht abtreiben. Dieses Kind soll leben.

Aber das versteht er nicht. Und ich liebe ihn so sehr, dass ich sogar darüber nachdenke, das Kind zur Adoption freizugeben.«

»Aber das wäre Schwachsinn«, meldete Ella sich vehement zu Wort. Erstaunt blickte Amanda sie an. Eigentlich hatte sie Ella nicht so eingeschätzt, dass sie klare Worte fand. Auf sie machte die junge Mutter eher den Eindruck, als würde sie sich lieber die Zunge abbeißen, statt ihre Meinung kundzutun.

»Ich finde, jede Frau hat das Recht, ihre Zukunft so zu gestalten, wie sie es selbst für richtig hält«, fuhr sie unbeirrt fort. »Und sie darf sich nicht von einem Mann reinreden lassen, wenn sie ein Kind will. Wir leben in einer Zeit, in der das nicht nötig ist. Viele Frauen haben großartige Jobs, verdienen gutes Geld und können es sich daher auch ohne den typischen Ernährer leisten, ein Kind großzuziehen, ohne dafür auf allzu viel verzichten zu müssen. Obwohl – man verzichtet ja gerne.« Sie lächelte selig, als wäre Verzicht für sie das Größte.

»Eigentlich will Ella damit sagen, dass es sich lohnt, für eine Ehe zu kämpfen. Das habe ich auch hinter mir«, sagte Tara. »Und es hat sich wirklich gelohnt.«

»Aber was mache ich, wenn er nicht kämpfen will? Wenn für ihn unverrückbar feststeht, dass er kein Kind will?« Amanda spürte die Verzweiflung, die sie so lange schon versuchte, klein zu halten. In dieser Umgebung, im geschützten Kreis mit diesen wundervollen Frauen, konnte sie sich der Frage stellen.

Was mache ich, wenn mein Opfer nicht genügt? Werde ich es nicht immer bereuen, mein Kind weggegeben zu haben? Und wenn ich es behalte – werde ich es immer bereuen, eine tolle Ehe weggeworfen zu haben?

»Kann ich überhaupt gewinnen?«, stellte sie die Frage, die am meisten an ihr nagte.

»Du kannst nicht gewinnen«, sagte Ella. »Aber du kannst den Weg finden, der für dich richtig ist. *Deinen* Weg. Der dich glücklich macht und bei dem du das Gefühl hast, niemanden zu verraten.«

Hannah nahm sich noch ein Stück Pizza. Irgendwie hatten sie es zu viert geschafft, zwei Bleche Pizza und eine große Schüssel Salat zu vertilgen. Die drei wurden Amanda immer sympathischer – sie schienen nicht zu den Frauen zu gehören, die bei jedem Hauch Weißmehl in den Schrank sprangen oder überhaupt Kalorien oder Kohlenhydrate zählten. Sehr angenehm, denn zu denen hatte sie trotz ihrer guten Figur auch noch nie gehört. Sie kompensierte ihre hohe Kalorienaufnahme lieber mit Sport.

»Du kannst es nie allen recht machen. Ich meine: Was werden seine Eltern sagen, wenn sie vom Enkelkind erfahren? Und *deine* Eltern? Es geht ja nicht nur um ihn. Das muss er kapieren. Die Welt hat sich vorher vielleicht um deinen Mann gedreht. Was unter uns gesagt schlimm genug wäre«, fügte Tara mit einem Augenzwinkern hinzu. »Aber spätestens mit der Schwangerschaft ist das vorbei.«

»Er sollte dich auf Händen tragen, verdammt«, murmelte Ella. »Das hat Tom getan, und ich nehme an, Bernie und Morg waren da kaum anders.«

»Kaum.« Tara grinste. »Es ist so: Wenn der Mann sich genauso aufs Abenteuer einlassen kann wie du, bekommt ihr auch ein zweites, drittes, viertes Kind. Wenn nicht – nun, dann bleibt's meist beim Einzelkind.«

»Da ist bei uns beiden ja noch nicht das letzte Wort gesprochen.« Ella zwinkerte Hannah zu. »Aber ich glaube, du hast Recht. Wenn Tom nicht so ein toller Vater wäre, der auch seine Aufgaben einfordert, ich glaube, ich könnte mir kein zweites Baby vorstellen.«

Je länger sie die anderen reden hörte, umso schweigsamer wurde Amanda. Zu viele Gedanken gingen ihr durch den Kopf. Am Liebsten hätte sie mit Carter darüber gesprochen, doch er war nicht da. Er hatte sich aus ihrem Leben davongestohlen und sie faktisch mit der Entscheidung alleingelassen. Damit hatte er doch auch jedes Mitspracherecht verwirkt, oder?

10. Kapitel

Am nächsten Morgen war sie wie gerädert, obwohl sie keinen Alkohol getrunken hatte. Es war sehr spät geworden; erst weit nach Mitternacht hatten sich die Freundinnen getrennt.

»Du gehörst jetzt zu uns«, hatte Ella ihr zum Abschied zugeflüstert, als sie sich umarmten. »Ich hoffe, wir sehen uns bald wieder. Und ich hoffe, dein Bauchböhnchen ist dann noch bei dir.«

»Meld dich, wenn du irgendwas brauchst.« Auch Hannah umarmte sie zum Abschied.

Jetzt lag Amanda wach in ihrem Hotelbett. Sie hörte das Meer, das stürmisch gegen die Felsen brandete und sie wieder in den Schlaf wiegen wollte …

Das Klingeln ihres Handys riss sie aus dem Schlaf.

»Hallo?« Ihre Stimme klang belegt.

»Hi Amanda, hier ist Finn.«

Sie richtete sich abrupt auf. Sofort wurde ihr schwindelig. »Hi Finn.«

»Ich bin in Portland.«

Sie war verwirrt. »Ich weiß«, sagte sie.

Er lachte. »Nein, nicht im Westküsten-Portland, sondern bei dir, an der Ostküste. Wie hieß noch mal der Ort, wo du übers Wochenende bist?«

Ihr Herz klopfte wie wild. »Du kannst nicht einfach herkommen«, sagte sie, nachdem sie einmal tief durchgeatmet hatte.

»Wieso nicht? Ich hatte ein paar freie Tage bitter nötig, und darum dachte ich, es wäre schön, wenn wir uns wiedersehen ...«

Das fühlte sich falsch an. Aber auf der anderen Seite: Was erwartete er? Dass sie ihre Liebe wiederaufleben ließen?

Dafür war eindeutig zu viel passiert. Und darum war es auch kein Risiko, wenn sie ihn herkommen ließ.

Oder?

»New Harbor. Warte, ich gebe dir die Adresse vom Hotel.«

»Willst du mich überhaupt sehen?«

Sie lachte verlegen. »Ist wohl etwas zu spät, jetzt zu fragen, oder?«

»Sonst fahre ich in ein anderes dieser zahlreichen pittoresken Küstenstädtchen und lasse dich in Ruhe.«

»Ist schon okay«, sagte sie. »Wann bist du hier? Wollen wir zusammen Mittag essen?«

Sie verabredeten sich für zwölf Uhr im *Café of New Harbor*, in dem Amanda schon häufiger gegessen hatte. Es lag in der Main Street und hatte eine köstliche Auswahl an Kuchen im Angebot. Kuchen war im Moment neben Pizza und Pasta sehr wichtig für ihre ausgewogene Ernährung.

Als sie Punkt zwölf das Café betrat, war Finn schon da. Amanda ärgerte sich insgeheim, dass sie den halben Vormittag damit verplempert hatte, die wenigen Klamotten, die sie fürs Wochenende mitgenommen hatte, in immer neuen Kombinationen anzuprobieren, bis sie das in ihren Augen perfekte Outfit für dieses Wiedersehen beisammen hatte. Sie trug jetzt eine Jeans, dazu eine weite Bluse, die mit einem Gürtel um die Taille gerafft wurde. Die Ballerinas waren vielleicht angesichts der Temperaturen etwas zu optimistisch, aber sie sahen am besten dazu aus.

Finn saß an einem Tisch am Fenster und stand auf, als sie näherkam. Sie verlangsamte ihre Schritte, nicht sicher, ob sie ihn umarmen sollte oder nicht. Er nahm ihr die Entscheidung ab, indem er auf sie zu trat und sie einfach in die Arme schloss. Sie spürte, wie er einatmete, als wollte er ihren Duft erschnuppern, als wollte er sie mit allen Sinnen erfahren.

Und sie ließ sich auf diese innige Umarmung ein, wohl wissend, dass sie in diesem Moment zu verletzlich war, um irgendwelchen von ihm ausgehenden Avancen etwas entgegenzusetzen.

»Amanda.« Er löste sich langsam von ihr und hob die Hand, um ihr wie früher eine Strähne ihrer lockigen, blonden Haare aus dem Gesicht zu streichen. Sie runzelte die Stirn, und er verharrte mitten in der Bewegung.

»Zu viel?«, fragte er.

»Ja.« Sie lachte verlegen, und auch Finn war auf einmal nicht mehr so souverän wie zuvor.

Sie setzten sich. Erst jetzt nahm Amanda sich die Zeit, ihn etwas genauer zu betrachten.

Die letzten fünfzehn Jahre waren natürlich auch an Finn nicht spurlos vorbei gegangen, obwohl sein Bewerbungsfoto etwas Anderes suggeriert hatte. Er wirkte schlanker, fast ein bisschen ausgehungert, und trug eine schwarze Stoffhose und einen dunkelgrauen Rollkragenpullover.

»Du siehst sehr … ernst aus.«

Er lächelte nicht. »Und du siehst sehr gut aus. Du strahlst von innen, als wärst du …«

Natürlich sah er es sofort. Er hatte sie damals erlebt, als sie förmlich geglüht hatte vor Stolz und Freude über das Baby.

»Ja«, sagte sie hastig. »Erzähl, wie ist es dir ergangen?«

Bloß schnell das Thema wechseln, ihm keine Gelegenheit bieten, sich über ihren Zustand auszulassen.

Er zuckte nur mit den Schultern und schlug die Speisekarte auf. »Da gibt es nicht viel zu erzählen. Das meiste weißt du schon aus meiner Bewerbung.«

»Darin stand aber nichts über dein Privatleben.«

»Stimmt.« Er klappte die Karte wieder zu und faltete die Hände. »Ich habe vor elf Jahren geheiratet. Daphne und ich waren sehr glücklich ... wir haben drei Kinder. Sie starb letzten Winter an Brustkrebs.«

»Oh Gott, Finn. Das tut mir leid.« Instinktiv wollte sie nach seiner Hand greifen, und er ließ es zu. Sie spürte seine warmen Finger, spürte zugleich, wie kalt ihre waren. »Ich dachte, die Frau am Telefon ...«

»Nein, das war das Kindermädchen. Sie ist fast rund um die Uhr bei den Kindern. Stevie ist erst zwei, er braucht viel Nähe. Außerdem ist es für ihn und seine Geschwister leichter, wenn sie von ihr betreut werden. Sie kennen Anne schon lange, sie gehört quasi zur Familie.«

Darum also der graue Pullover und die schwarze Hose. Er trauerte um Daphne. Amanda erinnerte sich noch gut daran, wie er in den letzten Monaten ihrer Ehe Trauer getragen hatte. Es war ihr damals schwergefallen, seine öffentlich zur Schau gestellte Trauer als das zu begreifen, was sie war. Seine Art, mit dem Schmerz umzugehen, war aktiver als ihre und beinahe aggressiv. Das hatte sie unterschieden und war damals einer der Gründe gewesen, weshalb sie sich kurze Zeit später voneinander trennten.

»Mein einziger Trost ist, dass es nicht so lange dauerte. Von der Diagnose bis zu ihrem Tod sind nur acht Monate vergangen, und wir haben diese acht Monate genutzt, so gut es eben ging.«

Er blickte ihr tief in die Augen.

Verdammt. Ich könnte mich in ihn verlieben. So wie damals ...

Amanda zog die Hand zurück, als hätte sie sich an ihm verbrannt. Finn räusperte sich und lehnte sich zurück. Er zog sein Smartphone aus der Hosentasche und zeigte ihr ein paar Fotos von seinen Kindern, während sie aufs Essen warteten. Sie waren wie erwartet blond und blauäugig, »das Ebenbild ihrer Mutter«, erzählte Finn mit einer Mischung aus Stolz und Trauer.

Schließlich standen die dampfenden Teller mit den »besten Burgern in Neuengland« – was beileibe keine Übertreibung war, denn sie waren wirklich köstlich! – vor ihnen.

»Und bei dir?«, fragte Finn. »Wie ist es dir in den letzten Jahren ergangen? Beruflich hat sich ja einiges getan.«

»Das war noch die leichteste Übung.« Sie säbelte an ihrem Burger herum, während Finn seinen einfach in die Hände nahm und herzhaft hineinbiss.

Wie machte er das nur? Selbst mit diesem von Saucen triefenden Burger bekleckerte er sich nicht.

»Und was sind die schweren Übungen?«

»Seit zehn Jahren bin ich mit Carter zusammen, und wir sind sehr glücklich«, log sie, ohne auf seine Frage einzugehen, die ihr schrecklich unangenehm war. »Wir haben ziemlich schnell geheiratet. Er ist Dozent an der Uni, und tja, ich habe die Praxis.«

»Und jetzt bekommt ihr ein Kind. Das freut mich sehr für euch.«

Sie ignorierte seinen Einwurf.

»Jedenfalls ... es ist schön, dich mal wieder zu sehen. Auch ganz privat. Warum möchtest du zurück an die Ostküste ziehen?«

»Wenn ich es jetzt nicht mache, bleiben wir an der Westküste. Meine Älteste Eve wechselt nächstes Jahr auf die Junior High, und da hätte ich gerne, dass sie danach nicht mehr die Schule wechseln muss. Boston hat hervorragende Schulen. Im Westen ist es auch gut, aber hier ist meine Familie. Darum hielt ich es für eine gute Idee.«

»Ist es bestimmt auch«, versicherte sie ihm.

»Außerdem brauchen wir alle Abstand von der Westküste. Dort haben wir ihre Mom verloren.«

Hier im Osten hast du unseren Sohn verloren. Hast du das vergessen?

Sie brachte es nicht übers Herz, ihm diese Frage zu stellen. Es tat zu sehr weh.

»Und du hast nach der Hochzeit deinen Namen behalten.«

»Carter hat ihn angenommen, ja.«

»Schön.«

Sie spürte, dass ihnen schon jetzt die Gesprächsthemen ausgingen. Finn versuchte noch ein paarmal, auf ihre Schwangerschaft zurückzukommen, doch sie blockte jedes Mal ab, was er mit einem erstaunten Blick quittierte. Stattdessen redeten sie über Belangloses. Sie waren sich so fern wie nie zuvor. Zwei Fremde, die der Zufall an diesem Tisch zusammengeführt hatte.

Erst als Amanda sich nach seinen Kindern erkundigte, taute Finn wieder auf. Er erzählte von Eves Leistungen im Buchstabierwettbewerb, von Jakes sportlichem Talent und von Stevie. Seine Augen glänzten.

»Aber das wirst du ja auch bald erfahren«, schloss er. Sie hatten inzwischen Dessert bestellt, doch Amanda stocherte in der Creme Brulée herum, als wäre sie mit Ameisen gespickt.

»Ich möchte darüber nicht reden«, sprach sie aus, was doch eigentlich offensichtlich sein sollte. Hatte sie nicht mehrfach seine Anspielungen ignoriert? Wie deutlich musste sie denn noch werden?

»Das ist schade«, sagte Finn. »Warum nicht?«

Seufzend legte sie den Löffel beiseite. »Hast du alles vergessen, Finn? Weißt du nicht mehr, wie es damals war?«

»Ich weiß das noch verdammt gut«, sagte er. Seine Züge verhärteten sich, ein Kiefermuskel zuckte. »Aber darum habe ich nicht aufgehört zu leben. Hast du das getan? Hast du dir einen Mann gesucht, der auf keinen Fall Kinder will?«

»Woher weißt du das?«, fragte sie überrascht.

»So warst du schon immer«, erklärte er. »Du verfielst in Extreme, hast keine halben Sachen gemacht. Deshalb wundert es mich auch nicht, dass du jetzt eine eigene Praxis hast, die einen exzellenten Ruf genießt. Als wir uns kennenlernten, wolltest du Kinder. Mindestens drei, hast du immer betont, gerne mehr. Kinder waren für dich das Größte. Wäre das mit Michael nicht passiert, wärst du bestimmt Kinderärztin geworden. So hast du dich für das entschieden, was *irgendwie* mit Kindern zu tun hat, wo du sie aber nicht an dich heranlassen musst. Weil du jedem Schmerz aus dem Weg gehst. Du hast mich verlassen, du hast deine Familie verlassen. Ja, guck mich nicht so erstaunt an. Natürlich habe ich mit deinen Eltern noch Kontakt. Für meine Kinder sind sie wie Bonusgroßeltern.«

»Das wusste ich nicht«, gab sie zu.

»Weil du sie nie danach fragst. Du bist für deine Eltern wie ein Geist. Seit du uns verlassen hast, haben sie das Gefühl, keine Tochter mehr zu haben.«

»Ich habe sie angerufen und fliege nächstes Wochenende zu ihnen.«

Ein Lächeln erhellte sein Gesicht. »Das ist gut! Vielleicht gelingt es dir, endlich die Trauer hinter dir zu lassen.«

Sie wollte etwas erwidern, doch jedes Wort, das ihr über die Lippen kommen wollte, wäre gemein gewesen. Darum hielt sie den Mund. Es war wie früher – Finn brachte das Beste und zugleich das Schlechteste an ihr zum Vorschein, gerade so, als wäre er immer noch ihr Seelenverwandter.

Aber daran glaubte sie nicht mehr. Oder?

»Erzähl mir mehr von Carter.«

Sie wusste nicht, was sie sagen sollte. Gab es da überhaupt noch was zu erzählen?

»Lieber nicht«, sagte sie nur. »Carter und ich, das … ist vorbei. Für immer, fürchte ich.«

»Tut mir leid, das zu hören.« Er nahm ihre Hand. Wie schon vorhin, als sie seine Hand hielt, ließ sie es jetzt geschehen. Sein Daumen streichelte ihren Handrücken. »Es muss schwer sein für dich. Du hast deinen Wunsch so lange unterdrückt, und jetzt … Er steht wohl nicht hinter dir?«

Amanda seufzte. Wieder dieses Thema. Es war, als könnte sie ihm partout nicht entkommen. »Es stimmt; er wollte nie Kinder.«

»Und jetzt bist du schwanger.«

Dieses Mal sah sie ihn lange an. Finn erwiderte diesen Blick, und dass er nicht zurückwich, beiseite blickte oder sonst wie deutlich machte, dass ihr Starren ihm unangenehm war, trotzte ihr Respekt ab.

»Warum glaubst du, das über mich zu wissen?«

Er hatte sich die Antwort wohl schon zurechtgelegt. »Wie ich schon sagte – du strahlst. So wie damals bei …«

»Aber wie kann ich strahlen, wenn ich so voller Zweifel bin?«

»Das war bei Daphne genauso. Sie hat auch gestrahlt. Auch bei der letzten Schwangerschaft, die uns so überrumpelt hat, weil wir nicht damit rechneten. Da hat sie gestrahlt, bevor sie davon wusste. Und auch danach noch, während sie mit der Entscheidung haderte …« Plötzlich wurde sein Blick anders. Weicher, beinahe nachgiebig. Als dürfte Amanda sich in seinem Blick verlieren … »Du denkst aber nicht darüber nach, es wegmachen zu lassen, oder?«

»›Wegmachen‹? Benutzen wir wirklich so einen beschönigenden Begriff für eine Abtreibung?« Sie klang hart. Finn ließ ihre Hand nicht los. Und sie spürte, wie sich die Anspannung löste. Wie die Unsicherheit wich. Vielleicht musste sie diesen Weg doch allein gehen. Wenn Carter sie nicht begleiten wollte, war das nicht ihr Problem.

»Du weißt, wie ich es meine.«

»Ja klar.« Sie seufzte. »Trotzdem macht es das nicht leichter. Ich habe sogar über Adoption nachgedacht. Denn abtreiben könnte ich nicht. Es käme mir falsch vor. Und es ist nicht so, als hätte ich es nicht versucht.«

»Und? Wirst du es behalten?«

In diesem Moment war alle Unsicherheit von ihr abgefallen.

Ich kann das. Ich schaffe das. Mutter werden, Mutter sein. Dieses Kind kam zu mir, so unerwartet, als wäre es mir in den Schoß gefallen. Wer bin ich, es fortzugeben oder ›wegzumachen‹? Es wollte zu mir. Und dann darf es auch zu mir kommen.

»Ich behalte es. Und wenn ich das allein schaffen muss, wird mir auch das gelingen.«

Finn drückte ihre Hand. »Da ist sie wieder. Die tapfere, starke Amanda, die selbstbewusst ihren Weg geht. Ich habe dich vermisst«, fügte er hinzu.
Ich habe es auch vermisst, zu wissen, was ich will.
Sie sah Finn an und lächelte. »Du hast mir auch gefehlt.«

Es war nicht seine Art, sich für ein Fehlverhalten zu entschuldigen. Carter wusste sehr genau, wohin er gehörte und was er wollte. Wenn er etwas aussprach, war es eine unumstößliche Wahrheit.
Andererseits war er auch Historiker. Deshalb wusste er, dass die Geschichte von den Siegern geschrieben wurde. Im Fall von Amanda und ihm hieß das, dass sie gemeinsam entscheiden mussten, wie es weiterging. Entweder das – oder sie gewann. Sie würde ihren Willen durchsetzen, wie auch immer das dann aussah. Und das war etwas, das Carter nicht zuließ. Dafür liebte er sie zu sehr und er quälte sich mit der Angst, dass sie ihn nicht mehr brauchen würde und ihre Zukunft ohne ihn gestaltete.
Darum fuhr er an diesem Freitagnachmittag zu ihr. Doch auf sein Klingeln öffnete sie nicht. Er rief in der Praxis an, und eine Helferin mit piepsiger Stimme, die sich mit »Walker & Brown, mein Name ist Dori« meldete, erklärte ihm, Dr. Walker sei übers Wochenende weggefahren und erst Dienstag zurück. Er bat darum, mit Maurice verbunden zu werden, doch der war ungefähr so auskunftsfreudig wie eine Auster.
Er fuhr ins Motel und verbrachte eine schlaflose Nacht damit, sich hin und her zu wälzen und sich zu fragen, wo sie steckte.
Am nächsten Tag versuchte er, an seinem Buch zu arbeiten. Doch ihm fiel die Arbeit unendlich schwer, und

er redete sich erfolgreich ein, dass ihm zwei Bücher fehlten, die bei ihm zu Hause im Regal standen. Also fuhr er am Vormittag noch mal zu dem Haus und klingelte. Als niemand öffnete, versuchte er den Haustürschlüssel, den sie immer notfallmäßig unter der Porzellanschildkröte neben der Tür gebunkert hatten.

Sie hatte die Schlösser nach seinem Auszug also nicht ausgetauscht. Irgendwie ließ ihn dieses winzige Detail Hoffnung schöpfen.

Er betrat das Haus, ging auf direktem Weg in sein Arbeitszimmer und suchte die Bücher aus dem Regal. Auf dem Weg nach draußen blieb er im Flur stehen.

Auf dem kleinen, antiken Tischchen, das Amanda und er vor Urzeiten bei einem Antiquitätenhändler in der New Yorker Bronx erworben hatten – die Geschichte gehörte zu den Abenteuern aus der frühen Zeit ihrer Ehe, die sie gern bei einer Dinnerparty zum Besten gaben, weil sie so herrlich verrückt war – lag Amandas Kalender.

Sie war ein bisschen altmodisch und führte immer noch einen Kalender auf Papier. Angeblich gebe ihr das ein besseres Gefühl dafür, wie die Zeit vergeht – mit jeder Woche eine neue Doppelseite, die sie mit Leben und Terminen füllen konnte, statt auf Bits und Bytes zurückzugreifen.

Carter zögerte. Es war falsch und ein bisschen verboten, wenn er in ihren Kalender schaute. Wer wusste schon, was er darin fand? Wollte er das überhaupt wissen?

Doch dann gab er sich einen Ruck. Ja, er wollte es unbedingt wissen! Amanda war verschwunden, und vielleicht fand er im Kalender einen Hinweis auf ihren Aufenthaltsort.

Er öffnete den in pinkes Kalbsleder gebundenen Organizer und blätterte bis zur aktuellen Woche vor. Sie hatte ein paar Termine eingetragen, und bei Freitag bis Montag hatte sie vermerkt: *New Harbor.*

New Harbor? Das sagte ihm nichts, aber das würde sich ja rausfinden lassen, was es damit auf sich hatte.

Er hatte genug gesehen, klappte den Kalender zu und verließ fast verstohlen das Haus. Als dürfte er nicht hier sein.

Zurück im Hotel schaltete er sein Macbook ein und suchte bei Google nach New Harbor. Aha, ein Küstenstädtchen in Maine, bekannt für den Leuchtturm am Pemaquid Point. Musste man nicht kennen, schien aber ein beliebtes Ferienziel zu sein. Der Leuchtturm auf den Bildern kam ihm allerdings bekannt vor; andererseits sahen alle Leuchttürme in Maine doch irgendwie gleich aus.

Er suchte weiter. New Harbor schien außer ein paar Hotels und dem Leuchtturm nicht viel zu bieten. Was suchte Amanda dort? Sie fuhr gerne in den Urlaub, aber meist bevorzugte sie sonnige Gefilde, ein Hotel direkt am Strand, azurblaues Meer, exotische Cocktails und Speisen … Sie brauchte eher die Karibik und nicht die sturmumtosten Steilklippen von Maine.

Andererseits: Was wusste er schon über sie? Offenbar nicht besonders viel. Anderenfalls hätte er damit gerechnet, dass sie irgendwann auf die Idee kam, doch noch ein Kind zu bekommen und es ihm unterzujubeln …

Er packte eine Reisetasche für zwei Nächte, rief in einem der Hotels in New Harbor an und setzte sich ins Auto. Unterwegs hielt er an einer Tankstelle, tankte und kaufte im Shop neben Proviant – Schokoriegel und drei Dosen Cola – auch einen Blumenstrauß, den er auf den Beifahrersitz warf. Den Kauf bereute er schon jetzt. Herrje, er war doch sonst nicht so romantisch veranlagt. Woher kam diese plötzliche Anwandlung?

Er wollte sie bitten, dass sie es noch mal miteinander versuchten. Mit ihr reden und verstehen, warum sie nach zehn gemeinsamen Jahren alles in Frage stellte.

Und dann erreichte er New Harbor, fuhr langsam in der Mittagssonne die Main Street entlang und schaute links und rechts – es war so eine stille, friedliche Atmosphäre, auf der Straße war nichts los. Er entdeckte das Café, und als er noch dachte, wie pittoresk es doch war, entdeckte er das Pärchen, das direkt am Fenster saß, vor sich die Dessertteller, und ihre Hand lag in seiner.

Er beobachtete, wie seine Ehefrau einen anderen Mann ansah. Wie sie nur Augen für ihn hatte, als würden sie sich schon ewig kennen, als wären sie so vertraut miteinander, dass sie keine Worte brauchten. Es tat weh. Er spürte die Verbindung zwischen ihnen, als gebe es ein sichtbares Band, das diese beiden Personen miteinander verknüpfte.

Und der Mann hielt Amandas Hand.

Carter stieg auf die Bremse. Er fuhr an den Straßenrand, parkte und saß einige Minuten lang einfach nur da. Er horchte in sich hinein. Nein, was er gesehen hatte, gefiel ihm nicht. Wer war dieser Typ? Was hatte er mit Amanda zu tun? Hatten die beiden etwa eine Affäre? Und wenn ja: wie lange ging das schon?

Er nahm den Blumenstrauß vom Beifahrersitz und stieg aus. Im Gehen zog er das Papier herunter, in das die Blumen gehüllt waren. Sie sahen noch recht frisch aus, stellte er zufrieden fest.

Er zögerte jetzt nicht mehr, sondern betrat das Café. Seine Schritte fanden wie von selbst den Weg zu dem Tisch, an dem Amanda mit dem anderen Mann saß. Sie saß mit dem Rücken zu ihm. Der Mann, dessen stahlblaue

Augen Carter nun bemerkten, zog instinktiv die Hand zurück, als wüsste er, wer er war. Als wüsste er, wie unangemessen es war, mit Carters Ehefrau Händchen haltend in einem Café zu sitzen.

Jetzt drehte sich auch Amanda zu ihm um. Ihre braunen Augen weiteten sich, als sie ihn erkannte. »Carter ...«

Er ließ sie nicht zu Wort kommen.

»Ich habe dich gesucht, Amanda. Ich war bei uns zu Hause, habe in der Praxis angerufen – dort wollte mir niemand sagen, wo du steckst. Ich habe in deinen Kalender geschaut. Ja, sieh mich nicht so entsetzt an. Ich habe dir nachspioniert, weil ich es nicht ertragen habe, länger ohne dich zu sein. Darum bin ich hergekommen. Ich habe gehofft, dich zu finden. Du gehst ja nicht mal mehr ans Telefon, wenn ich dich anrufe. Dabei sollten wir reden. Ach ja, die hier sind für dich. Ich weiß, du magst keine Schnittblumen, aber irgendwie ist das jetzt auch egal, oder? Ich habe alles falsch gemacht und bei der Gelegenheit auch nicht erkannt, dass du längst in einer ganz anderen Welt bist.«

Er legte die Blumen auf den Tisch.

»Schönen Tag noch.«

Amanda und Finn starrten sich sprachlos an.

Schließlich fand sie als Erste ihre Sprache wieder. »Das war mein Ehemann«, sagte sie.

»Das habe ich mir schon gedacht. Er wirkte sehr ... aufgebracht.«

»Ja, das stimmt ...«

Und irgendwie wunderte Amanda sich darüber. Hatte Carter sie nicht verlassen?

»Entschuldige mich.« Sie stand auf und nahm den Blumenstrauß. »Ich muss ...«

Sie eilte aus dem Café, ohne Finns Antwort abzuwarten. »Carter!«, rief sie, kaum dass sie die Tür aufgerissen hatte und nach draußen lief. Er hatte gerade seinen Wagen erreicht und drehte sich zu ihr um. »Warte!«

Sie rannte fast über die Straße. »Carter.« Ihr Atem kam in keuchenden Stößen. Himmel, wenn sie jetzt schon schnaufte wie eine Dampflokomotive, wie sollte das erst in ein paar Monaten werden, wenn sie hochschwanger war?

»Was ist?« Er kam auf sie zu. »Willst du mir die Blumen um die Ohren hauen? Ich weiß, Schnittblumen sind doof, und es war dämlich von mir, sie zu kaufen. Genauso dämlich war es, dich zu suchen. Ich habe einen Fehler gemacht, tut mir leid.«

»Bleib.« Sie griff nach seinem Arm, und als er versuchte, sich ihr zu entziehen, nahm sie seine Hand. Er blickte auf ihre Hand nieder, wollte seine zurückziehen, doch das ließ sie nicht zu. »Bitte.«

»Wer ist der Mann da im Café?«

Sie seufzte. »Das ist kompliziert.«

»Sag mir, wer das ist. Es ist ganz einfach. Dein Liebhaber?«

Sie zuckte nicht zusammen. Er musste ja das Schlimmste von ihr denken, nachdem er sie mit einem anderen Mann in einem Café gesehen hatte. Zumal dieser Andere ihre Hand hielt …

»Mein Ex-Mann.« An seiner Reaktion merkte sie, dass er mit allen möglichen Antworten gerechnet hatte – aber nicht mit dieser. »Ich weiß, dass ich dir nie von Finn erzählt habe. Das war *mein* Fehler. Wenn wir schon dabei sind, die Fehler aufzuzählen, die wir in den letzten zehn Jahren gemacht haben.«

Er fasste sich erstaunlich schnell. »Ist das also eine

alte Liebe, die wieder aufflammt?«»Lass uns das nicht auf der Straße besprechen.« Sie ließ ihn los. Einen Moment lang sah es so aus, als wollte er sich abwenden und in seinen Wagen steigen. Sie wusste, dass sie ihn nicht daran würde hindern können. »Komm mit ins Café. Wir trinken einen Becher Tee und essen ein Stück Kuchen. Die haben hier einen hervorragenden Karottenkuchen mit Glasur«, fügte sie hinzu. Erstaunlicherweise würde sie so ein Stück Kuchen jetzt auch noch schaffen.

Sie sah, wie er zögerte. Wie er nachdachte.

»Carter ... Du hast mich verlassen. Du hast gesagt, ich soll mich melden, wenn ich ›die Sache‹ in Ordnung gebracht habe. Und ich will dich nicht anlügen. Ich habe das nicht getan. Ich habe es versucht, aber irgendwas hat mich davon abgehalten. Aber auch darüber müssen wir reden.«

Ihre Worte schienen ihn nicht gerade darin zu bestärken, mit ihr ins Café zu gehen.

»Ich liebe dich, Carter.«

Er starrte sie an. Sein Schweigen wurde ihr unangenehm, und sie legte den Blumenstrauß auf die Motorhaube seines Wagens.

»Ich liebe dich. Das werde ich immer tun. Wenn du nichts mehr mit mir zu tun haben willst, akzeptiere ich das. Es tut weh, aber ich nehme es hin. Und du sollst dich zu nichts verpflichtet fühlen. Ich komme ohne dich klar, okay?«

Sie wartete noch drei Sekunden, aber da er immer noch keine Regung zeigte, gab sie sich einen Ruck.

»Okay«, sagte sie leise. »Das war's dann wohl.«

Amanda drehte sich um und ging. Erst langsam, weil sie hoffte, dass er nach ihr rief. Dann beschleunigte sie ihre Schritte, ging zurück ins Café und setzte sich zu

Finn.

»Alles in Ordnung?«, fragte er.

Sie schüttelte stumm den Kopf und winkte der Kellnerin. Obwohl sie es bestimmt beim nächsten Mal auf der Waage bereuen würde, bestellte sie noch ein Stück Karottenkuchen und einen Becher Kräutertee.

»Willst du nicht darüber reden?«

»Amanda.«

Sie fuhr herum. Carter stand hinter ihr. Die Blumen sahen inzwischen ziemlich schlapp aus, und ähnlich ramponiert wirkte auch er.

»Amanda, ich ...« Er warf Finn einen Blick zu.

Dieser verstand, zückte seine Geldbörse und legte einen Dollarschein auf den Tisch.

»Schönen Tag noch, ihr zwei. Ihr habt bestimmt eine Menge zu besprechen. Ich rufe dich an, Amanda. Okay?«

Sie nickte.

Finn ging, und Carter nahm seinen Platz ein. Seine Hände lagen mitten auf dem Tisch, doch Amanda griff nicht danach. Sie wartete, bis die Kellnerin ihren Kuchen brachte. Carter bestellte dasselbe.

»Ich war in einer Klinik«, fing sie an. »Aber das Gespräch mit dem Arzt ... Er war widerlich. Geschäftsmäßig. Für ihn war ich nur eine Patientin unter vielen. Routine. Wie kann es Routine sein, ein Menschenleben zu beenden?«

»Ich verstehe, wenn es dir schwerfällt«, sagte Carter. »Aber wir waren uns einig.«

»Bitte hör mir zu«, sagte sie. »Ich möchte das erzählen können, ohne das Gefühl zu haben, mich für meine Entscheidung rechtfertigen zu müssen.«

Er machte eine Handbewegung, als wollte er sagen: *Bitteschön, dann erzähl schon. Meine Meinung wird es nicht ändern.*

»Ich habe bereits ein Kind. Einen Sohn. Vor fünfzehn Jahren kam er viel zu früh zur Welt. Er war nicht lebensfähig.«

Carter stieß die Atemluft aus. »Erst ein Ex-Mann, jetzt noch ein Sohn … du hast mir da ziemlich viel Vergangenheit verschwiegen.«

»Als wir uns kennenlernten, war ich überzeugt, dass ich mit dieser Vergangenheit abgeschlossen habe. Ich wollte nie, nie wieder etwas Vergleichbares erleben. Dieser Verlust … das war zu viel für mich. Ich wollte das kein zweites Mal erleben, ich wollte es nicht mal *riskieren*, noch mal in einer ähnlichen Situation zu sein. Darum keine Kinder. Aus Vernunft, und nicht, weil mein Herz sich nicht danach sehnte.«

»Also hast du deinen Kinderwunsch all die Jahre … unterdrückt?«

Sie nickte. »Wäre uns jetzt nicht dieser ›Unfall‹ passiert … Wer weiß. Vielleicht würde ich weiterhin froh in dem Glauben leben, dass ich keine Kinder will. Ich habe mein ganzes früheres Leben verdrängt. Sogar den Kontakt mit meinen Eltern habe ich weitestgehend abgebrochen. Es war nicht so, wie ich dir immer erzählt habe. Sie erfreuen sich bester Gesundheit.«

Wenn man es genau nahm, hatte sie Carter nur gesagt, ihre Eltern gebe es nicht mehr. Nicht so, wie Eltern für ihre Tochter da sein sollten. Er hatte nicht weiter nachgefragt, und später, als es wichtig hätte werden können – zum Beispiel, als sie die Einladungen für ihre Hochzeit rausschickten – überging er das Thema. Und sie schwieg, erwähnte auch beim jährlichen Telefonat mit ihrer Mutter nicht, dass sie inzwischen verheiratet war. Sie erzählte ohnehin nur wenig über sich.

»Das ist ziemlich viel auf einmal.« Er sah sie an. Sie wusste, was er dachte. Er musste sich gerade fragen, ob er die Frau kannte, mit der er seit zehn Jahren zusammenlebte. Oder ob alles eine einzige, große Lüge gewesen war.

»Ich fliege nächstes Wochenende zu ihnen«, sagte Amanda. »Sie leben in Florida, wir haben nur sehr selten Kontakt. Wenn du möchtest, kannst du mitkommen und sie kennenlernen.«

»Wow, also …« Carter atmete tief durch.

»Du sagst doch selbst immer, dass wir die Geschichte kennen müssen, um die Gegenwart zu begreifen.«

»Ja, und jetzt darf ich feststellen, dass die Geschichte meiner Ehefrau nichts war als eine Lüge.«

»Ich habe dich nicht angelogen. Ich habe vieles verschwiegen, ja. Aber nie gelogen.«

Carter stocherte in seinem Karottenkuchen herum. Er kratzte die Glasur herunter, nahm einen Bissen auf die Gabel und legte sie wieder auf den Teller. Dann trank er einen Schluck Kaffee, nahm drei Zuckertütchen, riss sie nacheinander auf und gab den Zucker in den Kaffee. Ohne umzurühren trank er wieder, verzog das Gesicht, nahm den Löffel …

Die ganze Zeit beobachtete Amanda ihn stumm. Sie verstand, was in ihm vorging. Es musste ein Schock sein. Nichts war mehr so, wie er dachte. Seine Frau war nicht nur schwanger, sondern hatte mehr Vergangenheit, als er sich hätte ausmalen können. Was blieb, war die Frage, ob sie mit dieser Hypothek auch eine Zukunft hatten.

»Ich hätte es dir gern erzählt«, sagte sie. »Damals.«

»Warum hast du es dann nicht getan?«

»Wenn ich es ausspreche, ist es so … real. Ich habe keinen Kontakt mehr zu meinen Freundinnen von damals. Alle Brücken habe ich abgerissen, weil es für mich leichter war, den Schmerz auszublenden, statt mich ihm zu stellen.«

Carter schwieg danach lange. Schließlich zückte er seine Geldbörse, legte zwei Scheine auf den Tisch und beugte sich zu ihr vor. »Du warst traumatisiert. Darum verstehe ich, wenn du im ersten Moment alle Brücken hinter dir abbrechen musstest. Aber warum hast du später nichts gesagt? Erst Jahre danach haben wir uns getroffen. Kein Wort. Nie. Nicht mal eine Andeutung. Nichts … Das tut weh, Amanda. Ich weiß nicht, wie ich damit umgehen soll. Ob ich das überhaupt kann.«

Sie ließ den Kopf hängen. »Das verstehe ich «, gab sie zu.

»Ich werde dir nicht vorschreiben, was du zu tun hast. Oder wie du dein Leben lebst. Aber ich finde, du solltest wenigstens den Menschen gegenüber aufrichtig sein, die du liebst. Oder war auch das eine Lüge?«

Sie schüttelte heftig den Kopf. Carter stand auf, und in dem verzweifelten Versuch, ihn aufzuhalten, hob sie die Hand. »Bitte nicht …«, flüsterte sie. Doch das hörte er schon nicht mehr, denn er hatte das Café verlassen.

Es war schlimmer als bei seinem Auszug. Diesmal fühlte es sich endgültig an.

11. Kapitel

Maurice ließ ein letztes Mal den Blick durch das Zimmer schweifen. Alles stand an seinem Platz, und wenn es nach ihm ging, war dieser Raum perfekt auf seine Besucherin eingestellt.

Er hatte Sam belogen – er besaß gar kein Gästezimmer. Was er besaß, war ein vollgemüllter Raum mit Gerümpel und Umzugskartons, den er immer schon als Gästezimmer hatte einrichten wollen. Durch ihre Zusage, die kurze Zeit bis zur eigenen Wohnung bei ihm zu wohnen, hatte sie ihm den perfekten Grund geliefert, in Rekordzeit aus dieser Rumpelkammer ein ansprechendes Gästezimmer zu machen.

So hatte er die ganze Woche geschuftet. Erst tagsüber in der Praxis, danach abends hier im Gästezimmer. Er hatte einen Service für Haushaltsauflösungen bestellt, der das Zimmer komplett räumte, nachdem er sich überzeugt hatte, dass in den Kartons nichts Wertvolles lag – weder materiell noch ideell. Offenbar hatte er nur Kram aufgehoben, den er ohnehin nicht mehr brauchte.

Dann hatte er einen nervenaufreibenden Abend in einem Möbelhaus mit der Suche nach der Einrichtung verbracht. Zwei weitere Abende gingen damit drauf, das Gästezimmer frisch zu streichen und einzurichten. Das Ergebnis sah er nun vor sich, und es gefiel ihm sehr gut.

Der dunkelblaue Teppich war das Einzige, was hatte bleiben dürfen. Mit mehr Zeit hätte Maurice auch den gerne gegen Hartholzdielen ausgetauscht. Die Wände hatten einen cremefarbenen Anstrich mit einer aufgeklebten Efeuziertapete in Augenhöhe. Ein bisschen kitschig, aber damit traf es genau seinen Geschmack.

Die Möbel waren aus dunkel lasiertem Walnussholz. Das Bett hatte gedrechselte Pfosten; Nachtschränkchen, Kommode und Schreibtisch nebst Stuhl waren etwas schlichter. Die Lampen auf Schreibtisch und Nachtschränkchen stammten aus derselben Serie mit grünem Glasschirm, das Deckenlicht war sehr dezent. Auf der Kommode stand ein Strauß Trockenblumen neben einem Stapel Bücher, und die einzelnen Schubladen hatte er sogar mit Schrankpapier ausgelegt und kleine Lavendelsäckchen hineingelegt, was praktischerweise auch gleich den Farbgeruch etwas überdeckte.

Es war perfekt. Maurice hoffte nur, dass es Sam genauso gut gefallen würde.

Er ging in die Küche seines großzügigen Lofts, wo bereits ein Karton von der Konditorei *Sweets For My Hips* stand. Die mit Abstand beste Konditorei Bostons lieferte auch am Wochenende ihre Leckereien nach Hause, und da Sam am frühen Nachmittag bei ihm eintreffen wollte, hatte er eine kleine Auswahl der Cupcakes und Küchlein bestellt, mit denen er auch in der Praxis regelmäßig seine Mitarbeiterinnen beglückte.

Er arrangierte die Küchlein auf einer Etagere und stellte diese in den Kühlschrank. Dann deckte er den Kaffeetisch für zwei. Kurz überlegte er, ob eine pinke Rose auf ihrem Teller zu viel des Guten wäre. Nach langem Zögern verzichtete er darauf.

Bei Sam wollte er alles richtig machen, und fürchtete zugleich, dass er vermutlich alles falsch machte.

Bevor er noch länger darüber grübeln konnte, klingelte sie zum Glück. Er stürmte zur Tür und machte ihr auf. »Siebter Stock«, rief er atemlos in die Gegensprechanlage und widerstand dem Drang, ihr entgegen zu laufen. Das wäre nun wirklich zu viel des Guten.

Sie trat kurze Zeit später mit einem großen Rollkoffer hinter sich und einer Reisetasche über der Schulter aus dem Fahrstuhl. Als sie Maurice in der Wohnungstür entdeckte, kam sie strahlend auf ihn zu.

»Du hast mir verschwiegen, dass du so toll wohnst!«, rief sie, ließ den Koffer los und fiel ihm um den Hals.

Maurice war völlig überrumpelt. Hatte er irgendwas nicht mitbekommen? Sie begrüßte ihn wie einen alten, lange vermissten Freund, mit dem sie mehr verband als eine erzwungene Wohngemeinschaft.

»Äh, hallo«, sagte er etwas atemlos. »Dann hast du gut hergefunden?«

»Perfekt. Vom Flughafen habe ich ein Taxi genommen. Ich wollte mich durch nichts stressen lassen. Toll hast du's hier. Gefällt mir richtig gut.« Sie schaute sich in dem großen Wohnraum um.

»Meine Einrichtung ist vielleicht etwas altbacken, aber mir gefällt's.« Er hatte das Gefühl, sich für die Küche im Landhausstil und die Terrakottafliesen entschuldigen zu müssen. Auch das türkisfarben glasierte Kaffeegeschirr, das er vor Jahren auf einem Töpfermarkt erstanden hatte, schien überhaupt nicht zu Sam zu passen. Warum nur hatte er nicht auf sein Bauchgefühl gehört und das schlichte, graue Geschirr rausgeholt?

»Der Boden ist toll.« Sie stand im Wohnbereich und bewunderte die hellen Schiffsplankendielen. »Ist das hier ein altes Fabrikgebäude?«

»Es wurde vor zwanzig Jahren komplett entkernt, genau. Ich hatte Glück, dass ich vor sieben Jahren das Angebot bekam, die oberste Etage zu kaufen. Früher standen hier reihenweise Nähmaschinen.« Er führte sie zu der alten Nähmaschine, die hinter seinem Sofa stand und die er aus sentimentalen Gründen vom Vorbesitzer übernommen hatte. »Siehst du?«

Wenn sie so vertraut mit ihm tat, gab es für ihn keinen Grund, das nicht auch zu tun. Vielleicht verstand er ja bald, was sie dazu trieb. So lange würde er einfach mitspielen.

»Schön …« Sie strich über die raue Oberfläche des Nähmaschinentischs.

»Ich habe uns Kuchen bestellt. Hast du Hunger?«

»Das wird mir die Waage nie verzeihen, aber: ja!«

Er grinste. »Keine Sorge. In diesem Haushalt gibt es aus gutem Grund keine Waage.« Um seine Worte zu unterstreichen, legte er kurz die Hand auf seinen Bauch. »Ich gehe nämlich viel zu selten ins Fitnessstudio.«

»Gibt es in der Nähe ein gutes? Ich wäre um jeden Tipp dankbar. Es ist so umständlich, sich in einer neuen Stadt zurechtzufinden. Umso besser, wenn man schon Freunde gefunden hat.«

Sie folgte ihm in den Bereich des großen Raums, den er als Esszimmer nutzte und den ein hohes und mit Büchern von beiden Seiten gefülltes Regal vom Wohnbereich trennte.

»Oh Gott, das sieht ja himmlisch aus!«, kommentierte sie die Auswahl an Küchlein und Cupcakes, die er kurz darauf aus der Küche brachte. »Ich nehme ja schon zu, wenn ich die Kuchen nur ansehe.«

»Dann wappne ich mich schon mal, dich später ins Gästezimmer zu rollen.«

Sie lachte. »Oder du rollst mich in dein Bett. Dann kannst du nachts auf mich aufpassen.«

Maurice spürte, wie er rot wurde. Er wandte sich ab und verschwand in der Küche.

Sam kam ihm völlig verändert vor. Was war nur mit ihr los? Verwechselte sie ihn mit jemand anderem oder flirtete sie wirklich so schamlos mit ihm, weil sie ihn wollte?

Während er die Milch für den Milchkaffee aufschäumte und die Kaffeebohnen mahlte, überlegte er, dass es nicht an dem Job liegen konnte. Den hatte sie ja bereits sicher.

Aber warum wurde er dann das Gefühl nicht los, dass sie sich ihm schamlos an den Hals warf?

Der Abschied aus New York war ihr schwer gefallen. Mehr noch: Gestern Abend war Oliver vorbeigekommen, und obwohl bei ihm zu Hause Jolanda wartete, hatte er sich von ihr »verabschiedet«, wie es sich für alte Freunde gehörte.

Das waren seine Worte, nicht ihre.

Danach lag sie die ganze Nacht wach. Sie spürte dem letzten Sex mit ihm nach, sie horchte in sich hinein. Sein Duft hing noch in den Laken, während die Räume ihrer Wohnung unnatürlich laut hallten. Sie wusste ganz genau, was Oliver damit bezweckte. Es war fast so, als habe er seinen Anspruch auf sie ein letztes Mal bekräftigt. Sein Besuch war ein Zeichen: Sieh her, ich bin mit Jolanda zusammen – wer weiß, wie lange noch? – und komme trotzdem, um dich angemessen zu verabschieden.

Es fühlte sich abgeschmackt an. Und war zugleich ein echter Booster für ihr Ego. Herrgott, er wollte sie! So sehr, dass er alle Prinzipien über Bord warf. Ihm war es mit Jolanda ernst? Quatsch. Insgeheim wollte er immer noch Sam.

Fast hätte sie Boston abgesagt. Aber am nächsten Morgen wachte sie mit einem fürchterlichen Kater auf, obwohl sie am Vorabend keinen Tropfen Alkohol getrunken hatte. Als wollte ihr Verstand ihr klarmachen, dass es absolut keine Alternative war, sich weiterhin an diesen Mann zu binden.

Also packte sie ihre Sachen und flog wie geplant nach Boston. Unterwegs versuchte sie alles, um sich Oliver aus dem Kopf zu schlagen. Es gelang ihr nicht. Er schrieb ihr außerdem den ganzen Tag Nachrichten und wollte wissen, wo sie war und was sie machte. Er schrieb sogar, dass er sie vermisste, und das erschreckte sie so sehr, weil es absolut nicht seine Art war, dass sie das Handy einsteckte und nicht mehr draufschaute.

Maurice wäre der richtige Mann, um ihr das Gespenst von Olivers Liebe auszutreiben. Er musste sie ablenken, und sie wollte alles dafür tun.

Hatte er nicht signalisiert, dass er ein Interesse an ihr hatte, das über die rein berufliche Zusammenarbeit hinausging?

Sie beschloss, dies für sich zu nutzen.

Und nun saß sie in seinem schicken Loft, genoss die Mischung aus Antikem und Neuem und ließ sich die Törtchen schmecken, die er für sie aufgefahren hatte. Der Kaffee schmeckte hervorragend, und als sie ihn nach seinem Geheimnis fragte, führte Maurice sie in die Küche und zeigte ihr die Siebträgermaschine, die jeden italienischen Barista vor Neid hätte erblassen lassen.

Während Maurice einen zweiten Kaffee zubereitete, schaute sie sich in der Küche um. Sie sah die teuren Küchengeräte und fragte ihn, ob er gerne kochen würde.

Maurice schien über ihr Interesse an seiner Person hoch erfreut. »Ich koche total gerne«, sagte er. »Wenn du Lust hast, kann ich dich gerne mal bekochen.«

»Oh ja, darauf habe ich bestimmt Lust!« Sie strahlte

ihn an und schob unwillkürlich eine Hüfte etwas nach vorne. Maurice sah sie erstaunt an. Sie kicherte und warf den Kopf kokett in den Nacken.

Sie kam sich selbst ziemlich abgeschmackt vor. Aber sie brauchte einen Flirt. Ein kleines bisschen Leichtigkeit, um zu vergessen, dass ein Teil von ihr in New York zurückgeblieben war. Als wäre ein Stück von ihrem Herz herausgebrochen, als sie ein letztes Mal mit Oliver schlief.

Aber konnte Maurice ihr Herz wieder flicken?

Darum geht's gar nicht. Ich will einfach nicht mehr an Oliver denken.

Sie schob darum jeden Gedanken, der mit New York, Oliver, Models oder anderen Themen, die an ihre Vergangenheit erinnerten, konsequent beiseite. Hier in dem Loft ihres neuen Chefs war das gar nicht so schwer, denn er war in so vielen Dingen das absolute Gegenteil von Oliver, dass sie es als Wohltat empfand.

Sie kehrten ins Esszimmer zurück, und während sie bei einem zweiten Kaffee weiter von den Törtchen naschten, bewunderte Sam die Bücherregale. »Hast du die alle gelesen?«

Er grinste. »Das darfst du einen Leser niemals fragen. Liest du etwa nicht?«

Sie machte eine wegwerfende Handbewegung. »Gar nicht. Ich habe keine Zeit dafür.«

»Die Zeit kann man sich nehmen. Und ja, die meisten habe ich gelesen.«

»Ich habe mir vor ein paar Monaten so einen E-Reader gekauft, aber bei der Auswahl der Bücher hatte ich wohl kein gutes Händchen. Das meiste klang erst interessant, hat mich dann aber irgendwie gelangweilt. Ich habe ein paar Bücher gekauft und es dann wieder bleiben lassen.«

Es war außerdem ihr verzweifelter Versuch gewesen, sich nach einer intensiven Phase mit Oliver über sein Verschwinden hinwegzutrösten. Vielleicht waren Liebesromane nicht der richtige Trost gewesen.

»E-Reader?« Maurice verzog das Gesicht. »Das habe ich mal probiert, aber für mich geht nichts über ein Buch aus Papier.« Er trat an das Regal. Nach einigem Suchen legte er ihr drei Bücher neben den Teller. »Versuch es doch mal mit denen hier. Sie gehören zu meinen Lieblingsbüchern.«

»Worum geht's da?« Sie zog den Stapel heran. Alle drei Hardcover waren schon sichtlich zerfleddert, als habe Maurice sie nicht nur einmal gelesen.

»Lass dich überraschen.«

Sie lachte. »Oh nein! Ich hasse Überraschungen!«

Sein Lächeln war verhalten. Vielleicht wurde er nicht schlau aus ihr. »Wir können danach gerne über die Bücher reden, wenn du magst.«

»Sehr gerne.«

Über den Tisch hinweg lächelten sie einander an. Sam schaute in ihren Kaffeebecher, und Maurice verstand den Hinweis. »Noch einen?«

»Nein, lieber nicht. Sonst bin ich die ganze Nacht wach.«

»Du könntest dann lesen.«

»Oh, das wäre nicht gut. Morgen trete ich einen neuen Job an. Ich will meinem Chef ja nicht unausgeschlafen gegenübertreten.«

»Dein Chef hätte sicher Verständnis, wenn du ihm erzählst, dass du ›Sturmhöhe‹ lesen musstest.«

Wieder dieses Lächeln. Sam spürte ein Kribbeln im Bauch, und es wärmte sie. Ginge es nach ihr, hätte sie ewig mit ihm an diesem Tisch sitzen und reden können.

»Ich packe lieber meine Sachen aus.« Sie stand hastig auf. Maurice sollte für sie ein netter Trost sein und sie nicht nervös machen …

»Soll ich heute Abend was für uns kochen?«, schlug er vor.

Sie umrundete den Tisch. Maurice war ebenfalls aufgestanden und hielt die beiden Teller in den Händen.

Sie umfasste sein Gesicht und drückte die Lippen auf seinen Mund. Schloss die Augen und spürte dem Kribbeln nach. War es noch da? War es so echt, wie es sich im ersten Moment angefühlt hatte?

Sie schüttelte den Kopf, nahm die Bücher vom Tisch und ging den kleinen Flur entlang, an dessen Ende das Gästezimmer lag. Die Tür schob sie hinter sich ins Schloss und lehnte mit dem Rücken dagegen. Himmel, was tat sie hier?

Es war ein schrecklicher Fehler, dass sie bei ihm eingezogen war. Doch es gab kein Zurück mehr. Sie musste einfach in den kommenden Tagen die Zähne zusammenbeißen und hoffen, dass ihre Wohnungssuche schon bald von Erfolg gekrönt war.

An der Rezeption des Hotels traf Amanda Finn. Sie hatte den Nachmittag damit verbracht, die Umgebung von New Harbor zu erwandern. Ihre Füße schmerzten, doch sie fühlte sich angenehm ausgepowert, und viele Gedanken hatten sich beim Blick aufs Meer einfach so geklärt.

Er füllte gerade das Meldeformular aus. Als sie neben ihn trat, legte er den Stift weg.

»Hast du mit deinem Mann alles geklärt?«, fragte er.

Sie schüttelte den Kopf. »Es ist zu viel auf einmal. Bis heute wusste er weder von dir noch von Michael.«

»Oh, verstehe. Soll ich lieber in ein anderes Hotel gehen?«

»Bloß nicht. Wir sind doch alle erwachsen, da sollte es möglich sein, dass wir in einem Hotel wohnen. Hier schleicht ja nachts niemand über die Gänge.«

»Ich könnte mich gerne dazu breitschlagen lassen.«

»Bitte, Finn. Mir ist nicht nach Scherzen.«

»So schlimm, ja? Kann ich irgendwas für dich tun?«

Das wusste Amanda selbst nicht so genau. Im Moment war sie einfach nur müde und wollte schlafen. Doch zugleich spürte sie, dass an Schlaf in dieser Nacht nicht zu denken war.

»Bist du müde?«, fragte sie.

»Geht so.« Er zuckte mit den Schultern. »Mit drei Kindern ist Müdigkeit relativ.«

»Du wirst mir sicher gleich auch erzählen, dass mir ein paar sehr wache Jahre bevorstehen.«

»Bei Stevie war das so, aber das liegt an den Umständen. Die beiden älteren sind auch heute noch sehr gute Schläfer. Man kann auch Glück haben.«

Darauf antwortete Amanda nicht.

Ist jetzt entschieden, was ich tun werde? Behalte ich das Baby, egal was es mich kostet?

Der Gedanke war befremdlich. Aber je mehr sie in sich hinein horchte – und das hatte sie in den letzten Tagen mehr als genug getan – umso sicherer spürte sie, dass es der einzig richtige Weg war. Auch wenn sie Carter verlor.

Doch um ihn konnte sie kämpfen. Anders als vor fünfzehn Jahren, als sie zu betäubt war vom Schmerz, um für ihre Ehe zu kämpfen. Diesmal waren alle Vorzeichen anders. Diesmal konnte sie sicher sein, dass es sich lohnte zu kämpfen. Es gab eine Zukunft – auch gemeinsam mit

Carter. Wenn er nur begriff, wie groß das Glück mit Kindern sein konnte ...

»Zwingen kann ich ihn nicht, stimmt's?«

Finn wusste sofort, was sie meinte. »Du hast dich damals auch nicht zwingen lassen.«

Sie nickte nachdenklich.

»Wollen wir spazieren gehen?«, schlug sie vor. »Es ist schon dunkel, aber ...«

»Gerne.«

Sie traten hinaus in die laue Herbstnacht. Amanda fröstelte und kuschelte sich in die dicke Strickjacke. Finn legte ihr einen Arm um die Schultern, doch sie machte sich fast erschrocken von ihm los. Sie sagte nichts, aber vermutlich genügte ihr Blick – sie wollte nicht, dass er glaubte, es wäre für irgendeine Form von Nähe Platz.

Schweigend liefen sie nebeneinander her. Der Weg führte zum Ende von New Harbor, wo auf den Klippen einsam ein Haus stand. Sie erinnerte sich an Hannah, die ihr erzählt hatte, sie würde dort oben mit ihrem Freund Morg wohnen – das Haus war eine Erbschaft, und sie steckten jede freie Minute und ihr ganzes Geld in das baufällige Gebäude. Von weitem sah es heimelig aus, und hinter einigen Fenstern im Erdgeschoss brannte noch Licht.

Während sie die schmale Landstraße entlang liefen, erzählte Amanda von dem Abend mit den anderen Frauen. Davon, wie wohl sie sich in diesem Kreis gefühlt hatte. »Sie könnten meine Freundinnen werden, weißt du«, sagte sie zu ihrer eigenen Überraschung.

»Willst du denn nach New Harbor ziehen?« Er war erstaunt.

»Ach nein. Außerdem leben Hannah und Ella die meiste Zeit des Jahres in Boston. Sie kommen in den

Sommermonaten mit ihren Familien her. Und an den Wochenenden. Ich vermisse das. Freundinnen«, fügte sie hinzu.

»Zu deinen Freundinnen vom College hast du keinen Kontakt mehr?«

Fast hätte sie verbittert aufgelacht. »Weißt du, wie sie mich damals behandelt haben? Weißt du, warum ich all diese Gefühle, die Trauer und den Schmerz irgendwann einfach nur tief in mir vergraben habe, wo keiner ihn sieht? Warum ich niemanden mehr an mich herangelassen habe?«

»Ich habe keine Ahnung«, gestand Finn.

»Weil sie dich ansehen, als wärst du aussätzig. Du hast gerade dein Kind verloren, und du suchst Trost. Das ist nichts, das man in vier, fünf Wochen oder Monaten einfach abschüttelt. Und dann kommen diese Freundinnen, diese Frauen also, von denen du gedacht hast, sie wären deine Freundinnen. Und sie sagen Dinge, die weh tun. ›Du kannst noch so viele Kinder haben‹ – das ist noch das Harmloseste. Oder ›jetzt stell dich nicht so an, er war doch nicht so lange bei euch‹ – als würde es einen Unterschied machen, ob ich mein Kind eine Stunde, eine Woche oder ein Jahr bei mir hatte. Irgendwann konnte ich nicht mehr. Und als dann unsere Ehe noch den Bach runterging, wollte ich einfach alles und jeden hinter mir lassen.«

»Du warst dabei sehr konsequent.«

Sie nahmen einen steilen Pfad hinauf zu den Steilklippen, der sich zwischen Ginstergestrüpp und Strandhafer nach oben schlängelte. Der Pfad war schmal, und sie liefen hintereinander, bis sie das felsigere Terrain erreichten. Finn griff nach Amandas Schulter, damit sie sich nicht zu weit vorwagte und vielleicht die Klippen hinabstürzte.

Sie blieb stehen und ließ sich die salzige Luft um die Nase wehen. Das Meer brandete gegen die Felsen und rauschte beruhigend, als wollte es sie locken und einlullen.

Du kriegst mich nicht. So schlimm war es nie, dass ich mein Leben hätte beenden wollen.

»Ich habe nur an mich gedacht. Ich ... wollte mich retten.«

Sie standen jetzt an der steilen Klippe. Finn tastete nach ihrer Hand, und sie ließ es zu, denn es war kein Händedruck, der sich irgendwie komisch anfühlte oder erotisch aufgeladen war; hier standen zwei Menschen, die ein schweres Schicksal einte und die auf völlig unterschiedliche Art damit umgegangen waren.

»Und hast du dich gerettet?«, wollte Finn wissen.

Sie lächelte, antwortete aber nicht.

So leicht war es nicht.

Sie standen bestimmt eine Viertelstunde dort oben in der Dunkelheit. Amandas Augen hatten sich inzwischen an das fehlende Licht gewöhnt, und sie sah alles so klar und deutlich vor sich, als wäre heller Tag. Der Mond, der hinter Wolken immer wieder hervorblitzte, tauchte das Meer in seinen silbrigen Glanz. Die Wärme des sonnigen Herbsttags wurde von der kühlen Luft vertrieben, die nachts vom Meer hinaufkroch und schon nach den kalten Tagen des Oktobers schmeckte.

Schließlich wandten sich beide wie auf ein stilles Kommando gleichzeitig vom Meer ab und machten sich an den Abstieg. An einer besonders unzugänglichen Stelle ließ sie sich wieder von Finn helfen, und als sie dabei stolperte, fing er sie auf.

Statt sich sofort von seinen Armen zu lösen, die sie

schützend umfasst hielten, erlaubte sie sich kurz, den Kopf an seine Schulter zu legen. Sie schloss die Augen, lauschte dem Brausen des Winds und der wilden Brandung, und unter ihrem linken Ohr hörte sie, wie sein Herz aufgeregt pochte.

Es fiel ihr leicht, einen Schritt zurück zu machen. Der Blick in sein Gesicht verriet ihr nicht viel; der Mond hatte sich wieder hinter einer Wolke verkrochen, weshalb es zu dunkel war, um irgendwas zu erkennen.

Schweigend liefen sie zurück zum Hotel. Erst als sie vor Amandas Hütte standen, ergriff Finn das Wort.

»Es wäre einfach, mich wieder in dich zu verlieben«, sagte er.

»Tu das nicht. Es würde nicht gutgehen.«

»Könntest du dich denn …?« Er sprach nicht weiter.

Amanda brauchte nicht zu überlegen. »Nein«, sagte sie ehrlich. »Ich habe meine Entscheidung getroffen.«

Carter. Entweder er oder kein anderer Mann.

Es tat gut zu wissen, wohin man gehörte. Mit wem man die Zukunft gestalten wollte, gegen jeden Widerstand – und sei es der Widerstand des Anderen.

12. Kapitel

Das Schlimme daran, wenn man sich vergaß, war der Morgen danach.

Sam wachte nicht in ihrem Bett auf. Sie wachte nicht mal in dem Bett auf, das in den kommenden Tagen und Wochen ihr Bett sein sollte. Verwirrt blinzelte sie und versuchte, ihre Sinne wieder zusammen zu bekommen. Es war noch dunkel, und irgendwo im Loft hörte sie das Klappern von Geschirr und das Brummen der Kaffeemaschine.

Neben ihr war das Bett leer. Trotzdem war die Erinnerung sofort da. Sie wusste, was sie gestern Abend getan hatte, und mit dieser Erkenntnis setzte die Scham ein.

Sie hatte Maurice ausgenutzt. Aus dem harmlosen Flirt beim Kaffeetrinken war beim Abendessen ein Geplänkel geworden, bei dem ein Wort das andere gab. Sie tranken diesen köstlichen, schweren Rotwein zu Steak, Salat und Knoblauchbrot, und Sam lobte Maurice' Kochkünste in den höchsten Tönen. Zu Recht, übrigens. Wenn er nur halb so gewissenhaft und penibel als Arzt arbeitete wie er sich der Zubereitung einer Mahlzeit widmete, musste er seinen Patientinnen wie der sprichwörtliche Halbgott in Weiß erscheinen.

Nach dem Essen setzten sie sich ins Wohnzimmer. Nicht auf zwei weit voneinander entfernte Sitzmöbel, sondern ausgerechnet auf das Sofa mit der tiefen Sitzfläche, auf der man auch nebeneinander liegen konnte. Sie musste es ja wissen, denn Maurice und sie hatten es ausgiebig ausprobiert.

Und irgendwann, nach wilder Knutscherei und Gefummel, nach viel zu viel Wein, waren sie ins Bett gegangen. Gemeinsam. Zusammen.

Was danach passierte, verschwand für sie in einem rotweingeschwängerten Nebel. Hatten sie *miteinander* geschlafen? Oder nur nebeneinander? Es fühlte sich nach Ersterem an, sie hoffte aber inständig, dass Letzteres der Fall war.

Dass sie heute Morgen nicht nackt unter der Bettdecke lag, musste jedenfalls Zufall sein. Oder hatte sie so viel Geistesgegenwart besessen, sich nach dem Sex wieder anzuziehen, statt sofort selig einzuschlummern?

Sam richtete sich auf. Zu ihrem Verdruss lagen ihre Klamotten am Fußende des Betts. So sorgfältig gefaltet, wie sie die Sachen am Abend nie ablegte. Wie auch immer sie vorher rumgelegen hatten – auf dem Bett, dem Fußboden, dem Sessel in der Zimmerecke – Maurice hatte sie wohl aufgesammelt und ihr hingelegt.

Sie trug immerhin Slip und ein Männerhemd. Immerhin! Leider beantwortete das noch nicht ihre brennendste Frage. Hatten sie oder nicht?

Und wenn: Warum zum Teufel konnte sie sich an nichts erinnern?

Stöhnend richtete Sam sich auf und angelte nach ihrer Jeans.

Eigentlich sollte sie sich schämen. Seine Gefühle waren wie ein offenes Buch, in dem sie nach Herzenslust schmökern konnte. Und sie war das ungezogene Schulkind, das mit schokoladeverschmierten Fingern die Seiten befleckte. Das gar kein Interesse an dem Buch hatte, sondern nur seine Zerstörungswut ausleben wollte. Dabei ging es ihr vor allem darum, sich selbst zu schaden. Sie wollte sich weh tun. Irgendwie den Schmerz ausradieren, den Oliver ihr auf dem letzten Stück ihres gemeinsamen Wegs beigebracht hatte.

Sie raffte ihre Sachen an sich und schlich aus dem Schlafzimmer, das natürlich (natürlich!) am anderen Ende des Lofts lag. Sie musste auch an der offenen Küche vorbei, wo Maurice mit dem Rücken zu ihr vor der Kaffeemaschine stand.

Sam beeilte sich. Doch sie war nicht schnell genug; sie war auf Höhe der Kücheninsel, als er sich umdrehte.

»Guten Morgen.« Er strahlte sie an. Glücklich. Herzzerreißend glücklich. Verdammt.

»Guten Morgen.« Sie räusperte sich. »Ich … wollte gerade duschen.«

»Frühstück ist in zehn Minuten fertig.«

»Ich beeile mich.«

Oh Gott, wie entkam sie jetzt einem Frühstück mit Maurice? Sie konnte sich nicht mal damit rausreden, dass sie ja zur Arbeit musste, denn ohne ihn musste sie in der Praxis nicht auflaufen. Verdammt … Alle Ideen, die sie im Moment hatte, gingen irgendwie nach hinten los. Bei ihm einziehen: schlechte Idee. Schließlich sollte man zum eigenen Chef stets eine professionelle Distanz wahren. Mit ihm Wein trinken: richtig übel. Man wusste nicht, was danach passierte. In seinem Bett landen und dort Gott-weiß-was treiben: Ach. Ach, ach, ach. Das war so fatal, dass ihr dafür keine Worte einfielen.

Sie schloss die Tür des Gästezimmers hinter sich und lehnte mit dem Rücken dagegen.

Okay, jetzt noch mal in aller Ruhe nachgedacht. Was könnte schlimmstenfalls passiert sein?

Sie hatten miteinander geschlafen und sich ewige Liebe geschworen.

Zumindest deutete seine Reaktion gerade auf diesen

Worst Case hin.

»Dumm, dumm, dumm«, murmelte sie.

Vielleicht wäre es das Beste, wenn sie sich heute Abend mal schlau machte, ob es in Boston noch einen anderen Job für sie gab.

Sie duschte rasch. Bei der Auswahl ihrer Kleidung ging sie diesmal pragmatisch vor, denn das Outfit hatte sie sich schon vor Tagen für ihren ersten Arbeitstag in Boston zurechtgelegt: schwarzer Bleistiftrock, Strümpfe, schwarze, flache Schuhe und eine cremefarbene Seidenbluse. Konservativ, dezent, anständig. Und ein bisschen verführerisch, wenn man auf sowas stand.

Wie sie Maurice einschätzte, war das für ihn genau die Art von Verführung, die ihm gefiel.

Sie legte ein leichtes Make-up auf und kontrollierte den Inhalt ihrer Handtasche. Dann ließ es sich nicht länger hinauszögern, und sie verließ das Zimmer.

Maurice saß am Esszimmertisch und las auf einem iPad den *Boston Globe*. Als sie auftauchte, sprang er sofort auf. »Kaffee?«, fragte er.

»Ja, gerne.«

»Was möchtest du frühstücken? Rührei? Pancakes mit Ahornsirup? Scones?«

Mein Gott. Hatte er wirklich *Scones* gesagt?

Aber ihr Hals war wie zugeschnürt. Sie krächzte: »Kaffee. Mehr nicht.«

Er musterte sie prüfend. »Aufgeregt, hm?«

Sie nickte bang.

»Mach dir keinen Kopf. Ich bin als Chef genauso umgänglich wie als Mitbewohner.«

Es wurde immer schlimmer – wie sollte sie jetzt bitteschön die Bilder loswerden, die sich bei seinen Worten aufdrängten? Bilder von zwei nackten, verschwitzten

Leibern, die es auf einem Schreibtisch trieben ...

Sie nahm dankbar den Kaffee, den Maurice ihr brachte. »Zucker ist schon drin«, sagte er mit einem Lächeln.

Er war perfekt. In jeder Hinsicht! Perfekter Gentleman, weil er kein Wort über die letzte Nacht verlor; perfekter Mitbewohner, der den besten Kaffee kochte; perfekter Trost, nachdem sie New York verlassen hatte.

Sie wollte gerade etwas sagen. Irgendwas Belangloses, um ihm zu zeigen, wie sehr sie seine Aufmerksamkeit zu schätzen wusste. Doch ihr Handy klingelte, und sie stürzte sich auf ihre Tasche wie das Krümelmonster auf die Kekse. Jede Ablenkung war ihr in diesem Augenblick willkommen, wirklich jede!

»Hallo?«

»Guten Morgen, mein Schatz. Ich bin's.«

Okay, nicht ausnahmslos *jede* Ablenkung war ihr willkommen. Oliver war so ziemlich der Letzte, mit dem sie sprechen wollte.

»Hi«, sagte sie spröde.

»Ich wollte nur mal hören, wie's dir geht. Hast du gut geschlafen? Freust du dich auf den ersten Tag im neuen Job?«

Sie blickte über den Tisch hinweg Maurice an. Er widmete sich wieder seiner Zeitung, doch sie hätte wetten können, dass er ihrer Seite des Gesprächs aufmerksam folgte.

»Ja, alles bestens. Ich fühle mich hier sehr wohl.«

Warum also nicht das Telefonat doppelt nutzen? Einerseits um Oliver in die Schranken zu verweisen – obwohl ihr Herz bei dem Gedanken rebellierte – und andererseits Maurice zu zeigen, dass sie sich an nichts erinnerte ...?

»Und dein Boss? Behält er seine Finger bei sich?«

Okay, vielleicht hatte sie Olivers Fragen überschätzt. Die taugten überhaupt nicht, um Maurice mit Informationen zu versorgen.

»Ja, schon.« Ihre Einsilbigkeit sollte wenigstens Oliver in die Schranken verweisen.

»Ich rufe an, weil ich mir überlegt habe, dass wir uns morgen Abend treffen könnten. Ich nehme mir einfach den Mittwoch frei und setze mich in den Flieger. Klingt das gut?«

»Tut mir leid, aber ich habe keine Zeit, Oliver.«

Maurice' Kopf ruckte kaum merklich hoch. Jetzt konnte sie sicher sein, dass er zuhörte.

»Außerdem waren wir uns doch einig, oder? Du bist mit Jolanda zusammen.«

»Das mit Jolanda ist vorbei«, behauptete er.

»Es wird eine neue Jolanda kommen«, tröstete sie ihn.

»Die will ich aber nicht. Ich will dich, Sammy.« Jetzt verlegte er sich aufs Schmeicheln. »Bitte, Sammy. Ich habe einen Fehler gemacht. Die ganze Zeit wollte ich doch nur dich.«

Sie atmete tief durch. Nein, nein, nein. Sie durfte nicht schwach werden. »Schönen Tag noch, Oliver. Grüß Jolanda von mir.«

Sie legte auf.

Es gab keine Trennung, davon war sie überzeugt. Oliver war nicht der Typ, der sich dauerhaft an eine Frau band. Das mit Jolanda mochte jetzt schon etwas länger gehen als die Beziehungen mit seinen früheren Freundinnen. Aber mit Sam? Nein. Sie wusste, wann sie nur der Lückenbüßer sein sollte. Wann es nur um seinen verletzten Stolz ging, weil sie ihn verlassen hatte und nicht umgekehrt.

Maurice starrte weiter auf sein Tablet. Sie nahm aus dem Brotkorb einen Scone und bestrich ihn mit Clotted Cream. Ohne aufzublicken fragte er: »Hat Oliver dich von unserem Abendessen weggeholt?«

»Wie bitte?« Sie stellte sich dumm.

»Als wir in New York zu Abend gegessen haben – hat er dich da angerufen? Bist du seinetwegen so früh abgehauen?«

Er klang seltsam verletzt.

»Maurice ...«

»Ich will es nur wissen.«

Sie antwortete nicht, sondern biss in das Scone. Erst jetzt entdeckte sie das Gläschen mit Lemon Curd. Das würde fantastisch zu dem Scone schmecken, doch sie wagte es nicht, über den Tisch hinweg danach zu greifen. Schweigend aß sie, trank ihren Kaffee aus und stand auf.

»Ich gehe dann wohl lieber.«

Er blickte nicht auf. Sie nahm ihre Tasche und verließ das Loft. Draußen stand sie vor dem Fahrstuhl, als die Wohnungstür aufging. Maurice folgte ihr in den Fahrstuhl. Er sagte kein Wort.

Erst als sie fünf Minuten später im Auto saßen und er den Porsche geschickt durch den morgendlichen Berufsverkehr lenkte, ergriff er das Wort.

»Du musst dich für nichts entschuldigen oder rechtfertigen. Ich wüsste nur gern, woran ich bin. Mehr nicht.«

»Ja.« Mehr konnte sie nicht sagen. Nicht, solange sie nicht wusste, ob sie in der Nacht mit ihm geschlafen hatte.

Aber wie um alles in der Welt konnte sie das herausfinden?

Der erste Arbeitstag verging langsam. Es gab viel Neues

zu lernen, und Sam musste sich erst einfinden. Als sie am späten Vormittag der ersten Patientin gegenüber saß, wusste sie aber bereits, dass sie diesen neuen Job um jeden Preis behalten wollte.

Sie fühlte sich in der Praxis einfach nur wohl. Das Arbeitsklima passte ebenso wie die Ausstattung der Räume. Die Helferinnen waren sehr nett und auf Zack, und Erin, die ein bisschen die flippige, gute Seele der Praxis war, hatte mehr als einmal betont, dass sie jederzeit für jede Art von Fragen zur Verfügung stand.

Am Nachmittag kam Amanda in ihr Büro und begrüßte sie herzlich im Team. »Tut mir leid, dass ich heute Morgen nicht da war«, sagte sie. »Wenn du was brauchst, sag bitte Bescheid. Aber das hat Erin dir bestimmt schon mehrfach gesagt, wie ich sie kenne.«

»Sie ist toll.«

»Sie ist ein Schatz«, bestätigte Amanda. Sie zögerte, doch dann gab sie sich merklich einen Ruck. »Ich bräuchte da noch eine Konsultation. Kannst du das übernehmen?«

»Ja klar.« Sam stand auf und folgte Amanda in ihr Büro. Sie war erleichtert, dass Maurice' Partnerin heute so viel zugänglicher war als beim Vorstellungsgespräch vor zwei Wochen.

Sie ging voran in das Behandlungszimmer und verschwand in der kleinen Umkleide für Patientinnen. Erst da begriff Sam, dass sie Amanda untersuchen sollte. Sie setzte sich auf den Hocker neben den Untersuchungsstuhl und wartete, bis Amanda in einem Papierhemd aus der Umkleide kam und sich auf den Stuhl setzte.

»Es geht um eine Schwangerschaftsvorsorge«, sagte sie, ehe sie sich zurücklehnte.

»Oh, ich gratuliere.« Sam justierte das Ultraschallgerät, ehe sie mit der Untersuchung begann. Sie ging mit großer Sorgfalt vor und spürte, wie Amanda sie nicht aus den Augen ließ. Immer wieder huschte der Blick ihrer neuen Chefin zu dem Bildschirm. Sam musste nichts erklären; beide sahen, dass mit dem Embryo alles in bester Ordnung war. Trotzdem zeigte sie und sagte, was sie sah – ein munter schlagendes Herzchen, ein kleines, gummibärchenartiges Wesen, das in der Fruchthöhle wilde Purzelbäume schlug. »Alles bestens«, schloss sie nach fünf Minuten. »Nimmst du Schwangerschaftsvitamine?«

Amanda schüttelte den Kopf. »Noch nicht.«

»Ich schreibe dir welche auf. Und das hier ist für dich.« Sie druckte ein hübsches Ultraschallbild aus.

Amanda nahm das Bild und blickte es an, als wüsste sie nicht, ob sie lachen oder weinen sollte.

Sam ließ sie einen Moment allein. Als Amanda kurz darauf aus dem Behandlungszimmer kam, saß sie bereits hinter ihrem Schreibtisch und stellte ein Rezept aus. »Das ist deine erste Schwangerschaft?«, fragte sie.

»Nein«, sagte Amanda. »Meine zweite.«

Etwas daran, wie sie das sagte, hielt Sam davon ab, nachzuhaken. Sie rief im Computer eine neue Patientenakte auf und füllte sie mit Amandas Daten. Nach kurzem Zögern gab sie den Namen der Patientin mit Jane Doe an. Sie wusste nicht, inwieweit die Helferinnen auf die Akten zugreifen konnten und nahm an, dass Amanda im Moment noch auf Diskretion setzte. »Kann ich sonst noch etwas für dich tun?«

Amanda saß auf der vordersten Stuhlkante und hielt immer noch das Ultraschallbild umklammert. Eine vorwitzige, blonde Locke fiel ihr in die Stirn. »Nicht, dass ich wüsste«, sagte sie. »Und sonst weiß ich ja, wo ich dich finde.«

»Und du kennst dich ja aus. Aber wenn irgendwas ist, kannst du mich jederzeit anrufen.« Sam nahm eine der cremefarbenen Visitenkarten aus der Halterung, die die Praxis für sie bereitgestellt hatte, und notierte ihre private Handynummer auf der Rückseite. »Und mit jederzeit meine ich auch *jederzeit*«, betonte sie. »Auch nachts um vier.«

»Danke.« Zum ersten Mal lächelte Amanda sie an, und ein paar winzige Fältchen stahlen sich in ihre Augenwinkel. Sie sah verletzlich aus – und überglücklich. Ihre dunkelbraunen Augen glänzten wie flüssige Schokolade.

Sam gab sich einen Ruck. »Ich glaube, wir hatten keinen leichten Start.«

»Das stimmt«, pflichtete Amanda ihr bei. »Ich habe mich wie eine Idiotin verhalten. Aber da habe ich gerade erst von dem Baby erfahren und … es hat mich schier überwältigt. Ich wusste nicht, was ich machen sollte.«

»Oh.« Das erklärte natürlich einiges, und es genügte Sam als Entschuldigung. Eine Schwangerschaft brachte auch dann alles durcheinander, wenn man sie sich sehnlichst erhoffte …

»Ich geh jetzt mal zu Maurice. Der weiß nämlich noch nicht, dass ich bald für mindestens ein halbes Jahr ausfallen werde.«

»Keine Sorge. Bis dahin habe ich mich eingearbeitet.«

Amanda grinste. »Ich weiß. Darum bist du schließlich hier.«

Sie betrat Maurice' Büro mit einem breiten Lächeln, das ihr an diesem Montag partout nicht aus dem Gesicht weichen wollte. »Es gibt Neuigkeiten!«, verkündete sie.

»Gott sei Dank, du bist zurück!« Maurice sprang auf, eilte ihr entgegen und umarmte sie. Seine Arme umklammerten sie wie ein Ertrinkender einen Baumstamm, und sie glaubte, keine Luft mehr zu kriegen. »Scheiße, ich brauche jemanden zum Reden.«

»Was ist passiert?«, fragte sie besorgt.

Er führte sie zum Sofa, und sie setzten sich.

»Nichts Schlimmes. Also, das hoffe ich zumindest.« Er runzelte die Stirn. »Aber erzähl du zuerst.«

»Ich behalte das Baby!«, verkündete sie ihren Entschluss. »Keine Abtreibung, keine Adoption – es bleibt bei mir. Ich ziehe es schlimmstenfalls alleine groß. Ohne Carter.«

»Oh.«

Sie merkte ihm die Überraschung an.

»Du hast aber schon mitbekommen, dass ich schwanger bin, oder? Erinnerst du dich noch? Wir haben mehrfach darüber gesprochen.«

»Ja, natürlich erinnere ich mich.« Doch das schien nicht gerade Maurices Thema zu sein.

Sie verdrehte die Augen. »Himmel, Maurice! Was ist denn bloß mit dir los?« Amanda seufzte. Doch sie war viel zu glücklich.

»Aber wie du eine Schwangerschaft im ersten Moment mit deiner Menopause verwechseln konntest, musst du mir noch erklären«, fügte er zerstreut hinzu.

»Woher …«

»Erin und Roxy haben darüber gesprochen«, bestätigte Maurice ihren Verdacht. »Sie haben sich in der Teeküche darüber unterhalten. Erin hat bei dir einen Hormonstatus gemacht, und sie meinte, du wärst noch so jung und sportlich, wie kannst du da schon in die Wechseljahre kommen …«

»Tu ich ja gar nicht.«

Er grinste »Das freut mich für dich.«

»War Finn schon hier?«

»Er kommt um vier. Warum?«

»Stell ihn auch ein. Wir wachsen, und er ist ein Guter.«

»Okay, ich sehe ihn mir an.«

»Und was ist nun bei dir passiert?«

Es schien ihm unangenehm zu sein, darüber zu reden. »Sam wohnt vorübergehend bei mir, bis sie eine eigene Wohnung gefunden hat. Und naja, gestern haben wir reichlich Wein getrunken, und da kam es zu einem … Zwischenfall.«

»Maurice!« Sie wäre ihm am liebsten vor Freude um den Hals gefallen, doch sein gequälter Gesichtsausdruck hielt sie davon ab. »Moment – nicht gut? Was ist passiert?«

»Ich fürchte, ich habe sie … verschreckt.«

»Du wirst mir mehr erzählen müssen. Sie machte auf mich gar nicht so einen verschreckten Eindruck.«

»Naja … wir haben Wein getrunken. Viel Wein. Zu viel, fürchte ich, aber sie wollte immer mehr. Ich hatte ein bisschen das Gefühl, als wollte sie einen Kummer runterspülen. Als ich sie danach fragte, wollte sie … genau, noch mehr Wein. Also habe ich nicht mehr nachgefragt. Und irgendwann haben wir uns geküsst. Es ist einfach so passiert, und danach sind wir in mein Schlafzimmer gegangen, und sie fing an, sich auszuziehen. Zu dem Zeitpunkt hatten wir beide schon ziemlich einen im Tee, aber ich war immerhin noch so weit beisammen, dass ich sie daran gehindert habe, sich noch weiter auszuziehen. Habe ihr sogar mein Hemd gegeben, und sie ist unter die Bettdecke gekrochen und sofort eingeschlafen. Ich habe dann auf dem Sofa geschlafen.«

»Ja, und? Was daran hat sie jetzt abgeschreckt?«

Er zuckte mit den Schultern. »Weiß nicht. Sie war heute Morgen komisch. Als würde sie glauben, dass wir etwas getan haben, das sie lieber nicht getan hätte.«

»Du meinst, sie denkt, ihr hattet Sex?« Amanda hatte unwillkürlich die Stimme erhoben.

Maurice senkte beschwichtigend beide Hände. »Nicht so laut! Aber ja, das glaubt sie jetzt vermutlich. Heute Morgen beim Frühstück war sie komisch. Konnte gar nicht schnell genug das Haus verlassen.«

»Aber ihr habt nicht darüber gesprochen.«

»Habe ich was falsch gemacht?«

»Das kommt drauf an, was du willst.«

Er überlegte. »Ich mag sie sehr.«

»Dann hättest du gerne mehr …?«, hakte Amanda behutsam nach.

Maurice und die Frauen – das war ja ein ganz eigenes, fast schon spezielles Thema. In Amandas Augen war er einfach zu gut für die Frauen dieser Welt. Er würde einer Partnerin jeden Wunsch von den Augen ablesen, würde es ihr einfach machen. So einfach, dass die Frau sich daran gewöhnen könnte und vielleicht sogar davon ausging, dass dieser paradiesische Zustand schon der Alltag wäre. Aber im Alltag würde diese Romantik keinen Bestand haben, und zum Schluss wären dann beide enttäuscht.

»Ich würde sie gern besser kennenlernen, bevor ich mit ihr ins Bett steige.«

»Dann sag ihr das. Wenn sie enttäuscht ist, weil du nicht sofort mit ihr in die Kiste hüpfst, hast du dich eben in ihr getäuscht und sie ist nicht die Richtige für dich.«

»So einfach ist das?« Er schien erstaunt zu sein.

»So einfach und sogar noch einfacher.« Sie lächelte aufmunternd. »Und jetzt entschuldige mich – ich bin sicher, dass auf mich ein Haufen Arbeit wartet, und heute Abend muss ich das Internet leerkaufen. Babyshopping!«

»Es sei dir gegönnt.« Er grinste.

Amanda ging in ihr Büro und ließ sich auf den Stuhl hinter dem Schreibtisch fallen. Sie betrachtete das Ultraschallfoto, bevor sie es unter einen Stapel Patientenakten schob.

Ich bekomme ein Baby! Und diesmal geht bestimmt alles gut ...

Sie hatte nicht damit gerechnet, dass die Angst sie so hinterrücks überfiel. Plötzlich war sie da. Sie beugte sich über Amanda, hüllte sie in eine schwarze Wolke ein und flüsterte: *Bist du dir sicher? Es kann so viel schiefgehen, das weiß niemand so gut wie du ...*

Sie wollte den Gedanken wegschieben, doch es ging nicht. Er hatte sich in ihre Seele gekrallt, er färbte ihre Tage grau und die Nächte schwarz. Sie war ganz allein auf der Welt und hatte keine Ahnung, wie sie dieser neuen Aufgabe gewachsen sein sollte.

Wenn wenigstens Carter an ihrer Seite wäre ...

Aber von ihm hatte sie seit Samstag nichts mehr gehört. Er war wie vom Erdboden verschluckt. Vermutlich war er direkt zurück nach Boston gefahren ...

Sie startete ihren Computer und schickte ihm per Mail die Daten des Flugs nach Florida, den sie gebucht hatte. Dazu schrieb sie nur: *Ich besuche meine Eltern. Kommst du mit?!*

Mehr konnte sie im Moment nicht machen.

Wenn er mitkommen wollte, war es gut. Wenn nicht ... Nun ja. Dann war das eine Aussage, mit der sie leben musste. Mit der zu leben sie dann sieben Monate Zeit hatte, bevor das Baby geboren wurde.

13. Kapitel

Bevor sie New Harbor am Montagmorgen verließ, hatte Amanda noch einmal Tara getroffen, die sie mit den Handynummern von Hannah und Ella versorgte.

»Melde dich, wenn du was brauchst. Egal was!«

Es tat ihr gut, zu wissen, dass in New Harbor Frauen waren, die sie als Freundin in ihrem Kreis aufnahmen. Und die Tatsache, dass sie da waren, genügte schon als Trost, wenn sie sich in den kommenden Tagen vom Leben überfordert fühlte.

Meine Güte, woran man denken musste, wenn man schwanger war! Es ging los mit den üblichen Verhaltensregeln. In der Praxis durfte sie nichts mehr heben, das schwerer war als eine Patientenakte – und bei den Langzeitpatienten, die schon eine dicke Akte hatten, war Amanda nicht sicher, ob Erin oder Roxy ihr sie nicht sofort aus den Händen reißen würden, wenn sie sie damit erwischten – und ständig wurde sie genötigt, frisches Obst, Salat oder Vollkornnudeln zu essen. Maurice schaute fast stündlich nach ihr, was sie sehr süß fand. Aber spätestens am Mittwoch wurde ihr auch das zu anstrengend. Als sie sich am Donnerstag gutgelaunt einen Frischkäsebagel mit Rucola und Räucherlachs zum Frühstück gönnte, schrie Erin auf, entriss ihr den Bagel und warf ihn mit einem »Igitt, willst du dein Baby umbringen?« in den Mülleimer.

Natürlich kannte sie all die Verhaltensregeln. Aber manche hielt Amanda einfach für Quatsch, und sie hätte niemals damit gerechnet, dass ihr Umfeld auf sie aufpassen würde, als wäre sie eine unmündige Fünfzehnjährige, die sich von ihrem ersten Freund nachmittags im Park an einen Baum gelehnt hatte schwängern lassen.

Wenn sie dem Wahnsinn in der Praxis entfloh und ins Fitnessstudio fuhr, nahm das Drama dort seinen Lauf. Sie hatte keinen nennenswerten Kreislauf mehr, weshalb sich ihr Workout darauf beschränkte, sehr langsam auf dem Laufband zu traben oder auf dem Rad ein paar Kilometer gemütlich runterzureißen.

Und dann der Heißhunger. Der meldete sich zuverlässig in den unpassendsten Momenten.

Hatte sie den Tag irgendwie überstanden, ohne dass ihre Patientinnen etwas von ihrem Zustand mitbekamen – denn das wollte Amanda vorerst vermeiden, weil für viele Frauen, die bei ihr in Behandlung waren, schon der Anblick einer Schwangeren eine Zumutung war – kam schon die nächste Hürde: die einsamen Abende im Haus.

Sie wollte die Zeit nutzen, solange es ihr einigermaßen gut ging. Es war schon ein Fluch zu wissen, wie eine Schwangerschaft schlimmstenfalls verlaufen konnte; sie war daher um jeden Punkt froh, den sie am Montagabend auf einer schier endlosen Liste notiert hatte und abhaken konnte.

Freitagmittag machte sie früher Feierabend. Sam übernahm ihre Nachmittagstermine. Sie fuhr zum Flughafen und checkte für den Flug nach Miami ein. Auf dem Weg zu den Sicherheitskontrollen schaute sie sich immer wieder um. Aber von Carter war nichts zu sehen.

Einmal glaubte sie, ihn zu entdecken, doch bei näherem Hinsehen war der Herr im Cordsakko mit Lederflicken auf den Ellenbogen schon sichtlich ergraut und hatte einen Vollbart. Enttäuscht lief Amanda an ihm vorbei und stellte sich in die Warteschlange für die Sicherheitskontrolle.

Als sie eine halbe Stunde später zum Gate lief, konnte sie es sich nicht abgewöhnen, sich nach jedem hochgewachsenen Mann mit braunen Haaren umzudrehen – dabei wusste sie inzwischen, dass Carter nicht kommen würde. Sie war allein mit sich, den ellenlangen Listen der Dinge, die sie vor der Geburt erledigen musste – und mit dem Baby.

Ich habe es nicht anders gewollt, und ich war bereit, dieses Risiko einzugehen. Wenn Carter lieber unsere guten zehn Jahre wegwerfen will, weil ich nicht bereit bin, mich seinem Wunsch zu beugen – dann ist das so.

Als ihr Flug aufgerufen wurde, klappte Amanda ihren Kalender zu, in dem sie seit Tagen die verschiedenen Listen führte: Dinge, die sie vor der Geburt erledigen musste, Einkaufslisten, Packliste für die Klinik und so weiter. Sie mochte es, wie strukturiert sie war. Wenn sie sich auf all das vorbereitete, was sich ohne Weiteres planen ließ, erleichterte ihr das zugleich, sich emotional aufs Kind einzustellen.

Außerdem lenkte es sie von der Nervosität ab, nach über fünfzehn Jahren wieder ihren Eltern gegenüber zu stehen.

Annie und Bill Walker waren gute Eltern. Zumindest in Amandas Erinnerung waren sie das. Sie hatten ihr als kleines Kind Wurzeln gegeben, und als Amanda größer wurde, ließen sie ihrer Tochter die Freiheiten, die sie brauchte, um ihre Flügel auszubreiten und davonzufliegen. Doch auch als Collegestudentin war sie immer gern nach Hause zurückgekehrt, und zu ihren schönsten Erinnerungen an die Zeit nach ihrem Auszug gehörte die an ihre Hochzeit mit Finn, die sie bei ihren Eltern feierten.

Damals lebten sie noch in Providence, wo Amandas

Vater an der Brown englische Literatur lehrte und ihre Mutter ein kleines Geschäft mit allerlei Nippes betrieb. Inzwischen führten sie das gut gelaunte Leben zweier Rentner im sonnigen Florida. Zumindest hoffte Amanda, dass beide gut gelaunt waren – aber sie konnte sich kaum etwas anderes vorstellen, denn ihre Eltern hatten aus den Zitronen des Lebens immer eine herbsüße Limonade gezaubert.

Beim Boarding schaute sie sich noch mal um. Nein, kein Carter weit und breit. Verdammt! Sie hatte so sehr gehofft, dass er mitkam.

Es wäre wichtig gewesen. Für ihre Ehe, für ihr Selbstverständnis. Ja, vielleicht hätte sie mehr tun müssen. Sie hätte Carter anrufen können. Ihm das Ultraschallfoto schicken. Aber all das wäre ihr irgendwie *verzweifelt* vorgekommen.

Wenn er sich für sie und das Baby entschied, sollte er das aus freien Stücken tun und nicht, weil sie ihm so lange auf die Nerven ging, bis er nachgab. Er sollte die Möglichkeit haben, nein zu sagen. Das hatte sie sich fest vorgenommen.

Sie betrat das Flugzeug, ging durch die Sitzreihen zu ihrem Platz und verstaute ihre Handtasche im Fach über ihrem Kopf.

In der Sitzreihe saß bereits ein älterer Herr, der aufstand, damit Amanda auf den Platz am Fenster rutschen konnte.

»Entschuldigen Sie bitte? Ob ich mich wohl neben meine Frau setzen dürfte?«

Sie blickte auf.

»Carter …«, flüsterte sie.

Der alte Herr stand schwerfällig auf. Es dauerte eine gefühlte Ewigkeit, bis Carter sich an ihm vorbeischieben und auf den mittleren Sitz plumpsen konnte. Er beugte sich zu Amanda rüber und gab ihr einen Kuss auf den Mund, als wäre es das Selbstverständlichste auf der Welt.

»Du bist gekommen.« Ihr schossen die Tränen in die Augen. Am liebsten hätte sie ihn umarmt und nicht mehr losgelassen.

»Tut mir leid, dass ich so spät komme. Du weißt, wie ich manchmal bin.«

»Du verschusselter Professor.« Ihre Stimme klang belegt und voller Zärtlichkeit. Diese Schwangerschaftshormone machten sie echt fertig …

»Ich muss dir was sagen.« Er wandte sich ihr zu. Die Stewardess ging durch die Reihen und kontrollierte, ob sich alle angeschnallt hatten, und Carter fummelte mit seinem Gurt, bevor er weitersprach. »Also, ich muss dir eine ganze Menge sagen. Erstens: Ich komme nur mit, weil ich deine Eltern kennenlernen möchte. Zweitens: Das heißt nicht, dass wir wieder zusammen sind. Oder dass ich bei dir einziehe.«

Amanda schluckte. Sie nickte mühsam.

»Drittens: Ich liebe dich. Ich werde dich immer lieben, daran wird das Kind nichts ändern. Und viertens: Ich werde für das Kind aufkommen, weil ich mich nicht aus der Verantwortung stehlen will. Aber erwarte jetzt nicht automatisch, dass ich ihm ein Vater sein werde. Ob ich das kann, weiß ich nicht.«

»Ist das deine endgültige Entscheidung?«, fragte sie mit erstickter Stimme.

»Nichts ist endgültig.«

Einer seiner Lieblingssätze, den er gern in jeder Situation anbrachte und als Lehrsatz seinen Geschichtsstudenten einbläute. Doch so charmant sie ihn sonst immer fand, war dieser Satz jetzt für Amanda wie ein Schlag ins Gesicht.

Sie wandte sich von ihm ab und schaute aus dem Fenster.

»Ich kann dir nicht etwas vormachen, das ich nicht bin«, hörte sie ihn sagen.

»Schon okay«, sagte sie. Doch ihre Hoffnung war zerschmettert.

Wie gut, dass ich mich in den letzten Tagen darauf vorbereitet habe, ein Leben als alleinerziehende Mutter zu führen ...

Das Flugzeug hob ab. Sie schluckte, um den Druck in ihren Ohren auszugleichen – und in der Hoffnung, damit die Tränen zurückzudrängen, die in ihren Augen brannten. Doch vergeblich – als die Reiseflughöhe erreicht war, musste sie Carter bitten, ihre Handtasche aus dem Fach zu holen, damit sie an die Packung Taschentücher kam.

Er sagte nichts dazu. Aber das war auch gar nicht nötig. Für sie war alles gesagt.

Der Flieger landete dreieinhalb Stunden später. Amanda wartete ungeduldig, bis sie aussteigen konnte. Sie drehte sich nicht nach Carter um, doch sie spürte, dass er ihr folgte. Sie liefen durch die Halle Richtung Gepäckbänder. Dort angelangt stellte Amanda sich etwas abseits und verschränkte die Arme. Sie sagte immer noch kein Wort, als er sich neben sie stellte. Es dauerte schier endlos, bis das Gepäckband sich in Bewegung setzte und durch die Luke die ersten Koffer und Reisetaschen ausspuckte.

»Ich will nicht, dass du mich falsch verstehst.« Er ließ das Gepäckband nicht aus den Augen.

»Keine Sorge, ich habe schon verstanden.«

Er seufzte. »Es ist noch nichts entschieden, Amanda. Gib mir Zeit, mich an den Gedanken zu gewöhnen. Vielleicht …«

Sie fuhr wütend zu ihm herum. »Was soll das heißen, vielleicht? Soll ich jetzt wochenlang oder gar Monate warten, bis du dich entschieden hast?"

»Du kannst aber auch nicht von mir erwarten, dass ich, nachdem wir zehn Jahre lang etwas anderes geplant haben, von heute auf morgen eine Kehrtwende mache.«

»Das verlangt auch keiner von dir.«

Amanda trat vor und zerrte ihre Reisetasche vom Gepäckband. Als Carter ihr die Tasche abnehmen wollte, packte sie den Griff, funkelte ihn wütend an und marschierte aus der Abflughalle.

Draußen empfing sie die Hitze von Miami. Amanda schaute sich suchend um. Sie hatte ihren Eltern die Ankunftszeit nicht mitgeteilt. Trotzdem wünschte sie sich, dass sie da wären. Alles wäre besser, als jetzt mit Carter alleine zu sein.

»Und nun?« Carter trat neben sie und setzte sich eine Sonnenbrille auf.

»Nichts und nun. Ich nehme ein Taxi.«

»Du meinst, *wir* nehmen ein Taxi.«

Sie zuckte nur mit den Schultern. Sollte er doch glauben und denken was er wollte.

Im Taxi nannte sie dem Fahrer die Adresse ihrer Eltern. Danach lehnte sie sich zurück und steckte die Ohrstöpsel ihrer Kopfhörer in die Ohren, wählte eine Playlist mit Rockmusik aus, schloss die Augen und blendete alles um sie herum aus.

Eine halbe Stunde später hielt das Taxi vor einem weiß gestrichenen Bungalow, vor dem eine üppige Bougainvillea blühte. Der Rasen sah sehr gepflegt aus, und auf der Veranda stand eine alte Hollywoodschaukel, an die Amanda sich noch aus ihrer Zeit in Providence erinnerte.

Sie überließ es Carter, den Taxifahrer zu bezahlen. Derweil stieg sie aus und ging auf das Haus zu. Auf der Hollywoodschaukel lag ein Buch. Sie lächelte. Früher hatte sie Stunden auf der Schaukel verbracht und gelesen. Eine Angewohnheit, die offenbar ihr Vater adaptiert hatte. Sie glaubte nämlich nicht, dass ihre Mutter ein Schachlehrbuch lesen würde.

Bevor sie klopfen konnte, wurde die Tür geöffnet.

Einen Moment lang starrte Amanda ihre Mutter wortlos an. Sie war alt geworden. Und damit meinte Amanda nicht die feinen Fältchen um die Augen, das ergraute Haar, das ihre Mutter modisch kurz trug. Es waren die Augen selbst. Irgendwas an ihnen wirkte verblasst, beinahe als wäre sie zu müde für das Leben.

»Amanda.« Ihre Mutter trat zögernd vor, als wüsste sie nicht, ob sie ihre Tochter nach so langer Zeit in die Arme schließen dürfte.

Amanda nahm ihr diese Entscheidung ab. Sie fiel ihrer Mutter um den Hals. Lange drückten sie sich aneinander, als ließe sich mit einer einzigen Umarmung die Trennung von fünfzehn Jahren einfach ausmerzen.

»Es tut mir leid, Mom.«

»Das muss es nicht. Ich bin nur froh, dass du jetzt hier bist.«

Carter kam nun mit ihrer Reisetasche und seinem Koffer über den Rasen auf das Haus zu. Ihre Mutter löste sich aus der Umarmung.

»Du kommst nicht allein.«

»Das ist Carter.« Amanda nahm seinen Arm und zog ihn zu sich heran. »Wir sind seit zehn Jahren verheiratet.«

Wenn diese Enthüllung ihre Mutter überraschte, zeigte sie es nicht. »Jetzt kommt erst mal mit rein. Dein Vater holt gerade noch was für das Barbecue heute Abend.«

Sie betraten das Haus. Es war anders als Amandas Elternhaus in Providence. Kleiner, von der Einrichtung her eher von mexikanischen Einflüssen geprägt und nicht wie ein Haus am Cape Cod.

»Hübsch habt ihr es hier.«

Ihre Mutter lächelte gequält. »Es ist schon okay.«

Carter stellte das Gepäck neben der Tür ab.

»Ich habe das Gästezimmer für euch hergerichtet.«

»Carter geht ins Hotel. Kannst du uns eins empfehlen?«

Ihre Mutter hob die Augenbrauen, sagte aber nichts. In das betretene Schweigen hinein meldete sich Carter zu Wort. »Ich schnarche nämlich wie ein Weltmeister.«

»Das macht Amandas Vater auch. Es gibt da so Nasenpflaster. Habt ihr die schon probiert?«

»Nicht nur die«, antwortete Carter. »Wir haben schon alles probiert. Bei mir hilft wohl nur eine Operation. Und ich habe doch so Angst vor Spritzen.«

»Sie Armer. Und dann auch noch mit einer Ärztin verheiratet. Da haben sie wohl wenig Mitleid zu erwarten.«

Amanda verfolgte den Austausch der beiden stumm. Wieso schaffte Carter es mühelos, mit ihrer Mutter zu plaudern, während sie jedes Wort dreimal überdachte, bevor sie es aussprach? Das war ungerecht!

Andererseits hatte sie ist nicht besser verdient. Sie war fünfzehn Jahre lang einfach verschwunden. Sogar Finn hatte in der Zeit mehr Kontakt mit ihren Eltern gehabt als sie.

»Möchtet ihr vielleicht einen Kaffee trinken? Wie ich meinen Mann kenne, vergisst er die Zeit und das Barbecue kommt nicht vor neun Uhr auf den Tisch. Ich habe

Muffins gebacken.«

»Das klingt nach einer hervorragenden Idee.« Carter nahm Amandas Reisetasche, und ihre Mutter zeigte ihm, wo das Gästezimmer war.

Amanda folgte ihm. Erst nachdem sie die Tür hinter sich geschlossen hatte, sagte sie: »Du musst das nicht tun.«

»Was denn?« Carter stellte ihre Reisetasche auf das Bett. Er schaute sich um. »Du hast recht, es ist sehr hübsch hier.«

Sie seufzte. »Dich mit meiner Mutter anfreunden. Das ist unnötig.«

»Du meinst, wenn wir uns ohnehin scheiden lassen, brauche ich nicht so zu tun, als wäre alles in bester Ordnung?«

»Das habe ich nicht gemeint.« Amanda wurde ärgerlich. Und zugleich taten seine Worte ihr weh. An Scheidung hatte sie noch keinen Gedanken verschwendet. Irgendwie hatte sie immer noch die Hoffnung, dass Carter zur Vernunft kommen würde.

»Ich habe dir schon vorhin gesagt, dass für mich noch nichts entschieden ist.«

»Und wie lange gedenkst du, mich noch hinzuhalten?«

Er antwortete nicht. Das brauchte er auch gar nicht. Amanda spürte, wie ihr Geduldsfaden riss. Es war ein bisschen so, als würde ein dünnes Drahtseil unendlich gedehnt, bis es zerfetzt wurde.

»Verschwinde«, hörte sie sich sagen.

»Du wolltest, dass ich dich zu deinen Eltern begleite. Hier bin ich. Ich lasse mich nicht von dir vertreiben, nur weil du glaubst, dass ich unsere Situation nicht ernst nehme. Denn das tue ich. Sonst wäre ich doch schon längst verschwunden.«

Sie wusste nicht, was sie sagen sollte. Was *konnte* sie denn noch sagen oder tun, damit er sie jetzt in Ruhe ließ? Klar, sie hatte ihn gebeten, sie nach Florida zu begleiten. Doch sie hatte insgeheim gehofft, dass er allein durch seine Anwesenheit eine Entscheidung treffen würde. Nämlich für sie und ihr Kind. Und sie nicht länger in der Luft hing, weil er *unsicher* war.

Wie konnte man nicht wissen, ob man mit jemandem weiter zusammen sein wollte oder nicht? Auch wenn die Umstände sich geändert hatten, fand sie diese Frage nicht so schwer zu beantworten. Ja oder nein, Zukunft oder Vergangenheit. Familie oder alleinerziehend.

»Ich gehe dann wohl lieber und suche nach dem Hotel, das deine Mom mir empfohlen hat.« Carter stand mitten im Raum. Er sah aus, als wollte er noch mehr sagen, doch dann nickte er bloß, öffnete die Tür und ging.

Sie sank aufs Bett. So hatte sie sich das Wochenende in Miami jedenfalls nicht vorgestellt …

Eine halbe Stunde später saß sie mit ihrer Mutter in der Küche. Zum Kaffee gab es köstliche Nussmuffins mit kleinen angeschmolzenen Schokostückchen drin. Sie überlegte gerade, ob sie sich guten Gewissens noch ein drittes Muffin gönnen konnte, als ihr Vater nach Hause kam.

»Annie? Ist sie schon da?«

Amanda stand auf und ging in den Flur. »Hi Dad«, sagte sie. Ihre Stimme war belegt. Herrje, erst jetzt merkte sie, wie sehr sie ihre Eltern in den letzten Jahren vermisst hatte.

Ihr Vater stand vor ihr. Auch an ihm war die Zeit nicht spurlos vorbei gegangen, doch Amanda hatte das Gefühl, als wäre er besser davongekommen als ihre Mutter. Als hätte sie unter dem Verlust der Tochter gelitten, während er ihn abschüttelte wie ein Hund das Regenwasser nach einem langen Spaziergang am Strand, bevor er sein Leben weiterlebte. Als wären ihm die guten Dinge des Lebens näher als die schlechten.

Er schloss Amanda behutsam in die Arme. »Es ist lange her«, sagte er nur.

Ihr schossen Tränen in die Augen. »Ach, Dad.«

»Liest du weiterhin? Die Klassiker? Deine Augen sehen etwas müde aus.« Er hielt sie auf Armeslänge von sich weg, und sie musste unter Tränen lachen. Dad immer mit seinen Klassikern! Was war er ihr früher damit auf die Nerven gegangen, dass nur eine belesene Seele in der Lage ist, kluge Lebensentscheidungen zu fällen und sich in den widrigen Stürmen des Lebens nicht davonwehen zu lassen …

»Vielleicht sollte ich damit wieder anfangen.«

»Riecht das nach Kaffee? Deine Mutter hat Muffins gebacken. Wir sind jetzt in einem Alter, in dem wir nicht mehr auf die Figur achten brauchen.« Mit diesen Worten tätschelte er seinen Bauch, der sich flach wie eh und je unter dem bunten Hawaiihemd spannte. Er trug dazu eine helle Leinenhose und Mokassins – die Uniform der zahllosen Rentner, die ihren Lebensabend in Florida verbrachten. Auch das passte irgendwie nicht zu ihrem Dad. Sie erinnerte sich an sein adrettes Aussehen als Uniprofessor, als er stets in dunkler Stoffhose, Hemd und Pullover zur Arbeit ging.

Und als sie ihn so ansah, ging ihr auf, wie ähnlich Carter ihm war. Hieß es nicht immer, dass man bei der Partnersuche unbewusst nach dem eigenen Vater suchte? Voilà – sie hatte es wohl geschafft.

»Dad, ich habe jemanden mitgebracht«, platzte sie

heraus. »Du wirst ihn mögen. Carter ist Dozent an der Boston University.«

»Welches Fach?« Er hob die Augenbrauen. »Ich hoffe mal nicht, dass du uns so einen Naturwissenschaftler ins Haus bringst. Du weißt, ich kann diese Klugscheißer nicht ausstehen.«

»Einen Dollar ins Fluchglas!«, rief Amandas Mom aus der Küche. »Achte auf deine Wortwahl, Liebster.«

Er lachte gutmütig, zog einen Dollar aus der Hosentasche und steckte ihn in das große Einmachglas, das auf dem Tischchen neben der Haustür stand. »Davon gönnen wir uns einmal im Jahr einen großen Urlaub«, vertraute er Amanda an. »Letztes Jahr eine Woche Karibik. Aber ich sag dir was – wenn deine Mom wieder an der Nähmaschine sitzt, füllt sich das Glas schneller als man gucken kann.«

Er hakte sich bei Amanda unter, und sie gingen in die Küche. Nachdem ihr Vater das Fleisch im Kühlschrank verstaut hatte und mit Kaffee versorgt war, lehnte er sich entspannt zurück. »Ah, das tut gut. Und nun erzähl – was genau macht dieser Carter? Und warum ist er nicht hier?«

»Er ist ins Hotel gefahren«, warf ihre Mom ein. »Weil er *schnarcht*.« Der Blick, den sie Amandas Dad zuwarf, verriet ihr, dass sie ihr kein Wort glaubte.

»Du schnarchst auch. Und ich schicke dich nicht mal aufs Sofa.« Er nahm einen Muffin. Amanda gab sich einen Ruck und gönnte sich den dritten. Ihre Figur würde ohnehin in Kürze etwas aus der Form geraten. Wieso sollte sie da noch Rücksicht auf Kohlenhydrate nehmen?

Ihre Mutter quittierte den dritten Muffin mit hochgezogenen Brauen. »Willst du uns damit was sagen?«, fragte sie. »Oder sollen wir warten, bis Carter wieder da ist?«

»Mh?«, fragte Amanda mit vollem Mund.

»Das letzte Mal hast du dir so viele Muffins gegönnt, als du mit Michael schwanger warst.«

Bumm.

Da war es. Das gefürchtete Thema, der wunde Punkt. Der Schmerz, auf den Amanda sich nach all den Jahren nicht einlassen konnte.

Ihr wurde schlecht. Die Übelkeit kam so überwältigend schnell, dass sie nur aufspringen und zum Klo rennen konnte. Dort erbrach sie die beiden Muffins und blieb danach völlig ermattet neben der Toilette hocken.

Sie hörte, wie Carter zurückkam und in der Küche mit ihren Eltern redete. Dann klopfte jemand an die Tür. Doch Amanda wollte mit niemandem reden.

»Lass mich in Ruhe«, flüsterte sie.

Die Tür ging auf. Ihr Vater trat ein, schloss die Tür und ging neben ihr in die Hocke. »Geht's wieder?«, fragte er leise.

Sie wollte nicken, doch daraus wurde ein Kopfschütteln. Nein, es ging überhaupt nicht. Es tat weh, es wütete noch immer in ihr. Hörte das denn nie auf?

»Falls es dich tröstet – ich habe mich auch oft genug übergeben, wenn die Sprache auf ihn kam. Aber deine Mom ist da knallhart. Für sie ist Michael genauso ein Enkelkind wie die Kinder deiner Brüder. Du bist übrigens inzwischen vierfache Tante.«

»Das wusste ich nicht.«

»Du weißt so vieles nicht über uns. Und wir wissen gar nichts über dich. Möchtest du nicht mitkommen und uns ein bisschen erzählen? Wir sind froh, dass du hier bist, aber es fühlt sich an, als würde eine Fremde an unserem Küchentisch sitzen. Fünfzehn Jahre machen viel aus.«

»Ja«, flüsterte sie. »Es war nicht wegen Michael, dass

ich gekotzt habe. Nicht nur.«

»Erzähl das, wenn deine Mom auch dabei ist.« Er tätschelte etwas unbeholfen ihre Schulter. »Sie wird es gern als Erste von dir hören.«

»Okay.« Amanda spülte sich den Mund aus und putzte die Nase, bevor sie wieder in die Küche ging. Als sie reinkam, stand ihre Mutter auf.

»Ich habe es sofort gesehen, als du vor mir standst«, sagte sie, bevor Amanda die richtigen Worte fand. »Ich freue mich so für euch.«

Sie lachte und weinte, und als sie Amanda umarmte, hatte sie das Gefühl, im falschen Film zu sein.

»Hast du Angst?«, fragte sie, nachdem sich alle etwas beruhigt hatten. Amandas Vater war in der Speisekammer verschwunden, um nach einem guten Wein zu suchen. Den habe sich der zukünftige Vater ebenso verdient wie die Großeltern, verkündete er.

»Keine Ahnung. Schon ein bisschen.« Amanda wusste, dass ihre Mutter nicht die Geburt oder die Verantwortung meinte, die mit einem Kind auf sie wartete.

»Diesmal wird alles gut.«

»Das hoffe ich. Es war nicht … wir wollten keine Kinder.«

»Oh.« Jetzt wirkte ihre Mutter bedrückt, als wäre das eine traurige Nachricht. »Aber jetzt habt ihr euch dafür entschieden? Beide?«

Amanda konnte darauf nicht antworten. Sie wünschte, sie könnte es.

Die Stimmung hatte sich verändert. Obwohl Amanda ihn fortgejagt hatte, war Carter zurückgekommen. Was blieb ihm anderes übrig? Sollte er das ganze Wochenende im Hotel hocken?

Er hatte das Hotel gefunden, ein Zimmer für zwei Nächte angemietet und sich noch für ein halbes Stündchen hingelegt. Wie sich jetzt herausstellte, war das eine kluge Entscheidung.

»Sie müssen Amandas Vater sein.« Der bärbeißige Mann Anfang sechzig hatte einen Vollbart und trug eine Brille. Er musterte Carter, als hätte er soeben seiner Tochter die Unschuld geraubt.

»Stimmt. Und Sie sind der gewissenlose Lump, den meine Tochter geheiratet hat.«

Weia. Offenbar hatte Amanda ihren Eltern nicht nur von der Schwangerschaft erzählt, sondern auch von der Haltung, die Carter zu dem Thema hatte.

Er versuchte gar nicht erst, sich zu verteidigen, denn er spürte genau, dass jedes seiner Worte vergebene Mühe wäre.

Amandas Mutter ignorierte ihn einfach. Dass Amanda nicht gut auf ihn zu sprechen war, wusste er ja bereits. Und als ihr Vater ihn aufforderte, mit ihm nach draußen zu gehen und den Gasgrill anzuheizen, fürchtete er bereits das Schlimmste.

»Keine Sorge, ich werde Sie nicht fragen, warum Sie so ein Idiot sind, meine arme Tochter unglücklich zu machen.« Bill Walker setzte den Grill in Gang und stellte den Teller mit Maiskölbchen auf die Ablagefläche. »Trotzdem müssen Sie mir erklären, was gegen ein Kind spricht.«

»Amanda und ich haben nie Kinder gewollt. Ich habe bis vor kurzem nicht mal gewusst, dass sie schon mal verheiratet war. Oder dass sie ein Kind hatte … Von Ihnen wusste ich auch nichts.«

Ihr Vater schnaubte. »Jeder hat Eltern.«

»Amanda nicht. Für sie waren ihre Eltern kein Thema.«

»Sie wissen schon, dass Sie sich gerade auf dünnem Eis bewegen, ja?«

Carter neigte den Kopf. »Ich sage nur, wie es ist.«

Bill Walker legte die Steaks auf den Grill, ehe er wieder das Wort ergriff. »Damals war Amanda ein Familienmensch. Die Vorstellung, dass sie uns jahrelang ihrem Ehemann verschwiegen hat, will mir nicht in den Kopf.«

»Ich glaube, wir haben beide keine Vorstellung davon, wie sehr Amanda seit damals gelitten hat. Ich weiß bis heute nicht, was genau mit ihrem Sohn passiert ist.«

»Das soll sie Ihnen lieber selber erzählen.« Amandas Vater blinzelte. »Ich schlage vor, Sie gehen jetzt in die Küche und holen uns aus dem Kühlschrank zwei kühle Bier, Carter.«

Carter verstand. Er ließ Amandas Vater eine Weile alleine. Vermutlich war er nicht der einzige, der mit dieser neuen Situation erst zurechtkommen musste.

In der Küche standen Amanda und ihre Mutter an der Anrichte und bereiteten den Salat vor. Während Amanda die Gurken und Tomaten schnitt, wusch ihre Mutter den Blattsalat. Als Carter aus dem Kühlschrank zwei Flaschen Bier holte, blickte sie auf und sagte: »Geben Sie mir bitte auch eins, Carter.«

Wortlos reichte er ihr eine Bierflasche. Amanda blickte ihre Mutter verwirrt an. »Seit wann trinkst du Bier?«

»Seit du wieder da bist. Mir wäre allerdings eher nach einem Schnaps.«

Carter ließ die beiden Frauen alleine. Sie hatten bestimmt eine Menge zu besprechen.

»Danke.« Amandas Vater stieß mit ihm an. »Willkommen in unserer Familie. Oder wollen sie sich gleich wieder aus der Affäre stehlen?«

»Dem Kind wird es an nichts fehlen.«

»Es wird nur keinen Vater haben, wenn ich Sie richtig verstanden habe.«

»Das habe ich noch nicht entschieden.« Carter wusste selbst, dass sein Schwiegervater so etwas nicht hören wollte. Aber es war nun einmal die Wahrheit, und er war nicht bereit, irgendwelche Versprechungen zu machen. Weder Amanda gegenüber noch ihren Eltern.

Die Frauen hatten in der Zwischenzeit nicht nur Salat gemacht, sondern auch den Tisch auf der hinteren Veranda gedeckt. Als sie sich zehn Minuten später dort einfanden, hatte sich die Anspannung etwas gelöst. Amandas Vater schenkte Wein in drei Gläser, hob sein Glas und erklärte: »Auf den Familienzuwachs.«

Amanda lächelte Carter über den Tisch hinweg schüchtern an. Er hob stumm das Glas und prostete ihr zu. *Lass uns später reden,* wollte er ihr damit sagen. Und sie verstand, denn sie wandte sich an ihren Vater und sagte: »Carter ist übrigens Geschichtsprofessor.«

»Halleluja, kein Naturwissenschaftler!«

»Mein Dad hasst Naturwissenschaftler«, erklärte Amanda an Carter gewandt.

»Da sind sie wahrscheinlich mit ihrem ersten Schwiegersohn nicht besonders gut ausgekommen.«

Er merkte sofort, dass diese Bemerkung ein Fehler war, denn das Vertrauen und die behutsame Zuneigung, die er sich in der letzten halben Stunde erworben hatte, waren von jetzt auf gleich wieder zunichte gemacht.

»Finn ist in jeder Hinsicht ein richtig guter Kerl.« Bill Walker knallte Carter lieblos das kleinste Steak auf dem Teller. »Auf jeden Fall würde er eine Frau nie in einer misslichen Lage im Stich lassen.«

Vermutlich würde Amandas Vater Carter bis ans Ende seines Lebens vorwerfen, dass er auch nur gezögert hatte, für seine Ehefrau und das ungeborene Kind einzustehen.

»Möchten Sie ein Stück Brot?«, fragte Amandas Mutter und hielt ihm den Korb hin. »Ich habe es selbst gebacken.«

»Das schmeckt alles köstlich«, versuchte Carter fünf Minuten später das lähmende Schweigen zu brechen, das sich nach der letzten Bemerkung von Amandas Vater über den Tisch gelegt hatte.

»Vielen Dank.« Ihre Mutter wirkte alles andere als glücklich. Sie hatte sich das Wiedersehen mit ihrer Tochter vermutlich auch anders vorgestellt.

Carter spürte, dass er nicht erwünscht war. Sobald er aufgegessen hatte und die Höflichkeit es ihm erlaubte, stand er daher auf. »Ich gehe jetzt lieber.«

Amanda begleitete ihn in den Flur. »Nimm es ihnen bitte nicht übel. Für sie ist das genauso schwierig wie für mich.«

»Komisch. Wie schwer es für mich ist, sieht wieder keiner.«

»Tut mir leid, wenn wir nicht deine Probleme in den Mittelpunkt stellen.« Sie klang irgendwie traurig.

»Ist es okay, wenn ich morgen früh gegen zehn Uhr vorbeikomme?«

»Ja klar.« Kurz hatte er das Gefühl, als wollte sie ihn zum Abschied umarmen. Doch dann trat sie zurück und öffnete die Haustür. »Mach's gut.«

Es fühlte sich ein bisschen wie ein Abschied für immer an.

14. Kapitel

»Das ist also dein Ehemann.«
Amanda setzte sich wieder zu ihren Eltern auf die Terrasse. Bevor sie antwortete, nahm sie noch ein Stück Brot.
»Wir haben uns Sorgen um dich gemacht«, sagte ihre Mutter leise.
»Du meinst, weil ich mich in den letzten 15 Jahren kaum gemeldet habe?«
»Zum Beispiel. Dein Vater hat deine Karriere verfolgt.«
»Glaubst du wirklich, als Reproduktionsmedizinerin etwas bewegen zu können?«
Darum ging es dir doch immer, Dad. Etwas bewegen. Wenn man keine Spuren im Leben hinterlässt, ist man in deinen Augen doch nichts wert. Und wie muss es für dich ausgesehen haben, dass ich nicht nur mein Kind verlor, sondern auch meine Ehe weggeworfen habe?
Amanda ließ sich mit ihrer Antwort Zeit. »Ich hätte auch in die Forschung gehen können oder in einer der exklusiven Geburtskliniken des Landes eine Stelle als Oberärztin antreten. Aber das wollte ich nicht. Ich denke, das versteht ihr.«
»Dein Vater hat einfach die Befürchtung, dass dein Job dich emotional zu sehr belastet.«
»Ich habe mich nun einmal für Gynäkologie entschieden. Daran hat auch Michael nichts geändert.«
»Aber damit hast du dich doch unnötig gequält.«
Amanda starrte an ihren Eltern vorbei. So schwierig

hatte sie sich das Wiedersehen nicht vorgestellt. »Ich dachte, ihr freut euch für mich. Ich bin beruflich erfolgreich, habe ein eigenes Haus in Boston, bin verheiratet und bekomme ein Kind.«

»Es fällt schwer, sich für dich zu freuen, wenn du so lange nicht aktiv Teil unseres Lebens sein wolltest.« Ihr Vater säbelte an seinem Steak herum, als trüge es die Schuld an allem.

»Was dein Vater damit sagen will, ist doch nur …«

Ihr Vater schlug mit der Faust auf den Tisch. Amanda zuckte zusammen. »Ich kann durchaus für mich sprechen.«

Er stand auf und ging ohne ein weiteres Wort ins Haus.

Amanda und ihre Mutter schwiegen betreten.

»Ich hätte nicht herkommen dürfen.«

»Unsinn.« Ihre Mutter griff nach Amandas Hand. »Er hat einfach Angst, dass du wieder verschwindest.«

»Das habe ich nicht vor.«

»Dann sag ihm das. Geh hinterher und rede mit ihm. Er zeigt's nicht, aber ihn hat dein Verschwinden damals mehr verletzt als jeden von uns. Mehr als mich und vielleicht sogar mehr als Finn.«

»Davon hat er sich nichts anmerken lassen.«

Ihre Mutter seufzte. »Du kennst ihn doch.«

Nein, dachte Amanda. Irgendwie hatte sie nicht das Gefühl, ihre Mutter oder ihren Vater noch zu kennen. Zu viel war passiert. Ein Telefonat im Jahr, bei dem man sich gegenseitig in fünf Minuten auf den neuesten Stand brachte, genügte nicht, um die Nähe herzustellen, die in einer Familie sein sollte.

»Ich gehe dann mal.« Amanda stand auf und folgte ihrem Vater ins Haus.

Sie fand ihn im Wohnzimmer, wo er in dem alten, verschlissenen Ohrensessel saß, der früher in Providence in seinem Arbeitszimmer gestanden hatte. Aber hier gab es kein Arbeitszimmer mehr. Starr blickte er auf den Fernseher, wo ein Autorennen lief; die Finger seiner linken Hand trommelten auf die Sessellehne.

»Hi Dad.« Sie setzte sich aufs Sofa. Er schaute nicht in ihre Richtung, sondern drehte den Ton lauter.

»Dad, es tut mir leid.«

»Was? Dass du hier mit einem neuen Mann aufläufst? Dass du schwanger bist? Oder dass du uns im Stich gelassen hast und fünfzehn Jahre lang nichts hast von dir hören lassen?«

»Ich habe angerufen«, verteidigte sie sich.

»Einmal im Jahr, am Geburtstag deiner Mutter.«

»Ist es das? Dass ich nicht an deinem Geburtstag angerufen habe?«

Er winkte ärgerlich ab. »Darum geht's nicht. Du hast uns im Stich gelassen.«

Amanda versteifte sich. »Entschuldige, aber für mich war es auch nicht leicht. Ich meine ...«

»Es war für niemanden leicht.« Er schüttelte müde den Kopf. »Aber was war denn mit dir los? Wir haben immer zusammengehalten. Und plötzlich wolltest du davon nichts mehr wissen ...«

»Dad, ich kann nur sagen, dass es mir leid tut. Ich hatte ... Da war ein schwarzes Loch. Und ich bin in dieses Loch gefallen, ich war nicht mehr ich selbst. Eigentlich war ich nur noch ein Schatten. Ihr alle habt das nicht gesehen, weil ihr natürlich mit eurer eigenen Trauer beschäftigt wart ...«

»Es wäre leichter gewesen, wenn wir damals geredet hätten.«

»Das konnte ich nicht«, gab Amanda zu. »Ich war wie gelähmt. Wir haben unser Kind verloren, Dad. Das sollte niemand erleben müssen. Die Natur hat es anders vorgesehen – da sterben doch erst die Eltern …«

Er blickte an ihr vorbei. »Ich hätte dir diesen Schmerz gern genommen. Auch wenn ich dafür hätte sterben müssen.«

Sie stand auf und trat zu ihm. Ihre Hand ruhte auf seiner Schulter, als sie sagte: »So meine ich das nicht, Dad. Was mit Michael passiert ist, war schicksalhaft. So etwas passiert. Und es kann noch so sehr schmerzen, aber niemals hätte ich mir gewünscht, dass Mom oder du an Michaels Stelle gestorben wärt.«

»Hast du seitdem sein Grab besucht?«, fragte ihr Vater.

»Nein.« Sie ließ seine Schulter los und setzte sich wieder aufs Sofa. Ihr Vater schaltete den Fernseher aus. »Aber das ist etwas, das ich bald nachholen werde.«

»Wir bezahlen einen Friedhofsgärtner, der sich um sein Grab kümmert.«

Für Amanda war ein Grab nie ein Ort der Erinnerung gewesen. Die wenigen Erinnerungen, die sie an die Tage und Wochen mit Michael hatte, ließen sich nicht mit seinem Grab verknüpfen. Sondern mit einem Schwangerschaftstest, einem Ultraschallfoto, seinen ersten, zaghaften Tritten gegen ihre Bauchdecke … An die Beisetzung hatte sie bloß nebelhafte Erinnerungen. Als wäre sie damals nicht sie selbst gewesen, hätte nur eine Hülle am Grab gestanden, als der winzige Sarg in die Erde hinabsank …

Sie schüttelte die Gedanken ab. Jetzt war keine Zeit dafür. Sie musste ihren Vater irgendwie auf ihre Seite bringen. Den Riss, den ihr Verschwinden damals durch die Familie gezogen hatte, musste sie jetzt mühsam wieder kitten.

»Und wer sagt uns, dass du nicht wieder verschwindest, sobald dir irgendwas zu viel wird?«, fragte ihr Vater. »Ich habe dich schon einmal verloren, Amanda.«

»Diesmal ist es anders«, versprach sie ihm. »Ich habe Angst, dieses Kind auch zu verlieren, aber ich werde alles tun, damit das nicht passiert. Und wenn ich die nächsten Monate liegen muss – ich verliere dieses Kind nicht. Zur Not schaffe ich das auch ohne Carter.«

Nie hatte sie sich so sicher gefühlt.

Ich verliere dieses Kind nicht. Es gehört schon jetzt zu mir, und es wird geboren und bei mir aufwachsen.

»Warum ist dein Mann überhaupt hier, wenn er sich nicht zu dir und dem Kind bekennen möchte?«, brummelte Bill Walker. »Wenn er so ein Hasenfuß ist, kann er mir gestohlen bleiben.«

»Er fühlt sich von mir betrogen. Erst habe ich ihm nichts von meiner Vergangenheit erzählt, und dann bin ich auch noch schwanger geworden.«

Es fiel ihr schwer, Carter zu verteidigen. Trotzdem tat sie es.

»Lass uns wieder zu Mom gehen.«

Ihr Vater nickte und erhob sich aus dem Sessel. Er wirkte irgendwie müde. »Aber eins sag ich dir, wenn du wieder verschwindest und nichts von dir hören lässt, jage ich dich bis ans Ende der Welt. Diesmal kommst du uns nicht davon.«

»Okay.« Sie hakte sich bei ihm unter, und gemeinsam gingen sie auf die Veranda.

Amanda hatte zum ersten Mal seit langem das Gefühl, dass alles wieder gut werden würde.

Die ganze Woche war Sam ihm aus dem Weg gegangen. Sobald er den Kopf in ihr Büro steckte, tat sie unheimlich beschäftigt, und als er ihr Mittwochabend vorschlug, sie könnten etwas essen gehen, erklärte sie, dass sie dringend ein Fitnessstudio suchen müsste und darum keine Zeit habe.

Er wusste, wann er nicht erwünscht war. Redete sich ein, dass sie eben nicht die Richtige für ihn sei. Trotzdem schmerzte ihre Ablehnung. Was war so falsch an ihm? Warum hatte er keinen Erfolg bei Frauen?

Wenigstens beruflich war er nach wie vor erfolgreich. Als er am Freitag die Praxis verließ, hatte er mit Sam und Finn zwei neue Mitarbeiter, die ihn unterstützen konnten, solange Amanda in Babypause war. Und irgendwie würde er das schon hinbekommen, mit Sam noch ein paar Wochen unter einem Dach zu leben, bevor sie auszog und damit die natürliche Ordnung einer professionellen Distanz wiederhergestellt wurde.

Glaubte er.

Bis er seine Wohnung betrat und hörte, dass die Dusche im Gästezimmer rauschte.

Freitagabend.

Hatte sie ein Date? Oder warum duschte sie um diese Zeit?

Es musste ein Date sein, ganz bestimmt.

Er ging in die Küche, holte eine Flasche Wein aus dem Temperierschrank und entkorkte sie. Das erste Glas trank er ohne Genuss, sondern einfach nur, um sich irgendwie zu beruhigen. Als er sich das zweite einschenkte, lauschte er. Immer noch lief die Dusche.

Als aus zehn Minuten eine Viertelstunde wurde, ging er Richtung Gästezimmer. Er fluchte und drehte um. Unmöglich konnte er jetzt in ihr Badezimmer stürmen, so sehr es ihn auch besorgte, dass sie so lange duschte.

Nach zwanzig Minuten kehrte er zurück. Er hielt das Weinglas in der Hand und lauschte. Immer noch rauschte das Wasser, und er wäre ja unter normalen Umständen nicht so beunruhigt, aber langsam bereitete ihm das echt Sorgen. Behutsam klopfte er mit einem Fingerknöchel gegen die Tür. »Hallo Sam? Ist alles in Ordnung mit dir?«

Keine Antwort. Er zögerte. Schließlich öffnete er die Tür einen Spaltbreit.

»Hallo?«, rief er hinein, ohne hinzusehen. »Alles okay?«

Keine Antwort.

Er stieß die Tür weiter auf.

Sie hockte in der begehbaren Dusche. Der kleine Raum war in dichten Nebel gehüllt, weshalb er sie erst kaum erkannte. Das dampfend heiße Wasser prasselte auf ihren Scheitel und ihre Schultern. Sie rührte sich nicht. Auch nicht, als er gegen das Rauschen der Dusche ihren Namen rief.

Ratlos sah Maurice sie an. Doch dann gab er sich einen Ruck. Er stellte das Weinglas auf den Waschtisch und drehte das Wasser ab.

Sam regte sich. Ihr Blick zuckte hoch, und unter den nassen Strähnen, die ihr in die Stirn hingen, hatte sie rotgeweinte Augen. Ihre Schultern waren vom Wasser krebsrot. Es würde ihn nicht wundern, wenn sie Schmerzen hatte.

»Was willst du?«, fragte sie müde.

»Dich hier rausholen.« Er beugte sich zu ihr runter und hüllte ihren schmalen, nackten Körper in ein weißes Handtuch. Dann hob er sie hoch. Sie protestierte nur wie ein kläglich weinendes Kätzchen.

Er trug sie in ihr Schlafzimmer und legte sie aufs

Bett. Dann kehrte er ins Bad zurück und riss das Fenster auf, damit die Luftfeuchtigkeit abziehen konnte. Er nahm das Weinglas und kehrte zu ihr zurück.

»Hier. Trink.« Er hielt ihr das Glas hin. Sie richtete sich auf, zog das Handtuch bis zum Hals hoch und nahm das Glas. Erst nachdem sie zwei Schlucke getrunken hatte, fragte er: »Reden?«

Sie schüttelte stumm den Kopf.

»Essen?«

Wieder Kopfschütteln.

»Ich kann dich aber so unmöglich alleine lassen. Dir geht's nicht gut, das sehe ich doch.«

»Verdammt, Maurice.« Sie biss sich auf die Unterlippe. Dann blickte sie ihn das erste Mal offen an, und ihre Augen funkelten. »Kannst du mich nicht einfach in Ruhe lassen? Ja, mir geht's echt beschissen, aber mit dir möchte ich darüber nicht reden. Ich will mit niemandem darüber reden.«

Er wartete einen Moment, doch sie schien ausgeredet zu haben und schwieg erschöpft. »Okay«, sagte er schließlich. »Ich mache dir einen Vorschlag. Ich gehe jetzt in die Küche und werde für uns beide Abendessen kochen.« Sie wollte protestieren, doch er hob die Hand und schnitt ihr damit das Wort ab. »Keine Widerrede. Ich koche für uns. Das wird ungefähr eine halbe Stunde dauern. Du kannst mit mir essen und brauchst kein Wort zu sagen. Und wenn du reden möchtest, habe ich ein offenes Ohr, einen gut gefüllten Weinschrank und hervorragende Pasta mit Hummer.«

Er stand auf.

»Warum machst du das?«, fragte sie.

Er zuckte mit den Schultern. »Mitbewohner machen sowas für den anderen. Du würdest genauso handeln, wenn ich mies drauf wäre.«

Nur mit dem Unterschied, dass ich die ganze Woche schon mies drauf bin und es nicht zeige. Weil du der Grund für meine Missstimmung bist. Weil ich mich ständig frage, was ich falsch gemacht habe.

Er ging in die Küche und bereitete Pasta mit Hummerfleisch und einer frischen, fruchtigen Sauce zu.

Sam folgte ihm nach zehn Minuten. Sie hatte die Haare zu einem Pferdeschwanz hochgebunden und trug eine graue Jogginghose und ein übergroßes T-Shirt von den Chicago Cubs.

»Im Ernst, die Cubs?«, fragte er.

Sie lächelte schief und setzte sich auf einen der Barhocker, die an der Frühstückstheke standen. Maurice holte aus dem Hängeschrank ein Weinglas für sie und goss es voll.

»Sag mir, dass ich eine dumme Pute bin.«

»Du bist eine dumme Pute. Darf ich fragen, warum?«

Sie schüttelte lächelnd den Kopf. »Ist einfach so. Ich glaube wohl immer noch, dass ich einem Mann wichtig bin.«

»Wir reden von Oliver?«

»Ja, wir reden von Oliver.«

»Was hat er diesmal angestellt?«

Sie zog das iPad zu sich heran, auf dem er morgens gerne die Sportnachrichten und E-Mails las und lud die Homepage eines Promiklatschblogs.

ENDLICH UNTER DER HAUBE – Supermodel Jolanda und ihr Beau Oliver feiern Hochzeit in Las Vegas

Unter der Überschrift war das Foto eines gutaussehenden Mannes und einer umwerfend schönen, leider viel zu dünnen Frau, die vor einer dieser billigen Kirchen in Las Vegas posierten. Sie in einem sehr knappen, weißen

Kleid, er in einem weißen Anzug mit weinroter Fliege. Neben ihnen stand mit einem breiten Grinsen ein Elvis-Imitator in einem goldenen Nicki-Anzug.

»Billiger geht's nicht«, kommentierte sie.

Maurice musste lachen. »Wie lange gibst du den beiden?«

»Weiß nicht. Acht Wochen? Drei Monate?«

»Höchstens.«

»Die sollen doch ersticken an ihrem Grinsen. Scheiße, ich war jahrelang mit Oliver zusammen, immer mal wieder. Mir hat er nie einen Antrag gemacht. Es war so ein on-off-Ding, wenn du verstehst.«

So ganz genau verstand er das nicht. Also, er wusste natürlich, was sie damit meinte. Sie hatte sich als Lückenbüßerin ausnutzen lassen. Was er nicht verstand, war, dass eine so bezaubernde Frau wie Samantha sich dafür nicht zu schade war. Und das sagte er ihr auch.

Er spürte sofort, dass das ein Fehler war, denn das milde Lächeln, das nach der Lästerei ihr Gesicht etwas erhellt hatte, war sofort weggewischt.

»Als ob du nicht genauso bist wie er«, sagte sie. »Letzten Sonntag? Schon vergessen?«

»Was war denn Sonntag?« Er war ehrlich verwirrt.

»Wir sind im Bett gelandet. Oder willst du das leugnen?«

»Nein, Sam.« Er legte den Löffel beiseite, mit dem er die Sauce umgerührt hatte. »Da ist nichts passiert. Du hattest zu viel Wein, und wir sind wild knutschend in mein Schlafzimmer gestolpert. Aber dort bin ich zur Vernunft gekommen. Du hast dich ausgezogen, aber ich habe dich daran gehindert. Hab dir das Hemd angezogen und dich zugedeckt. Und dann auf dem Sofa übernachtet.«

»Im Ernst?« Sie starrte ihn überrascht an. »Aber

wieso warst du dann die ganze Woche so … abweisend?«

Er lachte. »*Du* warst abweisend! Wäre es nach dir gegangen, hätte ich dich am Montag nicht mal in die Praxis fahren dürfen.«

»Oje, das … mh. Das war dann wohl ein Missverständnis. Ich konnte mich an nichts erinnern, darum dachte ich, wir hätten bestimmt … und dann warst du so passiv, und ich war überzeugt, dass es dir nicht gefallen hat.«

»Wie könnte es mir nicht gefallen?«, fragte er. »Also, falls wir irgendwann …« Er vollendete den Satz nicht, weil er spürte, wie er rot wurde.

»Oh Gott. Ich glaube einfach nicht, dass ich mit dir gerade dieses Gespräch führe.« Sam sah aus, als wäre sie am liebsten im Boden versunken. Stattdessen trank sie einen großen Schluck Wein. Und einen zweiten, man konnte hinter so einem Rotweinglas ganz wunderbar das Gesicht verstecken. Zumindest, bis es leer war.

»Reden wir einfach nicht mehr drüber.«

»Das wird das Beste sein.« Sie hielt ihm das Weinglas hin, und er schenkte ihr großzügig nach. »Aber heute Abend lande ich nicht wieder in deinem Bett, okay? Und wenn, dann machen wir dort wenigstens irgendwas. Dann zerbreche ich mir nicht umsonst fünf Tage den Kopf, ob da was war oder nicht.«

»Versprochen.« Maurice lächelte verhalten. Sie wussten beide, dass er die Situation auch beim zweiten Mal nicht ausnutzen würde.

Sam sank auf ihr Bett. Sie ließ sich nach hinten fallen und stöhnte. »Scheiße«, murmelte sie.

Ihr Leben war ein einziger Scherbenhaufen. Und jetzt saß sie auch noch hier in Boston, weit weg von New York und Oliver. Der allerdings gerade in Vegas mit seinem

Model des Monats flitterte.

Was hatte sie sich nur dabei gedacht?

Sie zog das Handy unter dem Kopfkissen hervor und rief noch einmal das Promiblog auf. Oliver wusste, dass sie eine Schwäche für Promiklatsch hatte. Er wusste auch, dass sie täglich auf diesen Blog schaute, weil dort immer die saftigsten Gerüchte und Klatschgeschichten standen. Und er hatte Jolanda.

Bis heute hatte sie nicht mal gewusst, dass Jolanda ein Supermodel war. Sie hatte sich eingeredet, dass die Behauptung, sie sei »Model« eher darauf hindeutete, dass sie eben ihr Geld mit ihrer Schönheit verdiente. Aufnahmen für billige Wäschekataloge, die Hausfrauen in Iowa in ihrem Briefkasten fanden. Oder Fernsehwerbung für Damenhygieneprodukte. Auf jeden Fall kein Supermodel!

Aber genau das war sie. Und jetzt hatte Oliver sie geheiratet. Nicht nur das – er hatte auch gleich dafür gesorgt, dass das Promiblog zahlreiche Fotos zugespielt bekam. Vielleicht hatte er sogar jemanden dort angerufen und zu der Hochzeit eingeladen? Zuzutrauen wäre es ihm.

»Nein, nein, nein …«, murmelte Sam. Sie musste endlich aufhören. Mit allem. Ihr Verhalten war selbstzerstörerisch, und das wusste sie auch. Sie durfte nicht länger diese Prominews lesen. Nicht länger auf ein Zeichen von ihm warten. Sie durfte auf jeden Fall nicht alles, was er tat (oder nicht tat) so auslegen, als würde er es ihretwegen tun. Denn das war nicht so. Er machte, was er wollte. An sie verschwendete er keinen Gedanken mehr.

Sie richtete sich auf und zog das T-Shirt aus. Maurice gegenüber hatte sie nichts sagen wollen, doch das heiße Wasser, das sie mindestens eine halbe Stunde auf Schultern und Nacken hatte einprasseln lassen, hatte Spuren hinterlassen. Ihre Haut war immer noch rot und schmerzte. Sie holte aus ihrem Koffer eine kühlende Creme und trug sie vorsichtig auf. Danach legte sie sich ins Bett und schloss die Augen.

Wieder zu viel Wein. Zu viele Gespräche mit Maurice. Denn wie schon am Sonntag hatte sie auch heute das Gefühl, dass in ihrem Leben so ziemlich alles falsch lief, was nur falsch laufen konnte.

Ihr war schwindelig. Trotzdem stand sie auf und ging zurück ins Wohnzimmer. Maurice stand in der Küche an der Spüle und wusch die Weingläser ab.

»Nanu?« Erstaunt drehte er sich zu ihr um.

Sie ging zielstrebig auf ihn zu. Als sie direkt vor ihm stand, nahm sie seine vom Spülwasser nasse Hand und zog ihn einfach mit sich.

»Was …?«

Sie legte den Finger auf die Lippen. Sag jetzt nichts. Mach es nicht kaputt, bevor es überhaupt angefangen hat.

Sam führte ihn in ihr Schlafzimmer. Sie schloss die Tür, schob ihn zum Bett.

»Samantha …«

»Sei still.«

Er sank auf die Matratze. Sie setzte sich rittlings auf seinen Schoß. Lange sah sie ihn einfach nur an, bis er den Blick abwandte.

»Das ist keine gute Idee, Sam«, sagte er.

»Was?«, wollte sie wissen.

»Was du jetzt vorhast. Denn du hast doch vor, mit mir zu schlafen?«

»Und wenn's so ist?« Zärtlich umschlossen ihre Hände sein Gesicht. Sie suchte in seinem Blick nach Antworten. Irgendwas, das ihr dies hier etwas leichter machte. Das Aufflackern von Leidenschaft, ein glückliches Lächeln, irgendwas.

»Dann sollten wir bis morgen Früh warten. Ob du dann auch noch willst.« Sanft schob er ihre Hände nach unten. »Ich meine das ernst, Sam. Du sollst dich nicht für etwas entscheiden, das der Weingenuss dir als gute Idee einflüstert. Dann ist es das nämlich meistens nicht.«

Sie war wie vor den Kopf geschlagen. War das wirklich für ihn so einfach?

»Vielen Dank. Deutlicher hättest du nicht werden müssen.« Sie stand auf. »Geh jetzt. Bitte.«

»Sam ...« er saß auf der Bettkante wie festgewachsen. Sie war so wütend! Wie konnte er behaupten, es wäre eine miese Idee, wenn sie jetzt miteinander schliefen?

Das konnte nur heißen, dass sein Gerede vorhin pure Höflichkeit war. Er hatte noch nie was von ihr gewollt. Nicht bei ihrem Treffen in New York, nicht letzten Sonntag, nie.

»Verschwinde!«, schrie sie. In diesem Moment wollte sie einfach nur alleine sein. Noch mal in die Dusche steigen, bis das heiße Wasser ihre Haut so rot färbte wie die Schalen des Hummers, den er vorhin zur Pasta serviert hatte.

Er stand auf. »Du weißt, wie ich das meine«, sagte er. »Morgen wirst du mir dankbar sein, weil ich die Vernunft bewahrt habe.«

»Ich werde dir für gar nichts dankbar sein!«, rief sie verzweifelt hinter ihm her.

Sie warf sich aufs Bett. Herrje, war sie wirklich so schrecklich, dass kein Mann mehr mit ihr schlafen wollte?

Eine gefühlte Ewigkeit starrte Sam an die Zimmerdecke. Sie konnte nicht schlafen. Immer wieder schaute sie auf ihr Handy, doch von Oliver kam keine Nachricht. Schließlich schob sie das Handy unter ihr Kopfkissen, putzte ein letztes Mal die Nase und löschte das Licht.

Mitten in der Nacht wurde sie aus dem Schlaf gerissen. Ihr Handy. Blind tastete sie im Dunkeln danach. Ein Blick aufs Display genügte, dass sie hellwach wurde.

Olivers Nummer erkannte sie sofort, obwohl sie nicht mehr eingespeichert war.

»Hi.« Ihre Stimme klang belegt, und als sie sich aufsetzte, begann hinter ihrer Stirn ein Kopfschmerz zu hämmern. Sie seufzte.

»Sammy? Oh Sammy! Wo bist du?«

»In Boston.«

»Ich bin in Las Vegas, am Flughafen.«

»Ja, ich habe von deinem Ausflug nach Vegas gelesen.«

»Sammy, das ist alles ein großes Missverständnis! Ich muss dich sehen. Sofort.«

Das Herz schlug ihr bis zum Hals. Da war es – ein Lebenszeichen von ihm. Nicht nur das – er wollte sie sofort sehen.

»Kannst du herkommen?«, hörte sie ihn fragen.

»Oliver, es ist zwei Uhr nachts. Wie stellst du dir das vor?«

»Ich komme zu dir. Ich buche meinen Flug um! Hier ist es gerade mal elf, ich könnte noch einen Flug nach Boston kriegen. Sag mir einfach, dass du mich zurücknimmst.«

»Und was wird mit deiner Frau? Mit Jolanda?«

Sie versuchte, ruhig zu bleiben. Doch es fiel ihr so schwer … Himmel, wenn Oliver zu ihr zurückkam, wenn sie endlich die Zukunft hatten, die Sam sich immer gewünscht hatte …

»Jolanda kommt gut ohne mich zurecht. Für sie war die Hochzeit nur ein PR-Gag. Sie hat bekommen, was sie wollte. Mehr kann ich für sie nicht tun.«

Sie atmete tief durch. »Dann lasst ihr euch wieder scheiden?«

Oliver klang gehetzt. »Lass uns bitte darüber reden, wenn ich bei dir bin, okay?«

Und da dämmerte es ihr. Er bekam kalte Füße! Er hatte mit Jolanda noch nicht gesprochen, sondern war einfach weggelaufen.

Wie sollte sie ihm da vertrauen?

»Oliver ...«

Mein Gott. Wenn sie ihn jetzt abwies, würde er nie wieder zu ihr kommen. Das durfte nicht passieren.

»Sammy, ich habe mein Flugticket schon gekauft. Ich tausche es um und komme zu dir. Holst du mich ab? Ich lande morgen früh um kurz vor acht.«

»Nein.«

Sie fasste einen Plan.

»Sammy, bitte. Ich brauche dich.«

»Ich komme zu dir, Oliver. Morgen früh nehme ich den ersten Flug, okay? Aber so lange bleibst du bei Jolanda. Fahr zu ihr. Rede mit ihr. Klärt das mit eurer Trennung. Ich bin morgen da.«

Sie legte auf. Immer noch hämmerte ihr Herz wie verrückt. Sie stand auf und holte die Reisetasche heran. Hastig packte sie alles, was sie für einen Kurztrip nach Las Vegas brauchte. Dann rief sie beim Flughafen an und erkundigte sich nach dem nächsten Direktflug. Sie hatte Glück und bekam einen Flug, der kurz nach sechs abhob und kurz vor elf landete. Der Preis war horrend, aber sie zögerte nicht und gab ihre Kreditkartendaten durch. Sie schickte Oliver eine Textnachricht mit den Flugdaten, damit er wusste, dass sie unterwegs war.

Im Wohnzimmer saß Maurice auf dem Sofa und las

ein Buch. Als sie aus ihrem Zimmer kam, blickte er überrascht auf. »Kannst du auch nicht schlafen?«, fragte er.

Sie stellte demonstrativ die Reisetasche neben sich auf den Boden. Etwas an seiner Miene veränderte sich.

»Du ziehst aus.« Er klang ehrlich enttäuscht.

»Nein! Ich muss nach Las Vegas. Aber ich glaube, ich bin morgen Abend wieder da.«

»Du glaubst es, so so.«

Sie gab sich einen Ruck und ging zu ihm. »Es tut mir leid«, sagte sie. »Wir beide, das …«

Er blickte sie an. Alles Freundliche war aus seinem Gesicht gewichen. Ein Kiefermuskel zuckte. »Gib dir keine Mühe. Du fährst zu Oliver, nicht wahr?«

Sie nickte.

»Das hat er nicht verdient. Er behandelt dich wie ein Stück Scheiße, und du …«

»Ich bin für ihn da. Als Freundin. So wie du als Freund für mich da bist.«

Sie wusste sofort, dass sie das Falsche gesagt hatte. Maurice zuckte zusammen. Er klappte das Buch zu und warf es achtlos auf den Couchtisch. »So ist das wohl«, sagte er nur.

Sie hoffte, dass er noch mehr sagen würde, doch er sah sie nur traurig an. Sie nahm die Tasche und verließ seine Wohnung. Die Tür fiel dumpf hinter ihr ins Schloss. Sie wusste, dass er ihr nicht folgen würde.

15. Kapitel

Nach dem eher missglückten Abendessen und den Gesprächen mit ihren Eltern, die auch nicht gerade zu Amandas Erholung beitrugen, ging sie ins Bett. Sie lag lange wach; zu viele Gedanken kreisten durch ihren Kopf.
Was mache ich, wenn sich das Verhältnis mit meinen Eltern nicht normalisiert?

Bis zu diesem Tag hatte sie nicht gewusst, wie wichtig Annie und Bill Walker für sie waren. Eltern ließen einen nie mehr los. Sie begleiteten den Menschen sein ganzes Leben; dabei war es egal, ob sie da waren oder nicht. Eltern hinterließen Spuren.

Ebenso hatte Amanda bei ihnen Spuren hinterlassen, und sie spürte, dass ihre Mutter und ihr Vater verunsichert waren. Alle drei überlegten, wie sie mit der Situation umgehen konnten. Fünfzehn Jahre, die sich nicht mit einem Wochenendbesuch und der Aussicht auf ein weiteres Enkelkind vom Tisch wischen ließen, standen zwischen ihnen.

Am nächsten Morgen wachte sie spät auf. So lange schlief sie sonst nie! Sie brauchte einen Moment, um sich zu orientieren; dann erst fiel ihr ein, wo sie war.

Miami. Mom und Dad.

Und irgendwo war auch Carter.

Sie stand auf, warf sich eine alte Strickjacke über und lief in die Küche. Ihre Mutter stand wie so oft an der Anrichte und knetete Teig. Das hatte sie früher schon immer gemacht. Ihr selbstgebackenes Brot, die Muffins, Kekse und Kuchen hatten jeden Kirchenbasar bereichert. Die Liebe für Kohlenhydrate hatte Amanda von ihr.

Ein köstlicher Duft erfüllte bereits die Küche. »Mh, was riecht hier denn so lecker?«, fragte Amanda.

Ihre Mutter fuhr herum. »Du bist's. Entschuldige, ich habe ganz vergessen …«

»… dass ich da bin?«, vollendete Amanda ihren Satz, als sie nicht weitersprach. »Ach, Mom …« Sie trat zu ihr und legte ihr den Arm um die schmalen Schultern. Sie spürte, wie sich die Anspannung bei ihrer Mutter löste und sie den Kopf an Amandas Schulter lehnte.

»Ich habe gedacht, der gestrige Abend sei nur ein Traum gewesen«, sagte sie leise. »Weil ich mir in all den Jahren so oft gewünscht habe, dass du nach Hause zurückkehrst.«

Nur dass es dieses Zuhause in Providence nicht mehr gibt …

Aber das sprach Amanda nicht aus. Es ging sie ja im Grunde auch nichts an; ihre Eltern hatten das große Haus verkauft und dieses kleinere im sonnigen Süden erworben. Wäre Amanda da gewesen, hätten sie sie vielleicht sogar in die Entscheidung einbezogen.

»Dein Bruder Ian hat vorhin angerufen. Ich hoffe, es war okay, dass ich ihm von deinem Besuch erzählt habe.«

Amanda stibitzte eine Cranberry aus der Schüssel, bevor ihre Mom sie unter den Teig kneten konnte, was ihr einen spielerischen Klaps auf die Hand eintrug. »Und wie geht's ihm?«, fragte sie beiläufig.

»Er hat sich gefreut, dass seine kleine Schwester wieder da ist. Richtig ehrlich gefreut. Er lässt fragen, ob du ihn auch demnächst besuchen möchtest. Ihn und seine Familie.«

»Vielleicht werde ich das sogar tun.« Amanda liebte

ihre großen Brüder. Ian war immer schon Familienmensch gewesen. Darin glich er ihr. Gestern Abend hatten ihre Eltern erzählt, dass er mit seiner Frau und seinen drei Kindern in Tennessee lebte. Sie betrieben eine recht erfolgreiche Pferdezucht.

»Möchtest du schon vorweg was essen? Ich mache uns Brötchen zum Brunch. Und Kuchen«, fügte ihre Mom mit einem Nicken zum Backofen hinzu.

»Eine Kleinigkeit wäre nicht schlecht«, gab Amanda zu. »Wo ist Dad?«

»Draußen. Er hat deinen Carter zur Gartenarbeit verdonnert. Der tauchte heute früh um neun hier auf und hat sich entschuldigt. Ich glaube, die beiden kommen jetzt besser miteinander klar.«

Amanda atmete auf. Sie wollte es als gutes Zeichen sehen, dass Carter noch nicht abgereist war.

»Trotzdem muss er jetzt Buße leisten.« Ihre Mutter formte aus dem Teig kleine Brötchen und bestäubte sie mit Mehl. »Kaffee, Liebes?«

»Sehr gerne.«

»Gott sei Dank bist du nicht wie deine Schwägerin Rosalie. Die hat während der Schwangerschaft weder Kaffee getrunken noch irgendwas Anständiges gegessen.«

Amanda lächelte verhalten. Es war ein Fortschritt, dass ihre Mutter anfing, sie ins Vertrauen zu ziehen. Früher waren sie fast wie Freundinnen gewesen.

Ihre Mom drückte ihr einen Becher mit Kaffee in die Hand und schob sie auf einen Küchenstuhl. »Die Muffins sind noch warm.« Keine Minute später hatte sie einen Teller mit zwei Muffins vor sich stehen. Amanda probierte und verdrehte verzückt die Augen. Er schmeckte nach Orangen, war fluffig und einfach *perfekt* – so wie sie es liebte.

»Oh Gott, das habe ich *so* vermisst!«, seufzte sie.

Ihre Mutter legte Amanda die Hand auf die Schulter. »Mir geht's auch so, Liebes. Du hast uns so sehr gefehlt.«

Amanda aß den Muffin mit Genuss, während ihre Mutter in der Küche räumte. Die Stimmung war so friedlich, dass sie sich auch nicht aus der Ruhe bringen ließ, als ihr Dad wenig später hereinkam und sich einen Muffin erbettelte. Er aß ihn im Stehen.

»Wie macht sich Carter?«, fragte sie.

»Guter Junge. Ich lasse ihn das Gemüsebeet umgraben. Er klagt nicht.«

»Habt ihr euch ausgesprochen?« Amandas Mutter zog den Teller mit den Muffins weg, bevor Bill Walker sich einen zweiten gönnen konnte.

»Er ist ein guter Junge.« Mehr schien er zu dem Thema nicht sagen zu wollen.

Die Antwort stellte ihre Mutter trotzdem zufrieden.

»Ich hoffe nur, er ist so vernünftig, sich auf die Familienwerte zu besinnen.«

»Das wird er schon«, warf Amanda ein. Es gefiel ihr nicht, dass ihre Eltern über ihn richteten. Das stand ihr vielleicht zu – aber sonst niemandem.

»Wehe, wenn nicht«, murrte ihr Vater.

Amanda wollte gerade etwas erwidern, als ihr Handy klingelte. Taras Nummer wurde angezeigt. »Entschuldigt, da muss ich rangehen.«

Sie stand auf und ging ins Wohnzimmer. Mit halbem Ohr hörte sie, wie Mom mit ihrem Dad schimpfte, der sich noch einen Muffin vom Teller gemopst hatte.

»Hi Tara.«

»Amanda! Bist du in Miami?«

Sie lächelte. Im Laufe der Woche waren Tara und Ella für sie unentbehrlich geworden. Auch wenn sie nur telefonierten und tagsüber Textnachrichten austauschten, waren sie ihr soziales Netzwerk, das sie auffing, wenn sie abends allein zu Hause hockte. Außerdem hatte Ella sie mit Listen der Dinge versorgt, die sie bei der Vorbereitung auf das Baby für wirklich wichtig hielt.

»Ja, ich bin bei meinen Eltern.«

»Läuft's gut?«

»Wir streiten nicht mehr. Das haben wir gestern gemacht.«

»Das klingt gut. Hör mal, ich rufe an, weil wir was von Lola gehört haben.«

Das Mädchen war länger verschwunden geblieben als viele andere, die aus dem Heim wegliefen. Bisher hatten sie nichts von ihr gehört, und Tara war natürlich außer sich vor Sorge. Auch Sonia hatte beinahe täglich bei Amanda angerufen, nachdem sie erfahren hatte, dass Lola mit »ihrem« Baby verschwunden war.

»Oh, wo ist sie denn?«

»Das ist ja das Problem – in Fort Lauderdale. Ich kann hier nicht weg, Ella auch nicht … Ich habe mich gefragt, ob du eventuell hinfahren kannst?«

»Möchte sie denn zu euch zurück?«

»Das weiß ich nicht. Ich habe nur einen Anruf bekommen, dass sie dort ist.«

Sie erzählte Amanda, dass Lola von einer Zivilstreife beim Klauen erwischt worden war. »Keine Ahnung, was in sie gefahren ist. Aber ich brauche jemanden, der mit ihr redet.«

Amanda zögerte. »Ich weiß nicht.«

»Bitte! Ich will sie nicht verlieren. Wenn wir jetzt nichts tun, wird sie vor Gericht gestellt und hat ihre erste Bewährungsstrafe. Das wäre der Anfang vom Ende. Danach wird sie sich einen Dreck drum scheren, was aus ihr wird. Und das darf einfach nicht passieren. Es geht nicht um ihr Kind, sondern vor allem um sie!«

Amanda gab nach. »Also gut. Was kann ich tun?«

»Wie schnell kannst du in Fort Lauderdale sein?«

»Keine Ahnung … in einer Stunde?«

»Das wäre super. Ich rufe dort an und versuche, für sie einen Anwalt zu besorgen. Ich sage dir Bescheid, sobald ich mehr weiß.« Ohne Abschiedswort legte Tara auf. Amanda ging etwas langsamer zurück in die Küche.

»War's was Wichtiges?«, fragte ihre Mom. Ihr Dad hatte es irgendwie geschafft, ihr doch noch einen Muffin und einen Becher Kaffee abzuschwatzen und saß zufrieden kauend auf einem Stuhl.

»Wie man's nimmt. Ich muss nach Fort Lauderdale.«

Sie erzählte ihren Eltern von Tara und dem Heim in New Harbor.

»Natürlich musst du dorthin. Bring das Mädchen am besten mit.« Ihre Mom tauchte bereits in einem der Schränke ab und suchte nach einer Dose. »Ich gebe dir Muffins und Brötchen mit, falls sie Hunger hat.«

»Du solltest die weite Strecke nicht alleine fahren«, wandte ihr Dad ein.

»Oh, bitte! Ich bin schwanger und nicht krank. Und bis Fort Lauderdale ist es nicht mal eine Stunde Fahrt. Aber wo kriege ich auf die Schnelle ein Auto her?«

Bevor sie im Handy nach der nächstgelegenen Autovermietung suchen konnte, drückte ihr Dad Amanda den Schlüssel seines Fords in die Hand. »Mach mir keine Beulen rein, ja?«

Sie starrte auf den Schlüssel. Für ihren Dad war das Auto immer heilig gewesen, und als Jugendliche hatte es sie jeden Samstagabend unendlich viel Überredungskunst gekostet, wenn sie den Wagen haben wollte.

»Aber unter einer Bedingung. Carter fährt mit.«

Amanda seufzte. Irgendeine Bedingung hatte ihr Dad auch damals gestellt.

»Ich frage ihn«, sagte sie widerstrebend. Insgeheim hoffte sie, dass Carter keine Lust zu einem Ausflug nach Fort Lauderdale hatte.

Eine halbe Stunde später saßen sie im Auto. Carter fuhr, während Amanda auf dem Beifahrersitz in ihr Handy schaute. Tara war in der Zwischenzeit nicht untätig gewesen. Sie hatte einen Verteidiger aufgetrieben, der ziemlich zuversichtlich klang, dass sie Lola auf Kaution freibekommen konnten. Außerdem hatte sie von Tara die Nummer eines Kautionsagenten bekommen, der ihnen helfen sollte, die Summe zu finanzieren.

»Und das alles wegen Ladendiebstahls«, murmelte sie.

»Was hat sie denn gestohlen?«, fragte Carter.

Er hatte sich zwar bereit erklärt, sie nach Fort Lauderdale zu fahren, doch schien er nicht besonders begeistert darüber.

»Ich habe keine Ahnung«, sagte Amanda.

»Es kann also sein, dass wir versuchen, eine Medikamentensüchtige rauszuhauen. Oder eine Kriminelle, die einen Raubüberfall begangen hat.«

»Keine Ahnung!«, rief Amanda ungeduldig. »Ich weiß nur, dass Tara mich um Hilfe gebeten hat. Außerdem habe ich Lola kennengelernt. Auf mich macht sie nicht den Eindruck einer medikamentensüchtigen Kriminellen.«

Ihr Handy klingelte, bevor Carter etwas erwidern konnte. Auf der Interstate verdichtete der Verkehr sich zusehends, Bremslichter leuchteten vor ihnen auf.

Der Kautionsagent meldete sich. »Tut mir leid, ich hab schlechte Nachrichten«, nuschelte er. »Kann nix für Ihre Freundin tun, Miss.«

»Warum nicht?«, fragte Amanda perplex.

»Sie ist nicht in Florida gemeldet. Macht kaum einer hier bei uns – Kaution für wen stellen, der nicht aus diesem Staat kommt. Haben schon genug mit unseren eigenen Leuten zu tun, und die Auflage, bis zur Verhandlung im Staat zu bleiben, wird sie wohl kaum erfüllen.«

»Wir wissen doch gar nicht, ob es zur Verhandlung kommt oder ob sie über ein Schnellverfahren vielleicht in wenigen Tagen mit einer Bewährungsstrafe davon kommt.«

Doch der Agent ließ sich nicht erweichen. »Mein Geld, meine Regeln«, sagte er nur und legte auf, bevor Amanda ihn fragen konnte, ob er einen Kollegen kannte, der andere Regeln hatte.

»Keine guten Nachrichten?«

»Der Kautionsagent.« Sie erzählte ihm, was er gesagt hatte.

»Dann müssen wir das Geld irgendwie anders auftreiben«, sagte Carter. Er runzelte die Stirn. Vor ihnen staute sich der Verkehr. Sie würden sich verspäten.

»Aber was wird das kosten? Zehntausend Dollar?«

»So ungefähr.«

Sie rief Tara an und erzählte ihr von dem Gespräch. »Wir müssten die Kaution jetzt selbst auftreiben – in voller Höhe.«

Tara fluchte. Wäre die Situation nicht so ernst gewesen, hätte Amanda es fast lustig gefunden, weil Fluchen so gar nicht zu Tara passte.

»Die Stiftung hat mehr als genug Geld, wir dürfen es aber auf keinen Fall für eine Kaution verwenden. Das ist eindeutig in den Statuten geregelt.«

»Also müssen wir das Geld privat aufbringen?« Amanda überlegte fieberhaft. So viel Geld hatte sie nicht – jedenfalls nicht an einem Samstagmittag innerhalb weniger Stunden.

»Entweder das – oder sie muss bis zur Verhandlung ins Gefängnis.«

»Das lasse ich nicht zu.«

»Ich versuche, von hier aus irgendwie Hilfe zu organisieren. Ich melde mich. Amanda?«

»Ja?« Sie hatte schon fast aufgelegt.

»Du bist großartig, weißt du das?«

Amanda lächelte. »Jede auf ihre Art. Du auch, Tara. Und sag Sonia Bescheid. Ich weiß, dass sie sich große Sorgen um Lola macht. Vielleicht kann sie uns helfen.«

Sie legte auf und wählte direkt Sonias Nummer.

Ihre Freundin meldete sich gut gelaunt.

»Hi Amanda, was gibt's?«

»Wir haben Lola gefunden.«

Natürlich hatte Tara Sonia darüber informiert, dass Lola verschwunden war.

»Gott sei Dank!«

»Es gibt allerdings Probleme.«

»Ihr ist doch nichts passiert? Geht es dem Baby gut?«

Amanda verfluchte ihre Gutmütigkeit. Warum musste sie Sonia die ganze Geschichte erzählen und nicht Tara? »Das ist es ja. Lola möchte ihr Baby behalten ...« Mit wenigen Sätzen fasste sie die Ereignisse der letzten Stunden zusammen.

Sie spürte Sonias Zögern. »Das tut mir leid für Lola«, sagte sie verhalten. »Aber was soll ich da jetzt tun?«

»Wir brauchen eine Kaution.«

»Ich denke, da solltet ihr jemand anderes fragen.«

»Ist es, weil Lola das Baby behalten möchte?«, fragte Amanda behutsam.

Sonia atmete tief durch. Sie hätte natürlich das Geld, um Lola aus der Patsche zu helfen. Aber in diesem Moment verstand Amanda, dass ihre Freundin sich betrogen fühlte. Sie verlor das Baby, das sie schon sicher geglaubt hatte, und sollte auch noch dafür bezahlen?

»Entschuldige, dass ich angerufen habe«, sagte sie ruhig. »Mach dir keine Sorgen, wir kriegen das schon ohne dich hin.«

»Und nun?«, fragte Carter, nachdem sie aufgelegt hatte.

»Nun brauchen wir ein paar tausend Dollar, um sie rauszuhauen. Und zwar am besten sofort.« Sie seufzte. Wenn sie ihre Kreditkarte belastete, bekam sie vielleicht zweitausend Dollar zusammen. Aber das war auch schon das Tageslimit …

»Ich helfe euch«, sagte Carter plötzlich.

»Wie bitte?«

Er zuckte mit den Schultern. »Du sagst, das Mädchen sei in Ordnung. Ich glaube dir, und darum stelle ich die Kaution.«

»Woher hast du so viel Geld flüssig?« Sie wusste, dass Carter das meiste Geld in Aktien, Rentenfonds und Festgeld anlegte und möglichst wenig Geld auf dem Konto vorhielt, auf dem monatlich sein Gehalt einging.

Er zuckte mit den Schultern. »Ist doch egal, oder? Ich habe das Geld, das sollte doch für den Anfang als Antwort genügen.«

Sie verstand.

Er macht seine Ersparnisse flüssig, weil er was vorhat. Eine neue Wohnung suchen. Möbel kaufen. Unsere Trennung ist für ihn längst nicht vom Tisch.

Sie bohrte daher nicht nach, sondern sagte nur: »Danke.«

Den Rest der Fahrt verbrachten sie schweigend.

Er hätte das mit dem Geld nicht sagen dürfen. Aber nun war's gesagt, und so schnell kam er aus der Nummer nicht wieder raus.

Vermutlich schrillten jetzt in Amandas Kopf sämtliche Alarmglocken, weil er so viel Geld zur Verfügung hatte, um die Kaution zu bezahlen. Dabei hatte er lediglich einen neuen Buchvertrag abgeschlossen, von dem er ihr bisher nichts erzählt hatte, und die erste Rate des Garantiehonorars war vorgestern auf seinem Konto eingegangen. Er hatte noch nicht entschieden, wie er das Geld anlegen wollte.

Aber er beließ sie in dem Glauben, dass er seine Ersparnisse auflöste. Er hatte nämlich überhaupt keine Lust, mit ihr über die Frage zu diskutieren, ob er sich eine eigene Wohnung nehmen sollte oder nicht. Das Haus gehörte beiden zur Hälfte; darum war für ihn noch gar nicht entschieden, ob Amanda es behielt oder er.

Wenn wir uns trennen ...

Endlich erreichten sie Fort Lauderdale. Amanda führte Carter zu der Polizeistation, wo Lola festgehalten wurde. Sie stellten das Auto auf der gegenüberliegenden Straßenseite auf einem gebührenpflichtigen Parkplatz ab und überquerten die dichtbefahrene Straße. Amanda ging voran; sie hielt sich aufrecht und wirkte sehr entschlossen.

Er betrat dicht hinter ihr das Revier. Vor einem Tresen warteten andere Bürger darauf, dass ihr Anliegen gehört wurde. Von einem orangefarbenen Plastikschalensitz erhob sich eine hagere Schwarze Mitte fünfzig und trat auf Amanda zu. »Mrs. Walker?«

»Sie müssen Mrs. Fellon sein, richtig?«

»Nennen Sie mich Pamela.«

Sie gaben sich die Hand.

»Ich bin Amanda.«

Sie setzten sich auf die Besucherstühle. Carter stand etwas verloren daneben. Pamela kam sofort zur Sache.

»Okay, Amanda. Es sieht im Moment so aus: Ihre junge Freundin Lola hat versucht, in einem Geschäft für Spielwaren und Kinderkleidung eine nicht unbedeutende Menge Babysachen zu klauen. Bei ihr wurden Strampler, Bodys, Schnuller und einige Kleinigkeiten sichergestellt, als sie den Laden verließ. Der Wert der Sachen beläuft sich auf über dreihundert Dollar. Das heißt, es handelt sich nicht mehr um eine Bagatelle. Der Richter wird hart durchgreifen wollen. Gerade weil sie schwanger ist. Zweites Problem ist die Kaution. Sie haben sicher versucht, einen Kautionsagenten zu bekommen.«

»Leider ohne Erfolg, ja.«

Pamela nickte. »Das ist typisch für Florida. Entweder Sie treiben die Summe selbst auf oder sie geht bis zur Verhandlung ins Gefängnis. Das wird für sie kein Spaß. Hat schon viele für immer verändert.«

Amanda warf Carter einen flüchtigen Blick zu. »Wie hoch wird die Kaution sein?«, fragte sie.

»Zwischen zehn und zwanzig Riesen.«

Er nickte kaum merklich. Zwanzigtausend war der komplette Vorschuss vom Buchverlag. Er hoffte einfach, dass Amanda mit dem Vertrauen zu dem Mädchen recht behielt.

»Das kriegen wir hin«, erklärte sie.

»Wunderbar. Dann der nächste Punkt: Sie wird trotzdem bis zur Hauptverhandlung in Florida bleiben müssen.«

»Aber wenn wir die Kaution in voller Höhe stellen?«

»Das ist egal. Sie muss in Florida bleiben und sich jede Woche bei ihrem Bewährungshelfer melden.«

»Sie ist nicht mal verurteilt und wird trotzdem wie ein Straftäter behandelt?«

»Das ist leider so. Außerdem sind die Beweise gegen sie ziemlich eindeutig.«

Amanda ließ den Kopf hängen. Das war offenbar eine Schwierigkeit, auf die sie nicht vorbereitet war.

»Aber darum kümmern wir uns später. Erstmal holen wir sie hier raus.« Pamela stand auf und bedeutete ihnen, ihr zu folgen.

Sie traten durch die Schranke und wurden von einer Polizeibeamtin zu einer Zelle geführt, in der bereits ein halbes Dutzend Frauen hockte. Die meisten waren Prostituierte oder drogensüchtig – oder beides. Eine Schwangere stand ganz vorne, die Augen ganz rot geweint und die schwarzen Locken zu einem Dutt aufgesteckt. Sie wirkte trotz ihrer gebräunten Hautfarbe erschreckend bleich.

»Lola Warren?«, fragte Pamela.

»Gott sei Dank! Amanda!« Lola schluchzte vor Erleichterung. »Ihr holt mich hier raus, ja? Ich war das nicht, ich habe nichts getan!«

Sie war völlig aufgelöst.

»Die Kautionsverhandlung ist in zwei Stunden«, erklärte die Beamtin. »Anschließend können Sie gehen, bis Ihre Gerichtsverhandlung ist.«

»Aber ich habe nichts getan!«, protestierte Lola.

Pamela trat vor. »Danke«, sagte sie an die Polizistin gewandt. »Ich würde jetzt gern alleine mit meiner Mandantin sprechen.«

Sobald die Polizeibeamtin verschwunden war, sprach

sie weiter. »Erstens, junge Dame: Behaupten Sie nicht, Sie hätten nichts getan. Zweitens: Halten Sie am besten einfach den Mund und lassen mich für Sie sprechen. Wir holen Sie da fürs Erste raus, aber dafür bin ich auf Ihre Kooperation angewiesen.«

»Amanda, ist sie okay?« Lola starrte sie mit großen Augen an.

»Du kannst ihr vertrauen. Tara hat sie für dich besorgt.«

»Gut, und nachdem das geklärt ist, noch Folgendes, junge Dame. Vor Gericht sagen Sie, dass Sie sich schuldig bekennen. Das ist unsere beste Chance, Sie mit einer Bewährungsstrafe rauszuholen. Erzählen Sie dem Richter ruhig, dass Sie für Ihr Baby ein kuscheliges Nest bereiten wollten, Ihnen aber das Geld dafür gefehlt hat.« Pamela blätterte in der dünnen Akte. »Wie ich sehe, haben Sie keine hochpreisigen Sachen mitgehen lassen. Das ist gut. Nichts verabscheuen Richter mehr als Gier.«

Das war alles, was das junge Mädchen für den Moment von ihrer Anwältin erwarten durfte. Amanda trat vor und wollte ihr durch die Gitterstäbe tröstend die Hand drücken, aber sofort war eine Polizistin zur Stelle und brüllte sie an, was ihr einfalle, sie solle sofort drei Schritte zurücktreten. In der Zelle brach daraufhin Lärm aus – die anderen Frauen beschimpften Lola und Amanda, weil sie sich wohl für was Besseres hielten.

Carter war froh, als sie wieder draußen standen.

»Was machen wir die nächsten zwei Stunden?«, fragte er.

»Ich habe noch zu tun.« Pamela Fellon tippte bereits auf ihrem Handy herum. »Wir sehen uns dann im Gericht.«

Schon war sie davongeeilt und ließ Carter und

Amanda allein.

»Nun?«, fragte er.

»Keine Ahnung«, sagte sie nur. Sie war ziemlich blass um die Nase. Er schlug vor, dass sie ein Restaurant suchten und etwas aßen.

»Ich kann jetzt nichts essen«, behauptete Amanda.

»Du musst«, beharrte er. »Wenn schon nicht für dich, dann …«

Er verstummte. ... *für das Baby.*

Sie warf ihm einen Blick zu, den er nicht deuten konnte. Doch dann nickte sie und folgte ihm über die Straße zu seinem Auto.

Sie fanden ein hübsches, kleines Fischrestaurant direkt am Wasser. Nachdem sie bestellt hatten, verfiel Amanda in ein unangenehmes Schweigen.

»Alles okay?«, fragte er. Ihr Schweigen beunruhigte ihn. Meist brütete sie dann irgendeinen harschen Angriff aus. Das kannte er schon von ihr.

»Nein«, erwiderte sie scharf. »Nichts ist okay.«

Er seufzte. »Dann mal los«, meinte er. »Wir haben zwei Stunden Zeit. Du kannst mir alles sagen, was dich gerade an mir nervt.«

Sie starrte ihn wortlos an.

»Dachte ich mir«, murmelte er. Die Enttäuschung war auf beiden Seiten groß.

»Ich denke einfach, dass wir uns was vormachen«, sagte sie leise. »Dass es mit uns noch funktioniert, meine ich.«

»Willst du jetzt die Trennung forcieren, damit ich dir nicht zuvorkomme? Ist das für dich leichter?«

Sie schwieg.

Offenbar hatten sie sich nicht mehr viel zu sagen. Das schmerzte. Doch andererseits dachte Carter, dass es besser war, wenn sie es früh erkannten.

»Ich wäre bereit gewesen, ein bisschen den Vater zu spielen«, sagte er. »Es hätte gedauert, bis ich mich an den Gedanken gewöhnt hätte, aber ...«

»Den Vater *spielen*?« Sie riss die Augen auf. »Glaubst du, das ist ein Spiel? Glaubst du, einfach in die Rolle schlüpfen zu können, wie es dir gerade gefällt?«

»So habe ich das nicht gemeint«, erwiderte er scharf.

»So klang es aber. Leider.«

Sie trank ihr Wasserglas aus und schenkte aus der Karaffe nach, ohne auf den Kellner zu warten. Als wäre das Wasser für sie Wein, als wollte sie den Frust und die Wut damit runterspülen.

»Hör mir doch mal zu.« Carter seufzte. »Ich habe mich vielleicht missverständlich ausgedrückt.«

»Aber nur vielleicht«, höhnte sie. »Du bist ja immer der Unfehlbare.«

»Herrgott, Amanda!« Er hieb mit der Faust auf den Tisch, dass das Besteck klapperte und die Gläser klirrten. Die Gäste an den anderen Tischen drehten sich zu ihnen um. »Kannst du nicht ein einziges Mal auch an mich denken? Ich versuche wirklich, mich an diese neuen Umstände zu gewöhnen. Aber wenn man zehn Jahre lang kinderlos glücklich war ...«

Er sah, wie sie zusammenzuckte. Wie etwas in ihrem Gestus sich verschob, als wäre sie von seinen Worten hart getroffen.

»Wir waren doch glücklich, oder?«, fragte er.

»Ja.« Sie sah ihn an, als wüsste sie nicht, ob sie das Folgende auch aussprechen durfte. »Aber im Moment tust du gerade so, als wäre dieses Glück nichts mehr wert. Du willst es wegwerfen, Carter. Du willst nicht um uns kämpfen.«

Ihre Worte verletzten ihn, doch er hielt sich zurück. Vermutlich war sie ebenso verletzt; sonst hätte sie ihn nicht angegriffen.

»Ich will nicht streiten«, sagte er.

»Und doch tust du es.« Sie seufzte. »Es tut mir leid, Carter. Ich habe im Moment keine Kraft, auch noch mit dir zu diskutieren.«

»Dann lass uns dieses Gespräch auf später vertagen.« Er gab sich versöhnlich. »Erst kümmern wir uns um Lola. Danach um uns.«

Sie schien nicht zufrieden, doch die Mahlzeit verlief relativ friedlich mit Gesprächen über ungefährliche Themen.

Als sie das Gerichtsgebäude betraten, wartete Pamela bereits auf sie. »Wir haben Glück«, sagte sie. »Wenn Richter Truman Dienst hat, wird auch am Wochenende über Kautionen verhandelt. Sonst hätte ihre Freundin bis Montag warten müssen.«

Amanda schluckte. Die Vorstellung, dass Lola in ihrem Zustand zwei Tage in einem Gefängnis zubringen musste, war schrecklich.

Im Gerichtssaal drängten sich Anwälte, Angehörige und Gerichtsmitarbeiter. Der Richter verhandelte die Kautionen im Minutentakt, und schon nach fünf Minuten konnte Pamela vortreten, während Amanda und Carter auf einer der hinteren Bänke Platz nahmen. Lola wurde in Handschellen vorgeführt. Sie hielt sich sehr aufrecht, den Kopf nach oben gereckt. Der Richter musterte sie über den Rand seiner halbmondförmigen Brille. Pamela trat vor. Der Richter verlas die Anklageschrift.

»Und wie bekennen Sie sich, junge Dame?«, fragte er.

Sie senkte den Kopf. »Schuldig«, sagte sie kaum hörbar.

»Na, immerhin. Die Beweise sind ja auch erdrückend«, murmelte der Richter. »Wie steht es um die Kaution? Gibt es jemanden, der dafür aufkommt?«

Pamela drehte sich zu ihnen um. Carter stand auf und ging nach vorne. Pamela trat mit ihm zum Richtertisch, und leise sprachen die drei miteinander. Schließlich kam Carter zurück.

»Und?«, fragte Amanda bang.

Er zuckte mit den Schultern. »Ich stehe zu meinem Wort.«

»Ich wollte wissen, wie viel …«

»Zwanzigtausend.« Er starrte unverwandt nach vorne.

»Danke«, flüsterte sie und legte die Hand auf seinen Arm. »Wirklich, Carter …«

Er machte sich unwillig von ihr los. Sie ließ die Hand sinken und starrte nach vorne, wo eine Polizistin gerade Lola die Handschellen abnahm. Pamela legte ihr die Hand auf die Schulter, als sie nach hinten kamen.

»Gehen wir.« Pamela hatte es eilig. Vermutlich warteten noch mehr arme Schlucker wie Lola auf sie.

»Was wird jetzt aus mir?«, fragte Lola.

»Du wirst bis zur Verhandlung in Florida bleiben müssen«, erklärte Amanda.

»Aber ich kenne hier doch niemanden …«

Das war ein Problem, über das Amanda lieber nicht nachdachte. Denn auf die Schnelle wusste sie dafür keine Lösung. Sie musste mit Tara darüber reden.

Aber erstmal wollte sie schleunigst mit Lola von hier verschwinden.

Auf dem Weg zum Auto blieb Lola einmal stehen. Sie atmete tief durch und schien in sich hineinzuhorchen.

»Alles okay?«, fragte Amanda sofort besorgt.

»Ja, schon ... Das sind nur diese blöden Senkwehen, die habe ich schon den ganzen Tag.«

Amanda runzelte die Stirn. »Kommen sie in regelmäßigen Abständen?«

Lola schüttelte nach kurzem Nachdenken den Kopf. »Nee, nur hin und wieder. Tut ordentlich weh, aber im Kurs haben sie uns gesagt, das sei wohl normal.«

»Sag bitte Bescheid, falls sie regelmäßig und in kürzeren Abständen kommen, okay?«

Das fehlte ihr noch, dass Lola heute ihr Baby bekam. Sie beobachtete das Mädchen scharf, doch es kam zu keiner weiteren Wehe, bis sie alle im Auto saßen und Carter den Ford Taurus zurück auf die Interstate Richtung Süden lenkte. Amanda drehte sich im Vordersitz halb herum, damit sie besser mit Lola reden konnte.

»Wir rufen gleich als erstes Tara an und fragen sie, was aus dir wird. Die Stiftung eröffnet ja im Moment überall im Land neue Häuser. Gut möglich, dass es auch eins in Florida gibt, wo du bis auf Weiteres unterkommen kannst.«

»Mh«, machte Lola nur.

Von dem plappernden, fröhlichen Mädchen, das Amanda in New Harbor kennengelernt hatte, war nicht mehr viel übrig. Sie war sehr in sich gekehrt.

»Warum bist du überhaupt abgehauen?«, meldete sich jetzt Carter zu Wort. Er hatte bisher die meiste Zeit den Mund gehalten. Einerseits war Amanda darüber ganz froh, doch sie spürte auch, dass es in ihm brodelte und fürchtete sich daher vor den Diskussionen, die sie schon bald führen würden.

Und sie musste sich ihm gegenüber jetzt noch mehr zusammenreißen, denn die Kaution kam von ihm. Wenn es ihm gefiel, konnte er sie jederzeit widerrufen.

»Ich hatte keinen Bock auf diese heile Welt.« Lola zuckte mit den Schultern, als wäre das ja wohl offensichtlich. »Immer dieses verzückte in-den-Bauch-atmen, die gemeinsamen Mahlzeiten, die erzwungene Harmonie … Ich war das nicht gewohnt. Und dann … Ich wollte mein Baby behalten«, platzte es aus ihr heraus. »Ich kann das. Aber ich hatte doch schon den Vorvertrag für die Adoption unterschrieben, und ich hatte Angst, dass sie mich zwingen, das Baby wegzugeben, obwohl ich das gar nicht mehr will.«

Arme Sonia, fuhr es Amanda durch den Kopf. *Sie verliert ihr Baby, bevor es überhaupt geboren ist.*

»War es denn hier in Florida so viel besser?«, fragte Amanda. »Wo hast du denn gewohnt?«

»Ich hatte ein Zimmer in einer WG und einen Job in einem Restaurant an der Marina. Aber für die Babysachen hat das Geld nicht gereicht.«

»Und deshalb geht man sofort klauen?« Carter blickte sie im Rückspiegel streng an. Amanda sah, wie Lola förmlich in sich zusammenfiel.

»Lass«, sagte sie nur. Er warf ihr einen bösen Blick zu.

»Ich habe wirklich nur die billigen Sachen ausgesucht. Und ich hätte bezahlt, wenn ich Geld gehabt hätte.« Lola funkelte ihn trotzig an. Dann verzog sie wieder das Gesicht, legte die Hand auf ihren runden Bauch und atmete mit einem »ahhh« aus.

»Alles okay, Lola?« Wenn Lola ihr nicht versichert hätte, dass die Wehen nicht regelmäßig kamen, wäre sie spätestens jetzt alarmiert gewesen, denn das sah schon nach ernsthaften Geburtswehen aus …

Lola nickte. »Vielleicht etwas heftiger und häufiger.«

»Wunderbar«, hörte sie zugleich Carters sarkastischen Kommentar. Amanda blickte nach vorne. Der Verkehr staute sich wieder. Sie schaute auf die Uhr.

»Okay, Liebes. Ich möchte, dass du mir Bescheid sagst, sobald noch eine von den blöden Wehen kommt, ja?«

Lola nickte. Sie war etwas blass um die Nase, als wäre ihr die Sache auch nicht ganz geheuer. Amanda machte sich ernsthafte Sorgen um sie. Der errechnete Termin war erst in fünf Wochen, doch Babys hielten sich selten an das, was Ärzte sagten.

»Ohhhh, das ist wieder eine«, presste Lola hervor. Amanda schaute auf die Uhr.

Das geht zu schnell. Die Wehen kommen im Dreiminutentakt! Bekommt sie doch schon heute ihr Baby?

Sie wartete ab. Carters Finger trommelten aufs Lenkrad. Er wechselte die Spur, doch auf der kamen sie auch nicht schneller voran. Auf dem Rücksitz meldete Lola die nächste Wehe. Wieder drei Minuten …

Amanda traf eine Entscheidung. »Okay, so geht's nicht weiter«, sagte sie. »Fahr rechts ran, Carter.«

»Ich kann hier nicht rechts ran fahren«, maulte er. »Wir sind gerade auf der Interstate.«

»Doch, du kannst. Und dann steigst du aus und rufst einen Rettungswagen, während ich mich um Lola kümmere. Ihr Baby kommt nämlich genau *jetzt*.«

Sie blieb ganz ruhig. Es hatte keinen Sinn, in Panik zu verfallen, denn dann würde auch Lola Angst bekommen. Es reichte, wenn Amanda sich von der Situation überfordert fühlte.

Carter starrte sie ungläubig an. »Jetzt?«, wiederholte er.

»Wenn du nicht rechts ranfährst, bekommt sie es mitten auf dem Freeway. Das will auch keiner, oder?«

Er zog bereits rüber. Amanda brach im Nacken der Schweiß aus.

»Alles okay, Lola?«

Das Mädchen nickte.

»Keine Angst, wir bekommen das schon hin. Ich bin Ärztin.«

»Wenn du keine Angst hast, hab ich auch keine«, versicherte Lola ihr.

»Tapferes Mädchen«, murmelte Amanda. Sie quälte eine ganz andere Sorge.

Wie sollte sie bloß ihrem Vater erklären, dass die Polster seiner Rückbank durch eine Geburt versaut worden waren?

16. Kapitel

Amanda hatte ihn gebeten, den Wagen zu verlassen. Aus dem Kofferraum holte sie eine alte Decke und breitete sie auf der Rückbank aus, damit Lola sich draufsetzen konnte.

Also lehnte er jetzt an der Motorhaube, mit dem Rücken zum Geschehen auf dem Rücksitz. Zum ersten Mal seit seiner Zeit als Student verspürte er den Wunsch nach einer Zigarette. Seine Hände zitterten, während er die Autos an sich vorbeiziehen sah. Die Insassen schauten neugierig, doch keiner hielt an und fragte, ob er Hilfe brauchte.

Im Grunde war er darüber dankbar. Denn was sollte er sagen? »Alles in Ordnung, meine Frau hilft nur gerade auf dem Rücksitz einer Schwangeren bei der Geburt«? Klang in seinen Ohren so verrückt, wie es sich anfühlte.

Sobald er anhielt und Amanda zu Lola auf die Rückbank rutschte, um das Mädchen zu untersuchen, rief er einen Rettungswagen und stieg aus. Er wollte nichts hören, nichts sehen. Das alles war einfach nicht seine Welt.

»Carter!«

Amanda rief nach ihm. Nur widerstrebend stieß er sich von der Motorhaube ab und ging nach hinten.

»Wir brauchen noch eine Decke oder Handtücher … Kannst du schauen, ob irgendwas im Kofferraum ist?«

Er warf einen neugierigen Blick auf den Rücksitz. Lola lag halb auf dem Rücken. Sie hatte die Latzhose aufgeknöpft und bis zu den Knien nach unten gezogen. Amanda verdeckte die Sicht auf alles Weitere.

»Wie ernst ist es?«, fragte er.

»Gar nicht. Aber das Baby kommt. Und es dauert nicht mehr lange.«

Inzwischen wurde der Stau immer dichter. Autos hielten neben dem Ford Taurus, Fremde starrten zu ihnen rüber. Im Kofferraum fand Carter zum Glück noch zwei leichte Decken, die er Amanda reichen wollte.

»Nein, behalt sie auf dem Arm. Am besten so, dass ich dir …«

Bevor sie weitersprechen konnte, stöhnte Lola auf. Sie schrie sich die Seele aus dem Leib. Sofort war Amanda wieder bei ihr auf dem Rücksitz und redete ihr gut zu. Carter bekam nur wenig mit von dem, was da drin gesprochen wurde, doch er hörte ein paar Satzfetzen. »Nicht schreien« und »schieb mit aller Kraft« hörte er.

Etwas hilflos hielt er die Decken in der Hand. Schließlich legte er eine aufs Autodach und breitete die zweite aus.

Keine Sekunde zu früh, denn als Amanda das nächste Mal auftauchte, hielt sie ein kleines, schreiendes und zappelndes Bündel in den Händen. Sie hatte das Baby sogar schon mit Hilfe der Schere aus dem Verbandskasten abgenabelt und legte das herzzerreißend weinende Baby einfach auf die Decke, die über Carters Armen lag. Rasch deckte sie das Baby zu.

»Halt es gut fest«, sagte sie nur und war sofort wieder bei Lola.

Und da stand er nun. Mit einem Baby auf dem Arm, das sich die Seele aus dem Leib schrie, weil die Welt so kalt, hell und unfreundlich zu ihm war.

Carter starrte auf das Bündel in seinen Armen. Es dauerte nicht lange, bis das Weinen nachließ. Die kleine Schnute des Babys öffnete sich, es schnappte suchend mit geschlossenen Augen nach irgendetwas, das Carter ihm nicht bieten konnte.

Er betrachtete dieses kleine, süße Wesen und war sehr gerührt davon, wie es sich in seinen Armen beruhigte. Carter hielt ihm den kleinen Finger der freien Hand hin, und das Baby schnappte danach und saugte sofort daran.

»Gib ihn mir.« Amanda stand vor ihm. Sie nahm ihm das Baby ab und gab es Lola, die immer noch auf der Rückbank lag. »Das hast du fantastisch gemacht, Lola. Eine echte Blitzgeburt. Wir müssen jetzt nur auf den Krankenwagen warten.«

Keine zehn Minuten später hielt der Rettungswagen neben ihrem Auto. Zwei Sanitäter sprangen heraus und gesellten sich zu Amanda. Diese erklärte ihnen, was passiert war. Eine Trage wurde herangeholt, und die Rettungssanitäter halfen Lola, die ausstieg und sich auf die Trage legte. Amanda hielt solange ihr Baby und legte es ihr danach sofort wieder in die Arme.

»Fährst du mit?«, fragte Carter.

»Fährst du hinter uns her?«, fragte Amanda.

»Klar.« Er nickte.

Mit dem Rettungswagen vorweg konnte er den Stau bald hinter sich lassen. Sie fuhren zur nächstgelegenen Klinik.

Die ganze Zeit war Carter wie in Trance. Er konnte nicht glauben, was sich gerade zugetragen hatte. Ein Wunder, das auf jeden Fall. Und wie oft wurde man schon Zeuge eines Wunders?

Die Versorgung von Lola dauerte länger als erwartet. Sie sollte zu ihrer eigenen Sicherheit mindestens eine Nacht im Krankenhaus bleiben. Während Amanda darauf wartete, sie noch einmal besuchen zu können, telefonierte sie mit Tara und berichtete von den dramatischen Ereignissen des Tages.

Leider hatte auch Tara keine Lösung für das Problem mit Lolas Unterbringung für die kommenden Wochen parat. Das nächste Heim für junge Mütter der Alienor-Parks-Stiftung befand sich in Kentucky. Aber sie versprach, sich nach einer anderen Unterbringungsmöglichkeit zu erkundigen.

»Weißt du inzwischen, warum sie weggelaufen ist?«

»Das kann dir wohl nur Lola beantworten. Sieht so aus, als wäre ihr in New Harbor die Decke auf den Kopf gefallen. Sie wollte es um jeden Preis alleine schaffen … Und das Baby behalten will sie auch.«

»Darum brauchen wir diese Orte für die Mädchen. Sie schaffen es eben nicht alleine.« Tara klang verzweifelt. »Arme Sonia. Aber wir finden für sie noch ein anderes Baby.«

»Mach dir keine Vorwürfe. Du tust das Bestmögliche für die Mädchen.«

»Nur habe ich manchmal das Gefühl, dass es nicht reicht …«

»Haben wir das nicht immer? Irgendwo reicht es nie …«

Tara lachte. »Du hast Recht. Streich meine letzte Bemerkung. Ich melde mich, sobald ich mehr weiß.«

Kurz darauf durfte Amanda zum ersten Mal zu Lola. Sie hielt ihr Baby in den Armen und sah schon viel besser aus.

»Alles okay?«, fragte Amanda.

Lola nickte. Sie war völlig ergriffen davon, dass sie tatsächlich ihren Sohn halten durfte. »Ist er nicht wunderschön?«

»Oh ja«, sagte Amanda. »Er ist zauberhaft.«

Sie musste sich abwenden. Für einen winzigen Moment wurde sie von ihren Emotionen übermannt. Die Erinnerung daran, wie sie einst einen kleinen Babyjungen im Arm hielt, war wieder so frisch wie damals vor fünfzehn Jahren ...

»Möchtest du ihn mal nehmen?«, fragte Lola.

»Nein, nein.« Amanda räusperte sich. »Beschnuppert ihr beide euch in Ruhe. Lass dich von den Schwestern verwöhnen, und ich kümmere mich derweil für euch um einen guten Ort für die kommenden Wochen. Okay?«

»Okay.« Lola schaute verzückt auf ihren Sohn. Amanda ließ die beiden allein und zog möglichst leise die Tür hinter sich zu.

Sie hatte vergessen, wie es war. Wie es sich anfühlte, ein Baby im Arm zu halten, so winzig direkt nach der Geburt ...

»Hey.« Carter stellte sich ihr in den Weg. Sie schaute ihn an. »Geht's dir gut? Du bist etwas blass um die Nase.«

»Ja, nein ... Ich habe gerade Lola und ihren Sohn besucht. Die beiden sind so zauberhaft, Carter ... Ich möchte, dass sie es gut haben.«

Er schloss sie in die Arme. »Das werden sie. Denn du wirst dafür sorgen, nicht wahr?«

Sie nickte. Oh ja, sie würde für Lola und ihren Sohn kämpfen.

Auf dem Heimweg war sie ziemlich schweigsam, und auch Carter sagte nicht viel. Erst als sie in der Einfahrt ihrer Eltern parkten, ergriff sie das Wort.

»Mein Vater bringt mich um«, sagte sie und wies auf die Rückbank.

»Ach was. Er wird Verständnis dafür haben.«

Sie überlegte, ob es wohl etwas bringen würde, wenn sie vorher noch in einer Waschanlage vorbeifuhren. Aber die Polster waren ruiniert, und das würde sich nicht durch einen Ausflug in die Waschstraße regeln lassen.

»Ich bezahle ihm eine professionelle Autoreinigung«, erklärte Carter. »So teuer ist das gar nicht, und danach ist sein Auto wieder wie neu.«

»Nein, das bezahle ich«, widersprach sie. »Du hast schon so viel getan.«

Er warf ihr stumm einen Seitenblick zu, den sie nur schwer deuten konnte. Doch da er nichts sagte, beließen sie es dabei.

Nachdem Amanda ihrem Vater erzählt hatte, wie es zu dem Unglück auf der Rückbank gekommen war und ihm versicherte, dass sie für die Kosten aufkommen würde, schloss er sie in die Arme, als hätte sie selbst gerade ein Kind zur Welt gebracht – ganz behutsam. Als wäre sie zerbrechlich.

»Ist schon in Ordnung«, sagte er. »So ein Auto muss ja auch eine Geschichte haben. Geh ruhig schon mal vor und erzähl deiner Mutter von der Geburt. Sie wird's freuen.«

Amanda warf Carter einen fragenden Blick zu, doch er zuckte nur mit den Schultern. Ihnen beiden war klar, dass ihr Dad mit Carter alleine reden wollte. Aber warum? Und worüber?

»Weißt du, warum Dad mit Carter allein sein will?«

Ihre Mom stand am Küchenfenster und blickte nach draußen, als Amanda sich zu ihr gesellte.

»Keine Ahnung … Ich vermute, er wird deinem Mann ordentlich die Leviten lesen.«

»Ich dachte, das haben sie gestern schon ausgekämpft.«

Ihre Mutter ließ die Gardine los, die sie beiseite geschoben hatte. »Was weiß ich? Und jetzt erzähl. Habt ihr das arme Mädel aus dem Knast geholt?«

»Nicht nur das.« Amanda setzte sich und erzählte. Ihre Mutter war derweil nicht untätig. Sie schälte und raspelte Süßkartoffeln, schnitt Paprika klein und bereitete alles für Amandas Leibgericht als Kind zu – karibische Pfannkuchen mit Gemüse und scharfem Hackfleisch.

»Du meine Güte!« Ihre Mutter war ehrlich entsetzt, als Amanda die Stelle erreichte, als der Richter Lola erklärte, dass sie den Staat bis zur Verhandlung nicht verlassen dürfe. »Das arme Mädel. Was wird jetzt aus ihr?«

»Meine Freundin Tara versucht, etwas zu organisieren.«

Es fühlte sich für sie komisch an, von Tara als Freundin zu sprechen, und einen Moment lang hielt sie inne. War Tara das überhaupt? Irgendwie kamen sie, Hannah und Ella dem, was sie unter Freundinnen verstand, im Moment am nächsten.

Ich habe mich ja von den alten Freundinnen abgewendet. Und nie nach neuen gesucht ...

Wie es wohl ihren alten Freundinnen ging? Ob sie immer noch in Providence lebten? Oder hatte das Leben sie auch in alle vier Winde verstreut?

Amanda beschloss, nach ihrer Rückkehr nach Boston auf die Suche zu gehen. Sie hatte schon länger das Gefühl, dass sie mitten im Leben ziemlich alleine stand – und das wollte sie ändern. Denn das Leben war einfach zu kurz, um es damit zu verplempern, sich von der Vergangenheit diktieren zu lassen, wer man war.

Sie wollte es wieder selbst in der Hand haben.

»Und wenn Tara keinen Erfolg hat?«, fragte ihre Mom.

Das wusste Amanda auch nicht.

Aber Tara würde bestimmt etwas finden. Wie Amanda sie kennengelernt hatte, gab sie nicht auf, bevor sie das Problem nicht gelöst hatte.

»Ich habe nichts gefunden.« Tara klang niedergeschlagen. »Es gibt ein paar Einrichtungen, die in Frage kämen, aber sobald ich dort sage, dass sie auf eine Gerichtsverhandlung wegen eines Diebstahldelikts warten muss, bekomme ich eine Absage. Es ist eine Schande, ehrlich gesagt.«

Amanda erzählte ihr von der Geburt.

»Das macht es noch komplizierter. Die Heime sind nicht auf Babys und Jungmütter eingerichtet.«

»Kannst du dich weiter umhören? Oder kann ich von hier aus irgendwas tun?«

»Ich wüsste nicht, was. Im schlimmsten Fall müssen wir aus unserem privaten Vermögen etwas Geld zusammenkratzen, damit sie wenigstens die nächsten Wochen über die Runden kommt. Danach ist sie auf sich allein angewiesen.«

»Das ist doch scheiße«, seufzte Amanda. »Gibt es keine Stiftungen, die sich um junge Mütter in prekären Situationen kümmern?«

»Ich höre mich um. Aber wir sollten uns nicht zu viele Hoffnungen machen.«

So viel hatte Amanda inzwischen verstanden. Sie legte auf und blieb noch ein bisschen auf der Verandatreppe sitzen, auf die sie sich zum Telefonieren zurückgezogen hatte.

Ihr Vater und Carter wuschen den Wagen. Schon witzig; die Polster der Rückbank waren das größere Problem des dunkelroten Taurus, und ihr Vater trug lieber eine dicke Schicht Wachspolitur auf der Motorhaube auf.

Er bemerkte ihren Blick, warf Carter den Lappen zu und kam zu ihr rüber. »Na, was bedrückt mein Mädchen?«, fragte er.

»Ach, nichts. Ich mache mir Sorgen um Lola. Sie hat niemanden, und die Stiftung fühlt sich jetzt nicht mehr zuständig, nachdem sie straffällig wurde.«

»Hm. Ist sie ein gutes Mädel?«

»Ist sie. Und schlau! Du würdest sie mögen. Sie hat einfach Pech gehabt, und jetzt wird sie auch noch verurteilt, nur weil sie für ihr Kind sorgen wollte. Das ist doch ungerecht.«

»Aber sie hat das Gesetz gebrochen. Das war nicht in Ordnung.«

»Diesen Mädchen fehlt der Halt. Sie brauchen mehr Zuspruch, mehr Bestätigung. Sieh mich an … Ich bin total verunsichert, weil ich bald Mutter werde. Und ich bin Ende dreißig, habe einen gut bezahlten Job und eine Perspektive für die Zeit nach der Babypause. Sie hat nichts von alledem.«

Sie saßen eine Weile schweigend auf der Treppe. Schließlich sagte ihr Vater: »Nun frag schon.«

Sie blickte ihn überrascht von der Seite an. »Was soll ich denn fragen?«

»Ob sie bei uns bleiben kann. Ich bin sicher, deine Mutter hätte nichts dagegen. Sie ist völlig verrückt nach kleinen Babys. Und ich … Nun ja. Nimm's, wie du willst, aber ich bin wohl auf meine alten Tage weich geworden.«

Stumm fiel Amanda ihrem Vater um den Hals.

»Na, na, na«, sagte er. »Nicht so stürmisch.«

»Doch«, widersprach Amanda. Sie spürte die Tränen der Rührung, die in ihren Augen brannten. »Natürlich so stürmisch, denn … oh, Dad. Das ist wunderbar von dir. Danke, danke, danke. Das vergesse ich dir nie.«

»Mir würde es schon reichen, wenn du in Zukunft etwas häufiger hier vorbeischaust«, brummelte er. »Oder wir besuchen dich in Boston, sobald deine Freundin Florida wieder verlassen darf.«

Amanda hatte das Telefon schon in der Hand. »Das muss ich Tara erzählen. Und dann würde ich morgen gern mit Mom einkaufen fahren. Damit Lola und ihr Baby ein paar Sachen hier haben, wenn sie aus der Klinik kommen.« Sie sprang auf und wählte Taras Nummer aus ihrem Adressbuch.

Während sie wartete, dass ihre Freundin dranging, atmete Amanda tief durch. Alles wird gut, dachte sie.

Zum ersten Mal erlaubte sie sich, diesen Hoffnungsschimmer nicht nur zu spüren, sondern auch zuzulassen.

Alles wird gut …

Sie bemerkte Carter, der immer noch das Auto polierte.

Nun, vielleicht nicht alles. Aber fast alles. Und mit den Dingen, die nicht wieder in Ordnung kommen, werde ich mich irgendwie arrangieren.

17. Kapitel

Sie hatte vergessen, welche Wirkung Las Vegas auf sie ausübte.

Die Stadt lag mitten in der Wüste, einer Oase gleich, wo Glücksspiel das Stadtbild prägte. Eine Oase, zu der Hunderttausende jedes Jahr strömten und auf den großen Gewinn hofften. Wer kam nicht mit leerem Koffer und stellte sich insgeheim vor, wie er ihn vor dem Rückweg mit dicken Geldbündeln füllte?

Als der Flieger landete, waren Sams Hände schweißnass. Sie flog nicht gern, doch das war nicht der Grund für ihre Nervosität.

Oliver hatte kalte Füße bekommen. Zwar erst nach der Hochzeit, aber spätestens seit Britney Spears wusste man ja, wie leicht man eine in Las Vegas geschlossene Ehe wieder scheiden konnte. Vor allem, wenn die Eheleute schon so bald ihren Irrtum bemerkten.

Als sie die Ankunftshalle betrat, wartete niemand auf sie. Kein Problem. Oliver hatte ihr gesagt, in welchem Hotel er wohnte. Das Caesars Palace war eines dieser Hotels, die neben dem Bellagio, dem Hilton und dem Marriott für das Selbstverständnis dieser Stadt standen – höher, besser, teurer.

Sie rief von unterwegs Oliver an, doch es meldete sich nur seine Mailbox. Sam runzelte die Stirn. Das war wieder typisch Oliver. Er musste angeblich immer erreichbar sein. Das Handy war seine Verbindung zur Welt, und nicht mal am Wochenende konnte er es aus der Hand legen. Aber sobald sie anrief, ging er nicht dran. Sie vermutete, das war Absicht.

Zehn Minuten später versuchte sie es noch mal – mit demselben Ergebnis. Ein ungutes Gefühl beschlich sie. Er hatte ihr, während der Flieger in der Luft war, noch eine Nachricht geschickt, dass sie sich bei der Rezeption des Hotels melden sollte. Die würden wissen, wo er war und sie zu ihm bringen.

Irgendwas stimmte hier nicht.

Zu der Nervosität darüber, was sie im Hotel erwartete, gesellte sich jetzt auch Besorgnis. Am liebsten hätte sie dort angerufen und sofort nach ihm verlangt. Doch sie wusste, wie sehr er es verabscheute, wenn Sam sich nicht an seine Vereinbarungen hielt. Ja, genau – er diktierte, wie sie sich zu verhalten hatte und nannte es eine »Vereinbarung«. Als hätte Sam irgendwann mal ein Wörtchen mitzureden gehabt.

Sie sprang aus dem Taxi, sobald es vor dem Hotel hielt. Beinahe wäre sie über ihre eigenen Füße gestolpert, als sie zur Rezeption lief und nach Oliver fragte. Der Concierge musterte sie mit hochgezogenen Augenbrauen, als wäre sie eine Außerirdische, die nach einem Zimmer verlangte. Dann nahm er den Telefonhörer zur Hand und rief an.

Ihre Finger trommelten nervös auf den Tresen.

»In Ordnung. Ja, Sir. Verstehe, Sir.« Der Concierge musterte sie. Aus seinem milden Erstaunen war inzwischen etwas geworden, das sie nur als Abscheu deuten konnte.

»Ma'am, es tut mir leid. Aber er will Sie nicht sehen. Er lässt ausrichten, dass er Sie nicht herbestellt hat.«

Die Worte des Concierges zogen ihr den Boden unter den Füßen weg. »Nein«, flüsterte sie.

»Er riet mir außerdem, die Polizei zu rufen, falls Sie

sich nicht einsichtig zeigen, Ma'am. Ich würde darauf gerne verzichten. Darum bitte ich Sie jetzt zu gehen.«

Wieder war sie auf Oliver reingefallen. Wieder hatte er sein Spiel mit ihr getrieben. Er hatte sie zu sich gelockt, hatte ihr Lügengeschichten erzählt. Woher sollte sie wissen, was noch stimmte? War seine Ehe mit Jolanda nun ein Fehler oder einfach nur ein Trick, ein Lügengebilde, um Sam endgültig in ihre Schranken zu verweisen und in eine emotionale Abhängigkeit zu stürzen, aus der sie sich niemals würde lösen können?

Ich bin so eine Idiotin! Immer wieder falle ich auf ihn rein ...

Aber auch wenn sie sich Vorwürfe machte – es war gut, dass sie hergekommen war.

»Haben Sie noch ein Zimmer frei?«, fragte sie den Concierge. Er hob wieder die Brauen. Himmel, wie viel man allein mit einem Blick und hochgezogenen Brauen sagen konnte ...

»Ach, vergessen Sie's«, fauchte Sam ihn an. Sie nahm ihre Reisetasche und verließ hocherhobenen Haupts das Caesars Palace.

Es gab schließlich noch das Bellagio. Ihr Rückflug ging erst morgen Nachmittag. Wieso sollte sie sich die Laune verderben lassen und das Wochenende nicht einfach genießen?

Im Bellagio buchte sie eine Junior Suite, und diese passte perfekt zu ihr – nicht zu groß, dass sie sich einsam fühlte, aber schon so luxuriös, dass sie das Gefühl hatte, sich etwas zu gönnen. Sie bestellte beim Zimmerservice einen Mittagsimbiss, packte ihre Sachen aus und überlegte, wie sie den Tag genießen wollte.

Jetzt wäre eine Begleitung doch gar nicht so schlecht.

Ein netter Mann wie Maurice, der mit ihr lachte. Oder eine beste Freundin, mit der sie Champagner schlürfen, Erdbeeren naschen und das Geld im Kasino verjubeln konnte.

»Allein kann man auch viel Spaß haben«, murmelte sie trotzig.

Nach dem kleinen Imbiss ging sie ausgiebig in den Whirlpool und genoss ein prickelndes, warmes Bad, das ihre Muskeln entspannte und ihr etwas Zeit zum Nachdenken gab. Sie kannte hier niemanden – na und? Sie war schließlich nicht auf den Mund gefallen. Es würde nicht lange dauern, bis sie ein paar Bekanntschaften schloss.

Eine Stunde später verließ Sam wie verwandelt ihre Suite. Sie trug ein goldenes Seidenlamékleid und schwarze Jimmy Choo. In der Clutch waren ihr Handy, der sündhafte dunkelrote Lippenstift, den sie aufgelegt hatte, ein Puderdöschen und ihre Kreditkarte. Sie wollte spielen – sie wollte vergessen.

Die Spielautomaten ließ sie links liegen und ging zielstrebig weiter zu den Tischen, die im hinteren Teil des Kasinos waren. Hier war es nicht so laut, das Klappern, Dudeln und Flackern der Automaten machte einer gediegenen Atmosphäre Platz. Viele der Tische waren halbleer, und sie entschied sich für einen Roulettetisch, an dem sechs der acht Plätze besetzt waren. Sie nickte leicht, als sie sich setzte, platzierte ihre Chips vor sich und wartete ein wenig ab, bevor sie anfing zu setzen.

Sie gewann beim ersten Mal. Beim zweiten Mal verlor sie dieselbe Summe wieder, setzte dann das Doppelte auf »Rouge« und gewann wieder. Sie ließ die Chips stehen, und erneut kam »Rouge«. Sam strich den Gewinn ein und wartete eine Runde, bevor sie wieder setzte.

Es wunderte sie nicht, dass sie schon wieder gewann.

Glück im Spiel ... wir wissen, was das heißt.

Doch den Gedanken an Oliver schob sie rasch wieder beiseite. Es fiel ihr auch gar nicht so schwer, ihn zu verdrängen. Stattdessen dachte sie an Maurice, der in seinem Loft in Boston hockte und vermutlich die ganze Zeit nichts Besseres zu tun hatte als sich neue Möglichkeiten zu überlegen, wie er sich an sie ranmachen konnte …

Das ist unfair. Er hat mich in einer Notlage aufgenommen und meine Schwäche nicht ausgenutzt. Wünscht man sich nicht immer, von einem Mann genauso behandelt zu werden?

Stattdessen grollte sie ihm.

»Wenn Sie so finster gucken, wird sich das Glück vielleicht gegen Sie wenden.«

Sie blickte hoch. Ihr gegenüber saß ein Mann – dunkle Haare, gepflegter Vollbart, etwa in ihrem Alter. Der Smoking war teuer und saß wie maßgeschneidert. Er schob gerade einen Tausenddollarjeton auf die 34.

»Sie fordern das Glück aber auch ganz schön heraus«, erwiderte sie scharf.

Er zuckte mit den Schultern. Der Croupier ließ die Kugel rollen. Alle am Tisch hielten den Atem an, und bevor er »rien ne va plus« verkündete, legte Sam einen Hundertdollarjeton ebenfalls auf die 34.

»34 - Rouge«, verkündete der Croupier.

Ihr Gegenüber hob grüßend das Glas mit Scotch. Sie erwiderte den Gruß mit ihrem Martiniglas.

»Haben wir das Glück zu Genüge gefordert?«, fragte er. Der Croupier schob ihm flink den Gewinn zu, den er in die andere Hand nahm und aufstand.

Sam sammelte ihren Gewinn ein und stand ebenfalls auf. Sie hatte nicht damit gerechnet, aber der Abend begann, ihr Spaß zu machen.

Er hieß Robert und war Geschäftsmann aus Orlando. Sie setzten sich erst an die Bar und plauderten ein wenig, um sich besser kennenzulernen. Danach stürzten sie sich wieder ins Vergnügen an den Spieltischen. Beim Black Jack verloren sie ein bisschen, bei der zweiten Runde am Roulettetisch sogar fast alles, was sie zuvor gewonnen hatten.

Atemlos von dem Adrenalinkick ließ Sam sich auf einen Barhocker fallen und bedeutete dem Barkeeper, ihr noch einen Martini zu mixen. Robert rutschte neben ihr auf einen Hocker und ließ sich einen Gin Tonic servieren.

Der goldene Ring an seiner linken Hand war ihr nicht entgangen.

»Wie lange bist du schon verheiratet, Robert aus Orlando?«, fragte sie keck.

»Seit vier Jahren. Alice ist die Liebe meines Lebens. Und du, Sam aus Boston? Gibt es da jemanden?«

Sie wiegte den Kopf. »Schon. Bis vor kurzem war da jemand, aber er hat sich für eine andere entschieden.« Inzwischen konnte sie sogar darüber lachen. »Stell dir vor, er hat sie hier in Vegas geheiratet, *danach* kalte Füße bekommen und mich herzitiert. Nur um mich dann wieder abblitzen zu lassen.«

»Er ist also nicht nur ein Idiot, sondern ein *großer* Idiot.«

»Kann man so sagen.«

Ihre Drinks wurden serviert, und sie stießen miteinander an.

»Worauf trinken wir?«, fragte Robert.

»Auf die Liebe«, verkündete sie tapfer.

»Möge sie dich auch bald finden«, fügte er hinzu.

Sie stießen noch mal an und tranken.

»Aber du willst mir jetzt nicht sagen, dass er noch irgendwo hier in Vegas rumläuft und seinen Honeymoon genießt, oder?«

Sam prustete. »Ich glaube eher, er liegt in einem Hotelbett und genießt den Honeymoon.«

»Wünschen wir ihm das allerbeste. Einen ordentlichen Honeymoon-Harnwegsinfekt und am besten noch Bettläuse obendrauf.«

Sam lachte. Sie lachte sogar schallend laut. Robert stimmte in ihr Lachen ein.

»Du siehst hübsch aus, wenn du lachst, Sam aus Boston.«

Sofort verging ihr das Lachen. Sie trank den Martini und schaute Robert nicht mehr an.

»Entschuldige. Durfte ich das nicht sagen?«

»Ist schon okay.«

Komplimente vertrage ich im Moment also nicht so gut. Zumindest nicht, wenn ich Hintergedanken vermute – noch dazu von einem verheirateten Mann.

»Ich bin seit vier Jahren *glücklich* verheiratet. Und ich habe nicht vor, etwas daran zu ändern«, erklärte Robert entschieden. »Im Gegenteil. Und ein ehrliches Kompliment muss nicht zwangsläufig dazu führen, dass wir in deinem oder meinem Bett landen.«

Sie atmete tief durch. »Entschuldige.«

»Du musst dich nicht entschuldigen. Der Mann, der dich zu diesem misstrauischen, scheuen Wesen gemacht hat, das hinter jedem guten Wort gleich mehr vermutet oder befürchtet – der sollte sich entschuldigen. Der hat dich so kaputt gemacht.«

»Ich bin nicht kaputt«, protestierte sie lahm.

»Vor mir sitzt jedenfalls eine Frau, die sich selbst klein macht, weil irgend so ein Arsch sie auch nach seiner Hochzeit nicht loslässt. Das ist unfair. Und es macht dich auf Dauer kaputt.«

Sie schwieg. Robert hatte recht, doch sie war nicht bereit, das zuzugeben.

»Und was soll ich deiner Meinung nach dagegen tun?«

»Lass nicht zu, dass er dich vollends zerstört. Du hast es in der Hand.«

Sie zuckte mit den Schultern. »Es ist vorbei. Er wird sich nicht mehr bei mir melden.«

»Bist du dir sicher?«

Nein, sicher war sie nicht. Aber sie hoffte einfach, dass Oliver sie in Zukunft in Ruhe ließ.

»Ich meine, wieso macht er das? Geht es ihm um mich? Oder um dieses Gefühl der Macht, die er über mich ausübt?«

»Vielleicht beides?« Robert winkte den Barkeeper heran und bestellte einen doppelten Espresso. »Mein bestes Rezept gegen den Kater am nächsten Morgen«, erklärte er, als er ihren fragenden Blick bemerkte.

»Dann nehme ich auch einen.« Sie zog das Handy aus der Clutch, um zu sehen, wie spät es war.

Sieben Anrufe in Abwesenheit. Drei Textnachrichten. Eine Nachricht auf der Mailbox. Und das alles in nicht mal zwei Stunden.

Ihr Herz stockte. Dann hielt sie Robert stumm das Handy hin. Er sah vom Display zu ihr. »Und?«, fragte er.

»Was – und?«

»Rufst du ihn zurück?«

Sie wollte unbedingt. Vielleicht war etwas passiert und er brauchte ihre Hilfe …

»Mach nicht wieder denselben Fehler«, riet Robert ihr.

Aber sie hatte Olivers Nummer schon gewählt.

Vielleicht wäre es anders gelaufen, wenn sie nicht schon ziemlich angetrunken gewesen wäre. Aber so blieb ihr nur als Entschuldigung, dass der Alkohol sie enthemmte. Sie ging nicht so weit, ohne Scham mit Robert zu flirten. Aber Oliver brauchte sie, und obwohl sie sich geschworen hatte, dass es vorbei war, vorbei sein musste – sie konnte nicht anders.

Er meldete sich nach dem zweiten Freiton. Seine Stimme klang atemlos, gehetzt. »Wo bist du, Sammy?«, rief er ins Telefon. »Ich … du musst mir helfen.«

»Ich kann dir nicht helfen, Oliver.« Sie musste hicksen. Hätte sie doch bloß auf den letzten Martini verzichtet …

»Jolanda ist zurück nach New York geflogen. Sie zieht aus. Es ist vorbei.« Er klang niedergeschlagen.

Und ihr fiel auf die Schnelle nichts Besseres ein als: »Ich wusste ja nicht, dass sie schon bei dir eingezogen ist.«

Für einen Moment war es in der Leitung still. Dann war da wieder Olivers Stimme. Resigniert und müde.

»Ich habe es verdient, dass du mich so behandelst. Glaubst du, das ist für mich alles nur ein Spiel?«

»Ja.«

»Das ist es nicht. Komm zurück, Sammy.«

»Als du das letzte Mal sowas gesagt hast, habe ich dir geglaubt und bin in den nächsten Flieger gestiegen.«

»Aber diesmal ist es die Wahrheit!« Er heulte auf. »Bitte, Sammy. Lass uns reden. Ein letztes, ein einziges Mal noch. Ich verspreche dir, danach … danach ist alles anders.«

Sie blieb stumm. Robert prostete ihr zu, und sie fragte sich, wie wohl das Leben mit einem Mann aussah, der wie er so entspannt war. Der mit einer fremden Frau an einem Samstagabend in Vegas einen draufmachte und dabei keinen Gedanken daran verschwendete, wer später in welchem Bett landete. Der so viel Vertrauen in seine Ehe hatte, dass er sich keine Sorgen machte. Er machte das einfach nicht! Für ihn war seine Ehe ein stabiler Hafen, und sie bewunderte ihn in diesem Moment für diese Lässigkeit.

Er unterschied sich in vielen Dingen so extrem von Oliver, dass sie fast gesagt hätte, was sie dachte.

Es hat doch keinen Sinn mehr, Oliver. Lass es uns an dieser Stelle ein für alle mal beenden.

Stattdessen hörte sie sich sagen: »Ich bin im Bellagio. Im Kasino an der Bar. Komm her, wenn du reden willst.«

»War das klug?«, fragte Robert, nachdem sie aufgelegt hatte.

Sie zuckte mit den Schultern und rührte Zucker in ihren Espresso. Sie musste schleunigst wieder zur Vernunft kommen.

»Vermutlich nicht. Kannst du so lange bleiben, bis ich ihm erklärt habe, dass er nie wieder eine Chance bei mir haben wird?«, fragte sie beiläufig.

Robert grinste. »Mit dem größten Vergnügen.«

Er kam eine Dreiviertelstunde später an die Bar des Bellagio. Auf eine unschöne Art sah er zerrupft aus; die Haare wirr, der Dreitagebart ungepflegt und das Hemd stand halb offen. Seine Stirn glänzte vom kalten Schweiß, und sobald er sich auf den Barhocker neben Sam schob, winkte er ungeduldig den Barkeeper heran und bestellte mit barscher Stimme einen Wodka. Pur, ohne Eis »oder irgendwelchen anderen Schnickschnack, Kumpel«.

Erst dann wandte er sich Sam zu. »Danke, Sammy.«

Sie zeigte auf Robert. »Darf ich dir meinen Bekannten vorstellen?«

Die beiden gaben sich über ihren Schoß hinweg die Hand; Oliver taxierte Robert, als wollte er abschätzen, wie groß die Konkurrenz war, die ihm da drohte.

»Er trägt einen Ehering«, bemerkte er sofort.

»Du auch«, konterte Sam. Ihr war der schmale, goldene Reif nicht entgangen. Elegant sah er aus, beinahe geschmackvoll. Das hätte sie weder ihm noch Jolanda zugetraut.

»Der hat auch keinen Wert außer das Material.« Er streifte ihn ab und steckte ihn ein, als hätte er wirklich keine Bedeutung für ihn.

»Was ist passiert?«

»Sie wollte mehr als ich.«

»Sie will Kinder und ein gemeinsames Leben.«

Oliver war überrascht. »Woher weißt du das?«

»Ich habe mich mit ihr unterhalten, als ich neulich bei euch war.«

»Und da hat sie ausgerechnet dir das erzählt?« Er runzelte die Stirn, als wäre allein die Vorstellung, dass sich jemand Sam anvertrauen könnte, absurd.

»Stell dir vor, ja. Sie formulierte es aber anders. Es klang, als wäre das alles dein Wunsch.«

Sie spürte hinter ihrem Rücken eine Bewegung. Robert, der bisher schweigend zugehört hatte, beugte sich über ihre Schulter.

»Ich habe gehört, dass Sie zu den Männern gehören, die nichts anbrennen lassen. Donnerwetter!«

Oliver schien sichtlich verlegen.

»Najaaaaa«, sagte er gedehnt.

»Nein, wirklich. Erklären Sie mir, wie Sie das machen. Wie schaffen Sie es, dass eine Klassefrau wie Sam Ihnen so hörig ist? Andere Männer können davon nur lernen!«

Sam musterte ihn von der Seite. Hatte sie sich so in Robert getäuscht und er gehörte zu diesen Arschlöchern, die immer nur nehmen, nehmen, nehmen? Oder war das seine Art, Oliver zu zeigen, wie arschig er sich all die Jahre verhalten hatte?

Sie bemerkte, dass seine Augen blitzten. Nicht hinterhältig, sondern eher amüsiert. Sam atmete auf. Natürlich! Er machte sich einen Spaß daraus, Oliver in Verlegenheit zu bringen. Er war also voll und ganz auf ihrer Seite.

Sie beschloss, bei dieser Scharade mitzumachen.

»Nein, Robert«, sagte sie und legte die Hand auf seinen Ärmel. »Nicht. Behandle ihn nicht wie eines dieser Arschlöcher, die Frauen ausnutzen. Damit wirst du ihm nicht gerecht.«

Jetzt war Oliver erst recht verwirrt. Vermutlich hatte er mit allem gerechnet – nur nicht damit, dass Sam ihn nach all seinen Verfehlungen und der Heirat auch noch vor ihrem neuen Bekannten verteidigte!

»Findest du? Aber er hat das doch hervorragend hinbekommen, oder? Bist du nicht jedes Mal gesprungen, sobald er gepfiffen hat?«

Er übertrieb. Oder? War sie wirklich immer zur Stelle, sobald Oliver auch nur andeutete, dass er sie brauchte?

Im Grunde schon. Und das ist das Gefährliche an dieser Liebe. Es muss aufhören, schon seit Jahren. Aber ich schaffe es einfach nicht.

Vielleicht war Robert ihre Chance, endlich einen Schlussstrich zu ziehen. Oliver so sehr zu distanzieren, dass er sich nie wieder in ihre Nähe begab …

»Ja, ich bin jedes Mal gesprungen, wenn er gepfiffen hat«, räumte sie ein und ließ dabei Oliver nicht aus den

Augen. Sein Wodka wurde serviert, und er stürzte sich darauf wie ein Verdurstender. Mit der freien Hand bedeutete er dem Barkeeper, ihm gleich den nächsten zu bringen.

»So hast du das also gesehen?« Oliver räusperte sich.

»Es war so«, erwiderte sie. »Und das ist jetzt vorbei, Oliver. Ich will das nicht mehr. Nie wieder.«

»Aber wir waren doch ein gutes Team!«, widersprach er. »Wir hatten so viel Spaß und ...«

»Nein. Du hattest viel Spaß. Ich hatte ein bisschen Vergnügen, bis du mich wieder für so ein Magermodel vor die Tür gesetzt hast. Ich habe die Lücken gefüllt. Deine Einsamkeit vertrieben. Alles für dich getan. Und du? Was hast du für mich getan?«

»Es war doch nicht alles schlecht! Weißt du noch, wie wir nach Paris geflogen sind?«

Ja, daran erinnerte Sam sich noch sehr gut. Es hatte lange gedauert, bis sie begriff, dass es ihm nicht um sie oder um die gemeinsame Zeit gegangen war, sondern dass er sich heimlich mit einer anderen Frau traf, während Sam im Hotelzimmer auf ihn wartete. Aber das erwähnte sie nicht, sondern musterte ihn so lange mit hochgezogenen Augenbrauen, bis er den Blick senkte.

Zu seinem Glück kam der folgende Wodka etwas schneller. Wieder bedeutete er dem Barkeeper, sofort den nächsten zu bringen.

»Sir, soll ich Ihnen nicht gleich eine Flasche bringen?«, fragte der Barkeeper höflich. Doch Oliver lehnte ab. Er wollte sich also nicht völlig abschießen. Gut.

Sam hatte nämlich keine Lust, später seine Schnapsleiche aus der Bar zu zerren. Er sollte zumindest aufrecht gehen können, wenn sie ihn hier sitzen ließ.

Denn das war der Plan. Sie würde ihn sitzenlassen. Er

hatte es nicht anders verdient, fand sie.

All die Jahre, die Demütigungen, die fadenscheinigen Entschuldigungen, all die Situationen, in denen er sie schamlos ausgenutzt hatte, kochten jetzt wieder hoch, und sie wusste, dass sie es keinen Tag länger aushielt. Es war vorbei. Und sie wünschte sich gerade nur, es wäre nicht Robert, der neben ihr saß und beobachtete, wie sie Oliver das beibrachte, sondern Maurice.

Er war ihre Chance auf einen Neuanfang. Ihre Aussicht auf eine Zukunft, ihr Begleiter für die kommenden Monate. Als Freund, wohlgemerkt; sie wollte nicht das tun, was ja Oliver mit ihr immer getan hatte. Maurice sollte nicht die Lücke schließen, die ihre Trennung von Oliver zwangsläufig reißen würde. Sie wollte sich und ihm alle Zeit der Welt lassen.

»In Paris hast du diese Blondine gevögelt. Wie hieß sie noch? Ginette? Glaubst du, das habe ich nicht bemerkt? Außerdem hattest du die Reise ursprünglich für dich und Amelie gebucht, aber sie hatte keine Zeit oder keine Lust, und du bist zu geizig, um so eine Reise verfallen zu lassen.«

Oliver fiel fast der Wodka aus dem Gesicht. Sein selbstgefälliges Lächeln war ihm definitiv vergangen.

»Und die anderen Frauen, mit denen du dich getroffen hast, wenn du mir zugleich versichert hast, dass wir zusammen waren? Davon will ich gar nicht anfangen. Ich habe mich irgendwann dran gewöhnt, so wie du dich dran gewöhnt hast, dass ich ja so ›cool‹ war, dir diese Eskapaden einfach durchgehen zu lassen. Aber das wird nicht mehr passieren, Oliver. Vielleicht bin ich erwachsen geworden. Auf jeden Fall werde ich nicht mehr auf deine Versprechungen reinfallen. Es ist vorbei.« Sie leerte ihr Martiniglas und knallte es auf den Tresen. Aus der Clutch zog sie einen Geldschein, den sie unter das Glas klemmte. »Wenn du mich jetzt entschuldigst? Robert und ich müssen noch etwas Geld verspielen.«

Es war ein starker Abgang, und das wusste Sam. Selbstbewusst stolzierte sie zu den Roulettetischen. Robert war dicht hinter ihr. Er hakte sich bei ihr unter und flüsterte ihr zu: »Gut gemacht.«

Sie lachte. Es fühlte sich tatsächlich *gut* an. Befreiend. Sie hatte Oliver in seine Schranken verwiesen, hatte den Dämon ihrer Vergangenheit besiegt.

Sie hatte das Gefühl, unbesiegbar zu sein.

Am Sonntagmorgen wurde Amanda von ihrer Mutter um halb acht geweckt.

»Auf, auf, wir haben viel zu tun!« Sie riss die geblümten Vorhänge auf, sodass die Sonne das Gästezimmer flutete. »Pack deine Sachen, nachher bringen wir dich zum Flughafen.«

Amanda gähnte und setzte sich auf. Sie hatte geschlafen wie ein Stein; die Ereignisse des gestrigen Tags hatten sie erschöpft.

Als sie aus der Dusche kam, bekam sie gerade eine Nachricht von Carter.

Was ist denn mit deiner Mutter los? Ich soll um acht Uhr zum Frühstück antanzen ...

Sie lachte und schrieb zurück: *Wenn sie dich so einbindet, hat sie dich als Teil der Familie akzeptiert. Love it or ...*

Sie schrieb nicht weiter, sondern schickte die Nachricht ab. *Love it or leave it* – das hatte sie schreiben wollen. Er sollte es mögen oder verschwinden? War das ihr Ernst?

Sie ging in die Küche, die schon erfüllt war vom Duft

nach frischen Vollkornbrötchen, Pancakes mit Blaubeeren und dem besten Kaffee, den man einer einfachen Kaffeemaschine entlocken konnte. Die neumodischen Vollautomaten seien etwas für Leute, die keine Ahnung haben, wie man Kaffee kocht, hatte ihre Mom Amanda gestern erklärt. Und irgendwie musste Amanda ihr Recht geben – der Kaffee schmeckte anders als das, was sie sich jeden Morgen beim Starbucks an der Ecke holte. Anders, aber auch sehr, sehr lecker.

Jedenfalls war Amanda froh, dass ihre Mutter den Kaffee gern stark kochte, denn heute würde sie das brauchen. Sie saß kaum am Küchentisch, als schon ihr Vater geschäftig hereinwuselte, sich einen Becher vom schwarzen Weckergold einschenkte und sofort wieder verschwand, ohne den Köstlichkeiten auf dem Tisch auch nur einen Blick zu schenken.

»Was ist mit Dad los?«, fragte Amanda.

»Er putzt sein Auto. Von innen.«

»Ich habe doch gesagt, dass ich für eine professionelle Reinigung aufkomme …«

»Ach was.« Ihre Mom machte eine wegwerfende Handbewegung. »So ist es doch viel billiger. Außerdem brauchen wir den Wagen heute.«

»Wir können auch ein Taxi zum Flughafen nehmen, Mom.«

»Wir bringen euch, und damit basta. Nachdem wir für Lola und ihr Baby eingekauft haben.«

»Wow, das ist … toll.« Amanda war sprachlos. Sie hatte das Angebot ihres Dads nicht vergessen, doch dass ihre Eltern so schnell Nägel mit Köpfen machten, erstaunte sie dann doch.

»Was meinst du – wie lange muss sie noch in der Klinik bleiben?«

»Nicht allzu lange. Wenn ihr mögt, können wir sie heute Nachmittag besuchen, damit sie euch kennenlernt. Und ihr sie«, fügte Amanda hinzu. Immerhin könnten ihre Eltern noch einen Rückzieher machen, oder?

»Machst du dir Sorgen, dass wir das arme Ding im Stich lassen?«

Mütter. Manchmal ist es schon unheimlich, wie sie die Gedanken ihrer Kinder lesen ...

Amanda schüttelte den Kopf. »Das glaube ich nicht. Lola ist total lieb; sie hat einfach ein paarmal zu oft im Leben Pech gehabt.«

»Dann wird's Zeit, dass wir das Blatt zu ihren Gunsten wenden. Ah, sieh mal. Carter ist auch schon da.«

Sie zeigte aus dem Küchenfenster, wo Amandas Mann gerade mit seiner Reisetasche in der Hand über den Rasen kam.

Er sieht so gut aus – entspannt und lässig in dem hellgelben Polohemd und der Stoffhose. Als hätte er keine Sorgen ... Nun ja, vielleicht hat er die auch nicht, weil er sich einfach aus allem raushält. Auch aus der Sache mit dem Kind.

»Seid ihr euch inzwischen einig, wie es mit euch weitergeht?«

Amanda schüttelte den Kopf und versteckte ihr Gesicht hinter dem großen Kaffeebecher. »Ich kann ihn kaum zwingen, oder?«

»Solltest du aber. Also, wenn's nach deinem Vater ginge. Wärt ihr nicht schon so lange verheiratet, hätte er sich Carter noch ganz anders zur Brust genommen.«

Amanda wurde heiß. »Das ist nicht nötig«, meinte sie. »Wir kommen schon irgendwie klar. Und wenn Carter nicht will, schaffe ich das auch ohne ihn.«

»Das sollte aber keine Frau allein schaffen müssen«,

widersprach ihre Mutter.

»Ich weiß, Mom. Ich weiß ...«

»Vielleicht kommt er ja noch zur Vernunft. So ein Kind braucht doch seine Eltern.«

Amanda dachte an Finn und seine drei Kinder, die ohne ihre Mutter aufwuchsen. Manchmal konnte man nicht gegen das Schicksal ankämpfen, dass einen geliebten Menschen viel zu früh fortriss. Aber was Carter tat, war so *unnötig* ...

Trotzdem. Sie hatte sich geschworen, ihn zu nichts zu zwingen.

Das Frühstück verlief erstaunlich harmonisch, und danach brachen sie zu ihrer Einkaufstour auf. Amandas Vater blieb zu Hause, doch Carter erklärte sich bereit, die beiden Frauen zu fahren. Sie fuhren zu einem Einkaufszentrum, in dem unter anderem ein Babyfachmarkt war, wo man vom Schnuller bis zur kompletten Kinderzimmereinrichtung alles bekam.

»Was brauchen wir denn überhaupt?«, fragte Amandas Mutter.

Amanda zückte ihr Smartphone. »Ich habe für mich schon mal eine Liste gemacht«, erklärte sie mit einem Augenzwinkern. »Damit sollten wir schon ein Stückweit zurechtkommen.«

So begannen sie, für Lola einzukaufen. Ihre Mutter bestand darauf, für den Anfang nur das Nötigste zu kaufen. Später wollte sie mit Lola noch mal herkommen, damit sie auch ein paar Sachen aussuchen konnte. »Das macht doch so viel Spaß – wir können ihr das unmöglich nehmen.«

Während ihre Mom sich also durch die Angebote bei der Erstlingskleidung wühlte, schlich Carter durch die Gänge. Amanda folgte ihm unauffällig und legte bei der

Gelegenheit eine Packung Spucktücher und zwei Schnuller in ihren Einkaufskorb.

Sie beobachtete, wie er die einzelnen Produkte betrachtete und sogar eine Verpackung mit Schnullerkette aus dem Regal nahm. Sie lächelte. Die kleinen Holzfigürchen sahen sehr süß aus.

Carter hatte keinen Einkaufskorb. Sie trat zu ihm und fragte: »Wollen wir das mitnehmen?«

Er zuckte zusammen, fühlte sich ertappt. »Weiß nicht«, murmelte er.

Sie hielt ihm wortlos ihren Korb hin, und er suchte eine hellblaue Schnullerkette mit Eulen aus. Dann gingen sie weiter, und vor dem Regal mit den Spieluhren blieb er wieder stehen. Amanda überließ ihm die Auswahl, und auch hier entschied er sich für eine hellblaue mit Eule.

»Weißt du schon, was es wird?«, fragte er unvermittelt.

»Keine Ahnung. Dafür ist es noch etwas früh«, sagte Amanda.

»Ein Junge wäre schön«, sagte Carter.

Sie kommentierte seine Aussage nicht.

»Aber über ein Mädchen würde ich mich genauso freuen.«

Er würde sich also freuen?

Das war mehr, als sie vor zwei Wochen noch zu hoffen gewagt hätte.

»Lass uns bei der Babykleidung noch mal schauen. Und dann nehmen wir das Beistellbett da vorne mit.« Sie zeigte auf eines der Betten, die man wie einen Balkon an einem normalen Bett befestigen konnte. »Am besten eins, das in der Höhe verstellbar ist.«

»Schlafen Babys immer bei ihren Eltern?«, fragte Carter.

Amanda hatte sich in der letzten Woche schlaugelesen – denn was wusste sie schon darüber? Ihre letzte Schwangerschaft war schließlich fünfzehn Jahre her! – und konnte daher antworten. »Das ist besser fürs Baby. Es hört die Atmung der Eltern und kann dann selbst besser atmen.«

Ihre Mom hatte inzwischen einen Korb mit Bodys, Stramplern und Mützchen gefüllt. Amanda fügte noch zwei Schlafsäcke hinzu, ein paar Söckchen und noch mehr Spucktücher. Weil sie nicht wussten, ob Lola stillen wollte, kam außerdem noch ein Satz Flaschen nebst Sauger dazu. Carter suchte eine Babydecke aus – diese war neutral gehalten und hatte Elefanten drauf.

»Das sollte für den Anfang reichen«, sagte Amanda. »Wenn noch etwas fehlt, wird Dad bestimmt sofort losrennen, wie ich ihn kenne.«

Amanda wollte bezahlen, doch ihre Mom war dagegen und hielt der Kassiererin ihre eigene Kreditkarte hin. »Lola ist unser Gast«, sagte sie bestimmt. »Und du hast in den kommenden Wochen genug Ausgaben für dein Baby.«

»Ich kann es mir aber leisten, Mom«, widersprach Amanda. Doch ihre Mutter warf ihr einen Blick zu, der keinen weiteren Protest erlaubte. Mütter können sowas. Da genügt ein Wort, ein Blick, eine hochgezogene Augenbraue um alle Argumente vom Tisch zu wischen.

»Wir werden dich auch entsprechend unterstützen, wenn das Baby da ist«, sagte ihre Mom. »Überleg dir schon mal, was du möchtest. Einen Kinderwagen? Die Kinderzimmereinrichtung? Für deine Brüder haben wir das auch bezahlt.«

»Ich kann mich vermutlich nicht dagegen wehren?«, erkundigte Amanda sich.

Ihre Mom steckte die Kreditkarte wieder in ihr Portemonnaie, während Carter die Einkaufstüten entgegen nahm. Das Bett war zu sperrig; ein Mitarbeiter holte ein neues aus dem Lager, das in einen flachen Karton gepackt war und das er direkt in den Kofferraum lud.

Auf dem Rückweg teilte Amanda sich die hintere Sitzbank mit den Tüten, in denen all die schönen Dinge für Lolas Start bei ihren Eltern waren. Sie dirigierte ihre Mom durch den Verkehr von Miami zu der Klinik, wo Lola im Moment noch lag. Carter saß auf dem Beifahrersitz und war merkwürdig still.

»Kommst du mit?«, fragte Amanda ihn, als sie im Parkhaus ausstiegen.

»Soll ich denn?«

»Klar. Immerhin hast du auch bei der Geburt geholfen.«

Eher widerstrebend folgte er Amanda und ihrer Mutter.

Auf der Wöchnerinnenstation herrschte eine himmlische Ruhe. Nur gelegentlich hörte man aus einem der Zimmer das leise Weinen eines Babys, das jedoch rasch wieder verstummte, weil die Mutter das Kind hochnahm. Die Schwestern, denen sie auf dem Gang begegneten, waren ausnahmslos guter Laune. Eine teilte ihnen mit, in welchem Zimmer Lola lag.

Sie teilte sich das Zimmer mit einer anderen jungen Mama, die gerade ihren Bademantel anzog und das Babybettchen auf Rollen aus dem Zimmer schob. Lola lag auf der Seite und stillte ihr Baby.

Damit wäre *die* Frage beantwortet, dachte Amanda. Sie freute sich über den Anblick.

Carter blieb an der Tür zurück. Er schien nicht zu wissen, wie er sich verhalten sollte. Auch Amandas Mom hielt Abstand und wartete, bis sie mit Lola gesprochen hatte.

»Hey Lola. Wie geht es euch?«, fragte Amanda leise.

Lola blickte auf. Sie strahlte. »Er ist wundervoll«, flüsterte sie. »Trinkt wie ein Großer.«

»Und wie geht's dir?«

Sie zuckte mit den Schultern. »Geht so.«

»Ist es okay, dass ich meine Mom mitgebracht habe? Sie wollte dich und das Baby kennenlernen und dir einen Vorschlag machen.«

»Ich wusste gar nicht, dass deine Mom hier wohnt.«

Amanda machte eine wegwerfende Handbewegung. Im Moment gab es Wichtigeres. »Erzähle ich dir später. Also, möchtest du mit ihr reden?«

Lola zuckte mit einer Schulter. »Kann ja nicht schaden«, meinte sie.

»Keine Sorge. Sie ist verrückt nach Babys und wird dich mögen.«

Das verunsicherte Lächeln von Lola tat Amanda weh. *Mein Gott, sie hat so viel durchgemacht. Und jetzt hat sie auch noch diesen bescheuerten Prozess am Hals ... die Arme. Sie muss doch völlig außer sich sein vor Angst. Höchste Zeit, dass sie mal ein paar gute Nachrichten bekommt.*

Amandas Mutter schob sich an ihr vorbei. »Hi, ich bin Annie, Amandas Mom. Ich habe dir was mitgebracht, und dem kleinen, süßen Mann auch.« Sie raschelte mit der Plastiktüte, die sie auf dem Weg zum Zimmer die ganze Zeit an sich gedrückt hatte. »Ich hoffe, er mag einen neutralen Strampler? Ist der nicht süß mit dem Bärchen vorne drauf?«

Amanda gab Carter ein Zeichen. Sie dachte, es sei schöner, wenn die beiden sich ungestört kennenlernen konnten.

Doch Carter blieb in der Tür stehen. So wurde Amanda eher unfreiwillig Zeugin dieses ersten Gesprächs.

»Das sind Vollkornmuffins mit vielen Nüssen, getrockneten Früchten und Akazienhonig«, erklärte ihre Mom und stellte eine Plastikdose auf den Nachttisch. »Damit du wieder zu Kräften kommst. Und nun erzähl doch mal, wenn du magst.« Sie zog einen Besucherstuhl heran. »Hattest du eine gute Geburt? Geht es dir gut?«

Spätestens jetzt, hätte Amanda gedacht, würde Carter Reißaus nehmen. Doch er blieb stehen. Sie zupfte an seinem Hemdärmel und zog ihn aus dem Zimmer.

»Was ist denn?«, fragte er erstaunt.

»Das frage ich dich. Seit wann interessierst du dich für Geburtsgeschichten? Oder überhaupt für irgendwas, das mit Kindern zusammenhängt?«

»Seit gestern«, sagte er schließlich. »Seit ich Zeuge einer Geburt wurde.«

Amanda schien ihn wirklich für einen gefühllosen, eiskalten Klotz von einem Mann zu halten. Zumindest sah sie ihn jetzt so ungläubig an, als hätte er sich vor ihren Augen von Satan in Jesus verwandelt.

»Was denn?«, flüsterte er.

Sie schüttelte nur den Kopf und ließ ihn auf dem Gang stehen.

Verdammt! Wenn sie weiter so zickig war, überlegte er sich das mit ihr noch mal …

Ja, die Geburt mitten auf dem Freeway hatte tatsächlich etwas verändert. Er wusste nicht, warum das so war, und ihm fehlten im Moment auch noch die Worte, um diese Veränderung adäquat zu beschreiben – doch etwas hatte sich in ihm in Bewegung gesetzt. Als wäre ein Teil von ihm erwacht, von dem er nichts wusste.

Es war passiert, als Amanda ihm das kleine Menschenbündel in die Arme legte, bevor sie Lola versorgte. Diese wenigen Minuten, in denen er am Straßenrand stand und der kleine Babyjunge aus großen Augen zu ihm aufblickte – staunend, als könnte er selbst nicht begreifen, dass er schon auf der Welt war – hatten genügt. Seitdem war er ein anderer Mensch.

Und in der Nacht hatte er diesen Alptraum gehabt ...

Ich kann meine Entscheidung doch nicht von einem Alptraum abhängig machten. Das ist doch absurd!

Aber genauso war's. Er hatte geträumt, dass Amanda von einem Krankenwagen in die Notaufnahme gebracht wurde, wo er bereits auf sie wartete. Als ihre Trage hereingeschoben wurde, war überall Blut ... Er packte ihre Hand, wollte wissen, was passiert war, doch sie starrte nur durch ihn hindurch, als würde er gar nicht existieren, während das Blut weiter aus ihrem Körper strömte. Und er begriff, dass sie das Baby verloren hatte. Das Baby, über das sie sich anfangs gar nicht freuen konnte, weil sie fürchtete, dass er sie verließ. Das sie trotzdem bekam, weil sie nicht anders konnte, nachdem sie schon einmal ein Kind verloren hatte.

»Was ist los?«, fragte er sie im Traum.

»Siehst du nicht, dass wir gerade alles verloren haben?«

Er wachte schweißgebadet auf. Lange lag er wach in dem Motelzimmer, und was er bisher nicht für möglich gehalten hatte, manifestierte sich in dieser Nacht. Das Gefühl, dass es mehr geben musste im Leben. Mehr als seine Arbeit als Dozent, mehr als seine populärwissenschaftlichen Bücher, mehr als Erfolg. Mehr auch als eine

Ehe mit der wundervollsten Frau auf Erden. Es *gab* mehr – und er war allen Ernstes bereit gewesen, es einfach wegzuwerfen. Schlimmer noch: er hatte von Amanda verlangt, dass sie es wegwarf ...

Weil er nicht gewusst hatte, wie es sich anfühlte, wenn ein sechs Pfund schweres, hilfloses Wesen sich ganz auf ihn und seine beschützenden Arme verließ. Er hatte gedacht, dass Kinder allein Frauensache seien. Dass er bei der Erziehung und Pflege keine oder kaum eine Rolle spielen würde. Dass er sein Kind nicht würde beruhigen können. All das hatte sich bei ihm als Tatsache manifestiert. Und nun sah er, dass es gar nicht so sein musste. Dass auch er ein Neugeborenes trösten konnte und instinktiv wusste, was gut für das kleine Wesen war.

Und da erwachte die Freude. Denn schon bald würde er dieses Glück selbst erleben dürfen, zusammen mit Amanda. Das Schicksal hatte ihnen etwas gewährt, von dem er bis zu dieser Nacht nicht gewusst hatte, dass es ihm fehlte.

Doch wie konnte er das Amanda sagen, ohne dass sie glaubte, er wolle sich damit nur die teuren Unterhaltszahlungen sparen? Er war kein Opportunist, der nur auf seinen Vorteil bedacht war. Aber genau so hatte er sich in den letzten Wochen verhalten, indem er erst bei ihr auszog und anschließend den Eindruck vermittelte, dass sie keine Zukunft mehr hatten, solange sie nicht das Kind abtrieb ...

Und wie erleichtert er jetzt war, dass sie seinem Druck widerstanden hatte!

Er fand Amanda in der Krankenhauscafeteria, wo sie vor einem Becher Kaffee und einem Stück Obsttorte saß. Sie rührte beides nicht an. Die Ärmel des übergroßen Sweatshirts, das ursprünglich ihm gehörte, hatte sie bis zu den Fingerspitzen gezogen. Ihr Blick ging an ihm vorbei, als er sich ihr gegenüber an den Tisch mit Resopalplatte setzte.

»Was ist los?«, fragte er.

»Sag du es mir.«

Er wusste nicht, wo er anfangen sollte.

Ihre Geduld war schnell erschöpft. Das war auch neu; er verstand sie aber. Immerhin hatte er sie wochenlang drangsaliert und anschließend hingehalten.

»Ich habe meine Meinung geändert«, fing er an. »Was die Kinder angeht. Oder das Kind«, fügte er hinzu. Seine Ohren wurden rot und heiß. Himmel, hatte er das wirklich gerade gesagt? Dachte er denn ernsthaft über mehr als ein Kind nach?

»Ja, und? Ich dachte, deine Entscheidung stand von Anfang an fest. Entweder du oder das Kind. Kriegst du jetzt Angst, weil ich mich für das Kind entschieden habe?«

»Amanda …« Er wollte nach ihrer Hand greifen, doch sie zog sie so hastig zurück, als könnte sie sich an ihm verbrennen. Carter konnte es ihr nicht verdenken. »Lass das«, fauchte sie.

Er hob beschwichtigend die Hand. »Ich hole mir erstmal Kaffee«, sagte er. »Nicht weglaufen, hörst du?«

Er spürte, wie sich ihr Blick in seinen Rücken bohrte, als er zum Kaffeestand lief.

Jedes ihrer bösen Worte hatte er verdient, eigentlich sogar noch mehr als das. Dennoch schmerzte es, dass sie es ihm so schwer machte.

Er kehrte mit seinem Kaffee an den Tisch zurück. Amandas Hände umschlossen ihre Kaffeetasse und sie nahm einen Schluck, bevor sie ihn anblickte. »Warum, Carter?«

Die Frage war leicht zu beantworten. Er atmete tief durch.

»Lolas Baby. Der Kleine ... als du ihn mir in den Arm gelegt hast ... Ich habe nicht gedacht, dass mich etwas so sehr rühren kann. Aber genau das ist passiert. Es hat mich gepackt und nicht mehr losgelassen. Ich habe keine Erfahrung mit Kindern. Nicht mal die meiner Ex wollte ich irgendwann auf den Arm nehmen, obwohl sie es mir angeboten hat. Und vielleicht hätte das dann schon früher zu einem Sinneswandel geführt. So aber ...«

»Früher wäre ich aber nicht bereit gewesen«, gab sie zu bedenken. »Bis ich schwanger wurde, dachte ich, ein Kind sei das Letzte, was ich brauche.«

»Und doch hast du nicht abgetrieben.«

»Weil ich es nicht konnte ...«

Er versuchte wieder, ihre Hand zu nehmen, und diesmal ließ Amanda es zu.

»Du hast das Richtige getan«, versicherte er ihr. »Ich war ein Narr. Ein Idiot. Ein ... meine Güte, was du auch sagst, es wird schon passen. So dämlich wie ich mich verhalten habe, könnte ich es dir kaum verübeln, wenn du mich nicht zurückwillst.«

Er hielt den Atem an.

Ganz langsam entzog Amanda ihm ihre Hand.

»Sag das noch mal«, sagte sie leise.

»Ich würde gern zurückkommen. Nicht wegen dem Baby oder wegen dir, sondern ... weil wir zusammengehören. Wir drei. Und ich war ein Dummkopf, das nicht zu sehen. Ein ignoranter, blöder Dummkopf, dem du das gerne für den Rest seiner Tage aufs Butterbrot schmieren kannst, wenn es dir hilft.«

Sie traute sich nicht zu lächeln. Er sah, wie sehr sie mit sich rang.

»Du brauchst nicht sofort zu antworten«, sagte er. »Solange du nur das Richtige tust ...«

»Und das wäre?« Plötzlich klang sie kühl. Beinahe eisig. Er hatte es nicht besser verdient. Trotzdem tat es irgendwie weh.

»Tu das, was für dich und das Baby richtig ist. Mehr nicht. Ich stelle keine Forderungen mehr, Amanda. Dazu habe ich nämlich kein Recht.«

»Allerdings.« Sie schien etwas hinzufügen zu wollen, doch in dem Moment tauchte ihre Mutter in dem Durchgang auf, der zur Wöchnerinnenstation führte. Amanda sprang auf, als wäre ihr eine Horde Alligatoren auf den Fersen. Sie lief zu ihrer Mutter. Die beiden redeten kurz, dann verschwanden sie.

Er blieb etwas länger sitzen, trank seinen Kaffee aus und überlegte, ob er das Stück Kuchen auch bei der Gelegenheit aufessen sollte, wenn Amanda es offenbar verschmähte.

»Kommst du, Carter?«

Sie rief quer durch den Raum nach ihm wie nach einem Hund. Er sprang auf, kippte den letzten Schluck Kaffee runter und eilte hinter ihr her.

Er hatte geahnt, dass sie es ihm nicht leicht machen würde. Dass es so schwer war, tat jetzt doch ein bisschen weh.

18. Kapitel

Sie wollte auf ihn wütend sein, weil er sie in diese unmögliche Situation stürzte.

»Entscheide du!«

Sie sollte also wissen, ob ihre Ehe eine Zukunft hatte oder nicht? Aber woher? Und warum? Hatte sie nicht genug gekämpft, als sie versuchte, ihn davon zu überzeugen, dass ein Kind die richtige Entscheidung war?

Genau genommen habe ich es gar nicht versucht. Ich habe ihm vom Kind erzählt, er hat seine Bedingungen genannt, ich habe mich dagegen aufgelehnt. Dass wir mal am Tisch gesessen und alle Pros und Kontras ausgetauscht haben ... nein. Das gab es so nicht.

Sein Sinneswandel verwirrte sie. Weniger die Tatsache, *dass* er seine Meinung geändert hatte, sondern vielmehr die Vehemenz, mit der er ihr die gemeinsame Zukunft ausmalte. Für Amanda war das im Moment zu viel.

Wenigstens verstanden ihre Mom und Lola sich sehr gut, und sie hatten vereinbart, dass sie am Dienstag zu Amandas Eltern ziehen würde. Das war eine große Erleichterung, und als sie zwei Stunden später neben Carter auf der Rückbank des Taxis saß, das sie zum Flughafen brachte, war ihr Herz wie eine Feder, die trotzdem von einem zentnerschweren Geröll niedergedrückt wurde.

Carter redete nicht mehr mit ihr. Er sah sie nur an, wenn sie sich bewegte oder mit anderen Leuten redete. Als sie dem Taxifahrer ein großzügiges Trinkgeld gab, sagte er nichts, obwohl er sich sonst immer beklagte, dass sie zu spendabel war. Und als sie anschließend am Gate warteten, holte er ihr eine Flasche Wasser, weil er wusste, dass sie vom Fliegen immer einen trockenen Mund bekam und darum vorher immer einen Liter trank.

Sie bedankte sich, und immer noch schwieg er. Kein eisernes Schweigen, auch nicht feindselig; er wartete einfach ab, bis sie wieder mit ihm sprach.

»Carter …«

Obwohl sie ganz leise gesprochen hatte, beugte er sich sofort zu ihr herüber. »Ja?«, fragte er begierig.

»Es ist …« Wieder verstummte sie.

»Lass dir Zeit.«

Wieder dachte sie nach. Er hatte sein iPad hervorgezogen und las einen Fachaufsatz. Sie beobachtete ihn von der Seite.

Ob er ein guter Vater wäre? Er hat immerhin mehr Geduld als ich, und er hat ein Verständnis von den Zusammenhängen der Welt, wie ich es nie haben werde, weil ich nur meinen Fachbereich betrachte und nicht das Große, Ganze, wie es ein Geisteswissenschaftler tut. Von ihm könnte unser Kind viel lernen – nicht nur darüber, was die Welt im Innern zusammenhält, sondern auch, wie sie im Außen funktioniert. Was hinter allem steckt, ohne dass man es sieht.

Sie lächelte. Doch, sie traute es ihm durchaus zu.

Kann ich mir vorstellen, wie er sich um ein Baby kümmert? Es nächtelang tröstet, weil es weint, ihm das Fläschchen gibt oder es wickelt?

Erstaunlicherweise konnte sie sich das bei Carter sehr gut vorstellen. Wenn sie aber versuchte, sich selbst bei der Verrichtung dieser alltäglichen Aufgaben der Babypflege vorzustellen, war da nur eine merkwürdige Leere. Sie konnte sich das nicht ausmalen.

»Glaubst du, ich kann das?«

Carter blickte sie überrascht an. »Was denn, das Leben mit Kind?«

Sie nickte bang.

»Natürlich kannst du das. Du wirst eine hervorragende Mutter sein. Daran habe ich nicht eine Sekunde lang gezweifelt.«

»Aber ich hatte noch nie ein Kind …«

»Das trifft wohl auf alle zu, die zum ersten Mal Eltern werden. Und? Hast du davon gehört, dass besonders viele Erstgeborene einen schrecklichen Tod sterben?«

Gegen ihren Willen musste sie lachen.

»Siehst du. Das kann man alles lernen. Wir holen uns Hilfe, wenn du wirklich so große Bedenken hast. Ich bin überzeugt, dass deine Mutter gerne für ein, zwei Wochen zu uns kommt, sobald das Baby da ist.«

Die Vorstellung, wie ihre Mom bei ihnen wohnte und sie mit ihren Köstlichkeiten verwöhnte, war schon sehr verlockend.

»Wie machen wir das mit der Arbeit? Ich kann nicht ewig aussetzen …«

»Wir wechseln uns ab. Ich kann jederzeit ein Freisemester nehmen und behaupten, ich müsste ein Buch schreiben. Das muss ich sowieso; dann dauert das Schreiben eben ein paar Monate länger. Ich will das, Amanda. Ich wusste es bisher nicht, aber ich will das so sehr wie du es willst.«

Ihr Flug wurde aufgerufen. Carter gehörte zu den Leuten, die sich immer sofort anstellen wollten, auch wenn man noch zehn Minuten in der Schlange wartete, bevor man ins Flugzeug steigen durfte. Während er aufsprang und ans vordere Ende der Warteschlange sprintete, blieb sie sitzen.

Wie sehr will ich es denn überhaupt? Habe ich diesen

Wunsch genauso sehr wie meine Patientinnen? Bin ich so erpicht darauf? Würde ich alles auf mich nehmen, wenn dem Baby jetzt noch was passiert? Wäre ich bereit, mich Behandlungen zu unterziehen, um noch eine Chance zu bekommen, nachdem Carter sich so vehement für eine Familie ausgesprochen hat?

So viele Fragen, und Antworten, nun … Antworten fand sie nicht auf die Schnelle.

Carter winkte ihr, aufgeregt wie ein kleiner Junge, weil er den Platz ganz vorne in der Reihe ergattert hatte. Sie lächelte, stand auf und ging zu ihm.

Vielleicht wollte sie es so sehr wie Carter. Vielleicht noch mehr, vielleicht etwas weniger. War das wichtig? Sie wollte es, und sie spürte, dass es ihr leichter fiel, sich auf dieses Abenteuer einzulassen, nachdem Carter sich dafür entschieden hatte.

Manches lässt sich nicht planen. Schon gar nicht die Zukunft als Familie. Und dann sollten wir es einfach auf uns zukommen lassen ...

»Maurice! Du hier?«

Amanda blieb stehen. Gerade hatte sie ihre Reisetasche vom Gepäckband gehievt, was Carter mit einem empörten »du sollst doch nicht so schwer heben!« kommentierte, ehe er ihr die Tasche aus der Hand riss und über die Schulter warf. Amanda war ihm in die Ankunftshalle gefolgt, wo die Angehörigen auf die Fluggäste warteten.

Maurice schloss sie in die Arme. »Wie schön, dich zu sehen. *Euch* zu sehen«, fügte er hinzu und zwinkerte ihr zu. Ihm war also nicht entgangen, dass Carter sich wie ein Kavalier benahm.

»Ja, schön. Aber warum bist du hier? Ist mit der Praxis was passiert? Ist sie abgebrannt? Sag mir nicht, dass unsere Existenz zerstört ist.«

Sie überlegte zugleich fieberhaft, ob sie letzten Monat die Rechnung von der Versicherung abgezeichnet hatte, damit Erin die Überweisung anwies.

»Nein, nein, der Praxis geht's prima. Finn macht Wochenenddienst.«

»Finn ist schon wieder hier?«

»Er will sich einbringen.«

»Und wen holst du dann ab?« Amanda runzelte die Stirn. »Doch nicht mich, oder?«

»Nein.« Er scharrte nervös mit den Füßen.

»Aber du willst es mir nicht sagen?«

Er schwieg beharrlich. Amanda umarmte ihn ein zweites Mal. »Wir können morgen in aller Ruhe reden. Carter wartet.«

Sie sah die Dankbarkeit in seinem Blick und folgte Carter.

»Auf wen wartet Maurice?«, fragte Carter, sobald sie im Taxi saßen.

Sie zuckte mit den Schultern. »Vermutlich auf Samantha. Das mit den beiden ist komplizierter als das mit uns.«

»Das glaube ich nicht.« Er grinste.

»Was denn, willst du behaupten, bei uns wäre es noch hochgradig kompliziert und verzwickt?«

»Das nicht unbedingt …« Er zog sie sanft an sich. »Im Gegenteil. Aktuell finde ich es ganz einfach. Du, ich, unser Baby. Mehr nicht.«

Sie lächelte selig. So hatte sie es sich vorgestellt in den vergangenen Wochen, wenn sie sich mit Carter eine Zukunft ausmalte …

Maurice wartete tatsächlich auf Sam.

Sie hatte ihn am Morgen angerufen.

»Holst du mich vom Flughafen ab?«, hatte sie gefragt.

Er hatte sich verwirrt aufgerichtet und schaute auf die Uhr. Es war halb neun.

»Sam …«

Sie war einfach aus der Wohnung gestürmt. Hatte ihn sitzen lassen mit der Frage, was aus ihnen wurde.

Nichts wurde aus ihnen. Sie hatte ihn abserviert, als wäre er ein Niemand. Und vielleicht war er das auch. Naja. Allerhöchstens ihr Mitbewohner. Bis sie was Besseres gefunden hatte.

»Es tut mir leid, was ich gesagt habe«, sprudelte es aus ihr hervor. »Alles. Wir können gerne reden, sobald ich da bin. Ich lade dich zum Essen ein, wäre das okay? Such das teuerste Restaurant der Stadt aus, wähle den besten Wein auf der Karte, es geht komplett auf meine Kosten.«

»Sam …«

»Ja?«

Sie klang etwas bang, als fürchtete sie, dass er ihr eine Abfuhr erteilte.

»Was ist passiert?«, fragte er.

»Nichts ist passiert!«, behauptete sie.

»Hast du Oliver getroffen?«

»Klar. Aber das ist vorbei. Für immer.« Er hörte, wie sie tief durchatmete. Ja, tatsächlich. Sie seufzte so schwer, dass er es durch die Leitung hörte.

»Lange Geschichte«, sagte sie nur.

»Dann erzähl sie mir.«

»Hat das nicht Zeit bis heute Abend?«

Was sie damit eigentlich fragte, war: Vertraust du mir

so weit, dass ich dir meine Version der Geschichte erzählen kann, ohne dass du mich unterbrichst?

»Okay. Wann kommst du an?«

Und jetzt saßen sie sich tatsächlich im teuersten Restaurant der Stadt gegenüber. Maurice konsultierte die Weinkarte, während Sam eindeutig nervös in der Speisekarte blätterte.

»Der Hummer soll hier gut sein.«

»Dann suchst du den passenden Wein dazu aus.«

Über den Tisch hinweg lächelten sie sich an.

»Möchtest du jetzt reden oder lieber zum Dessert?«

»Also gut.« Sie atmete tief durch und legte die Karte beiseite. »Mir war schon lange klar, dass Oliver für mich nicht gut ist. Darum bin ich nach Boston gezogen. Ohne den Abstand wäre ich nie von ihm losgekommen. Aber wie du siehst«, sie machte eine hilflose Geste, »hat auch der Abstand nicht gereicht.«

Maurice nickte abwartend. Er war nicht sicher, was sie von ihm erwartete.

»Um es kurz zu machen: ich hoffe, dass ich dieses Mal stark genug bin. Ich möchte nämlich nicht noch in zehn Jahren hinter der Illusion einer Beziehung herlaufen.«

Ihm wurde heiß. »Und was bedeutet das für uns?«

»Ich käme mir unfair vor, wenn ich dir etwas vormache. Ich mag dich, Maurice. Aber ich will dich auch nicht als Lückenbüßer missbrauchen. Und im Moment ist es für mich einfach noch zu früh, um über eine ernsthafte Beziehung zu entscheiden. Was nicht bedeutet, dass ich kein Interesse daran hätte.«

Er wünschte, der Wein wäre schon da. Darauf musste er dringend einen trinken.

»Ich hoffe, das ist für dich in Ordnung.«

»Und wenn nicht?«

Sie legte den Kopf zur Seite. »Dann ist es auch in Ordnung. Ich habe dich nicht gerade nett behandelt …«

»Jetzt machst du dich kleiner als du bist.«

Ausgerechnet jetzt kam der Kellner und brachte den Wein. Maurice war verärgert, und er beeilte sich, das Ritual aus verkosten, beifällig nicken und Wein eingeschenkt bekommen so schnell wie möglich zu absolvieren. Erst als sie wieder allein waren und einen ersten Schluck getrunken hatten (ihm entging nicht, wie Sam verzückt die Augen schloss – offenbar hatte er ihren Geschmack getroffen), fand er die Worte, von denen er inständig hoffte, dass es die richtigen waren.

»Du bist eine tolle Frau, Sam. Mehr als das – ich finde dich großartig. Und vielleicht war mein Angebot, dass du bei mir einziehst, nicht ganz uneigennützig. Womit es auch alles andere als fair dir gegenüber war.« Er trank noch einen Schluck und ließ sich den Wein – geschmeidig und sehr köstlich – auf der Zunge zergehen.

»Aber …?«, fragte sie.

»Wie bitte?«

»Es klingt nach einem Aber. Und zwar einem ziemlich großen, ehrlich gesagt.«

Maurice musterte sie. Wie hübsch sie ist, dachte er. Und sofort danach drängte sich der nächste unwillkommene Gedanke auf: Versau's jetzt nicht.

»Aber … nun ja, du hast natürlich recht. Wir sollten nichts überstürzen. Uns Zeit lassen, den Dingen ihren Lauf lassen. Du brauchst eine Wohnung in Boston. Es ist wohl besser, wenn wir nicht zusammenwohnen, bis wir wissen, was wir wollen.«

Sie starrten einander über den Tisch hinweg an. »Ja«, hörte er Sam sagen. Dabei wusste er, was sie eigentlich sagen wollte – nein, nein, nein. Es schien für sie in diesem Moment nichts Schlimmeres zu geben.

»Ich setze dich ja nicht sofort vor die Tür«, fuhr er fort. »Aber bis dahin … wir sollten uns an die Regeln halten.«

Ihr Nicken kam so zögerlich wie ihre Antworten.

»Alles okay?«, fragte er.

»Weiß nicht.« Sie zuckte mit den Schultern. »Muss ja.«

Ihre gute Laune war sichtlich verflogen. Die Vorspeisen wurden gebracht, und obwohl Sam ihm vorhin mehrfach versichert hatte, dass sie vor Hunger halbtot war, pickte sie nur lustlos in dem Salat.

Er hatte das unschöne Gefühl, wieder mal alles falsch gemacht zu haben. Nicht den Erwartungen zu entsprechen, die eine Frau an ihn stellte, ohne sie auszusprechen.

»Es war dein Vorschlag, es langsam angehen zu lassen«, erinnerte er sie sanft.

»Ja, schon.« Trotzdem wirkte sie alles andere als glücklich.

Der Kellner räumte die Vorspeisenteller ab, und sie hatte immer noch nicht die Sprache wiedergefunden.

»Wir könnten aber auch …«

»Ja?« Sam blickte auf. Ihre Augen glitzerten. Fast ein bisschen … mutwillig. Als wollte sie es drauf anlegen, dass etwas passierte, das für beide nicht gesund war.

»Wir könnten … Und das sage ich mit aller Vorsicht, weil … Nun, wenn du möchtest …«

»Herrje, sprich mit mir!« Sie lachte. »Was können wir machen?«

»Wir können machen, was wir wollen«, sagte er. »Schließlich sind wir erwachsen, oder?«

»Und was willst du?«, kam von ihr wie aus der Pistole geschossen.

»Puh«, sagte er. Zum Glück kamen nun die Hauptspeisen, und Maurice konnte sich ausgiebig mit seinem Hummer beschäftigen, bevor er antwortete. »Wenn es nach mir geht ...«

»Es geht nach dir. Und nach mir.« Sie lächelte fein. Maurice hatte ein bisschen das Gefühl, dass sie diese Situation gerade genoss.

»Also gut. Dann stören wir uns nicht länger an dem, was andere für richtig oder falsch halten. Auch nicht, was unsere Psychiater für gesund oder ungesund halten. Du hast doch einen, nehme ich an?«

Ihr Lächeln verbreitete sich zu einem Grinsen. »Ich habe sogar zwei. Typisch neurotische New Yorkerin.«

»Hätte mich auch gewundert, wenn nicht.« Er konnte sich das Grinsen ebenfalls nicht verkneifen. »Hat es was gebracht?«

»Außer dass ich mich beim einen über die Unfähigkeit des anderen auskotzen konnte und umgekehrt? Eher nicht.«

»Auf die Idee bin ich ja noch gar nicht gekommen!«

»Ich sag's dir, das ist eine Erleichterung! Einmal pro Woche so richtig über einen unfähigen Kollegen herziehen. Beide genießen es und bestätigen mir, dass ich Recht habe. Herrlich!«

»Muss ich mal ausprobieren.«

»Aber ansonsten haben sie mir überhaupt nicht geholfen.« Sie wurde wieder ernst. »Ich wäre gern eher von Oliver losgekommen. Aber da musstest erst du kommen.«

»Kannst du das noch mal sagen?«, fragte Maurice.

»Was? Dass ich gern eher von ihm losgekommen wäre?«

»Nein ...« Er spürte, wie er rot wurde. »Das danach.«

»Du musstest in mein Leben treten, Maurice Brown. Damit ich verstand, dass das, was Oliver von mir wollte, nicht gut war. Es wirklich und wahrhaftig *verinnerlichte*, verstehst du? Das ist keine Garantie. Für gar nichts. Aber es ist … nun, vielleicht ein guter Anfang.«

»Darauf möchte ich gern trinken«, sagte Maurice. »Auf den Anfang und auf alles, was da folgen wird.«

Sam hob ihr Glas. »Da mach ich mit. Auf den Anfang und alles, was ihm folgen wird.«

Epilog

Sie hatte gewusst, wie schwer ihr dieser Gang fallen würde. Doch das hier hatte sie nicht erwartet.

Der Friedhof von Providence war von einer hohen Mauer umfriedet, und am schmiedeeisernen Tor, das mit seinen spitzen Streben ihre Köpfe überragte, wartete ein Mitarbeiter auf sie.

Amanda hatte so gründlich verdrängt, dass sie nicht mal mehr wusste, wo Michaels Grab war.

Sie folgten dem Friedhofsgärtner über das Gelände. Er führte sie zu einem abgelegenen Teil des Friedhofs. Hohe Eichen standen hier, unter denen sich nur vereinzelt Grabsteine befanden. Andere Besucher sahen sie an diesem Tag nicht.

Amanda tastete nach Carters Hand. Es beruhigte sie, dass er ihre Hand fest drückte, und sie atmete tief durch.

Es war sein Wunsch gewesen, zum Grab ihres Sohns zu fahren, und nachdem Amanda und Carter drei Wochen lang darüber diskutiert hatten, fühlte sie sich schließlich für diesen Schritt bereit.

»Was soll schon passieren?«, hatte Carter sie gestern Abend gefragt, als sie sich wiederholt weigerte, mit ihm nach Providence zu fahren. »Was ist deine größte Angst?«

Darauf wusste sie keine Antwort. Stumm hatte sie ihn über den Tisch hinweg angesehen. Dann schob sie den Teller mit Pasta weg – köstliche, selbstgemachte Pasta, die Carter aus der Nudelmaschine gezaubert hatte! – und ging ins Wohnzimmer.

Als Carter ihr fünf Minuten später folgte, saß sie wieder vor der Kiste mit Erinnerungsstücken.

»Quäl dich nicht damit.« Er setzte sich neben sie, und als er den Arm um sie legte, ließ Amanda es zu. Das wertete Carter als gutes Zeichen; mehr als einmal hatte sie ihn in den vergangenen Wochen wütend abgeschüttelt, wenn er versuchte, sie zu trösten.

Es fiel ihr immer noch schwer, sich der Vergangenheit zu öffnen, die sie so lange in sich vergraben hatte. Sie schaffte es nur langsam, Carter davon zu erzählen. Als er sie nun im Arm hielt, während sie eines der wenigen Fotos betrachtete, das ihren Sohn zeigte, spürte sie, dass etwas in ihr langsam bröckelte.

Der Widerstand.

Sie hatte einen Teil ihres Lebens konsequent ausgeschlossen. So konsequent, dass sie nur schwer zurück fand in diese Vergangenheit, um sich ihr zu stellen. Und es brauchte Carters zärtliche Ermutigung, dass sie sich immer mehr darauf einließ. Dass sie ihn mit zum Friedhof nahm – dass sie überhaupt wieder hier war! – grenzte an ein Wunder.

Aber das war ihre zweite Schwangerschaft schließlich auch.

Der Friedhofsgärtner zeigte auf einen Grabstein, dem man ansah, dass die letzten fünfzehn Jahre bereits daran genagt hatten. »Das isser«, sagte er.

»Danke.« Carter drückte ihm einen Geldschein in die Hand, den der Mann erst nicht nehmen wollte.

»Doch, nehmen Sie«, sagte Amanda sanft. Sie wandte sich von den beiden Männern ab und betrachtete das kleine Grab.

Es unterschied sich nicht von den anderen Gräbern hier oben. Es war nur … kleiner. So wie der Sarg damals winzigklein gewesen war ...

»Carter«, flüsterte sie mit tränenerstickter Stimme.

Sofort war er neben ihr und schloss sie in die Arme. Der Friedhofsgärtner stapfte den Hügel hinab und ließ sie allein.

Sie atmete tief durch und vergrub das Gesicht an Carters Brust. Er trug einen kratzigen Wollpullover, und die Mischung aus Wollfett, Pfeifenrauch (er genehmigte sich gelegentlich eine Pfeife auf der Veranda und trug dabei oft diesen Pullover) sowie dem Rauch des Kamins, den sie vor zwei Tagen das erste Mal in diesem Herbst angefeuert hatten, war für sie Heimat. Amanda schloss die Augen.

Minutenlang standen sie einfach nur so da, und sie ließ die Stimmung auf sich wirken. Das Zwitschern der Vögel, das Rauschen des Winds im herbstlich goldenen Laub der Bäume. Sie fühlte sich behütet, gesegnet und zugleich verloren.

Schließlich löste sie sich aus Carters Umarmung. »Darf ich?«, fragte er.

Sie nickte.

Vor dem Grabstein ging er in die Knie und legte einen Wacholderzweig mit einer eingebundenen, weißen Rose auf das Grab. Dann strichen seine Finger andächtig über den Stein. Michael Walker. Darunter sein Geburtsdatum, das zugleich auch Todestag war, eingerahmt von einem Stern und einem Kreuz. Mehr nicht.

»Es ist ein guter Ort«, sagte Carter leise. »Findest du nicht auch?«

Wieder drohten die Tränen, sie zu überwältigen. Doch sie nickte tapfer und hockte sich neben Carter. »Ich war seitdem nicht mehr hier«, sagte sie. »Für mich ist nicht hier sein Ort der Erinnerung.« Sie musste tief durchatmen, ehe sie weitersprach. »Aber für andere Leute ist dieser Ort wichtig. Für Finn und für meine Eltern.«

»Zieht Finn deshalb wieder hierher?«, fragte Carter.

»Keine Ahnung, ehrlich gesagt. Vielleicht. Aber ich glaube eher, die andere Seite des Landes ist für ihn nicht mehr der richtige Ort nach dem Tod seiner Frau.«

»Und deine Eltern?«

»Sie haben sich all die Jahre um das Grab gekümmert, ohne zu wissen, ob ich auch herkomme. Das ... hat ihnen geholfen. Aber sicher hat es auch wehgetan. Weil Michael der Grund war, weshalb alles zerbrach.«

»Und weil sie ihn vermissen, nehme ich an.«

Sie lächelte flüchtig. »Du hast Recht. Sie haben ihn auch verloren ...«

All das hatte sie erfolgreich verdrängt. Und jetzt, da es zurückkehrte, fühlte es sich wund an. Verletzlich. Doch die vielen Tränen, die sie in den letzten Wochen um Michael geweint hatte, verschlossen diesen Riss in ihr. Sie konnte endlich heilen.

»Danke«, flüsterte sie. »Danke, dass du mich gezwungen hast, herzukommen.«

»Mit dem größten Vergnügen.« Er drückte sie an sich. »Wollen wir gehen? Und dieses Mal nicht so viel Zeit verstreichen lassen, bis wir zurückkehren?«

Sie machten sich auf den Rückweg. Plötzlich blieb Amanda stehen.

»Ich möchte, dass unser Baby ... Es soll Michael kennenlernen«, sagte sie.

Carter starrte Amanda ungläubig an. »Wie stellst du dir das vor?«, fragte er behutsam.

»Für sie soll er nicht ... verschwiegen werden. Sie soll ihn von Anfang an als ihren großen Bruder kennen. So als wäre er da.«

»Als wäre er immer da gewesen?«

»Ja, wie eine Art … wie ein Schutzengel, der auf sie aufpasst.«

»Ich höre immer ›sie, sie, sie‹. Weißt du mehr als ich?«

Amanda schüttelte den Kopf. »Aber ich habe da so ein Gefühl …« Das hatte sie bei Michael auch gehabt. Von Anfang an war sie bei ihm überzeugt gewesen, dass er ein Junge war. Und genauso wusste sie jetzt, dass sie ein Mädchen bekamen. »Hättest du denn was dagegen …?«

»Mir ist es egal. Hauptsache gesund.«

Sie wusste, dass das nicht nur so daher gesagt war. Es war ihm tatsächlich egal, nachdem er sich einmal auf das Abenteuer Familie eingelassen hatte.

Sie erreichten das Friedhofstor. Amanda schaute noch mal zurück – von hier aus konnte sie den Hügel sehen, auf dem das Grab war.

»Es ist ein guter Ort«, sagte sie leise. »Wir müssen nicht oft herkommen, aber es ist für ihn und uns ein guter Ort.«

»Wir müssen los«, erinnerte Carter sie sanft.

»Du hast recht.«

Sie spürte seinen Arm um ihre Schulter. Früher war diese Umarmung für sie zu viel gewesen. Wie oft hatte sie ihn abgeschüttelt, weil sie nicht beschützt werden musste! Aber jetzt war alles anders. Sie bedurfte seiner schützenden Arme. Er gab ihr die Geborgenheit, die ihr ermöglichte, sich ganz auf die Schwangerschaft und ihr zweites Kind einzulassen.

In New Harbor wurden sie schon erwartet.

»Du hast mir nicht erzählt, dass es hier so *traumhaft*

ist!«

Sam fiel ihr um den Hals, kaum dass Amanda aus dem Auto gestiegen war. Sie trug zu ihren Wanderstiefeln eine Jeans, ein rotes Holzfällerhemd und eine Fellweste. Verrückte Kombination, noch dazu bei Sam, die sonst immer so gediegen wirkte. Aber irgendwie sah es auch ungemein fesch aus. Amanda sagte ihr das und erntete ein breites Grinsen.

»Lass das nicht Finn hören. Der hat mich schon gewaltig aufgezogen.«

Sie hakte sich bei Amanda unter. Während Carter das Gepäck aus dem Wagen lud, betraten die beiden Frauen das Hotel und meldeten sich an der Rezeption.

Ein Wochenende in New Harbor … Die Idee stammte von Maurice. Nachdem Amanda ihm mehrfach vorgeschwärmt hatte, wie toll es hier war, hatte er vorgeschlagen, ein Wochenende mit dem ganzen Team der Praxis hier zu verbringen. »Wir brauchen Zeit, um uns neu zu sortieren«, hatte er gesagt. Amanda fand die Idee großartig, und so waren alle hier – Erin mit ihrer Familie, Roxy und die anderen Helferinnen, natürlich auch Maurice und Sam. Sogar Finn war mit seinen Kindern angereist, obwohl er erst Anfang nächsten Jahrs mit ihnen endgültig nach Boston ziehen würde und an den Wochenenden bis dahin nach Hause pendelte, wo sich eine Kinderfrau um die drei kümmerte.

Die Veränderungen waren spürbar, und mit ihnen kam es zu leichten Erschütterungen. Die Mitarbeiter waren unsicher; wie würde es weitergehen? Würde es überhaupt weitergehen, wenn Amanda bis auf Weiteres ausfiel?

Denn das war der Deal: sie wollte die Zeit genießen, in der ihr Baby noch so klein war. Sie wollte sich nicht hetzen lassen, bevor sie wieder in den Job einstieg.

Nachdem sie ihr Zimmer bezogen hatten, machten Carter und Amanda einen Spaziergang hinauf zu der Steilküste über New Harbor. Der Wind toste und trieb das Herbstlaub vor sich her.

»Das ist ein guter Ort«, stellte Carter fest.

Amanda nickte. Das stimmte. Es war ein guter Ort, um zu sich zu finden. Das hatten Ella und Hannah ihr bestätigt – sie waren beide aus der Fremde hierher gekommen. Ella stammte sogar aus New Harbor, und als sie nach langer Zeit hierher zurückkehrte, wurde sie mit offenen Armen willkommen geheißen. Inzwischen hatten beide ihre Wochenendhäuser hier.

Amanda hatte darüber nachgedacht, ob das auch was für Carter und sie wäre. Aber ihr würde es genügen, ein paarmal im Jahr herzukommen.

»Im Herbst ist es besonders schön hier«, sagte sie.

»Bereust du, dass wir nicht herziehen wollen?« Carter schloss sie von hinten in die Arme. Das Meer war sturmgrau und aufgepeitscht.

»Ach, Quatsch.« Sie lachte und löste sich aus seiner Umarmung. »Es ist gut so, wie es ist.«

Und wenn sie eines gelernt hatte in den letzten zwei Monaten, dann war es dies – es war *wirklich* gut so, wie es war. Und sie musste sich keine Sorgen machen, dass die Vergangenheit in ihr Leben eindrang, denn sie war schon längst da.

»Ich liebe unser Leben«, sagte sie leise.

Carter schwieg. Denn dem hatte er nun wirklich nichts hinzuzufügen.

Dank an die Leser. Oder auch: Und nun?

Als ich mit dem dritten Roman aus New Harbor begann, hatte ich ein Problem; ursprünglich waren nur diese drei Romane geplant. Aber ich weiß, dass es inzwischen viele Fans da draußen gibt, denen es ebenso wie mir schwerfallen wird, von New Harbor Abschied zu nehmen.

Also habe ich meine kreativen Antennen beim Schreiben auf Empfang gestellt. Und siehe da – es kamen wieder drei neue Geschichten auf mich zu gesaust, die in New Harbor perfekt aufgehoben sind. Klar, ich habe mir sofort Notizen gemacht und werde diese Romane dann schon bald angehen. (Wenn ich nur mehr Zeit hätte!!!)

Freut euch, liebe Leserinnen, denn schon diesen Winter geht es weiter mit »Weihnachten in New Harbor« (die Geschichte von Ruth), dicht gefolgt von »Das Jahr der Schmetterlinge« und einem dritten Roman, der noch keinen Titel hat. Aber die Namen von Ruths Freundinnen kann ich euch schon verraten – Elise und Lana.

Außerdem wird es ein »Spin-Off« geben. Ja, ihr habt richtig gelesen. Erinnert ihr euch an Maura aus Band 1? Sie hat vier Töchter, und nun ja … auch sie werden ihre Geschichten erzählen dürfen. Haltet Ausschau nach der neuen Serie »Die McIntyre-Schwestern« – ab Sommer 2017 bei allen Onlinehändlern als E-Book und Taschenbuch.

Das soll aber fürs Erste an Vorschau genügen. Bis dahin empfehle ich euch – falls ihr sie noch nicht gelesen habt – die ersten Bände aus New Harbor.

Eine Bitte habe ich noch ... Wir Autoren leben davon, dass wir unsere Bücher verkaufen. Gerade als Indie ist man darauf angewiesen, dass die Bücher empfohlen werden. Darüber würde ich mich daher sehr freuen! Empfehlt mich weiter, wenn ihr meine Geschichten liebt. Schreibt eine Rezension – das hilft sogar noch mehr, denn dann sehen Interessierte, was euch an meinen Romanen gefällt.

Wenn ihr zeitnah über die Neuerscheinungen informiert werden möchtet, meldet euch zu meinem Newsletter an, den ihr hier findet: http://eepurl.com/cefNx1

Oder folgt mir bei Facebook – dort poste ich auch schon, wenn ein Roman vorbestellbar ist und mache regelmäßig Verlosungen:

http://www.facebook.com/AvaJordanAutorin

Dort könnt ihr auch gerne mit mir in Kontakt treten – sowohl öffentlich als auch privat über die Nachrichtenfunktion.

Dieser dritte Roman aus meiner New-Harbor-Reihe war mir besonders wichtig. Vielleicht musste ich deshalb die ersten beiden Bücher schreiben, bevor ich allen Mut zusammennehmen konnte.

Denn die Geschichte der Amanda ist in gewisser Weise auch meine Geschichte.

Während ich dies hier schreibe, warte ich auf die Geburt unseres zweiten Kinds. Unserer ersten Tochter, unserem absoluten Wunschkind. Sie hat einen großen Bruder, geboren im September 2014. Er kam in der 24. Woche zur Welt und starb wenige Minuten nach der Geburt in meinen Armen. Er war nicht lebensfähig; wir hatten nie eine Chance, nie eine Zukunft.

Ich kenne den Schmerz. Ich habe ihn selbst erlebt.

Und: Ich bin nicht die Einzige. Es gibt viele Frauen, die diesen Schmerz teilen. Sei es eine frühe Fehlgeburt oder ein später Verlust während der Schwangerschaft oder der Geburt – oder kurz danach. Das erfuhr ich erst, nachdem wir unseren Verlust erlitten, denn viele Frauen und Familien öffneten sich mir danach und erzählten mir Geschichten, die mir das Herz zerrissen. Jede einzelne Geschichte zerreißt mir bis heute das Herz. Vor allem aber vermisse ich unseren Sohn.

Er gehört dazu. Er ist der große Bruder unseres kleinen Mädchens, den sie nie kennenlernen wird.

Aber ich habe in der Trauer dank der Hilfe vieler wunderbarer Menschen eines gelernt: Diese Kinder kann man nicht »totschweigen«, man kann nicht versuchen, sie aus dem Leben herauszuhalten. Was aber, wenn jemand genau das versucht?

So begann die Geschichte um Amanda.

Was passiert mit einer Frau, die mit einem Verlust konfrontiert ist, der meinem ähnelt – und diesen im Anschluss so tief in sich vergräbt, dass sie ihn selbst vergisst? Was wird aus ihr, wenn sie Jahre später mit ihrem Verlust konfrontiert wird?

Ich hoffe, ich konnte ein bisschen einen Eindruck davon vermitteln, wie das ist – und vielleicht, das ist meine größte Hoffnung, versteht man nun, was es heißt, ein Kind so früh zu verlieren. Dass kein »du kannst noch so viele Kinder haben!« heilt. Oder dass man diesen Verlust genauso ernst nehmen sollte wie den eines Kindes, das Jahre bei seiner Familie sein durfte. Es macht keinen Unterschied.

Ava Jordan, im Juni 2016